新时代
文学现场

白烨

著

XINSHIDAI

WENXUE XIANCHANG

思想指针研读

年度文情报告

宏观态势扫描

佳作力构评析

春风文艺出版社

·沈　阳·

图书在版编目（CIP）数据

新时代文学现场 / 白烨著. -- 沈阳：春风文艺出
版社，2025.1. -- ISBN 978 - 7 - 5313 - 6810 - 6

Ⅰ. I206.7

中国国家版本馆CIP数据核字第2024DY4938号

春风文艺出版社出版发行

沈阳市和平区十一纬路25号　邮编：110003

辽宁新华印务有限公司印刷

责任编辑：姚宏越　周珊伊		责任校对：张华伟	
封面设计：丁末末		幅面尺寸：155mm × 230mm	
字　　数：327千字		印　　张：24	
版　　次：2025年1月第1版		印　　次：2025年1月第1次	
书　　号：ISBN 978-7-5313-6810-6			
定　　价：80.00元			

目录

思想指针研读

年度文情报告

宏观态势扫描

佳作力构评析

思想指针研读

人民性文艺发展道路的理论指引

——从毛泽东文艺讲话到习近平文艺论述

习近平总书记《在中国文联十一大、中国作协十大开幕式上的讲话》中谈到百年党的文艺发展历程时，钩玄提要地指出："一百年来，党领导文艺战线不断探索、实践，走出了一条以马克思主义为指导、符合中国国情和文化传统、高扬人民性的文艺发展道路"。这里的一些精要表述与重要概念，既涉及党的文艺路线的发展脉络，又关乎党的文艺思想的确立。应该说，党的文艺思想与文艺路线的形成与成熟，都是在毛泽东思想日臻成熟的延安时期。尤其是"以马克思主义为指导"，"高扬人民性的文艺发展道路"，其理论基石和思想原点，都来自毛泽东的《在延安文艺座谈会上的讲话》（以下简称《讲话》）。

80年来沧桑巨变，《讲话》精神代代相传。在新民主主义革命时期，在社会主义革命和建设时期，在改革开放和社会主义现代化建设新时期，在中国特色社会主义新时代，《讲话》对于不同时期的文艺发展，都以各种方式给予了精神的滋养和思想的引领。可以说，80年来，《讲话》对于文艺的方向与道路的理论指引无处不在，对于文艺的发展与繁荣所起的推动作用无比巨大，对于党的文艺事业和社会主义文艺事业所产生的重要影响无可估量。

我们的文学艺术都是为人民大众的

1942年5月的延安文艺座谈会，是党为解决1940年以后延安文艺界暴露出来的各种问题，并系统地制定党的文艺方针政策而召开的。深知文学艺术是整个革命战线不可缺少的重要方面的毛泽东，在充分调查研究现状和深入思考问题的基础上，在座谈会上发表了《讲话》。这一重要讲话，运用马克思列宁主义的观点与方法，结合中国的特殊国情与具体文情，系统地阐述了文学艺术的基本理论问题，为文艺事业的建设和发展，指明了前进的道路，确立了正确的方向。

《讲话》有很多精湛的论述，很多重要的观点。最为重要的，是围绕着"为什么人"的根本问题，明确地指出：我们的文艺"属于人民大众"，"为着人民大众"。毛泽东对"人民大众"的概念做出了如下阐释："占全人口百分之九十以上的人民，是工人、农民、兵士和城市小资产阶级"。"这四种人，就是中华民族的最大部分，就是最广大的人民大众"[1]。在此后的论述中，"人民大众"的提法常与"工农兵群众"的简称概念交叉使用。在这样的基础上，他向广大文艺工作者提出在"深入工农兵群众"的过程中转移"立足点"的问题，并充分认识"社会生活"是"文学艺术的唯一源泉"，要求"有出息的文学家艺术家，必须到群众中去"，"到火热的斗争中去"，"到唯一的最广大最丰富的源泉中去"。同时，要正确把握文艺的提高与普及的关系，既要认识到"普及是人民的普及，提高也是人民的提高"，又要更加重视目前条件下的"更为迫切"的"普及工作的任务"。毛泽东的《讲话》，厘清了对于文艺的一些基本看法，提出了我们党对文艺工作的基本认识，在当时的延安及各个解放区乃至

---

[1]《毛泽东论文艺》第54页，人民文学出版社1983年版。

国统区产生了极大的功效，发生了很大的影响。它不仅澄清了人们的文艺思想，确立了革命文艺的基本方向，对于促进延安文艺运动的大众化，包括后来的新民主主义文化建设和社会主义文艺发展，都起到了不可估量的指导作用与引领效用。

毛泽东的《讲话》经整理修改之后，于1943年3月在延安《解放日报》部分发表，10月份全文发表。但《讲话》的基本要点和主要精神，在座谈会召开之后便在解放区和国统区广泛传播开来，对广大革命文艺家的思想转变，各种文艺形式的创作转型，都给予了有力的推动和巨大影响。特别是在当时的延安，各种文艺形式在一个时期形成了面向人民群众、服务工农兵的文艺运动主潮。尤其是来自民间的秧歌剧推陈出新，成为好作品多、群众喜欢看的新兴文艺形式。据《毛泽东在延安》一书披露，1943年春节期间，鲁艺秧歌队在延安演出秧歌剧《兄妹开荒》，毛泽东、朱德、周恩来、任弼时等中央领导观看了演出。毛泽东边看边点头，笑着赞扬道："这还像个为工农兵服务的样子。"①以人民群众为表现主角，以人民群众为服务对象，文艺运动中出现的这种喜人的变化，正是《讲话》所极力提倡的文艺方向，毛泽东所热切希望看到的文艺景象。

还有一个有助于理解《讲话》精神的事例，是郭沫若的"有经有权"的评价。据胡乔木在《胡乔木回忆毛泽东》中回忆，《讲话》正式发表传到国统区后，郭沫若看了之后说道："凡事有经有权"。毛泽东听到后很欣赏这个说法，认为得到了一个知音。胡乔木在《延安文艺座谈会前后》的回忆文章里，就"经""权"之说做了简要的论析，明确地指出："《讲话》主要有这样两个基本点，一是文艺与生活的关系，二是文艺与人民的关系。在这两个基本点上，《讲话》的原则是不可动摇的"。所以不可动摇，是因为它深刻总结了文学艺术发生与发展的客观规律，反映了共产党人对于文学艺术本质

---

① 《毛泽东在延安》第176页，警官教育出版社1993年版。

与性能的科学认识与深刻把握。正因如此，《讲话》"深刻的思想性和说理性，仍使我们每一个相信真理的人感到折服。它的具有普遍真理性的基本内容，将使我们长久地受到教益"①（胡乔木语）。

文艺为人民服务、为社会主义服务

1949年7月，在中国新文学尤其是当代文学历程上具有重大历史意义的中华全国文学艺术工作者代表大会在北京隆重举行，这是全国文艺工作者的大团结，各路文艺队伍的大会师，文学艺术战线的新建构。郭沫若在大会的开幕词中郑重指出："七年前的一九四二年五月，毛主席在延安文艺座谈会的讲话，已经给予了我们明确的指示。这个讲话里的原则性的指示，一直是普遍而妥当的真理。在今天我们应该明朗地表示：我们一致接受毛主席的指示，把这一普遍而妥当的真理作为我们今后的文艺运动的总指标。"周扬在《新的人民的文艺——关于解放区文艺运动的报告》中也明确指出："毛主席的《在延安文艺座谈会上的讲话》规定了新中国的文艺的方向"。而这个方向，就是努力履行"为人民服务"的使命并在这一过程中不断成长进步的人民文艺。在此后的文学艺术的发展中，无论是文艺创作的得与失，还是文艺事业的起与伏，都与此密切相关。

新中国成立之后的"十七年"时期，尤其是党的八届十中全会之后，我们党在对于国情的认识与判断上出现偏差，"把社会主义社会中一定范围内存在的阶级斗争扩大化和绝对化"，"在意识形态领域，也对一些文艺作品、学术观点和文艺界学术界的一些代表人物进行了错误的、过火的政治批判"②。这使得这一时期文艺领域的工作不时出现偏差，其中的主要问题，就在于对于《讲话》没有在

---

① 胡乔木：《胡乔木回忆毛泽东》第271页，人民出版社2014年版。
② 《两个历史问题的决议及十一届三中全会以来党对历史的回顾（简明注释本）》第99页，中共党史出版社2013年版。

"经""权"之辨上做出应有的区分，偏离了"经"的方面，偏向了"权"的方面，游离了"为人民大众"的基本目标。因而，进入20世纪60年代之后，于1960年召开的中国文学艺术工作者第三次代表大会进一步确认了文艺为工农兵服务、为社会主义服务的方向。1962年5月23日《人民日报》发表社论《为最广大的人民群众服务》，郑重提出"人民民主统一战线内的以工农兵为主体的全体人民都应该是我们的文艺服务的对象和工作的对象"。这种理论思想上的纠偏努力，使得文艺创作在面对社会现实和服务人民大众方面，都较前取得了显著的成绩，获得了较大的发展。从文学领域来看，这一时期的长篇小说创作，以"三红一创"（《红岩》《红日》《红旗谱》《创业史》）和"保青山林"（《保卫延安》《青春之歌》《山乡巨变》《林海雪原》）为代表，在革命历史题材和现实农村题材两个方面，形成了双峰对峙的突出成就。以柳青、赵树理、周立波等人民作家为代表，不少作家艺术家把创作之根深深扎进生活深处，在"深扎"中与人民声息相通，在写作中与时代同频共振。

后来，尤其是20世纪60年代中期之后，随着整个社会文化生活日渐趋于政治化乃至"左"倾化之后，"为人民大众"的总体性提法不再强调，而逐渐由"为工农兵服务"的简略性提法取而代之。再到"文化大革命"前后，"为工农兵服务"又进而演化成"为政治服务""为中心服务"，不仅文艺的路子越走越窄，一大批文艺家和文艺作品遭受批判与封禁，而且走向了"缺少诗歌、缺少小说、缺少散文、缺少文艺评论"，"百花齐放都没有了"的境地。而出现这种现象，说到底是偏离了"为人民大众"的这一正确路向的结果。

"文化大革命"结束后，在文艺领域，经由恢复文艺组织，平反冤假错案和清算极左流毒，文艺工作逐步走上正轨。但因一个时期造成的思想混乱，或使一些人踌躇不前，或在一些问题上频现争议。1979年，中国文学艺术工作者第四次全国代表大会在京举行，邓小平代表党中央向大会致祝词。他在肯定文艺工作的显著成就，赞许文艺工作者的突出贡献的同时，着重就文艺的方向与路线、方针与政策进行了精要的论述，指出："我们的文艺属于人民。""人民是文艺工作者的母亲。一切进步文艺工作者的艺术生命，就在于他们同人民之间的血肉联系。"文艺工作者要"自觉地在人民生活中汲取题材、主题、情节、语言、诗情和画意，用人民创作历史的奋发精神来哺育自己，这就是我们社会主义文艺事业兴旺发达的根本道路"①。1980年1月16日，邓小平在党中央召集的干部会议上发表了《目前的形势和任务》的报告，其中正式提出："不继续提文艺从属于政治这样的口号"。1980年7月26日，《人民日报》根据邓小平的讲话精神发表了《文艺为人民服务，为社会主义服务》的社论，明确提出："我们的文艺工作总的口号应当是：文艺为人民服务、为社会主义服务。"这种对于"二为"方向的再度确立，既是对毛泽东文艺思想基本精神的充分肯定，也是对"为人民"的文艺路线的坚定回归。由此，广大文艺工作者更加心明眼亮，也充分调动起文艺创造的旺盛活力，由此开始的新时期文学与文艺，走向了各类创作争奇斗艳，文艺探讨空前活跃的繁盛格局。

社会主义文艺，从本质上讲，就是人民的文艺

在文艺发展的不同时期，既会遭逢不同的机遇，也会面临不同的挑战。从20世纪90年代起，由于经济与文化的市场化、全球化的影响，文艺领域在依流平进的稳步发展中，一个时期呈现出生产商业化、写作个人化等种种新的倾向，不断影响着正常发展的文艺创作和文艺活动。在这期间，先后召开的中国文联第六次、中国作协第五次代表大会，中国文联第七次、中国作协第六次代表大会和中国文联第八次、中国作协第七次代表大会，江泽民同志和胡锦涛同

---

① 《邓小平论文学艺术》第253页，作家出版社1998年版。

志先后代表党中央做了重要讲话，都以对人民性的文艺路线的高度强调和深刻论述，来解决相关问题，引领文艺现状。江泽民在讲话中指出："充分认识建设有中国特色社会主义的时代意义，充分认识最广大人民群众的根本利益，充分认识人民群众对文艺发展的基本要求。"胡锦涛在讲话中指出："一切进步文艺工作者的艺术生命，都存在于同人民的血肉联系之中。人民创造历史的活动，是文艺创作的丰厚土壤和源头活水。"这样一些在新历史条件下继承并发展了毛泽东文艺思想精髓的重要文艺论述，使广大文艺工作者在不断新变的社会环境与文化氛围中，坚定了方向，保持了清醒，增加了定力，也为这一时期的文艺活动与事业发展继续行进在"为人民"的康庄大道上，提供了思想的指引和重要的保障。

进入新世纪，步入新时代，国家发展进入快车道，国际形势频发大动荡。习近平总书记在统筹世界百年未有之大变局和中华民族伟大复兴战略全局的过程中，高度重视文艺事业的地位与作用，十分关切文艺创作的繁荣与发展，在2014年10月主持召开文艺工作座谈会并发表《在文艺工作座谈会上的讲话》。此后多次就文艺工作发表重要讲话，把文艺工作摆在了十分突出的重要位置。《在文艺工作座谈会上的讲话》在概要阐述党对文艺的新要求与新希望时，既抓住文艺的属性与规律等基本问题穷原竟委，又切近文艺的变异与走向的现状扬清激浊，许多重要论述既令人耳目一新，又给人极大启迪。讲话中谈到文艺的方向问题，在强调坚持文艺"为人民服务、为社会主义服务这个根本方向"时，又就"社会主义文艺"的根本属性作了新的解说，他指出："社会主义文艺，从本质上讲，就是人民的文艺"。这种秉要执本又简明扼要的阐释，以"为人民"为旨归，揭示了社会主义文艺的要旨与要义，也使"文艺为人民服务、为社会主义服务"的"二为"，在其内在精神上合而为一，统归于"为人民"的终极目标。可以说，这是在文艺的本质属性与根本方向上，又一次体现了新思想的新阐释。

在此后依次召开的中国文联十大、中国作协九大，中国文联十一大、中国作协十大的重要会议上，习近平总书记都在开幕式上发表了重要讲话。《在中国文联十大、中国作协九大开幕式上的讲话》中，习近平总书记谈到文艺与人民关系时指出："人民是历史的创造者，是时代的雕塑者。一切优秀文艺工作者的艺术生命都源于人民，一切优秀文艺创作都为了人民。"高度强调人民在文艺工作中的核心地位。《在中国文联十一大、中国作协十大开幕式上的讲话》中，在论述"以人民为中心"时，特别强调人民与生活的一致性、同一性。他在指出"人民中有着一切文学艺术取之不尽、用之不竭的丰沛源泉"后，继而又明确指出："生活就是人民，人民就是生活。"告诫文艺工作者"只有深入人民群众、了解人民的辛勤劳动、感知人民的喜怒哀乐，才能洞悉生活本质，才能把握时代脉动，才能领悟人民心声，才能使文艺创作具有深沉的力量和隽永的魅力"。要求他们"不仅要让人民成为作品的主角，而且要把自己的思想倾向和情感同人民融为一体，把心、情、思沉到人民之中，同人民一道感受时代的脉搏、生命的光彩，为时代和人民放歌"。这既要求文艺工作者在创作的准备与实践中，始终要"以人民为中心"，也要求文艺工作者以此为镜鉴，时时检视自己所熟悉所书写的生活是否就是"人民的生活"，不断地从根本上去校正自己的文学坐标。这些重要的讲话精神，既给文艺工作者指明了前进的方向，也给文艺工作者指出了着力的途径。从2012年到2022年的这10年，广大文艺工作者在习近平总书记重要文艺讲话精神的指引下，凝神聚力、务实笃行，在深入生活、扎根人民的过程中，紧跟时代步伐，把握社会脉动，创作出一批又一批品质优良的文学作品，塑造出一个又一个光彩夺目的人物形象，并以这样富含生活元气的写作，满带时代锐气的作品，为时代立传，为人民抒情。

（原载2022年5月18日《文艺报》）

四时花似锦　文苑气象新

——党的文艺方针政策与当代文学事业的发展

　　"文艺事业是党和人民的重要事业，文艺战线是党和人民的重要战线。"由于高度评估文艺事业的地位与功用，充分重视文艺工作的价值与意义，党在不同的历史时期都把文艺事业作为整体事业中的重要构成，并通过制定和实施一系列行之有效的方针政策，保证文艺工作的行进方向，激发文艺创作的不竭活力，使文艺事业在不同的时期都获得了日新月异的巨大发展，取得了春华秋实的丰硕成就。

　　由新中国成立开启的当代文学，在党的坚强领导与正确指引下，已走过了70多年的光辉历程。这70多年的发展演进，正如习近平总书记在《致中国文联、中国作协成立七十周年贺信》中所指出的那样："广大文艺工作者响应党的号召，积极投身社会主义革命和建设、改革开放伟大实践，创作出一批又一批脍炙人口的优秀文艺作品，塑造了一批又一批经典艺术形象。""为实现国家富强、社会进步、人民幸福作出了十分重要的贡献。"所以能取得这样的突出成就，作出如许的重要贡献，党的文艺思想与文艺方针政策的指导与引领，无疑是至关重要的。回顾和梳理党的文艺方针政策与当代文学繁荣发展的关系，对于我们在"中国特色"的维度上深刻认识社会主义文艺的本质，准确把握文艺事业的前进方向，努力争取新时代文艺的更大成绩，都是大有裨益且十分重要的。

文艺思想的指引与文艺方向的确立

党对于文艺事业历来高度看重，对于文艺工作一直十分倚重。但党对于文艺事业和文艺工作的基本认识及其指导思想的形成，也有一个发生与发展的历史过程。

我们党在初创时期，就重视新文化运动的开展与新文学形态的建构。1924年前后，早期共产党人邓中夏、恽代英、萧楚女等就提出，"新文学"要"为了民众"，"激励国民精神"。进入30年代之后，在国统区、沦陷区，左翼文艺界持续开展"文艺大众化""文艺的民族形式"等问题的研讨与论争；在根据地、解放区，组建服务于革命战争和军民群众的各类文艺社团，形成了革命文艺的基本阵营。在这样一个革命文艺的理论探索和经验积累的基础上，毛泽东于抗战时期的1942年，发表了《在延安文艺座谈会上的讲话》，在中国革命文艺运动史上第一次明确而深刻地阐述了文艺工作的根本问题——"为什么人"的问题，给文艺工作提出"是为人民大众的，首先是为工农兵的"的根本性质与基本方向。由此开始，解放区的文艺经由大众化运动不断蓬勃发展，新中国成立后的文艺事业也沿着这一方向一路向前行进。中国文艺由此完全改颜换貌，掀开了历史上崭新的一页。

在1949年7月召开的全国第一次文代会上，周扬在其分报告中就明确指出："毛主席的《在延安文艺座谈会上的讲话》规定了新中国的文艺的方向。"毛泽东的《在延安文艺座谈会上的讲话》，在论述文艺为什么人、怎么为的方向问题时，既有"为人民大众"的总体性提法，又有"首先是为工农兵"的重点强调。在谈到文艺界的统一战线问题时，他就文艺与政治的关系做出了"文艺是从属于政治的，但又反转来给予伟大的影响于政治"的正确判断。但在新中国成立之后的"十七年"时期，尤其是党的八届十中全会之后，"把社会主义社会中一定范围内存在的阶级斗争扩大化和绝对化"。"在意识形态领域，也对一些文艺作品、学术观点和文艺界学术界的一些代表人物进行了错误的、过火的政治批判"①。整个社会文化生活日渐趋于政治化乃至"左"倾化之后，"为人民大众"的总体性提法不再强调，而逐渐由"为工农兵服务"取而代之。再到"文化大革命"前后，"为工农兵服务"又进而演化成"为政治服务"，文艺的路子越走越窄。在这期间，先后有周恩来1959年5月3日的《文艺工作也要两条腿走路》，1962年5月23日《人民日报》的《为最广大的人民群众服务》的社论，对当时过左的倾向作出适度纠偏的努力，但仍难以改变整体性的"左"倾化基本走向。

在文艺方向问题上的重大调整，始于新时期中邓小平在1980年的《目前的形势和任务》中有关"不继续提文艺从属于政治这样的口号"的论述。1980年7月26日，《人民日报》就文艺的服务对象和思想方向的重大改变发表《文艺为人民服务、为社会主义服务》的社论，再次阐明以"为人民服务、为社会主义服务"的口号代替过去的"为工农兵服务""为政治服务"的口号的理由。由此，有关社会主义文艺方向的提法得以重新确立。新的文艺方向确立之后，便不断显示出其引导文艺健康发展的巨大功能与强劲动力。在"为政治服务"越演越烈的时期，作品内容与题材的单一化、贫瘠化，表现手法的公式化、概念化，常常弃之不走，挥之不去。而提出"二为"方向之后，不仅过去一些常有的痼疾得到了有效的克服，而且文艺的内容与题材空前地多样，文艺的表现手法极大地丰富，文艺创作很快由"伤痕文学""反思文学"，过渡到"改革文学""寻根文学"，及至80年代中期，在理论上以文学主体性问题和新观念、新方

---

①《两个历史问题的决议及十一届三中全会以来党对历史的回顾（简明注释本）》第99页，中共党史出版社2013年版。

法为标志，在创作上以"新写实文学"和新现实主义多元化拓展为代表，文学的理论批评和文学的各类创作，都以多元多样的探求和丰富多彩的成果，相继进入到一个前所少有的繁盛时期。

20世纪90年代到新世纪，党在文艺事业方面坚定不移地持守"二为"方向，保证了文学艺术事业在新时期的基础上的持续繁荣和不断发展。党的十八大以来，习近平总书记就把文化建设与文艺繁荣作为治国理政的重要方面，多次就文化问题、文艺问题发表讲话，尤其是2014年10月的《在文艺工作座谈会上的讲话》，在概要阐述党对文艺的新要求与新希望时，既抓住文艺的属性与规律等基本问题，又切近文艺的变异与走向的现状，许多论述都既钩玄提要，又深中肯綮，具有高度的思想引领性与现实针对性。讲话中谈到文艺的方向问题时，在强调坚持文艺"为人民服务、为社会主义服务这个根本方向"时，又就"社会主义文艺"的根本属性做了新的解说，他指出："社会主义文艺，从本质上讲，就是人民的文艺"。他还进而论述道："要把满足人民精神文化需求作为文艺和文艺工作的出发点和落脚点，把人民作为文艺表现的主体，把人民作为文艺审美的鉴赏家和评判者，把为人民服务作为文艺工作者的天职。"这种秉要执本又简明扼要的阐释，以"为人民"为旨归，揭示了社会主义文艺的要旨与要义，也使得"文艺为人民服务、为社会主义服务"的"二为"，在其内在精神上合而为一，统归于"为人民"的终极目标。可以说，这是在文艺的根本方向上，又一次体现新思想的新阐释。

从1942年毛泽东《在延安文艺座谈会上的讲话》的"文艺为人民大众""从属于政治"，到1980年党中央提出的"文艺为人民服务，为社会主义服务"，再到2014年习近平总书记论述的"社会主义文艺，从本质上讲，就是人民的文艺"，在七十多年的革命文艺和社会主义文艺的发展进程中，革命领袖和党的领导人关于文艺方向的论述与论断，既有力地指引了不同时期文艺工作的发展与繁荣，又深刻地总结了不同阶段文艺工作的丰富实践与基本经验，它的适时调整与逐步演进的本身，就是党对文艺工作的认识与把握，组织与领导，不断切近客观规律，逐步走向科学的过程。

"双百"方针的实施与坚持

如何积极推动文学的繁荣，努力促进学术的发展，我们党一直在进行着理论的探索与实践的演练。毛泽东在《在延安文艺座谈会上的讲话》中，就明确指出："文艺界的主要的斗争方法之一，是文艺批评。"但他又指出："我们的批评，也应该容许各种各色艺术品的自由竞争"。应该说，这样的原则性表述里，实际上也隐含了某种"争鸣"的元素在内。但正式而明确地提出"百家争鸣、百花齐放"的方针，是在20世纪50年代初期。

1951年，毛泽东为中国戏曲研究院题词"百花齐放，推陈出新"；1953年，他就中国历史研究问题提出了"百家争鸣"的主张；1956年4月28日，毛泽东在中共中央政治局扩大会议上说，艺术问题上的"百花齐放"，学术问题上的"百家争鸣"，应该成为我国繁荣文学艺术，发展科学的方针。1956年5月26日，中共中央宣传部举行报告会，陆定一代表中共中央向知识界做了题为《百花齐放，百家争鸣》的讲话，对这样一个方针做了全面的阐述。由此，"双百"方针成为我们党领导文学艺术、科学研究工作的基本方针。

"双百"方针提出之后，受到广大科学家、文艺家的普遍拥护和热烈赞同。从当时的文学界来看，在"双百"方针的鼓舞下，在文学创作上，一大批来自"五四"新文学传统的老作家开始了他们新的创作，写出了一批好作品，延续了自己的文学生命。在理论批评方面，反对教条主义，提倡现实主义的"广阔道路论"，主张文学书写人情人性，体现人道主义精神等观点，切中了当时的文坛时弊，活跃了文学的理论批评。在当时的一些青年作家中，出现了一批揭示社会主义社会内部矛盾的创作，如王蒙的《组织部新来的青年人》等，描写农村现实生活和表现革命历史题材的长篇小说大量出现，文学界以一个时期可喜又可贵的"回春"，显示出了"双百"方针的特殊作用与重要意义。

但在 1957 年 6 月全国开展反右派斗争，特别是斗争扩大化之后，"双百"方针实际上未能真正在实践中继续得到应有的贯彻执行。

"双百"方针重新成为党和政府发展文艺和科学的重要方针，是在党的十一届三中全会之后。复出之后的邓小平，于 1978 年 3 月 16 日代表党中央在《在全国科学大会开幕式上的讲话》中明确提出："对于学术上的不同意见，必须坚持百家争鸣的方针，展开自由的讨论。"① 在 1979 年 10 月 30 日代表中共中央和国务院在《在中国文学艺术工作者第四次代表大会上的祝词》中，邓小平再次重申，在文艺工作中，要"坚持百花齐放、推陈出新、洋为中用、古为今用的方针，在艺术创作上提倡不同形式和风格的自由发展，在艺术理论上提倡不同观点和学派的自由讨论"②。

此后，从江泽民、胡锦涛到习近平，党的几代主要领导人都反复强调"双百"方针的意义，高度重视"双百"方针的实施。事实上，在整个新时期到新时代，党在文学工作中都坚定不移地执行"双百"方针，使得文学创作的路子越走越宽，文学理论批评持续活跃，有力地保证了社会主义文学事业的健康发展与稳步前行。

自党的十一届三中全会开启了新时期之后，因为"双百"方针得到了坚决贯彻和认真执行，切实保证了文艺事业健康而快速地发展。在新时期，文艺工作者心情舒畅，创作热情高涨。文学领域紧跟着时代生活的进步与变化，文学创作在积极反映社会生活的历史变动和人民群众的心理成长的过程中，注重中外古今文学有益营养的兼收并蓄，探求艺术表现形式的不断更新，使得文学创作在以现实主义为底色的主潮中，不同的创作主体表现出各自不同的个性化，

① 《邓小平文选》第二卷第 98 页，人民出版社 1994 年版。
② 《邓小平论文学艺术》第 251 页，作家出版社 1998 年版。

整体的文学形态由此表现出前所少有的多样性与多元化。20世纪80年代和90年代，在"双百"方针的指引下，文学进入了状态不尽相同的两个繁荣期。20世纪80年代，通过正确解决文学与政治的关系，文学在"为人民服务、为社会主义服务"的广阔天地里，在生活领域不断开掘，在艺术表现上努力求索，在拓展现实主义创作的基础上，以引进和借鉴西方现代艺术的有益养分的推陈出新，实现了文学创作的多元化。进入20世纪90年代后，面临市场化大潮的强劲冲击，以及与此相联系的通俗文学的强势崛起，文学在寻求人文精神的坚定持守的同时，以适应市场变化的种种调整，在长篇小说创作、报告文学写作等方面，取得多样化的突破，并使建立于个性化的先锋性写作、市民化写作、个人化写作成为基本定式。进入21世纪以来，由于以互联网为依托的文艺创作和文艺传播的大力发展，中国当代文学产生了新群体，出现了新形态。进入新时代，习近平总书记的系列重要文艺论述，为人们深刻认识现状，正确把握方向，提供了重要的思想指引。经历了70多年风云历程的当代文学，在党的正确领导和"双百"方针的有力指引下，在广大文艺工作者的踔厉奋发和共同努力下，当会在聆听时代声音、把握时代节奏、塑造时代新人、反映时代精神的新的征程中，坚定文化自信，焕发新的精神，释放巨大能量，继续奋勇前行。

党领导文艺工作的基本经验

党对文艺工作的领导，对文艺事业的指导，体现在多个维度和多个层面。除去文艺思想的指引，文艺方向的确立，文艺方针政策的实施这些大的方面之外，以党和政府的宣传文化部门为主导，以文联、作协的团体组织为依托，以文学出版和报纸期刊平台为组织架构的具体运作等，共同形成了坚持党的领导，贯彻党的方针，宣传党的政策的中国特色社会主义文艺体制与文化系统。

党对与文艺工作的领导，几十年间取得了巨大而辉煌的成就，也积攒了宝贵而丰富的经验。习近平在《在文艺工作座谈会上的讲话》中，谈到加强和改进党对文艺工作的领导时，特别指出："党的领导是社会主义文艺发展的根本保证。党的根本宗旨是全心全意为人民服务，文艺的根本宗旨也是为人民创作。把握了这个立足点，党和文艺的关系就能得到正确处理，就能准确把握党性和人民性的关系、政治立场和创作自由的关系。""加强和改进党对文艺工作的领导，要把握住两条：一是要紧紧依靠广大文艺工作者，二是要尊重和遵循文艺规律。"这种精到又精要的概括，是对党领导文艺的基本经验的科学总结，反映了党在新时代的文艺工作领导方面的全新思路。

文艺工作者是文学文艺活动的主体力量，文艺工作者的主体性得到确立和尊重之后，才能充分高扬起精神的能动性，焕发出创作的主动性，使文艺活动的各个环节充满生生不息的活力。文艺工作者需要具有不同方面的特殊才能与个性才情，从理论批评到文艺创作，都需要出色的人才与出新的创造，这便使得文艺工作具有专门化性质与专业性特点。因此，"依靠"广大文艺工作者，是推动我们的文艺事业不断走向繁荣发展的基本前提。但在新中国成立后的某些时期，由于知识分子问题没有得到有效的解决，文艺工作者在一个时期没有得到应有的信任，因而在文艺工作中对于文艺工作者的"依靠"，也没有真正得到落实。这一问题的真正解决，是邓小平在复出之后的多次呼吁，尤其是在1978年的全国科学大会上，邓小平在讲话中郑重阐述了知识分子的绝大多数已经是工人阶级的一部分的观点，使党的知识分子政策重新走上了马克思主义的正确轨道。知识分子的名誉得到彻底的恢复，也意味着包括文艺家在内的知识分子成为党和国家的事业可以依靠的基本力量。正是在这样的一个历史背景之下，习近平《在文艺工作座谈会上的讲话》等重要文艺论述中，对属于知识分子的文艺家的高度肯定、高度信任、热切期待，就显得前所少见，非同寻常。习近平对文艺家高度肯定，一是体现在他对文艺家的先锋作用、标杆作用的一再强调上，他希望文艺家成为时代风气的"先觉者、先行者、先倡者"。还有就是他特别希望文艺和文艺家起到对于社会精神的引领作用，他引用了"言为士则、行为世范"的传统名言，来表达他的高度敬重与殷切期盼。这里，"依靠"因为内含了信赖与嘱托，显得更具使命感，更有崇高性。可以说，文艺家的地位与作用被提高到如此程度，被寄寓如此厚望，是前所未有的。

文艺具有受制于一定的社会发展又能动地反作用于一定的社会现实，经由出于生活又高于生活的艺术形象来反映社会现实生活等特质与特性，由此，文学艺术作为一种高度民主、充分自由的精神活动，自有其特殊而客观的规律。要搞好文艺创作，一定要遵循这种客观规律，充分发挥文学艺术家的创造精神，让这种复杂的精神劳动变成一种充满生机活力的创造性劳动。只有这样，才有可能创制出思想性和艺术性相得益彰的精品力作。新中国成立之后的一个时期，由于"经验不足""认识不足"和"骄傲自满""急于求成"等原因，我们党的"左倾错误在经济工作上并未得到彻底纠正，而在政治和思想文化方面还有发展"①。这种偏差不可避免地辐射到文艺领域，造成了对于文艺创作规律的严重背离，及至在"文化大革命"时期，文艺领域里"缺少诗歌，缺少小说，缺少散文，缺少文艺评论"，呈现出前所未有的单调与萧条。正是在认真总结经验和深刻吸取教训的基础上，邓小平《在中国文学艺术工作者第四次代表大会上的祝词》中，郑重地指出："党对文艺工作的领导，不是发号施令，不是要求文学艺术从属于临时的、具体的、直接的政治任务，而是根据文学艺术的特征和发展规律，帮助文艺工作者获得条件来

---

① 《两个历史问题的决议及十一届三中全会以来党对历史的回顾（简明注释本）》第99页。

不断繁荣文学艺术事业，提高文学艺术水平，创作出无愧于我们伟大人民、伟大时代的优秀的文学艺术作品和表演艺术成果。""文艺这种复杂的精神劳动，非常需要文艺家发挥个人的创造精神。写什么和怎样写，只能由文艺家在艺术实践中去探索和逐步求得解决。在这方面，不要横加干涉。"①这样一个清醒的看法与坚定的认识，成为此后党领导文艺所秉持的一个基本原则，极大地保证了党的领导的有效和有力，给文艺事业的蓬勃发展提供了极其重要的保障。

习近平总书记《在文艺工作座谈会上讲话》中谈到加强和改进党对文艺工作的领导时，在郑重提出两条基本原则之后，还特别就"改进"的方面提出许多具体意见。比如，要尊重文艺家的创作个性和创造性劳动，政治上充分信任，创作上热情支持，营造有利于创作的良好环境；文联、作协要充分发挥优势，加强行业服务、行业管理、行业自律，真正成为文艺工作者之家；特别是面对种种新的元素、新的现象带来新的文艺形态，文艺管理的方式方法要及时跟进，与时俱进；等等。这些说法与意见，都切近着当下文坛新变的实际，针对着工作中的实际问题，具有极强的现实性与切实的指导性。按照这种基本原则和具体意见领导和引导文艺工作，我们的文艺事业"呈现百花齐放的繁荣景象"，不仅毋庸置疑，不可阻遏，而且会连绵不断，蒸蒸日上。

（原载 2021 年 3 月 12 日《文艺报》）

---

① 《邓小平论文学艺术》第 256—257 页。

原点、要点与亮点

——习近平在文艺工作座谈会上的讲话学习体会*

　　我今天要讲的课题是关于习近平在文艺工作座谈会上的讲话的，为什么要讲这个课题呢？春节前的时候，有一次钱小芊书记碰见我，问我最近在干什么。我说我最近因工作需要，在专心研读习近平在文艺工作座谈会上的讲话，他听后就说那你来鲁院讲讲。这个事情的背景是我现在受聘于中国社科院的马克思主义文艺理论批评建设工程，主要的工作是在张江副院长的领导下，为每个月两个版的《人民日报》的《文学观象》专栏做策划与组稿工作，今年《文学观象》改成了《文艺观象》，全年都要来用来深度解读习近平在文艺工作座谈会上的讲话。因此，我就必须要非常专注地去学习习近平在文艺工作座谈会上的讲话，在认真领会的基础上，从中遴选出重要的话题，再把大问题分解成小问题，来组约专家学者和作家进行笔谈。所以，习近平在文艺工作座谈会上的讲话，我必须认真研读，深入领会。但是这样重要的一个讲话，自己学习是一回事，要来讲说是另外一回事。因此，除去学习习近平的讲话之外，我还比较着

---

* 此文系2015年3月在鲁迅文学院理论批评高研班的授课讲稿整理而成。

重温了毛泽东的《在延安文艺座谈会上的讲话》。我争取把我所想到的努力讲好。

因为习近平在文艺工作座谈会上的讲话尚未公开发表，今天的讲课，其实就是用我的话来转述习近平在文艺工作座谈会上的讲话的一些基本精神，然后再跟大家交流一些我的学习体会与研读感受。一共讲四个问题：第一个问题是，习近平在文艺工作座谈会上的讲话与《在延安文艺座谈会上的讲话》的内在关联。第二个问题是，文艺工作座谈会上的讲话的主要内容和逻辑结构。第三个问题是，文艺工作座谈会上的讲话的八个要点。第四个问题是，强烈的问题意识与辩证的解决之策。

先说一点有关文艺工作座谈会讲话的一些背景。党的十八大前夕，2011年10月，党的十七届六中全会做出了《中共中央关于深化文化体制改革推动社会主义文化大发展大繁荣若干重大问题的决定》，专门就文化问题进行决策和做出决议，这在党的历史与文献上都是少见的。党的十八大之后，习近平在许多场合都谈到文化、文艺问题，并做出重要的论述。据不完全统计，在一年多的时间里，就有2013年3月1日在中共中央党校建校80周年庆祝大会暨2013年春季学期开学典礼上的讲话；2013年8月19日至20日在全国宣传思想工作会议上的讲话；2013年11月26日在山东曲阜考察时的讲话；2013年12月30日在中共中央政治局第十二次集体学习时的讲话；2014年2月24日在中共中央政治局第十三次集体学习时的讲话；2014年5月4日在北京大学师生座谈会上的讲话。中央在决定召开文艺工作座谈会时，也做了许多调研。包括作协、文联、社科院，都从不同的方面提供了各自的资讯。所以这个讲话是经过充分调研，精心准备的。而且除去理论思想上的高屋建瓴之外，始终密切联系着当下文化与文艺的现实，有着强烈的针对性、重要的指导性。

从理论准备和文学知识上看，这个讲话也充分而深入，这个讲话点到的中外作家之多，在类似的讲话里也前所未有。我粗略统计了一下，先后讲到的中外作家、艺术家多达120人，其中外国的作家、艺术家有80多位，中国从古到今的有30多位，孔孟等先贤不用说，"鲁郭茅巴老曹"都悉数提到，尤其还说到三位当代中国作家，在铺锦列绣般的陈述与评点中，显示了文学视野的宏阔与文化胸怀的博大。

所以说，习近平是在关于问题、关于现状、关于知识等各个方面都做了比较充分的准备，才做了这样一个重要讲话。所以这个讲话确实跟毛泽东的《在延安文艺座谈会上的讲话》有一定的可比性。无论是从时代背景、现实需要，还是理论储备、观点阐发，既有一定的继承，又有一定的发展。

一、习近平在文艺工作座谈会上的讲话与毛泽东的《在延安文艺座谈会上的讲话》的内在关联

首先要说的第一个小题是，习近平在文艺工作座谈会上的讲话是党的领袖在新的历史条件下关于文艺问题的系统阐述。我们都知道，《在延安文艺座谈会上的讲话》是毛泽东在民族抗战的历史条件下，对于文艺问题的系统阐述。延安文艺座谈会是1942年5月份在延安开的，座谈会一共开了三次，持续了将近一个月，5月2号开了一次，5月16号开了一次，5月23号开了一次，毛泽东三次会都参加了，在第一次会和第三次会上依据事先拟就的提纲讲了话。第二次也即5月16号的会，他参加了但没有讲话。第一次会上的讲话叫"引言"，第三次会上的讲话叫"结语"，总合起来就是《在延安文艺座谈会上讲话》的全文。

延安文艺座谈会的召开，除过战时与政治的背景，还有一个文化与文艺的背景。当时在20世纪40年代初，尤其是1942年前后，延安文艺界也有很多现象、很多问题需要解决，那个时候，来到延安的文艺界人士，有陕甘宁边区的，有从别的解放区来的，有从国统

区来的，也有从国外留学回来的。这些来自不同地域的人士到了延安之后，在对于一般文艺怎么看，革命文艺怎么看，包括文艺的性质与功能怎么看等许多方面，都有各自不同的看法，这些不同的看法反映在文学工作和文学活动中就会出现分歧，产生矛盾，引起争论。另外，当时的延安在文艺界内部也存在着一定的山头主义，而且在很多地方表现出互相不宽容、彼此有意见的不和谐。这些问题不仅影响了文艺界的团结，而且直接影响了文艺界的工作。所以，从1941年底到1942年初，毛泽东一直在做有关文艺的调研工作，包括找人谈话、给人写信、了解情况等等。文艺座谈会是4月27号发的通知，5月2号正式召开。毛泽东在做了充分准备的基础上，针对当时延安文艺界的思想状况，着重论述了抗战时期文艺工作的性质、任务与方向。这个讲话，是我们党的领袖关于文艺问题基本看法的第一个系统的论述。

毛泽东的《在延安文艺座谈会上讲话》，在当时的延安产生了极大的功效，发生了很大的影响，它不仅在很大程度上澄清了人们的文艺思想，统一了人们关于文艺的基本认识，对于当时的延安文艺运动大众化，包括革命文艺的战斗化都起了积极而有力的促动作用。在新中国成立之后，它其实一直是我们文艺工作的指导思想，重要性是不言而喻的。后来，尤其是新时期之后人们在清理极左文艺思潮时，不可避免地牵连到《讲话》，人们对于讲话有各种各样的看法，有时候还有很多争议，有的人认为这个《讲话》基本上是一个"过时"的文本，已不足以作为依凭。我觉得我们要历史地看待这个《在延安文艺座谈会上的讲话》。当时，毛泽东在做了这次讲话之后，一直特别谨慎，反复听取意见，迟迟没有发表。《讲话》是什么时候发表的呢？是十个月之后，也即1943年的3月份才在《解放日报》全文发表。据胡乔木回忆，在那个期间经历几次修改，而且毛泽东觉得他不是文艺方面的专家，怎么样让这个讲话切近文艺规律，并且带有体系性，他自己心里不是很有底，因此很不放心，反复修改。

这个《讲话》我觉得有结合当时社会的和文化的一些具体的环境、具体的形势需要讲的一些话，也有就文艺的要义、创作的规律讲的一些话。要做具体的分析，不能一概而论。

还有一个有助于理解《讲话》精神的事情是，《在延安文艺座谈会上讲话》正式发表传到国统区之后，郭沫若看了以后说道："凡事有经有权。"毛泽东听到后很欣赏这个说法，认为得到了知音。这就是说，在毛泽东看来，他的这个重要讲话里，有些确实是经常的道理、普遍的规律，有些则是适应一定环境与条件的权宜之计。那么我们用现在的眼光来看，哪些是"经"？哪些是"权"呢？我以为，《在延安文艺座谈会上的讲话》里，那些关于文艺与生活的关系，文艺与人民的关系的重要论断和精彩论述，今天看来也经得起推敲，并没过时，它当然是"经"。但它确实也有"权"，比如说在谈到文艺与人民关系时，特别强调要为工农兵服务、为政治服务、为抗战服务，这在今天看来可能就是"权"。这就是说，这些论述与论点，是专门针对那个时期的形势与需要，那个时期过了之后，可能就不怎么适用了。我觉得我们的问题是，在战时环境完全改变之后，特别是进入和平阶段的很长时期，我们没有对《在延安文艺座谈会上的讲话》做"经""权"之区分，一股脑地进行硬性贯彻与过度阐述，有时还把权宜性的东西一再放大，使得很长时间里文艺思想趋于僵化，文艺之路越走越窄。我们后来在文艺工作中出现的问题，是理解与执行中的偏差，不能归结到《讲话》里去。《在延安文艺座谈会上的讲话》的基本精神，在今天看来仍然是切近创作实际，反映艺术规律的，其中关于文艺的基本看法，包括党对革命文艺的要求，对革命文艺工作者的要求，都是那个历史时期党对文艺工作的一个系统的认识和精要的阐述。

比照《在延安文艺座谈会上的讲话》来看习近平在文艺工作座谈会上的讲话，我们会发现这个讲话跟那个讲话有一个很大的相似之处，就是我们在72年之后，又面临了我们这个历史时期很多新的问题、新的挑战、新的倾向、新的矛盾。我们大家都感到从新时期到21世纪以来，文学的场域越来越丰富缭乱，文艺的问题变得前所未有地复杂莫辨。跟过去比，现在确实多元多样了，从写法到观念，都应有尽有，无所不有。从文化生态的多样性上讲，我觉得我们应该举双手欢迎这样的状态，但是往深了去看，就会觉得，"群雄竞起"，谁是真正的英雄？"众声喧哗"，谁是时代的强音？好像都没有区分了，难以辨别了。现在的文坛很像春秋战国时期，不同的看法与说法，都在自证与自诩，谁也不能说服谁、谁也不能统领谁、谁也不能主导谁。所以在这种情况下，文艺领域里有很多问题需要解决，文艺思想上也有很多困惑需要澄清。而且跟当代文学的其他时期相比，当下的文学与文坛，出现了新因素，形成了新关系，比如市场的力量，资本的介入，等等。这些问题都需要从指导思想和领导层面提出一定的思路与看法，以引领人们更好地认清现实，把握现状。

可以说是在一个新的历史条件下，在面临新的状况、面对新的问题的情况下，习近平对于文艺问题结合当下实际做了一次系统的理论阐述，它的重要性就在于，它是基于当代文学六十多年的发展历史，以及党领导文艺工作的教训与经验，来着力解决我们这个时代的诸多文艺难题的一次理论出击，所以它是党的领袖在新的历史条件下关于文艺问题的一个系统阐述，就跟《在延安文艺座谈会上的讲话》一样，具有它的划时代的意义。

第二小题，对《在延安文艺座谈会上的讲话》精神的继承和发展。毛泽东的《在延安文艺座谈会上的讲话》，有很多重要的论断与论述。现在回溯起来，我觉得有几个点比较重要。首先，高度地肯定和评价了文艺的作用。毛泽东《在延安文艺座谈会上的讲话》中开始就说，我们现在有文武两个战线，有两支军队，拿枪的军队和文化的军队，而文化的军队，"是团结自己、战胜敌人必不可少的一支军队"。由此，他把文艺看作是"整个革命机器的一个组成部分"。

可以说在此之前，我们党还没把文艺工作上升到这样的高度来认识。习近平在文艺工作座谈会上的讲话，一开始就讲我们国家正面临着一个前所未有的机遇，就是中华民族伟大复兴，在中华民族伟大复兴进程中，不仅需要强大的物质力量，更需要强大的精神力量，而在这种精神力量的丰富与增强中，文艺的引领功能与号角作用无可替代。这种结合新的历史发展趋势与民族发展需要，高度估价文艺的作用与功能，我觉得是对《在延安文艺座谈会上的讲话》精神的首先的继承。

毛泽东的《在延安文艺座谈会上的讲话》有一个理论亮点，是有关文艺与生活关系的论述，如"人类的社会生活"是"文学艺术的唯一源泉"，"必须和新的群众的时代相结合"，等等。而习近平在文艺工作座谈会上的讲话，许多地方都落到文艺与生活、文艺与时代、文艺与人民的根本点上，而且根据现在的世界大格局和中国大走势，高屋建瓴地论述了"人民生活"既是文艺的"原料的矿藏"与"创作源泉"，也是文艺存在的根本价值所在。可以说，在文艺与生活的关系问题上，习近平的讲话，也在新的历史条件下，继承并发展了毛泽东关于文艺与生活的主要论点。

还有就是在有关"人民"的提法上，习近平的讲话对毛泽东的讲话也有很好的继承与发展。我们能感觉得到，毛泽东讲话里的"人民"的概念，在对"工农兵"的刻意突出中，显然带有很强烈的阶级性。而习近平讲话中的"人民"，带有极大的普泛性，有时是指民族主体，有时是指社会主人，有时是指广大读者，有时是指服务对象。总体来看，这里的"人民"，是广义性的。我觉得在这个关键词上，习近平是有自己的拓展与延伸的，这也是既有继承又有发展的。

第三个小题，一个时期有关文艺问题的纲领性文件。一个时期，是指新时期以来和之后的一个相当长的时期。这个时期就如同习近平讲到经济状态时说到的"新常态"一样，文艺也进入了自己的

"新常态"或"新生态"。简要地说，这个文艺"新常态"是个什么情形呢？那就是进入了一个凝聚着新力量、混合着新关系、涵盖着新元素的一个新时期、新阶段。这种新常态主要表现在四个方面：第一是在文学生产上，日益呈现出多机制与多成分的混合型，创作组织、写作主导、作品运作由传统的作协体制、期刊和出版社机制变成事业与企业、国企与民企、纸媒与网络等各种力量共同参与、多个链条齐头并进的多元状态。第二，介入文学的元素增多了，影响文学的关系复杂了。过去影响文学的，主要是社会文化氛围，现实政治环境，我们过去经常讲"左"了右了什么的，都是这样一些元素在起作用；那么现在不同了，现在不断加入进来的既有市场与资本，又有传媒与信息，还有网络与科技。这些元素的介入与强化，使得文学的场域格外混杂，文学的关系更为复杂，影响文学的元素、因素、功能与动力也更加地多维与多向。第三，在作家群体和作品的构成上，因为新代际的崛起，类型的分化，成分更为丰富，样态更为繁杂，严肃与通俗、传统与新兴、纸质与电子、线上与线下各自为战，又相互渗透，总体形态更加纷繁多样。第四，文学的传播、阅读和接受因文学读者的年轻化、审美趣味的分化、娱乐需求的强化，在文学类型多样化的同时，文学的阅读也进而走向分层与分众、多面与多边、经典阅读与轻松阅读、纸质阅读与电子阅读，静态阅读与移动阅读将在分化中并立、在共存中互动，并带来趣味上的冲突与观念上的冲撞。

所以我觉得，现在的文坛跟过去比，已不是某一个环节和某一个方面变异了，而是从写作、生产、传播到阅读的整体上看，都发生了很大的变化，它的复杂性前所未有。跟过去比，我们确实进入了一个以前所未有的，或者说以前很少见到的这样一个新的文学阶段。

面对这样一个全新的状态，我们应该怎样去对待、怎样去把握，是一个绝大的难题。正是面对着这样一个复杂的文学、文化现状，习近平在文艺工作座谈会上的讲话提出了一个基本的思路，确定了一个主要的走向。这些精神不只就文艺创作提出了期望，确定了方向，给作家艺术家厘清了思路，提出了要求，而且对我们的组织领导、理论批评也提出了很多指导的意见和切实的建议。可以说，很多我们争论不休的问题、氤氲不明的状态、无所适从的姿态，通过这个讲话，一下子变得清晰起来，明确起来，坚定起来。由此，我们知道应该怎么看和怎么办，有了清晰的路径和明确的方向。

第四，这个讲话反映了文艺自身和党领导文艺的两个基本规律，更多地、更大范围地凝聚了共识。这个讲话，跟毛泽东的《在延安文艺座谈会上的讲话》一样，在讲话之前，进行了充分的问题征集和现状调研，凝聚了比较多的共识，较好地反映了两个基本规律。一个是紧贴文艺创作与文学艺术自身特点的发展规律。文学艺术的规律是什么？文学艺术的规律就是它是一种个性化的艺术创造，它需要作家艺术家创造性的劳动，也需要一个良好的环境与和谐的氛围；这样就又引出另一个规律，党对文艺的组织领导规律。习近平在讲到"加强和改进党对文艺工作的领导"问题时，特别强调了"改进"的方面，包括"切实加强对文艺工作的指导和扶持，加强对文艺工作者的引导与团结"，"对新文艺形态，我们还缺乏有效的管理方式方法"，"深化改革、完善政策、健全体制"，"加强行业服务、行业管理、行业自律"等。这里都有一些新的提法与说法，内中的某些调整与变化，应该是吸取了多少年来关于党在领导文艺方面的经验教训之后的结果。所以这个讲话，既遵循了文学艺术的客观规律，也总结了党领导文艺的一些已有经验。

二、在文艺工作座谈会上的讲话的主要内容和逻辑结构

习近平在文艺工作座谈会上的讲话，除去前边有一个简单的引语，后边有一个简单的结语之外，一共讲了五个问题，整个讲话就

由这五个问题总体构成。五个问题的前后次序，也有一定讲究，大致是由总的问题开始，逐步具体；从大的话题立足，循序深入。

第一个问题，实现中华民族伟大复兴需要中华文化繁荣兴盛。

这个问题主要是讲文艺的功能与作用，尤其是在新的历史条件下怎样去认识文艺的功能和作用。讲话在一开始，就不是就事论事，而是站高望远，从民族的生存与发展、人类社会的跃进与人类文明的升华的高度，谈到了精神的支撑、文化的孕育，以及由文学艺术汇聚而成的世界文明的发展与演进。

在这一部分，习近平讲了两层意思，一层意思是文化是民族生存与发展的重要力量。我们在谈论民族复兴时，通常会把民族复兴更多地看成是物质的丰富、经济的发展，但习近平在这里特别强调了精神的支撑、文化的作用。他的几段论述中都分别表达了这样的意思，一个是人类进步与文化进步的同步性，他提到和论到的许多中外著名作家与艺术家，就是在这一话题下说到的。他指出人类的进步与文化的进步的同步性，强调出自他们之手的文艺作品，正是人类进步的不同时期的标志和符号。他接下来又讲到，中华文化是中华民族的前进动力，从古到今都是这样，就是中华民族要前进，中华文化是动力。在这个问题的阐发上，他先是从世界范围来看，从人类意义上来看，接下来又是从中国来看，从民族来看的。中华民族需要新的复兴，中国文化是中华民族前进的动力，民族的复兴需要物质，更需要精神、需要文化、需要文艺。这样讲来，就把一个颇为宏大的话题，由大到小，由远及近，落到了实处，落实到了文艺上。

第二层意思是文艺是时代前进的号角，思想解放的引擎，最能代表一个时代的风貌，引领一个时代的风气。我们现在正在从事实现中华民族伟大复兴的中国梦的伟大事业，伟大事业需要伟大精神，伟大精神需要伟大的文化，文艺的作用不可替代，文艺工作大有可为。在第一层意思里，他把精神的力量、文化的作用，有力地凸显了出来，接下来就特别讲了文艺的作用、文艺家的职能，特别提醒文艺家们：要从这样的高度认识文艺的地位与作用，认识自己担负的历史使命和责任。这就是说，在民族精神这一领域，不仅文艺的作用举足轻重，无可替代，而且它本身就是精神的依托、文化的载体。社会的前进需要精神的驱动，精神的前行需要文艺的引擎，习近平在这里充分地讲述了文艺的重要作用，也科学地阐明了它们之间的辩证关系。

第二个问题，创作无愧于时代的优秀作品。

在这个问题上，习近平大致讲了两层意思。第一层意思是文艺的繁荣发展，最根本的就是创作生产无愧于时代、无愧于民族的优秀作品。优秀作品代表一个国家与民族的创造能力和文化水平。对内来说，要吸引人和启迪人，需要优秀作品；对外来看，推动中华文化走出去，也需要优秀作品。因此，必须把创作优秀作品作为文艺工作的中心环节。而要推出优秀作品，就要求文艺创作要精益求精。他特别强调作家立足于中国本土的主体性，要求作家首先要立足本土的现实、立足本土的历史，向人类和世界提供中国经验。

在这里他还有两个比较精彩的论述，一个是"三性论"，一个是"三精论"。说到什么是优秀作品时，他提出"思想性、艺术性、观赏性有机统一"的说法，"三性"合一，是谓优秀。过去我们一般只讲"两性"，即思想性与艺术性，他特别提到文艺的观赏性，这是特别有读者意识与观众观点的重要补充。一般来说，在思想性与艺术性之外，同时兼具观赏性与可读性，比较有难度，也特别需要加以强调。谈到精品之"精"时，他在讲话中做了这样的定义："思想精深、艺术精湛、制作精良。"也就是说，只是某一方面好还不够，必要几个方面都好，"三精"合一，是谓精品。

第二层意思，是创新是文艺的生命。关于创新，他在引用《文心雕龙》等名著名言时论述道，"要随着时代生活创新，以自己的艺术个性进行创新"。这里有一些颇具新意的说法，读来颇多启迪。比如，他说：文艺创作是观念与手段相结合、内容和形式相融合的深度创新，是各种艺术要素和技术要素的集成，是胸怀与创意的对接。还有谈到优秀作品之独特，之卓绝，他说了三个"不"：不拘于一格、不形于一态、不定于一尊。话语铿锵有力，给人印象深刻。他特别强调要极大地提升我们文学的原创能力，推动文艺创新。而要提高原创能力，实现文艺创新，就要求文艺家要德艺双馨，具有高度的和相互协调的思想水平、业务水平和道德水平。不光是在艺术上要追求、要进取，而且必须要在很好的专业素养之外，具有很高很好的人格修为、社会担当，要讲品位、重艺德，注重人格修为、做到德艺双馨。所以他在"创新是文艺的生命"里头，谈到了艺术创作本身的创新，也谈到了创新对于艺术家的内在要求。

第三个问题，坚持以人民为中心的创作导向。

在这个问题里有三个小题，第一个小题是人民需要文艺，第二个小题是文艺需要人民，第三个小题是文艺要热爱人民。

论说人民需要文艺，习近平秉要执本，首先从人民对精神文化生活的迫切需要说起，认为这种需求同"民以食为天"一样，跟水和空气一样，是人民须臾不能离开和缺少的。而且，随着人民生活水平的不断提高，对于文艺产品的要求也越来越高了。还有，国际社会和世界人民，越来越关注中国，想更多更好地了解中国，文艺是他们了解中国的最好途径。因此，我们需要讲好中国故事，传播好中国声音，阐发中国精神，展现中国风貌，以让外国民众深化对于中国的认识，增进对于中国的了解。

谈到文艺需要人民，他首先指出：人民是文艺创作的源头活水，一旦离开人民，文艺就会成为无根的浮萍、无病的呻吟、无魂的躯壳。人民生活本身就是文艺创作的原料矿藏，人民生活是一切文学艺术取之不尽、用之不竭的创作源泉。其次，他特别提出"人民的需要是文艺存在的根本价值所在"。作品是否堪为优秀，是否传之久远，关键都在于是否"为人民抒写、为人民抒情、为人民抒怀"。只有顺应人民意愿，反映人民关切的写作，才能充满活力、卓具内力、保有魅力。在这一部分，他谈到了柳青长期落户长安县皇甫村对于文艺创作的启示与意义。

论说文艺要热爱人民时，习近平首先强调情感对于创作的决定作用，因此，热爱人民，是为人民创作的前提。在这一部分，他先是引述了鲁迅的"横眉冷对千夫指，俯首甘为孺子牛"，接着提到与河北作家贾大山接触中的深刻印象，那就是"忧国忧民的情怀"。由此，他进而论述了怎样把热爱人民落到实处，提出要解决好"为了谁、依靠谁、我是谁"的问题，拆除"心"的围墙，不仅要"身入"，更要"心入"和"情入"。

在这一部分里，习近平还先后谈到文艺的创新根源于人民，文艺作品要用现实主义精神浪漫主义情怀观照现实生活，好的作品要经得起人民评价、专家评价、市场检验，最后落到"与人民同在"的核心观念。

第四个问题，中国精神是社会主义文艺的灵魂。

在这一问题的开始部分，习近平首先提出"文艺在培育和弘扬社会主义核心价值观方面具有独特作用"，并强调指出："核心价值观是一个民族赖以维系的精神纽带，是一个国家共同的思想道德基础。如果没有共同的核心价值观，一个民族、一个国家就会魂无定所、行无依归。"在此基础上，他特别提出，作为铸造灵魂的工程，作为人类灵魂的工程师，文艺作品要生动活泼、活灵活现地体现社会主义核心价值观，文艺家要身体力行地践行社会主义核心价值观，努力做到"言为士则、行为世范"。

谈到文艺作品对于社会主义核心价值观的具体体现，习近平指出"最深层、最根本、最永恒的是爱国主义"。爱国主义是常写常新的主题。当代文艺更要把爱国主义作为文艺创作的主旋律。这个问题抓得特别准，意思也表达得特别好。好在什么地方呢？就是他找到了跟文艺更为贴近的精神元素，就是爱国主义。爱国主义比较而言，大概是在社会主义核心价值观里头公约数最大、覆盖性最强，也最有感染力的一个元素。如果有人认为直接表现社会主义核心价值观，比较难以办到，那我就要求你表现爱国主义，书写家国情怀。可以说，爱国主义是一个具有很强的感召力、辐射力的精神纽带，不仅国内的作家可以书写，海外的作家也都可以书写。这样，就可以把华文文学作家都囊括进来，联系起来。

在这一部分里，习近平还讲到追求真善美是文艺的永恒价值，文艺创作要有当代生活的底蕴，也要有文化传统的血脉，因此，要坚守中华文化立场，传承中华文化基因，展现中华审美风范。同时，还说到了洋为中用、开拓创新，在与世界文艺的交流与互鉴中，发展和繁荣我国的文艺，并要参与国际市场的艺术竞争，以使我们的文艺具有更强的竞争力和生命力。

第五个问题，加强和改进党对文艺工作的领导。

这一话题实际上由两个部分构成，一个部分是加强和改进党对文艺工作的领导，一个部分是高度重视和切实加强文艺评论工作。

谈到党对文艺工作的领导，习近平首先强调党的根本宗旨与文艺的根本宗旨的统一性，都是"为人民"。他指出，把握了这个立足点，党与文艺的关系，党性与人民性的关系，政治立场与创作自由的关系，都会得到正确处理和准确把握。

对于加强和改进党对文艺的领导，习近平认为要把握住基本的两条：一是要紧紧依靠广大文艺工作者，二是要尊重和遵循文艺规律。他要求各级宣传文化部门，要切实加强对文艺工作的指导与扶持，对文艺工作者的引导和团结，并期望文联、作协要充分发挥优势，加强行业服务、行业管理、行业自律，真正成为文艺工作者之家。因为文艺工作的对象、方式、手段、机制出现了新情况、新特点，习近平要求要跟上节拍，下功夫研究解决，形成有效的管理方式和方法。

第二个部分是文艺评论。为什么把文艺评论放在这里来说？我想，这不仅仅是一个行文结构上的考虑，习近平实际上是把文艺的理论批评看成是文艺的组织与管理的一个重要方面，或者是引导文艺、影响作家的一个重要方式。谈到重视和加强文艺评论，习近平对于文艺评论的职能做了这样的界定：引导创作、多出精品、提高审美、引领风尚。这样的定位，既有广度，又有高度，远远超出了我们只在品评文艺作品的范畴来看待文艺评论的狭小格局，显示出宏阔的视野，更体现出殷切的期待。这个话题里有这样几个重要的意思，一个是指出文艺批评的褒贬甄别功能的弱化，一个是批评精神的缺失，针对这些问题，他提出要打磨好批评的"利器"，把握好批评的方向盘，运用历史的、人民的、艺术的、美学的观点评判和鉴赏作品，在艺术质量和水平上敢于实事求是，对各种不良文艺作品、现象、思潮敢于表明态度，在大是大非问题上敢于表明立场，倡导说真话，讲真理，营造开展文艺批评的良好氛围。这一部分里有较多的对于批评现状存在问题的尖锐批评，这既表明他对文艺批评现状很不满意，也表明他对文艺批评寄寓着厚望。

三、在文艺工作座谈会上的讲话的八个要点

习近平在文艺工作座谈会上的讲话，在概要阐述党对文艺的新要求与新希望时，既抓住文艺的属性与规律等基本问题，又切近文艺的变异与走向的现状，许多论述都既钩玄提要，又深中肯綮，具有高度的思想引领性与现实针对性。从我的理解来看，有八个问题尤为重要，堪为要点。

第一是文艺的重要地位和作用问题。

关于文艺的重要地位与特殊作用，习近平在文艺座谈会上的讲话里的许多地方都有涉及，在阐述第一个问题时有关这一方面的论述与强调尤为集中。他对文艺工作的看取，对文艺问题的研判，不是就事论事，不是率由旧章，而是把文艺和文艺工作放置于国家和

世界的发展大势中来审视，从民族复兴的伟大目标、人类文明的历史进步，到中华文化的与时俱进、先进文化的积极引领，从世界的大范围、国际的大环境、中国的大历史、时代的新运势，沿波讨源，层层递进，使文艺的巨大功能与特殊作用、文艺家的历史使命与社会责任，逐步彰显，不断突出，让人们看到"文艺是时代前进的号角"的论断不可移易，文艺在社会发展中的"引擎"作用毋庸置疑，从而更深入也清醒地认识和理解"文艺的作用不可替代，文艺工作者大有可为"，在深化对于文艺的基本认知的同时，不断增强自己的使命感与责任心。这个要点里还有一个亮点，就是谈到文艺家的使命、文艺作品的功用时，他语重心长地说道："我国作家艺术家应该成为时代风气的先觉者、先行者、先倡者，通过更多有筋骨、有道德、有温度的文艺作品，书写和记录人民的伟大实践、时代的进步要求"。我觉得这是在新的历史条件下、在新的社会形势下，我们党对于文艺的作用和文艺家的作用的重新认识和高度估价，无论是对于文艺还是文艺家，这个认识与估价在深度与高度上，都是前所未有的。

第二是关于社会主义文艺的本质问题。

在讲第三个问题"坚持以人民为中心的创作导向"时，习近平继续重申了坚持文艺"为人民服务、为社会主义服务这个根本方向"。但在讲这句话之前，他先开宗明义地指出："社会主义文艺，从本质上讲，就是人民的文艺。"

我们在谈到文艺为什么人的问题时，自1980年以来，一直沿用"文艺为人民服务、为社会主义服务"的说法，人们习称为"二为"方向。这个"二为"方向，也是经过数十年的探索与实践，用经验和教训换取来的。那么，习近平不仅就"社会主义文艺"的根本属性，做了"本质上讲，就是人民的文艺"的新的解说，他还进而论述道："要把满足人民精神文化需求作为文艺和文艺工作的出发点和落脚点，把人民作为文艺表现的主体，把人民作为文艺审美的鉴赏家和评判者，把为人民服务作为文艺工作者的天职。"这种秉要执本又简明扼要的阐释，以"为人民"为旨归，揭示了社会主义文艺的要旨与要义，也使"文艺为人民服务、为社会主义服务"的"二为"，在其内在精神上合而为一，统归于"为人民"的终极目标。可以说，这是在文艺的本质属性与根本方向上，又一次体现新思想的新阐释。

第三是中国精神是中国文艺之魂。

中国文艺，应该富含民族精神，保有时代精神，这是不言而喻的。但在创作实践中，应当怎样具体落实和体现呢？习近平在讲述第四个问题时，从社会主义核心价值观，说到爱国主义，又从爱国主义说到真善美，说到传统文化，可以说，这些问题环环相扣，彼此勾连，都与文艺创作关系密切，而且便于操作践行。

前不久，我受张江之托为《人民日报》《文学观象》专栏组约了一期"家国情怀"的专辑，以呼应习近平讲话中的"把爱国主义作为文艺创作的主旋律"的说法。在组稿看稿中发现，中国文学从古到今，从先秦散文、唐诗宋词、明清小说一直到现代、当代和现在，家国情怀的血脉绵延不断，家国情怀的主题常说常新，确实就是中国文学从开始到现在的不变的主旋律。过去是这样，现在也是这样。我觉得，把爱国主义作为文艺的主旋律，既会使家国情怀在文艺创作中更为显豁，也使不同时期、不同地域和不同板块的文艺家，有了一个共同的精神依托与文化纽带。

第四是创作优秀作品是文艺工作的中心。

这个问题十分重要，为什么重要呢？我觉得我们在文艺的组织领导工作中，也包括一些作家艺术家在他们的文艺活动中，有时候会经常偏离创作这个要务，疏离作品这个中心。屡见不鲜的事例是，有时候，有些文艺领导部门会特别看重所谓的政绩工程、形象工程，做一些表面文章；而有一些作家艺术家也常常不甘寂寞，好出风头，享受追捧，迷恋作秀，甚至好大喜功，追逐名利。尤其是娱乐化的媒体深度介入文坛之后，会把娱乐化的、游戏性的成分带进来，使得文坛经常会出现各种各样的事件与绯闻，以一种非作品的乃至娱乐化的方式影响创作，遮蔽文坛。所以，习近平在谈到"创作无愧于时代的优秀作品"时，特别强调：没有优秀作品，其他事情搞得再热闹、再花哨，那也是表面文章，是不能真正深入人民精神世界的，是不能触及人的灵魂、引起人民思想共鸣的。他提醒我们：文艺工作者应该牢记，创作是自己的中心任务，作品是自己的立身之本，要静下心来、精益求精地搞创作，把最好的精神食粮奉献给人民。对于作家文艺家而言，中心只有一个，就是创作优秀作品。作家艺术家要以作品立身，文艺工作要用作品说话。

第五是创新是艺术的生命所在。

习近平在文艺讲话里，高度重视创新，一再强调创新，给人印象十分深刻。他谈到了创新对于文艺创作的意义，论说了创新的要义所在与具体体现，比如说文艺的一切创新，都直接或间接来源于人民；要在体悟生活本质，吃透生活底蕴的基础上创新；创作和创新需要观念和手段相结合、内容和形式相融合，特别是"胸怀与创意的对接"，讲得尤为重要又十分精彩。这样，创新就不仅仅是一种形式层面的问题，而是内含了思想、富含了精神的综合性问题。由此，他顺理成章地提出了"学养、涵养、修养"的提高，在知识储备、艺术训练之外，加强思想积累，提升文化修养，重视人格修为的问题。

第六是"两个效益"和"两种价值"的辩证关系。

"两个效益"指的是社会效益和经济效益，"两种价值"指的是艺术价值和市场价值。我们这些年来，在很多方面都在强调两个效益的兼顾，有时还会说社会效益第一，经济效益第二；但是实际工作中，更为重视的则是经济效益，有时社会效益变成是口头上说说而已，而经济效益是真抓实干。两手都在抓，只有一手硬，我觉得这是现在的一个普遍问题。这个问题在现在之所以越来越严峻，是因为我们这些年来在推行文化的产业化、网络的资本化的同时，带来了很多新的问题，那就是资本的力量在不断地在扩大着他们的能量，不断在影响着文化的格局，甚至主导着文学的发展，这是一个很大的问题。因此，习近平讲话中讲到"两个效益""两种价值"的关系问题时，怎么表述就非常重要。习近平谈到第三个问题时，特别用一大段的篇幅就此做了论说。他的态度非常明确，关于"两个效益""两种价值"，他这样说道：同社会效益相比，经济效益是第二位的，当两个效益、两种价值发生矛盾时，经济效益要服从社会效益，市场价值要服从社会价值。文艺不能当市场的奴隶，不要沾满了铜臭气。在这样两个重要关系中，习近平的态度很坚定，表达很明确，没有迟疑，毫不含糊。我觉得这个非常好，不仅对于文学创作、文学批评有极大的好处，而且对那些党政领导和文化管理部门，也有很大的指导作用，甚至是约束作用。

第七是改进党对文艺的领导。

在第五个问题的论述中，习近平着重谈了加强和改进党对文艺工作的领导。这里，他有好多意思都侧重于谈"改进"的一方面。比如，要尊重文艺家的创作个性和创造性劳动，政治上充分信任，创作上热情支持，营造有利于创作的良好环境；文联、作协要充分发挥优势，加强行业服务、行业管理、行业自律，真正成为文艺工作者之家；特别是面对种种新的元素、新的现象带来新的文艺形态，文艺管理的方式方法要及时跟进，与时俱进。这些说法与意见，都切近着当下的文坛实际，具有极强的现实性与紧迫性。尤其是对于新的文艺形态的强调与重视，看法前瞻，很有意义。因为这一块发展很快，但怎么与之联系和加强管理，确实是全新的课题，也是明显的短板。

第八是文艺批评要强化批评精神。

习近平谈到当下的文艺批评时，有较多的批评性意见，关键是认为"文艺批评褒贬甄别功能弱化"，缺少批评精神。由此，他强调批评自身的褒优贬劣，激浊扬清，也提倡养成辩论的精神，形成良好的批评氛围。这里边的一些话，都相当地发人深省。如说批评，"不能都是表扬甚至庸俗吹捧、阿谀奉承，不能套用西方理论来剪裁中国人的审美，更不能用简单的商业标准取代艺术标准"。这些说法，当然都有所指，也确实是批评现状中的实际问题。可以说，在文艺批评方面，他讲了可以做什么，必须做什么，也讲了不能做什么，要警惕些什么。这些意见和论述，对于我们反思批评现状，重振批评雄风，都很有启迪性和指导性。

在以上八个要点之外，习近平在文艺工作座谈会上的讲话还有不少的亮点。这里简说两个小点。

一个是对文艺家崇高地位的充分认定。文艺家在过去的地位是摇摆不定的。因为属于知识分子阶层，在过去讲家庭成分重于讲个人表现、讲阶级阶层甚于讲知识文化的年代，文艺家通常被归入了资产阶级、小资产阶级行列，不属于劳动人民，是要接受改造的一群人。1962年，周恩来总理在《知识分子问题》中肯定知识分子的绝大多数已经是属于劳动人民的知识分子，但随后而来的政治运动，又把知识分子打入社会最底层。因此，对于知识分子问题，中央不得不重新评估，再做评价。于是，就有了邓小平于1979年6月15日在中国人民政治协商会议第五届全国委员会第二次会议上的开幕词中提出的"我国广大的知识分子，包括从旧社会过来的老知识分子的绝大多数，已经成为工人阶级的一部分，正在努力自觉地为社会主义事业服务"。正是在这样的一个历史背景之下，习近平对属于知识分子的文艺家的高度肯定、高度信任、热切期待，就显得前所少见，非同寻常。习近平对文艺家高度肯定，一是体现在他对文艺家的先锋作用、标杆作用的一再强调上，他希望文艺家成为时代风气的"先觉者、先行者、先倡者"。这就是说你不光是普通的人民，你还是人民里头领风气之先的先锋与尖兵。还有说到文艺和文艺家对于社会精神的引领作用，他用了"言为士则、行为世范"的传统名言，来表达他的高度敬重与殷切期盼。可以说，文艺家的地位与作用，被提高到如此程度，被寄寓如此厚望，是前所未有的。我觉得这里虽然主要谈论的是文艺家，但由此涉及的对于知识分子的高度评估，也是特别值得人们加以关注的。

还有一个小亮点，是对新的文艺形态的关注和肯定。习近平在文艺工作座谈会上的讲话，有两处特别讲到对新的文艺形态要加以关注。一处是讲第二个问题"创作无愧于时代的优秀作品"时，有一大段说到互联网技术和新媒体改变了文艺形态，也带来文艺观念和文艺实践的深刻变化。民营文化工作室、民营文化经纪机构、网络文艺社群等新的文艺组织大量涌现，网络作家、签约作家、自由撰稿人、独立制片人、独立演员歌手、自由美术工作者等新的文艺群体十分活跃。这些人中有可能产生名家，我们要扩大工作覆盖面，延伸联系手臂，用全新的眼光看待他们，用全新的政策和方法团结、吸引他们，引导他们成为繁荣社会主义文艺的有生力量。还有就是在最后的"加强和改进党对文艺工作的领导"部分，讲到文艺工作的对象、方式、手段、机制出现了许多新情况、新特点，文艺创作的生产格局、人民群众的审美要求发生了很大变化，要面对新的文艺形态，建构有效的管理方式方法。说实话，这种对于新的文艺形态的高度关注，尤其是热切肯定，是很出人意料的。可以说，这不仅需要切实了解文学新变的现状，还需要对这些全新的现象有很好的研判与预见。这样一些说法和看法，由党的领导人口里讲出来，分量特别不一样，也让很多从事网络文学等新的文艺形态的人备受鼓舞，感到了自己被看重、被期待，会油然产生一种使命感与责任感。

四、强烈的问题意识与辩证的解决之策

习近平在文艺工作座谈会上的讲话，在不同部分都有一些段落，对当下文艺现状中的混乱现象和倾向性问题，指出了问题所在，提出了批评意见。这些批评的意见，直面当下文学现实、摸准问题症结，都一针见血、入木三分，读来令人深省，甚至为之震撼。

首先是在谈到创作现状时，他有一些基本看法，是抓住了问题，摸准了病灶的。比如，他对于文艺创作中的三大病象的看法，在高度概括的表述里，精准地指出了问题所在：一个病象是有数量缺质量、有"高原"缺"高峰"。这个看法是有依据、有道理的。现在长篇小说数量每年是急剧增长，去年是4200多部，前年是4800多部，前些年还曾上升到5000多部。但在这样一个庞大的数量里，质量到底怎么样？恐怕大家的看法都不乐观，也就是说，好的和比较好的为数寥寥，大量的是可出可不出的、可看可不看的。还有一个是有"高原"缺"高峰"。有些人认为，我们好像也有高峰，比如四年一届的茅盾文学奖、莫言获诺贝尔文学奖等。但我认为，从总体上看，像这样获取著名奖项，国际知名，而且个性突出，持续活跃的文艺大家，确实凤毛麟角，为数太少。从作品的角度看，哪些是我们这个时代的标志？哪些代表了这个时代的"高峰"？尤其是深刻反映改革开放以来的伟大历史变革的佳作力构有哪些？这样一问，都会含糊起来，心虚起来，因为确实缺少，屈指可数。

　　第二个病象是抄袭模仿、千篇一律。这个问题其实从严肃文学到类型文学，都不同程度地存在着，创作的跟风化、同质化，在类型小说写作中可能更为严重。仔细想一下，在传统文学里头，这样的问题也同样存在，有很多作品相互之间没有很大区别，有的作家总在重复自己，甚至于仿学和抄袭别人，这种现象都并不少见。甚至于我们再放开眼界来看，我们的文学期刊不管谁办的，都像一个人办的，陈陈相因，千人一面，几十年都没有什么变化。这背后的问题，其实就是缺少个性，缺乏创新。

　　第三个病象是机械化生产、快餐式消费。随着文学生产的商业化、文学传播的娱乐化、文学阅读的电子化，机械化生产、快餐式消费，确实已成为当下文坛的惯常现象。这在网络文学领域的作品生产、年轻读者群体的文化消费里，尤为突出，更为流行。这些现象已对整体的文学创作和文学阅读产生了一定影响，需要认真对待，也需要切实解决。

谈到我们的文艺作品中经常会出现的问题，习近平在讲话中简要概括了六点：第一是，对崇高、经典、历史和人民缺少应有的认知和敬畏，经常会出现调侃崇高、扭曲经典、颠覆历史，丑化人民群众和英雄人物。这些现象可能在严肃文学里并不突出，但在一些影视作品、网络作品中，会频频出现，确实屡见不鲜。第二是，是与非、善与恶、美与丑的不分明，乃至被颠倒，甚至在作品中过度渲染社会的阴暗面。这种现象，在严肃文学里会有，在类型文学里更甚。第三是，追求低级趣味，一味媚俗，把作品当成追逐利益的"摇钱树"，当作感官刺激的"摇头丸"。这个现象可能比较严重，也比较普遍，从写作到生产，从传播到阅读，都比较显见。第四是，胡编成写、粗制滥造、牵强附会，制造文化"垃圾"。第五是，追求奢华、过度包装、炫富摆阔，形式大于内容。这些问题主要表现于作品在出版过程中的重形式、轻内容等一些行为。第六是，"为艺术而艺术"，只写一己悲欢、杯水风波，脱离大众、脱离现实。这种现象有显见的，有隐性的，但确实严重存在，而且因为打着"为艺术"的幌子，比较难以判别，也比较难以解决。

谈到当下文艺界最为突出的整体性问题，习近平说根据他同一些文艺家接触交谈的了解，就是两个字：浮躁。1986年贾平凹写了部小说叫《浮躁》，人们都注意了这个小说对改革开放初期农村生活的描写，但是都忽略了这个书名对时代情绪的准确概括与把握，我认为我们的浮躁就是从那个时候开始的，从20世纪80年代中后期开始的，一直到现在是愈演愈烈，这个浮躁现象不仅仅是文学问题，它是个社会性的问题。

"浮躁"都有一些什么表现呢？从社会生活上来看，比如像我们的管理阶层和官员群体，心态急躁、作风漂浮，为了任期的业绩，只求眼前、不想未来，只求政绩、不想民生，形式主义盛行、官僚主义成风。而一些企业也是，商业只求上市和圈钱，或只想利润与利益，追求利益最大化，无所不用其极，损人利己也在所不惜。民众中显见的隐性的浮躁更是花样百出、无奇不有，有的人为了一夜成名可以不顾一切，也有的人为了一夜暴富而利令智昏，抱着艳羡别人与攀比心态，心理失衡、心浮气躁，人人都满腹牢骚，个个都怨气冲天。而在文化领域里头，文化事业与文化产业要齐头并进，社会效益与经济效益都要抓出成绩，但实际上只有文化产业越做越大，经济效益远远胜于社会效益。凡此种种，都使浮躁成为社会性情绪与普遍性的症候。我认为从社会上看，整体上就是浮躁的。

从文学上看，"浮躁"有过之而无不及。比如说在文学写作中，有些作家追求写作的快捷与速成，一些作者追求作品的字数、部头与数量，有的一年一部长篇小说，贪图高效率，有的一年好几部作品问世，追求曝光率，至于由文学出版、文学传播联袂构成的文学市场更是眼花缭乱、五花八门，因为名家是销量保障和赚钱的利器，便成为众多出版人必欲拿下的目标和相互争夺的对象。一篇作品刚刚完成，便有数家出版社竞相拼抢，争执不下，甚至对簿公堂。有的名家才刚刚构想出一个书名，便有多家出版社竞相以预付稿酬的方式提前预定，这样的结果使得文学名家无形中垄断图书市场和客观上霸占出版资源。许多名家在这种围堵与追逐之下，基本上都处于一种惶惶不安或者惴惴不安的处境与氛围，而在急切切和急匆匆之下，写作和出版的作品多是不及打磨的粗糙品或者是尚未完工的半成品。我认为这个现象确实是严重存在的。

还有文学阅读领域，浮躁盛行、浮泛成风，浅阅读、轻阅读，乃至图像阅读、休闲阅读、快餐阅读、娱乐阅读、实用阅读等等共同构成了日趋浅俗的阅读之风，使文学阅读，尤其是大众阅读，一路向低俗滑行。最能说明问题的例证是2013年，广西师大出版社在网上搞了一个叫"来说说死活读不下去的书"的调查，结果有三千多名网友在上面投票，把《红楼梦》《百年孤独》《三国演义》《追忆似水年华》等中外文学名著，一概投进了"死活读不下去的书"之列，而且都位列前十名。我觉得文学出版、文学阅读这种浮躁之风，已盛行多年，我们文学批评、文学观念不可能不受影响。所以从某种意义上，我觉得这是个非常严峻的问题。所以习近平特别讲到了浮躁，它确实是当下最大的普遍性问题。

那么浮躁的背后是什么，或者说是什么东西造成了浮躁？不用说，是追名逐利，急功近利，从某种意义上讲，是把文学当成了一种追名逐利、谋取功利的工具。还有就是，在文学创作、文学生产、文学传播的过程中，都把利益摆在前面，各个环节都这样之后，整体上构成了一种惯性，形成这样一种风气，所以浮躁的背后是急功近利，这是一个需要整体反思、自我省察的大问题。

习近平在文艺工作座谈会上的讲话，还就如何更好地反映现实，提出了他的看法和建议。他认为，对于生活中的不如人意之处，一些丑恶现象，不是不要反映，而是要解决好如何反映。他指出：应该用现实主义精神和浪漫主义情怀观照现实生活，用光明驱散黑暗，用美善战胜丑恶，让人们看到美好、看到希望、看到梦想就在前方。总之，不能是单纯地记录现状，原始地展现丑恶。

习近平在第五个问题中用一半的篇幅谈论了文艺批评中存在的问题，在其他问题的相关部分，也有一些精彩的见解与意见，对于我们从事文学理论批评的，特别有启迪、有教益。比如，文化产品的两个效益、两种价值的关系问题，文艺作品要尽力做到雅俗共赏的问题，还有不能总是庸俗吹捧、阿谀奉承，不能以西方理论来剪裁中国人审美，不能用简单的商业标准取代艺术标准，等等。认真学习这些论述，深入领会这些精神，对于我们着力打造批评的"利器"，把握好文艺批评的"方向盘"都至关重要，极有助益。

总的来说，习近平在文艺工作座谈会上的讲话联系文艺的新实际，针对文艺的新问题，提出了党对文艺工作者的新的希望与推动文艺工作的新的要求。讲话内容丰富，观点鲜明，许多论述与论断，既高屋建瓴，又实事求是，对于文艺工作者在新的历史条件下充分认识历史使命，坚持正确方向，增强文化自信，焕发创作活力，具有重要的指导意义与极大的激励作用。

我今天要跟大家交流的学习体会，大致就是这些。需要说明的是，习近平的讲话内容十分丰赡，思想极其深刻，我只能根据自己的学习与领悟，转述一些基本观点，阐发一些重点与要点，不当不妥之处，请大家包涵、指正。

"为人民"：创作的中心与文艺的轴心

——学习习近平在文艺工作座谈会上的讲话

在党中央于 2014 年 10 月 15 日召开的文艺工作座谈会上，习近平总书记发表了关于文艺问题的重要讲话。这一重要讲话联系文艺的新实际，针对文艺的新问题，提出了党对文艺工作者的新的希望与推动文艺工作的新的要求。讲话的许多论述与论断，既高屋建瓴，又实事求是，对于文艺工作者在新的历史条件下充分认识历史使命，坚持正确方向，增强文化自信，焕发创作活力，具有重要的指导意义与极大的激励作用。

习近平总书记的重要讲话，在概要阐述党对文艺的新要求与新希望时，既抓住文艺的属性与规律等基本问题，又切近文艺的变异与走向的现状，许多论述都既钩玄提要，又深中肯綮，具有高度的思想引领性与现实针对性，其中尤以对"以人民为中心"的根本要求的深入而充分论述，具有内在的新意与深意，并形成带有体系性特征的文艺理论思想。

文艺为什么人的问题，是革命领袖和党的领导人一贯高度重视的。在七十二年前延安召开的文艺座谈会上，毛泽东发表的《在延安文艺座谈会上的讲话》，其核心的话题就是我们的文艺"为什么人服务"和"如何去服务"。为当时的历史条件和社会情势所决定，毛泽东的《在延安文艺座谈会上的讲话》，结合当时的历史任务与文艺现实，重点论述了文艺"为人民大众"和"服从党在一定革命时期内所规定的革命任务"两个问题。在后来关于《讲话》基本精神的理解与阐释中，这些论述被进而浓缩为"文艺为工农兵服务""文艺为政治服务"，并在新中国成立之后的很长一个时期成为文艺工作的基本指针。后来文艺事业的波澜起伏与坎坷发展一再表明，这样的文艺指针已经不能适应变化了的社会生活与文艺现实。因而在1979年召开的全国第四次文代会上，邓小平代表党中央致《祝词》时，指出："我们要继续坚持毛泽东同志提出的文艺为最广大的人民群众、首先为工农兵服务的方向"；"围绕着实现四个现代化的共同目标，文艺的路子要越走越宽"。这种在恢复中坚守、在坚守中调整的文艺指针，随后更加清晰而完整地体现于1980年7月26日《人民日报》的社论，这篇题为《文艺为人民服务、为社会主义服务》的社论，起首便开宗明义地指出："最近，党中央提出，我们的文艺工作总的口号应当是：文艺为人民服务、为社会主义服务。这个口号是在文艺界贯彻党的十一届三中全会方针，解放思想，拨乱反正，总结革命文艺运动历史经验的基础上提出来的，为我国社会主义新时期的文艺工作指出了正确的方向。"取代旧的"二为"方向的"为人民服务、为社会主义服务"的新"二为"方向的提出，使文艺的方向直指长远而根本的目标，使文艺的功能更加放大，文艺的天地更为广阔。

习近平总书记于10月15日的重要讲话中谈到文艺的方向问题时，在强调坚持文艺"为人民服务、为社会主义服务这个根本方向"时，又就"社会主义文艺"的根本属性做了新的解说，他指出："社会主义文艺，从本质上讲，就是人民的文艺。"他还进而论述道："要把满足人民精神文化需求作为文艺和文艺工作的出发点和落脚点，把人民作为文艺表现的主体，把人民作为文艺审美的鉴赏家和评判者，把为人民服务作为文艺工作者的天职。"这种秉要执本又简明扼要的阐释，以"为人民"为旨归，揭示了社会主义文艺的要旨与要义，也使"文艺为人民服务、为社会主义服务"的"二为"，在其内在精神上合而为一，统归于"为人民"的终极目标。可以说，这是在文艺的根本方向上，又一次体现新思想的新阐释。

从1942年毛泽东《在延安文艺座谈会上的讲话》的文艺"为人民大众""服从于政治"，到1980年党中央提出的"文艺为人民服务、为社会主义服务"，再到2014年习近平总书记论述的"社会主义文艺，从本质上讲，就是人民的文艺"，在七十多年的革命文艺和社会主义文艺的发展进程中，革命领袖和党的领导人关于文艺方向的论述与论断，既有力地指引了不同时期文艺工作的发展与繁荣，又深刻地总结了不同阶段文艺工作的丰富实践与基本经验，它的适时调整与逐步演进本身，就是党对文艺工作的认识与把握、组织与领导，不断切近规律、走向科学的过程。从这个意义上说，把习近平总书记在这次文艺座谈会上的讲话，视为继毛泽东《在延安文艺座谈会上的讲话》，邓小平在第四次全国文代会上的《祝词》和《人民日报》1980年7月26日社论之后，党的领导人又一次具有重大理论意义与历史意义的重要讲话，是有理由的，也是适当的。

围绕着"以人民为中心"的基本理念，习近平总书记就如何"为人民"提出了许多新要求与新希望，尤其是对于文艺家的潜心创作、紧跟时代、深入生活、德艺双馨等，都紧扣"为人民""以人民为中心"的总主题，做了精到的论说与生动的阐发。如谈到文艺工作者的任务："文艺工作者应该牢记，创作是自己的中心任务，作品是自己的立身之本，要静下心来、精益求精搞创作，把最好的精神食粮奉献给人民。"如谈到写作与时代的关系："作家艺术家应该成为时代风气的先觉者、先行者、先倡者，通过更多有筋骨、有道德、有温度的文艺作品，书写和记录人民的伟大实践、时代的进步要求，彰显信仰之美、崇高之美"。如谈到创作与生活的关系："能不能搞出优秀作品，最根本的决定于是否能为人民抒写、为人民抒情、为人民抒怀。""要虚心向人民学习、向生活学习，从人民的伟大实践和丰富多彩的生活中汲取营养，不断进行生活和艺术的积累，不断进行美的发现和美的创造。要始终把人民的冷暖、人民的幸福放在心中，把人民的喜怒哀乐倾注在自己的笔端，讴歌奋斗人生，刻画最美人物，坚定人们对美好生活的憧憬和信心。"在这里，衡量作家的，是人民的诉求与需要；检验作品的，是人民的情感与喜好；滋养创作的，是人民的实践与生活；成就文学的，是人民的理想与精神。人民在这里，是文艺创作的中心导向，是文艺家的终极坐标，是文艺生活的根本轴心。

可以说，这些沿波讨源，又环环相扣的论述，不仅对文艺"为人民"的根本方向构成了坚强而有力的支撑，而且在文艺"如何为人民"上，以遵循规律和联系实际的分说与细读，提出了具体的办法与实现的措施，从而构成了色彩强烈的"以人民为中心"的体系化的理论建构与文艺思想。

当下的文艺创作与文艺生活，因为文艺所置身的社会现实与文化生活的巨大变革，也因为文艺自身在发展演进中的深刻异动，不断有新的元素、新的势力介入进来，不断有新的关系、新的观念掺杂其中，使得文艺领域和整个文坛呈现出前所少见的丰富性、复杂性，乃至混合性、混血性。文艺领域里既表现出难能可贵的丰沛与繁盛，又体现出难以分辨的芜杂与氤氲。群雄竞起，谁是真正的英雄？众声喧哗，谁是时代之强音？这些都在激励着文艺工作者、感染着文艺爱好者的同时，又挑战着文艺工作者、迷惑着文艺爱好者。在这样一个背景之下，习近平总书记的重要讲话，犹如"蓝天的阳光，春季里的清风"，给人们充分认识文艺的功能与作用，进而增强文化上的自知与自信，努力保持思想上的清醒与定力，坚定持守文学理想的纯正与高远，提供了重要的思想引导力与精神能动力，必将对文艺家焕发创造精神、文艺思想正本清源、文艺工作与时俱进，给予积极而有力的推动与促进，发生深刻而久远的作用与影响。

（原载2014年11月3日《文艺报》）

构筑时代文艺高峰的思想指针

——习近平《在中国文联十大、中国作协九大开幕式上的讲话》
学习体会

正当全国文艺界以习近平总书记《在文艺工作座谈会上的讲话》的精神为指引，隆重召开中国文联第十次全国代表大会、中国作协第九次全国代表大会之际，习近平总书记出席开幕式并做重要讲话，高屋建瓴的要点阐发，语重心长的殷切期望，对于文艺界在新的形势下推进文艺事业、构筑文艺高峰提出了新的目标，对于文艺工作者创作优秀作品、力求德艺双馨提出了新的希望，给广大文艺工作者争取社会主义文艺的持续繁荣与更大发展，指明了方向，厘清了思路，提供了动能，激发了信心。

距离习近平总书记《在文艺工作座谈会上的讲话》发表两年多的时间，习近平总书记又一次就文艺工作发表《在中国文联十大、中国作协九大开幕式上的讲话》，这既显示了以习近平同志为核心的党中央对文艺事业的高度重视，也体现了习近平总书记对于文艺事业与文艺工作蒸蒸日上的热切期待。这种重视与期待，在习近平总书记的讲话中表现得尤为充分，显现得更为具体。这都使得我们当下面临各种挑战的文艺工作，如同大海行舟，行有导航仪表，进有导向指针。

两个"重要"的高度估价

文艺所具有的重要地位与特殊作用，是党在不同时期都极其重视、认真对待的重要问题。延安时期，毛泽东《在延安文艺座谈会上的讲话》中，就根据当时国内国际的总体形势，联系抗战背景下革命事业的现实需要，充分地肯定和评价了文艺的地位与作用。他把"文化的军队"看成是"团结自己、战胜敌人必不可少的一支军队"。由此，他把文艺看作是"整个革命机器的一个组成部分"。可以说，正是由此开始，中国共产党人对于文艺的地位与作用的认识达到了前所未有的新高度。

时隔70多年的今天，社会历史的演进，文艺自身的进取都使现今的文艺与当年的文艺，面临着不同的历史背景、社会环境和文化处境，如何在新的历史条件下认识文艺的地位与作用，习近平总书记于2014年10月《在文艺工作座谈会上的讲话》中讲到第一个问题"实现中华民族伟大复兴需要中华文化繁荣昌盛"时，就着重论述了当今时代文艺的重要地位与特殊作用。他从民族的生存与发展，人类社会的进步和人类文明升华的大视野、大角度，谈到文艺作为精神结晶和文明符号的意义，又从中华民族伟大复兴，说到伟大事业需要伟大精神，顺理成章地得出"文艺的作用不可替代，文艺工作者大有可为"的结论。取精用宏的论述，高屋建瓴的见解，形象而科学地阐明了中国共产党人在新的历史阶段对于文艺工作意义的深刻认识与高度评价。

习近平总书记在《在中国文联十大、中国作协九大开幕式上的讲话》中谈到党对文艺工作的一贯重视时，特别指出："文艺事业是党和人民的重要事业，文艺战线是党和人民的重要战线。"在对文艺事业做了这样两个"重要"的高度肯定和充分估价之后，又进而指出："在革命、建设、改革各个历史时期，广大文艺工作者响应党的号召，坚持为人民服务、为社会主义服务的方向，坚持百花齐放、百家争鸣的方针，创作了一大批脍炙人口、深入人心的优秀作品，弘扬了中国精神，凝聚了中国力量，为我们党团结带领人民实现民族独立、人民解放、国家富强、人民幸福作出了十分重要的贡献。"这种以高度精练的语言对文艺工作的作用与贡献的高度概括，又以昭如日星的事实证明两个"重要"的言之有据，广大文艺工作者"有智慧有才情、敢担当敢创新、可信赖可依靠"的毋庸置疑。这种相互印证的精湛论说，既对两个"重要"的论断给予了有力的深化，又给文艺工作者一如既往地做好文艺工作以莫大的激励。

文艺的地位要在完成历史任务中进而彰显，文艺的作用要在履行时代使命中加以落实。因此，习近平总书记在讲话中，从"实现中华民族伟大复兴，是中华民族近代以来最伟大的梦想，也是我们这一代人的历史使命"说起，既高屋建瓴地指出"实现中华民族伟大复兴，需要物质文明极大发展，也需要精神文明极大发展"，又豪情满怀地期望文艺工作者"高擎民族精神火炬，吹响时代前进号角，把艺术理想融入党和人民事业之中"。这些重要论述，既站高望远又钩玄提要，从文艺与民族精神的走向、与时代进步风向的密切缘分，说到民族的伟大复兴、文化的繁荣昌盛与文艺的繁荣发展的内在关联，既步步深入地论述了民族、文化与文艺彼此映照、相互依存的密切关联与递进关系，又由小到大、由远及近地把民族复兴的伟业落实到文艺工作上。这既是对文艺事业地位与意义的高度认定，也是对文艺工作者工作的高度评价和殷切期待。它昭示人们和文艺工作者，需要从民族复兴的大局、社会发展的需要、历史进步的趋势的高度来认识文艺的作用与职能，也需要从这样的大局、趋势与高度来认识自己的使命与责任，从而做到"胸中有大义、心里有人民、肩头有责任、笔下有乾坤"，肩负起这个时代文艺家的重要历史责任，履行好这个时代文艺家应有的神圣职责。

三个要点的充分强调

习近平总书记的讲话里，就当下文艺工作面临的现状，需要解决的问题，应当着力的方面，都有全面的论说与精当的阐述。细读这个讲话，还会发现在众多的要点阐发中，有三个方面的问题论述较为集中，话题更为彰显，这就是文艺与时代、创作与现实、作家与人民。因此，时代、现实、人民，可以说构成了文艺工作的三个基本要素与内在要点。

多角度和多方面地强调和论述文艺与时代的关系，在习近平总书记的讲话里俯拾皆是、随处可见。这里既有从大的方面着眼的"文运同国运相牵，文脉与国脉相连"的不易之论，又有从文艺的具体发展得出的文艺"因时而兴，乘势而变，随时代而行，与时代同频共振"的至理名言。有了这些丰盈而精湛的论述做铺垫，"文艺的性质决定了它必须以反映时代精神为神圣使命"的论断，就至当不易，难以移易。把反映时代生活和时代精神作为文艺的使命，并提升到神圣的位置，可以说既是一个基本的要求，也是一个很高的标准。

事实上，处于一定时代的作家艺术家，既不一定就是时代生活的随行者，也不一定就是时代精神的歌吟者。君不见，所谓表现"自我"的写作屡见不鲜，所谓疏离时代的写作也大行其道。还有一些写作，只以游戏为旨归，以娱乐为目的，时代生活在他们这里或被变形的审美所遮蔽，或被"二次元"的作品所替代。在文艺如何面对时代、如何处理生活这一方面，我们确实需要认真地自省，也确实需要真正的自觉。正是在这个意义上，如何在文艺创作上，"把握时代脉搏，承担时代使命，聆听时代声音，勇于回答时代课题"就成为文艺工作者需要不断进行自我检省和自我调整的现实问题。

关于文艺与生活，习近平总书记在讲话中除了一再强调文艺要

"积极反映人民生活"，"反映人民生产生活的伟大实践"，还特别提请文艺家们注意："改革开放近40年来，我们党领导人民所进行的奋斗，推动我国社会发生了全方位变革，这在中华民族发展史上是前所未有的，在人类发展史上也是绝无仅有的。面对这种史诗般的变化，我们有责任写出中华民族新史诗。"显而易见，近40年的巨大变革，既是中华民族新史诗，也是这一代文艺家最应该写作的题材和最该反映的生活。

改革开放以来的文学艺术，总的来说，是与时代同频、与现实同行的。但仔细检视起来，真正以改革开放的壮阔历程和由此引发的人民精神巨变为表现对象的小说写作，尤其是长篇小说力作，数量既不很多，质量也明显不高。摆在作家艺术家面前的，确实有一个亟待解决的问题，那就是如何"努力创作同我们这个文明古国、我们这个蓬勃发展的国家相匹配的优秀作品"。

在文艺与人民的关系问题上，习近平总书记于2014年10月所做的《在文艺工作座谈会上的讲话》，专列了"坚持以人民为中心的创作导向"议题，从"人民需要文艺""文艺需要人民""文艺要热爱人民"三重角度，详尽论述了如何使"以人民为中心"成为基本导向和真正落到实处。在讲话中，习近平总书记在强调"扎根人民""贴近人民"的同时，还从"反映人民生活""反映人民喜怒哀乐"以及以弘扬正能量的作品"引导人民""激励人民""服务人民"等诸多方面，论述了文艺与人民无处不在的广泛关联，阐发了文艺与人民深刻关联的多种可能。

如果"以人民为中心"是一个大的目标和总的要求的话，那么，"观照人民的生活""追随人民脚步""面向群众创作""鼓舞人们""在人民中传之久远"等几个方面的要求，由上到下，从内到外，涉及情怀与立场、状态与面向等重要的现实问题。这些具体而微的要求与期望因为秉承了提高与普及相结合的方针，坚持了社会效益与经济效益相统一的原则，使得人们看取文艺的眼光自然向下，文艺工作的重心必然下移，这就使得"以人民为中心"成为文艺工作的一个纵贯始终的系统工程，保证了"以人民为中心"的目标原则，成为始终不渝的创作导向，构成文艺工作的基本常态。

四点"希望"的发展之策

习近平总书记在讲话中，向文艺工作者提出了四点希望。这里的"希望"，凝结了党的领导人对于文艺工作者的热切期待与诚挚厚望，实际上也是针对文艺创作"有数量缺质量、有'高原'缺'高峰'"的现状，为着开创新形势下文艺工作的崭新局面，构筑中华民族伟大复兴时代的文艺高峰，从精神姿态、创作导向、文艺手段、理想持守等几个方面，所给予的顶层设计，所谋划的切实策略。四点"希望"，各有独到内涵，彼此环环相扣，它们的内在关联与积极互动，构成了搞好文艺创作和做好文艺工作的四大要点。

"坚定文化自信，用文艺振奋民族精神"，从确立信念、提振信心的层面，呼唤文艺工作者建立起高度的文化自信，焕发出全新的精神面貌。

作为人类灵魂工程师的文艺工作者，自身具有怎样的魂魄，对于为艺和为人都至关重要。为此，习近平总书记在讲话中指出："创作出具有鲜明民族特点和个性的优秀作品，要对博大精深的中华文化有深刻的理解，更要有高度的文化自信。广大文艺工作者要善于从中华文化宝库中萃取精华、汲取能量，保持对自身文化理想、文化价值的高度信心，保持对自身文化生命力、创造力的高度信心，使自己的作品成为激励中国人民和中华民族不断前行的精神力量。"这里既有如何识古和继往，又有如何知今与开来，对文化自信的应有内涵做了简要的概述。不同于人们一般多在自我与个人的角度上去理解和认知文化自信，习近平总书记特别指出文化自信超越文艺工作的重要性所在，那就是"坚定文化自信，是事关国运兴衰、事关文化安全、事关民族精神独立性的大问题"。因此，文化自信从小处说关乎文艺创作，从大处说关系到民族的伟大复兴。因而，坚定地拥有文化自信，坚韧地持守文化自信就是文艺工作的题中应有之义。

"坚持服务人民，用积极的文艺歌颂人民"，是对"以人民为中心的创作导向"的再度重申和生发。在谈到这个问题时，习近平总书记通过对"人民是历史的创造者，是时代的雕塑者"，"人民历来就是作家'够资格'和'不够资格'的唯一判断者"的引述式论证，在"为了人民"的总目标下，既强调文艺创作要"歌颂人民"，又强调文艺工作要"服务人民"，在文艺的各个方面都强调人民的立场、人民的角度、人民的坐标、人民的元素，从而把"人民"具体而微地落实到文艺创作、文艺生产、文艺传播、文艺阅读的各个环节，使文艺创作"扎根人民"，使文艺家"永远和人民在一起"。在这里，人民与时代和生活一起，构成创作之源、作品之本、作家之根、文艺之依，既为文艺创作所不可或缺，又使得"艺术之树"常绿长青。

"勇于创新创造，用精湛的艺术推动文化创新发展"旨在以创新手段促动优秀文艺作品的产生，推动文艺创作的新变。习近平总书记在讲话中切近文艺创作的客观规律，提醒文艺工作者，"创新是文艺的生命。要把创新精神贯穿到文艺创作全过程"，又强调文艺家在文艺创作中，要努力做到"观念和手段相结合、内容和形式相融合"，"要把提高作品的精神高度、文化内涵、艺术价值作为追求"。因此，他又告诫文艺工作者，"我国文艺不仅要有体量的增长，更要创造质量的标杆。创新贵在独辟蹊径、不拘一格，但一味标新立异、追求怪诞，不可能成为上品，而很可能流于下品。要克服浮躁这个顽疾，抵制急功近利、粗制滥造，用专注的态度、敬业的精神、踏实的努力创作出更多高质量、高品位的作品"。这些论述都清楚而分明地告诉人们，创新既要锲而不舍又要秉要执本。

"坚守艺术理想，用高尚的文艺引领社会风尚"主要从艺术家的理想和艺术作品的内涵两个方面强调有为的文艺工作者的自我塑造与积极的文艺作品的正面影响。习近平总书记在讲话中一语破的地指出："伟大的文艺展现伟大的灵魂，伟大的文艺来自伟大的灵魂。"而拥有这样的"伟大的灵魂"，就需要文艺家自身"养德"与"修艺"并重，"崇德"与"尚艺"兼顾，使自己做到德艺双馨，使自己的作品达到文质兼美。在这一部分的问题论说中，习近平总书记在强调文艺家的"文化责任和社会担当"的同时，还一再希望文艺家们"不为一时之利而动摇、不为一时之誉而急躁"，"要做真善美的追求者和传播者，把崇高的价值、美好的情感融入自己的作品，引导人们向高尚的道德聚拢，不让廉价的笑声、无底线的娱乐、无节操的垃圾淹没我们的生活"。可以说，这些希望中有提醒，引领中有劝诫，其情切切，其言谆谆，令人感奋，也引人警醒。

总之，习近平总书记《在中国文联十大、中国作协九大开幕式上的讲话》以深入浅出的理论性、求真务实的操作性直面文艺的新实际，解读文艺的新课题，钩玄提要地阐述了党对文艺工作的新要求与新希望，简明扼要地提出了推动创作繁荣和构筑文艺高峰的新思路与新策略，使它成为继《在文艺工作座谈会上的讲话》之后，我党关于文艺工作的又一重要文献。相信这两个有关文艺的重要讲话的贯彻与落实必将使广大文艺工作者明确前进的路向，振奋创新的精神，使新时代的文艺工作获得更大的动力，焕发新的活力，从而构筑起属于我们这个时代的文艺高峰，谱写出社会主义文艺事业新的光辉篇章。

（原载 2016 年 12 月 3 日《文艺报》）

清新的文风　重要的文献

——学习习近平关于文艺工作的两个重要讲话

　　继2014年10月习近平总书记主持召开文艺工作座谈会并发表重要讲话之后，2016年11月，习近平总书记又出席中国文联十大、中国作协九大开幕式并发表重要讲话。在两年多一点的时间内，党中央就文艺工作连续做出重要部署，党的总书记就文艺工作接连发表重要讲话，这在我国当代以来的文艺发展史上还前所未有。显而易见，这充分体现了党中央对于文艺工作的高度重视，也体现了习近平总书记对于文艺工作的特别关怀。

　　刘云山同志在中国文联第十届全委会和中国作协第九届全委会上的讲话中，谈到习近平总书记《在中国文联十大、中国作协九大开幕式上的讲话》时，简明扼要地说道："讲话饱含着对文艺事业发展的深邃思考，饱含着对广大文艺工作者的殷切希望，以一系列富有创见的新思想新观点新论断，丰富发展了马克思主义文艺观和党的文艺理论，是继文艺工作座谈会讲话之后的又一篇纲领性文献"。这样的说法，钩玄提要，提纲挈领，堪为对习近平总书记文艺讲话的内容、价值与意义所做的精到概括与准确评价。

　　在习近平总书记发表《在文艺工作座谈会上的讲话》后，有人把这个讲话与毛泽东的《在延安文艺座谈会上的讲话》联系起来，认为二者有着一定的内在联系与历史承继，我认为这种说法有一定的道理。如果说延安文艺座谈会及毛泽东的《在延安文艺座谈会上的讲话》，结合战时的政治背景与社会需要，针对当时的文艺思想与文艺现状，提出了党在那一个时期文艺工作的指导思想，那么，习近平总书记的《在文艺工作座谈会上的讲话》《在中国文联十大、中国作协九大开幕式上的讲话》，就是在七十多年之后，文艺工作面临我们这个历史时期很多新的问题、新的挑战、新的倾向、新的矛盾，党的领导从指导思想和领导层面提出认识的思路与基本的看法，以期引领人们更好地认清现实、把握现状。因此，作为党新世纪文艺工作的纲领性文献，习近平总书记的两个重要讲话，是在新的历史条件下，在文艺面向新的需要、面临新的状况、面对新的问题，对于文艺结合当下实际所做的深入的理论思考与系统的要点阐述，它的重要性就在于，它是基于当代文学60多年的发展历史，以及党领导文艺工作的教训与经验，来着力解决我们这个时代的诸多文艺难题的一次理论出击，所以它是党的领导人在新的历史条件下关于文艺思想的一个集中阐述。两个重要讲话就党的文艺工作所做的集中论述，对文艺问题所做的深刻剖析，对文艺事业所做的全面部署，为争取文艺的更大繁荣发展提供了思想方针，为筑就时代的文艺高峰，既指明了前进的方向，又提出了行动的方略。

习近平总书记的《在文艺工作座谈会上的讲话》，以五个问题的深入论述和精到阐发，系统而扼要地体现了我们党及习近平总书记个人对于文艺问题的根本看法，对于文艺工作的基本要求。"实现中华民族伟大复兴需要中华文化繁荣兴盛""创作无愧于时代的优秀作品""坚持以人民为中心的创作导向""中国精神是社会主义文艺的灵魂""加强和改进党对文艺的领导"，五个问题紧密勾连，彼此之间相辅相成，从民族伟大复兴的事业需要、人民生产生活的精神需要、时代阔步前行的发展需要、文艺繁荣发展的自身需要，全面论述了文艺事业应予坚持的方向，文艺创作应予持守的导向，文艺工作应予努力的路向。习近平总书记的《在中国文联十大、中国作协九大开幕式上的讲话》，对文艺工作和文艺工作者提出"坚定文化自信，用文艺振奋民族精神""坚持服务人民，用积极的文艺歌颂人民""勇于创新创造，用精湛的艺术推动文化创新发展""坚守艺术理想，用高尚的文艺引领社会风尚"。这里的四点希望，要求与期许兼顾，语重与心长并见，而且从精神姿态、创作导向、艺术手段和理想持守的四个维度，对文艺创作的构筑时代高峰，文艺工作的开创新局，给予了缜密的顶层设计和周全的整体谋划。"四点希望"的论说，环环相扣，层层递进，侧重于从文化自信的角度，启发文艺工作者的文学自觉，对于调动和激发文艺工作者的主体精神、使命意识和创新活力，都有重要的方向指引和明确的行动依循。两个关于文艺工作的重要讲话，构成了党对文艺事业的系统认识，党的领导人对于文艺工作的整体把握，完全可以看作在新的历史条件下，我党结合新的时代任务，新的事业发展，运用马克思主义的观点与方法，对于文艺工作提出的具有创新性的新思想、新观念、新论断。在这个意义上，也完全可以说，习近平总书记的两个重要讲话，是对马克思主义的文艺思想的新开拓与新发展，是对社会主义文艺观的新创立与新构建。

习近平总书记的两个重要讲话，在如何看待文艺事业、如何认识文艺工作、如何分析文艺问题诸方面，都体现出鲜明而深湛的马克思主义的观点与方法的运用与化用。比如，从事业的整体和时代的全局来看待文艺的地位与功用，以人民为中心来统摄文艺生活与工作，从文艺自身的规律来要求文艺创作与创新，等等。文艺在这里，没有单摆浮搁，非属个人天地，而是党和人民的重要事业之一，党和人民的重要战线之一，以自己的特性与特质镶嵌在党和人民的整体历史使命之中。这种对于文艺问题追本溯源的认知与秉要执本的把握，完全超越了就事论事的局部性，就文说文的局限性，而充分体现出在民族复兴大业的整体性中看待文艺事业，在时代生活不断演进的历史性中观察文艺现状，在文艺事业的更大繁荣的前瞻性中要求文艺工作，如此贯穿于一系列精彩论述与重要论断的历史唯物主义与辩证法，使得这些文艺论述与论断在卓具深入浅出的理论性、钩深致远的思想性的同时，还具有振聋发聩的启蒙性、催人奋进的感召性，令人读来感奋不已，听来热血沸腾。两个重要讲话具有的这种大含细入的内力与鼓荡人心的魅力，首先来自这种深蕴其中的高远的眼界、博大的胸怀与雄浑的气度。

聆听和研读习近平总书记的关于文艺工作的两个重要讲话，人们还有一种特别的感受与体味，那就是这些重要讲话，与一般的领导人讲话显著不同，不是政策性的宣讲，不是公文式的宣示，而是明显地带入了自己的真切感受，充分地倾注了自己的深挚感情，从个人化的角度阐述共识性的问题，又以参与者的身份共谋文艺事业的大计。同时，因为卓有自己的深刻见识，带有自己的深切体味，表述的方式在娓娓而谈中如促膝谈心，亲切的话语在精警凝练中很耐人寻味。这便使这两个重要讲话，同时也带来一种清朗的文气，一股清新的文风，令人读来既大气磅礴，鞭辟入里，又如春风拂面，醍醐灌顶。真可谓：开帙则满幅香浮，掩卷而余香勾引。我以为，这样的卓具个人化特点和颇具散文化风格的重要讲话，也是习近平总书记对党的领导人讲话在文风上的有力改进，更是对文学理论和文艺批评的文风的大力革新。从这个意义上说，习近平总书记关于文艺工作的两个重要讲话，也是文学理论研究深入浅出的最好典范，是文艺批评文本情文并茂的绝佳范例。

总之，习近平总书记关于文艺工作的两个重要讲话，在思想丰赡、理论精深的同时，又脍炙人口，沁人心脾，让人常读常新，令人砺世磨钝。两个重要讲话对于文艺工作的指引作用将是巨大的，认真学习和全面贯彻两个讲话的基本精神也是长期的。可以想见，有这样两个重要讲话的思想指引与精神照耀，我们的社会主义文艺事业争取更大的繁荣与发展，努力铸就属于我们这个时代的文艺高峰，既是可以预期的，也是毋庸置疑的。

（原载2016年12月19日《中国艺术报》）

文艺新时代的行动新指南

——习近平文艺论述的总体性特征探析

  党的十八大以来，习近平把文化建设与文艺繁荣作为治国理政的重要方面，多次就文化与文艺事业做出部署和发表讲话。近些年来，习近平对于文艺工作的关注更为集中，发表的讲话更为频繁，比较重要的就有：2014年10月主持召开文艺工作座谈会并发表《在文艺工作座谈会上的讲话》；2016年11月参加中国文联十大、中国作协九大开幕式并发表《在中国文联十大、中国作协九大开幕式上的讲话》。2017年10月在为党的十九大做题为《决胜全面建成小康社会 夺取新时代中国特色社会主义伟大胜利》的报告中，列出"坚定文化自信，推动社会主义文化繁荣兴盛"的专节，又就新时代的文化建设和文艺事业做了提纲挈领的论述。2019年3月看望参加全国政协十三届二次会议的文艺界、社科界委员时发表重要讲话。把这些讲话总合起来看，可以说，习近平关于文化与文艺的论述，不仅篇幅较多，内容丰厚，而且重点突出，逻辑严密，已以博大精深、自成体系的方式，成为习近平新时代中国特色社会主义思想的重要构成。

  习近平的系列文艺讲话，内涵丰富，思想精深，重点与亮点比比皆是。从大的方面来看，有关文艺与时代、文艺与人民、文艺与生活的关系的论述，构成三个大的重点。而坚持以人民为中心的创作导向，创作优秀作品是文艺的中心工作，创新是文艺的生命，要以全新的眼光看待新的文艺群体，文艺要成为中国精神的载体，文艺批评要有激浊扬清的战斗力，要加强和改善党对文艺工作的领导等要点，在言简意赅又语重心长的扼要阐发中，体现出习近平对于文艺客观规律的深刻认识和对党领导文艺经验的精到运用，因而既具有理论的穿透性，又具有思想的指引性。

还值得注意的是，习近平的系列文艺讲话，在集中反映文艺自身发展和党领导文艺的两个基本规律和已有经验，更多、更大和更广地凝聚共识的同时，在总体构想与总的布局上具有强烈的针对性与恢宏的战略性，那就是直面新时代的文艺现状，解决新时代的文艺问题，引领新时代的文艺事业。因而，这些具体的文艺论述中，不断呈现出一些总体性的特征，令人感觉十分突出，印象格外鲜明。如：中华性的本位立场，人民性的价值指向，时代性的问题意识，等等。这样一些特征元素的相互交织和贯穿其中，使得习近平的文艺讲话顺缕成帷，文艺论述自成系统，而且也显示出独有特色与特殊价值。

一、中华性的本位立场

"文艺事业是党和人民的重要事业，文艺战线是党和人民的重要战线。"① 习近平在讲话中首先强调的这一句话，是中国文艺事业的基本定位，也是中国文艺事业的重要特质。正是基于这种清醒认知与深刻理解，习近平在谈论文艺问题时，高瞻远瞩，高屋建瓴，紧紧联系民族生存与发展的大计，国家兴盛与富强的大业，高度强调文

---

① 习近平：《在文艺工作座谈会上的讲话》第1页，人民出版社2015年版。

艺重要的引领功能与独特的号角作用，要求文艺工作者"成为时代风气的先觉者、先行者、先倡者，通过更多有筋骨、有道德、有温度的文艺作品，书写和记录人民的伟大实践、时代的进步要求，彰显信仰之美、崇高之美，弘扬中国精神、凝聚中国力量，鼓舞全国各族人民朝气蓬勃迈向未来"①。这些论述里，反复出现的"中国"一词告诉人们，立足"中国"，书写"中国"，"为亿万人民、为伟大祖国鼓与呼"，是中国文艺家义不容辞的历史使命与责任。这样的一个把文艺行业纳入民族大业的考量，把文艺写作融入国家大计的认知，在强调文艺的重要地位与功能的同时，实际上也对文艺家的本体定位提出了基本的要求，那就是认清自己的身份所属，确立自己的立场所在。

在党的十九大报告中，习近平在谈到发展中国特色社会主义文艺时，特别指出："以马克思主义为指导，坚守中华文化立场，立足中国当代现实，结合当今时代条件，发展面向现代化、面向世界、面向未来的，民族的科学的大众的社会主义文化，推动社会主义精神文明和物质文明协调发展。"②在这段重要论述里，有两个关键词与"中国特色"关系甚大，那就是"中华文化立场"和"民族的"。"中华文化立场"，强调的是文化立场上的主体站位；"民族的"，强调的是文化属性上的族群标记。这两点分别从主体和客体两个方面，强化文化所应保有的特征与特色。我们建设中国特色社会主义文化和文艺，尤其需要在理论批评和文艺创作，乃至文艺活动与文艺生活中，突出"中华性"文化立场，彰显"民族性"审美风范。

"中华性"文化立场，包含了出自中华文化的身份认同，立足中华文化的精神依托，以及在此基础上形成的经验与精神的主体性。

---

① 习近平：《在文艺工作座谈会上的讲话》第6页，人民出版社2015年版。

② 习近平：《决胜全面建成小康社会 夺取新时代中国特色社会主义伟大胜利——在中国共产党第十九次全国代表大会上的报告》第41页，人民出版社2017年版。

而这种主体性，又可能体现于文化与文艺工作的出发点、立足点、落脚点，以及文化与文艺工作者的眼光、胸襟与情怀。提出"中华性"，强调"中华性"，在当下有着特别重要的意义。

与"中华性"相对应的，是隐含了"西方化"的"全球化"。从新时期到新世纪，由经济到文化日益深入的全球化，既给我们提供了丰富的借鉴、良好的契机，也给我们带来诸多的干扰、极大的影响。如在文艺的理论批评方面，从20世纪80年代以来，借助于社会与经济的改革开放，通过"引进来"的方式，在思想文化、理论批评等方面，引进了大量的西方学术经典，译介了很多欧美的文化文艺论著。这些立于西方文化立场，出自西方学者思考的学说、观点与观念，有长有短，良莠不齐，而我们的一些文人在借鉴与吸收中又缺少分析与鉴别，使得同样面对西方的学术与文化，却在不同人那里产生了不尽相同的影响，呈现出截然不同的结果。有的作者合理借鉴西方"现代派"文艺元素，使以现实主义为底色的创作更为宏阔和丰厚，有的作者则对"现代派"一味崇尚，走向了对西方文艺现象的机械模仿。有的学者在学习中辨析，从中吸取有益的养分，使自己的知识结构吐故纳新，学术与文化研究与时俱进。而有的学者则在知识的吮吸中，生吞活剥，迷离恍惚，渐渐地游离了原有的文化立场，变成西方思想与文化的膜拜者和应声虫。由于思想文化上的"崇洋媚外"倾向与思潮的不断影响和渗透，理论与学术领域出现了一些不应有的偏向，如把西方文化等同于现代文化、先进文化；在一味靠近中不断叫好；文学研究中把"海外汉学"看成是学界前沿和学术尖端，在"海外汉学"的影响下，对于中国现代文学的判断，出现不断高抬非主流文学，一味贬低革命文学的倾向。文艺理论领域一度也是在大量引用西方的概念，照搬西方的理论，用这种并不切合中国实际的概念与理论，来分析和评论中国当代的文化现象和文艺作品，从而得出与中国当代文艺不相符合的不实之论。习近平总书记《在文艺工作座谈会上的讲话》中说到的"不能套用西方理论来剪裁中国人的审美"，就是对这种流行性现象的批评，是对文化文艺工作者守住中国文化立场的提醒。

因此，在文化和文艺领域，无论是从事文学创作、艺术创造，还是从事理论探讨、学术研究，抑或是从事文艺批评、文艺创作，都有一个在"全球化"背景与场景下，如何保持中国文化的"中华性"问题，以及中国文化人、文艺人应有的文化自觉。在这一方面，著名的社会学家费孝通曾指出："文化自觉是一个艰巨的过程，首先要认识自己的文化，理解所接触到的多种文化，才有条件在这个已经形成的多元文化是世界里确立自己的位置"①。文化自觉是一种觉悟，也是一个过程。这个过程实际上就是在对自身民族文化的自觉反思中，对于新的文化主体的不断建构。只有文化、文艺领域的个体在"中华性"上坚守本位又不断创新，整体的文化建设才有可能朝着"民族的科学的大众的"方向不断丰富，走向繁盛。正是在这个意义上，习近平《在中国文联十大、中国作协九大开幕式上的讲话》中特别指出："创作出具有鲜明民族特点和个性的优秀作品，要对博大精深的中华文化有深刻的理解，要有高度的文化自信。"

与"民族性"相对应的，是"世界性"的概念。文化与文艺领域的"民族性"，是民族内部在文化交流与碰撞整合中呈现出来民族共性。这种民族共性，既表现为独特的民族性格，也体现为独特的民族审美。具体到文艺创作与文艺生活上，民族性常常表现为独特的民族形式与民族内容的完美统一，由此呈现出自己的独特形态，独有神韵。

文化是在互动中识别的，是在交流中发展的。因此，文学、文艺的民族性，同时内含了开放性与世界性的元素。但正是这种交流、互动与竞争，又反过来向民族文化提出了如何不失自尊，怎样不失自我的问题。在这一点上，延安时期的毛泽东在《新民主主义论》

---

① 费孝通：《对文化的历史性和社会性的思考》，《思想战线》2004年第2期。

中提出"新民主主义文化"时，就明白无误地申明："新民主主义的文化是民族的。它是反对帝国主义压迫，主张中华民族的尊严和独立的。它是我们这个民族的，带有我们民族的特性。"①他还由马克思主义需要中国化的角度，说到一切外来的文化，都要"和民族的特点相结合，经过一定的民族形式"，而"民族形式"，就是"中国文化应有自己的形式"。这种对于民族化的精到阐释，包含了自尊、自信与自立的意涵，和与"中国化"相等同的理解，值得我们今天在中国特色社会主义文化建设中，予以再度重温，给以高度重视。

"民族性"内含了地域性，又保有中国性。因此，保持和坚守"民族性"就显得十分重要。习近平《在文艺工作座谈会上的讲话》中讲到文化传统的血脉，就是"中华民族的精神命脉，是涵养社会主义核心价值观的重要源泉，也是我们在世界文化激荡中站稳脚跟的坚实根基"②。在这里，民族性与文化传统，与文化自信紧密相连，前所少有地强调了民族文化和文化的"民族性"的重要地位和重大作用。我们需要认真学习领会这些重要论述的精神实质，深入思考如何正确处理中国当代文艺与全球化文化发展的矛盾，深度挖掘中华民族丰厚的文化底蕴，从容应对文化全球化带来的挑战，并在这种博弈中更彰显中国的文化精神、中国的审美追求。

二、人民性的价值指向

在习近平的几次重要文艺讲话里，"人民"都是出现频率最高的词汇，也是有着重要内涵与意义的一个关键词。《在文艺工作座谈会上的讲话》中，第三个问题就是"坚持以人民为中心的创作导向"；《在中国文联十大、中国作协九大开幕式上的讲话》中，第二个问题

---

① 《毛泽东论文艺》第20页，人民文学出版社1983年版。
② 习近平：《在文艺工作座谈会上的讲话》第25页，人民出版社2015年版。

即是"希望大家坚持服务人民，用积极的文艺歌颂人民"；在党的十九大报告的"坚定文化自信，推动社会主义文化繁荣兴盛"的部分，他强调指出："社会主义文艺是人民的文艺，必须坚持以人民为中心的创作导向，在深入生活、扎根人民中进行无愧于时代的文艺创造。"这些论述从不同角度阐述了文艺与人民的内在缘起和密切关系，并以"人民"为价值指向的内核与中心，展开文艺论述的相关要点，构建起中国特色社会主义文艺思想的基本体系。

习近平《在文艺工作座谈会上的讲话》中谈到文艺的方向问题时，在强调"坚持为人民服务，为社会主义服务这个根本方向"时，又就"社会主义文艺"的根本属性做了新的解说，他指出："社会主义文艺，从本质上讲，就是人民的文艺。"他还进而论述道："要把满足人民精神文化需求作为文艺和文艺工作的出发点和落脚点，把人民作为文艺表现的主体，把人民作为文艺审美的鉴赏家和评判者，把为人民服务作为文艺工作者的天职。"①这种秉要执本又简明扼要的阐释，以"为人民"为旨归，揭示了社会主义文艺的要旨与要义，也使"文艺为人民服务，为社会主义服务"的"二为"，在其内在精神上合而为一，统归于"为人民"的终极目标。可以说，"二为"变"一为"，这是在社会主义文艺的根本方向上，又一次体现新思想的新阐释。

实际上，在有关"人民"的提法上，习近平的讲话对毛泽东的《在延安文艺座谈会上的讲话》也是既有继承又有发展。我们能感觉得到，毛泽东讲话里的"人民"的概念，在对"工人、农民、士兵、城市小资产阶级"的特别强调，尤其是对"工农兵"的刻意突出中，显然带有很强烈的阶层性与阶级性。而习近平讲话中的"人民"，则带有极大的普泛性，他讲话中的"人民"，有时是指民族主体，有时是指社会主人，有时是指广大读者，有时是指服务对象。总体来看，

---

① 习近平：《在文艺工作座谈会上的讲话》第13—14页，人民出版社2015年版。

这里的"人民",泛指人民大众,是广义性的。我觉得在"人民"这个关键词上,习近平的讲话显然是体现出了自己的拓展与延伸的。

从1942年的毛泽东《在延安文艺座谈会上的讲话》的"文艺为人民大众""服从于政治",到1980年的党中央提出的"文艺为人民服务,为社会主义服务",再到2014年的习近平总书记的论述的"社会主义文艺,从本质上讲,就是人民的文艺"。在七十多年的革命文艺和社会主义文艺的发展进程中,革命领袖和党的领导人关于文艺方向的论述与论断,既有力地指引了不同时期文艺工作的发展与繁荣,又深刻地总结了不同阶段文艺工作的丰富实践与基本经验,它的适时调整与逐步演进的本身,就是党对文艺工作的认识与把握、组织与领导,不断切近规律,逐步走向科学的过程。从这个意义上说,把习近平总书记的《在文艺工作座谈会上的讲话》,视为继毛泽东《在延安文艺座谈会上的讲话》,邓小平在第四次全国文代会上的祝词和《人民日报》1980年7月26日社论之后,党的领导人又一次具有重大理论意义与历史意义的重要讲话,具有划时代的文献性,是有理由的,也是适当的。

围绕着"以人民为中心"的基本理念,习近平总书记就如何"为人民"提出了许多新要求与新希望,尤其是对于文艺家的潜心创作、紧跟时代、深入生活、德艺双馨等,都紧扣"为人民""以人民为中心"的总主题,做了精到的论说与生动的阐发。如谈到文艺工作者的任务:"文艺工作者应该牢记,创作是自己的中心任务,作品是自己的立身之本,要静下心来、精益求精搞创作,把最好的精神食粮奉献给人民。"如谈到文学与时代的关系:"作家艺术家应该成为时代风气的先觉者、先行者、先倡者,通过更多有筋骨、有道德、有温度的文艺作品,书写和记录人民的伟大实践、时代的进步要求,彰显信仰之美、崇高之美"。如谈到创作与生活的关系:"能不能搞出优秀作品,最根本的决定于是否能为人民抒写、为人民抒情、为人民抒怀。""要虚心向人民学习、向生活学习,从人民的伟大实践和丰富多彩的生活中汲取营养，不断进行生活和艺术的积累，不断进行美的发现和美的创造。要始终把人民的冷暖、人民的幸福放在心中，把人民的喜怒哀乐倾注在自己的笔端，讴歌奋斗人生，刻画最美人物，坚定人们对美好生活的憧憬和信心。"① 在这里，衡量作家的，是人民的诉求与需要；检验作品的，是人民的情感与喜好；滋养创作的，是人民的实践与生活；成就文学的，是人民的理想与精神。人民在这里，是文艺创作的中心导向，是文艺家的终极坐标，是文艺生活的根本轴心。

可以说，这些擘肌分理，又环环相扣的论述，不仅对文艺"为人民"的根本方向构成了坚强而有力的支撑，而且在文艺"如何为人民"上，以遵循规律和联系实际的分说与细读，提出了具体的办法与实现的措施，从而构成了色彩强烈的"以人民为中心"的理论建构与思想体系。

三、时代性的问题意识

习近平《在中国文联十大、中国作协九大开幕式上的讲话》中，向广大文艺工作者郑重提出"要把握时代脉搏，承担时代使命，聆听时代声音，勇于回答时代课题"的时代新任务，而他的系列文艺讲话，也在直面时代现实、应对时代挑战、回答时代课题等方面，以强烈的问题意识、鲜明的问题导向，体现了务实求真的科学态度，展现了善于提出问题和解决问题的非凡能力和责任担当。

社会主义文艺在七十年来的发展历程中，获得了异常丰硕的文艺成果，取得了十分丰富的宝贵经验，也遇到了不少的复杂问题，面对着诸多的严峻挑战。尤其是经历了 20 世纪 80 年代、90 年代，进入 21 世纪以来，文艺所置身的社会现实与文化生活都发生了巨大的

---

① 以上论述均见于《在文艺工作座谈会上讲话》，人民出版社 2015 年版。

变革，文艺自身也在发展演进中走向分化与泛化。变动不居的文艺场域里，不断有新的元素、新的势力介入进来，不断有新的关系、新的观念掺杂其中，使得文艺领域和整个文坛呈现出前所少见的丰富性、复杂性，乃至混合性、混血性。文艺领域里既表现出难能可贵的丰沛与繁盛，又体现出难以分辨的芜杂与氤氲。在这样一个背景之下，习近平的"以人民为中心的创作导向""创作无愧于时代的优秀作品""反映时代是文艺工作者的使命"等重要论断，从"人民"和"时代"两个维度，给新时代的文艺事业指明了前进的路向，提供了发展的途径，使得文艺工作者有了奋斗的目标、创作的坐标，为他们进而增强文化上的自知与自信，努力保持思想上的清醒与定力，坚定持守文学理想的纯正与高远，都提供了重要的思想引导力与精神能动力。

新时代迎来新机遇，新时代面临新问题。当下的文艺领域，在总体多元多样的纷繁样态中，隐含了许多新的矛盾，出现了许多新的问题，这些都打着这个时代或显或隐的印记，是这个时代所特有的。比如，文艺创作中的守成与创新的矛盾、数量与质量的矛盾，文艺生产中的社会效益与经济效益的矛盾、艺术价值与市场价值的矛盾，文艺传播中的娱乐效果与审美效应的矛盾、艺术标高与市场指标的矛盾，等等，以及由此带来的是与非、善与恶、美与丑、雅与俗的混淆与颠倒等，都使当下的文艺领域，一定程度上呈现出元素的混合性、样态的混杂性，使得人们难以分辨，更难以应对。面对这种纷繁复杂的文艺现状，习近平《在文艺工作座谈会上的讲话》，既有要言不烦、一针见血的批评，又有简明扼要、秉要执本的点拨。许多难以辨析的现象，许多氤氲不明的倾向，经由这样的鞭辟入里的点评与点拨，问题的症结摸准了，解决的路径找到了，人们不仅由此看到了矛盾与问题所在，也由此引起了自我反思与深刻自省。

对于创作现状中存在的混乱现象和倾向性问题，习近平《在文艺工作座谈会上的讲话》中概括为三大病象：有数量缺质量、有"高原"缺"高峰"，抄袭模仿、千篇一律，机械化生产、快餐化消费。谈到我们的文艺作品中经常会出现的问题，习近平在讲话中简要概括了六点：调侃崇高、扭曲经典、颠覆历史，丑化人民和英雄人物；是非不分、善恶不辨、以丑为美，过度渲染社会的阴暗面；搜奇猎艳、一味媚俗、低级趣味，把作品当成追逐利益的"摇钱树"，当作感官刺激的"摇头丸"；胡编乱写、粗制滥造、牵强附会，制造了一些文化"垃圾"；追求奢华、过度包装、炫富摆阔，形式大于内容；热衷于所谓"为艺术而艺术"，只写一己悲欢、杯水风波，脱离大众、脱离现实。凡此种种，习近平在讲话中指出："文艺不能在市场经济大潮中迷失方向，不能在为什么人的问题上发生偏差"[1]。这既是对种种问题的病根的深入剖解，更是对文艺工作者如何作为的重要提醒。

谈到当下文艺界最为突出的整体性问题，习近平说根据他同一些文艺家接触交谈的了解，就是两个字：浮躁。实际上，"浮躁"不仅仅是文艺界的问题，它显然还是个社会性的问题，或者说是时代性的病症。浮躁的背后是什么，或者说是什么东西造成了浮躁？显而易见，是追名逐利，急功近利。从某种意义上讲，是一些人把文学当成了一种追名逐利、谋取功利的工具。还有就是，在文学创作、文学生产、文学传播的过程中，都把利欲、利润、利禄、利益摆在前面，各个环节都这样之后，整体上构成了一种惯性，形成这样一种风气，所以浮躁状态及其背后的急功近利的内因，确实是一个需要整体反思、自我省察的大问题。要戒除与"浮躁"相关的这些问题，还是要回复到初心，归结到原点，那就是习近平《在文艺工作座谈会上的讲话》中提出的至为重要的"文艺要赢得人民认可"。

---

① 习近平：《在文艺工作座谈会上的讲话》第9页，人民出版社2015年版。

四、特色鲜明的总体性

中华性的文化立场、人民性的价值导向和时代性的问题意识，各有各的核心元素与基本内涵，但"中华性""人民性"与"时代性"彼此之间，也有着深切的内在联结与紧密的逻辑联系，从而在文化战略、思想方法等大的方面，形成其特色鲜明的总体性。

中华性的文化立场、人民性的价值导向和时代性的问题意识，都是关键方面和根本问题上的立足点的选择与大立场的选定。我国近现代以来，在思想文化领域，由于人们看问题的角度和方式不同，追求的目标与方向不同，实际上既存在着不同立足点的文化立场，也存在着不同文化立场的文化主张。从现代到当代，尤其是改革开放之后的中国，已进入文化的多元碰撞、文明的多流交汇时期。在这样的多元多样的氛围和变动不居的势态下，应该选取一个什么样的历史定位，怎样体现思想取向，如何确立发展目标，就成为我们建设社会主义文化与文学首先要着力解决的前提性问题，这当然也是习近平就文艺问题进行运思与展开论述的根本性问题。中华性的文化立场、人民性的价值导向和时代性的问题意识，分别从"中华性""人民性"与"时代性"三个维度，选定文化立场，确定主要方向和表明应取姿态，体现了站位选择上相互依托又协调统一的文化方略，确定了文化文艺问题研究与思考的范围与基调，以及它应该保有的中国特色、社会主义属性与新时代气韵。这样的文化方略，也充分彰显了新一代中国共产党人应有的文化自主、文化自立与文化自信。

文化作为一种软实力，需要从包括中华优秀传统文化、革命文化和社会主义先进文化在内的文化资源中汲取丰富而有益的营养，更需要在与时代的联结、人民的联系和生活的互动中，源源不断地获取新的动能与新的力量。"中华性""人民性"与"时代性"，实际上为我们在软实力的开拓与发展上，汇聚和应用已有的力量，开发和吸取新的力量，提供了重要的保证和充分的可能。如果说中华性的文化立场，主要体现了文化基点上的定位与定力的话，那么，人民性的价值导向，因为依托于人民而蕴藏了无限的内力；而时代性的问题意识，因直面时代寓含了充沛的活力。这些角度不同又各有内涵的思想与文化的力量相互依托，彼此支撑并不断化合，使得习近平有关文艺问题思考与论述，在其基本精神元素的构成上，既充分体现了鲜明的新时代的中国社会主义特色，又具有高度凝聚的思想张力与不断生发的文化活力，从而成为引领我们社会主义文艺事业奋勇前行的思想指针与构筑新时代文艺高峰的行动指南。

2019年3月4日，习近平在看望参加全国政协十三届二次会议的文艺界、社科界委员时发表了重要讲话，其中特别提道："希望大家立足中国现实，植根中国大地，把当代中国发展进步和当代中国人精彩生活表现好展示好，把中国精神、中国价值、中国力量阐释好。文艺创作要以扎根本土、深植时代为基础，提高作品的精神高度、文化内涵、艺术价值。哲学社会科学研究要立足中国特色社会主义伟大实践，提出具有自主性、独创性的理论观点。"①这一包含了殷切期望的重要论述，从立足点、出发点和着眼点的根本问题上，对文艺工作和社科工作提出了新的要求，由这段论述也可看出中华性的文化立场、人民性的价值导向和时代性的问题意识的内在融合的整体性视角和总体性要求。这种主体彰显又活力四射、立场鲜明又内涵丰富的总体性，构成了习近平重要文艺论述的基本特色，也使它作为新时代中国特色社会主义思想的重要构成，打上了这个思想体系所独有的鲜明标记。

总之，习近平的系列讲话构成的重要文艺论述，是在中国特色的社会主义进入新时代，走向新征程的新的历史节点上，面临新的

① 见2019年3月4日"新华网"。

现状，面对新的问题，面向新的发展，对包括文艺创作、文艺生产、文艺传播、文艺组织领导和文艺理论批评在内的文艺工作，进行的要点性论述与系统性阐述。它的重要性在于，这是基于社会主义文艺七十多年的发展历史，以及党领导文艺工作的经验与教训，来着力解决我们这个时代诸多文艺难题的理论出击与思想指引。在这个意义上说，它作为习近平新时代中国特色社会主义思想的重要构成，深刻总结了从革命文艺到社会主义文艺的发展规律，科学总结了我们党近百年来领导文艺的重要经验，因而它标志了党对文艺工作认识与把握的新高度，体现了马克思主义文艺理论中国化的新进展，是中国特色社会主义文艺迈进新时代、展现新姿态、开启新征程、续写新篇章的思想指针和行动指南。

（原载《中国当代文学研究》2019年第5期）

习近平文艺论述
指引新时代文学阔步前行

党的十八大以来，中国特色社会主义进入新时代。这个新时代，是承前启后、继往开来、在新的历史条件下继续夺取中国特色社会主义伟大胜利的新时代。在新时代，高度重视文艺事业和文艺战线的习近平总书记，在 2014 年 10 月主持召开文艺工作座谈会并发表《在文艺工作座谈会上的讲话》。之后，又先后发表了《在中国文联十大、中国作协九大开幕式上的讲话》《在中国文联十一大、中国作协十大开幕式上的讲话》等重要讲话。这些有关文艺工作的系列重要论述，是习近平新时代中国特色社会主义思想的重要组成部分。习近平的这些重要文艺论述，结合新时代文艺的现状与问题，切合文艺自身发展规律和党领导文艺的基本规律，就文艺与时代、文艺与人民、文艺与生活等重要文艺理论问题做了新的论述，提出了党在文艺方面的新任务与新要求，指明了新时代文艺工作的新目标与新方向，对广大文艺工作者认清现状、提高认识、振奋精神、明确方向，都有着十分重要的作用与意义。

新时代催生新文艺，新文艺呈现新生机。在新时代文艺事业的发展进程中，广大文艺工作者"与党同心同德，与人民同向同行，围绕中心、服务大局，真情倾听时代发展的铿锵足音，生动讴歌改革创新的火热实践，在文艺创作、文艺活动、文艺惠民等方面作出积极贡献、取得丰硕成果"。"文学、戏剧、电影、电视、音乐、舞蹈、美术、摄影、书法、曲艺、杂技、民间文艺、文艺评论、群众文艺、艺术教育等领域都取得长足进步，我国文艺事业呈现百花齐放、生机勃勃的繁荣景象。"① 这些新时代文艺的新面貌与新景象，是广大文艺工作者踔厉奋发、锐意进取的可喜收获，也是广大文艺工作者认识和践行习近平文艺论述精神的重要成果。

一、文学向着"新时代新征程"调姿定位

文学与时代的关系，在习近平系列文艺论述中占有十分重要的地位。习近平的《在文艺工作座谈会上的讲话》，第一个问题就是"实现中华民族伟大复兴需要中华文化繁荣兴盛"。他从民族复兴、文明演进、文化功能、精神支撑的高度，来看待文学的地位与作用。在做了这样的历史性梳理和整体性观察之后，自然而然地得出"文艺的作用可不替代，文艺工作者大有可为"的重要结论，顺理成章地指出"文艺是时代前进的号角"，要求文艺家成为"时代风气的先觉者、先行者、先倡者"。《在中国文联十大、中国作协九大开幕式上的讲话》中，习近平明确指出："文艺的性质决定了它必须以反映时代精神为神圣使命。"《在中国文联十一大、中国作协十大开幕式上的讲话》中，习近平又进而指出："新时代新征程是当代中国文艺的历史方位。"这些重要论述，既钩玄提要地阐述了文艺与时代的密切关联，又言简意赅地指明了当代文艺与当下时代的对应关系，特别是"新时代新征程是中国当代文艺的历史方位"的论断，明确地

---

① 习近平：《在中国文联十一大、中国作协十大开幕式上的讲话》第3页，人民出版社2021年版。

提示我们，要以这样的历史方位确定文学的坐标，要以这样的历史方位认识和把握文艺的新使命与新任务。

习近平有关文艺与时代的论述，启迪广大文艺工作者不断深化文脉与国脉相牵、文运与国运相连的认识，进而增强文艺家为时代抒情、为民族书写的责任心和使命感。文学认识上的大局观，创作追求上的时代性，不断体现于十年来的文艺创作之中，使新时代的文学在题材选取和主题经营等方面，不断向着"新时代新征程"调姿定位，使得民族复兴的时代主题，构成了新时代文学创作中十分显著的主旋律和格外响亮的最强音。

时代主题更为集中和鲜明，首先表现为主题创作日益成为文艺创作中引人瞩目的重要现象。主题创作，原指突出一定主题的写作，或命题性写作。这些年，因为适逢抗战胜利七十周年，建军九十周年，改革开放四十周年，新中国成立七十周年，抗美援朝出国作战七十周年，建党一百周年，以及决胜全面建成小康社会、决胜脱贫攻坚等重大节点和重要事件，使得主题写作日渐成为一种常态性现象，而由此产生了一大批好的和比较好的文学力作，成为文学评选、读者阅读的重要对象和重要文本。文学的主题性创作以报告文学和长篇小说为主，主要作品大多集中于党史事件与党史人物、脱贫攻坚与乡村振兴、重大科技项目与建设工程、先进典型时代楷模等题材方面。这种大题材、大主题的作品纷至沓来，使得民族复兴的大追求、社会生活的大变革、现实人生的大事件、时代变迁的大影像，在纷繁而活跃的文学创作中得到较为及时与充分的反映，中国当代文学开始向着为时代立传、为历史留影的大目标与大追求不断迈进，表现出了有如泰纳所说的那种"优秀的作品是历史的摘要"的模样，由此呈现出令人十分可喜的景象。

二、创作向着"人民生活"不断位移

生活是文学艺术取之不尽、用之不竭的源泉，这些出自毛泽东和邓小平的至理名言与重要观点，在习近平的系列文艺论述中，都有深刻的理论阐述和充分的理念阐扬。习近平的《在文艺工作座谈会上的讲话》从人民需要文艺、文艺需要人民、文艺要热爱人民的三个维度，阐述了文艺与人民的血肉联系。《在中国文联十大、中国作协九大开幕式上的讲话》中，他把"人民"与"生活"自然而然地联系起来，指出："文艺要服务人民，就必须积极反映人民生活。"《在中国文联十一大、中国作协十大开幕式上的讲话》中，他把"人民""生活"合二为一，明确指出"生活就是人民，人民就是生活"，要求文艺工作者"不仅要让人民成为作品的主角，而且要把自己的思想倾向和情感同人民融为一体，把心、情、思沉到人民之中，同人民一道感受时代的脉搏、生命的光彩，为时代和人民放歌"。这样一个人民与生活浑然一体的艺术追求目标，既要求文艺工作者在创作的准备与实践中，始终要"以人民为中心"，也要求文艺工作者以此为镜鉴，时时检视自己所熟悉所书写的生活，是否就是"人民生活"。

从"人民"与"生活"的两个重心，到把"人民"与"生活"合二为一，并由此进而提出和凸显"人民立场""人民史诗"的重要概念，这些有关文艺与人民、文艺与生活的论述的变化与深化，显示了习近平文艺论述对于马克思文艺思想在新历史条件下的继承与创新，为广大文艺工作者在文学创作、文学工作和文学活动中贯彻落实"以人民为中心"指明了方向、提出了依循、提供了路径。新时代广大文艺工作者牢记习近平总书记的殷殷嘱托，在深入生活、扎根人民的实践中，吸收营养，汲取能量，收集素材，萃取题材，使得向"人民生活"不断位移的文艺创作在多个方面呈现出既丰富多彩又重心突出的可喜景象。

报告文学在新时代，以奋勇当先、负重涉远的劲头，走在及时反映"人民生活"的前列。因而在题材方面，厚重与优秀之作纷至沓来，重点题材格外突显。于是，我们目不暇接地看到，表现中国共产党创建始末与建党伟业的，反映改革开放历史进程与重大成就的，描写脱贫攻坚和乡村振兴的，状写重大工程和科技项目的，素描先进英模与时代楷模的，每个方面，都有重要的作者、重量级的作品，而且连绵不断，纷至沓来，一同形成了报告文学领域引人瞩目的重心所在，也使当代文学充满与"国之大者"相应相配的时代豪气。

新时代的长篇小说创作，不少作者和作品也"从时代之变、中国之进、人民之呼中提炼主题、萃取题材"，呈现出分外喜人的景象。这主要表现为，历史题材与党的历史有关的写作明显增多，丰厚的思想内容与精巧的艺术形式相得益彰。现实题材中，书写脱贫攻坚和乡村振兴的力作联袂而来，真实而生动地表现了城乡蝶变与山乡巨变的喜人景象。还有就是以普通百姓的日常生活为主干故事，通过普通人的命运更变书写社会的进步与时代的演变，同时展现蕴藏于他们身上的精神光彩与人性亮点。小角度，大视野，小人物，大时代，"人民生活"就这样在以小见大、以少总多的艺术探求中，得到了充分的表现与揭示。这些作品的不断涌现和首尾相随，使得长篇小说领域，题材既丰富多彩，重心也格外凸显。

三、新的文艺形态走向健康发展

萌生于20世纪末的网络文学，经过二十多年的繁衍发展，已成为新时代文学与文坛的重要构成。这种重要性，既体现于网络文学自身的迅速成长与强势崛起，还体现于网络文学在多方面给予整体文学的冲击与影响。因此，对于构成比较复杂、样态十分纷繁的网络文学，人们还有一个认识与接受的过程。在这样的一个背景之下，习近平的《在文艺工作座谈会上讲话》涉及不涉及网络文学，怎样看待网络文学，就非常令人关注。事实上，习近平在这一重要讲话中，不仅把网络文学收入视野，而且还给予了积极的肯定和很高的期待。他指出："互联网技术和新媒体改变了文艺形态，催生了一大批新的文艺类型，也带来文艺观念和文艺实践的深刻变化。由于文字数码化、书籍图像化、阅读网络化等发展，文艺乃至社会文化面临着重大变革。要适应形势发展，抓好网络文艺创作生产，加强正面引导力度。近些年来，民营文化工作室、民营文化经纪机构、网络文艺社群等新的文艺组织大量涌现，网络作家、签约作家、自由撰稿人、独立制片人、独立演员歌手、自由美术工作者等新的文艺群体十分活跃。这些人中很有可能产生文艺名家，古今中外很多文艺名家都是从社会和人民中产生的。我们要扩大工作覆盖面，延伸联系手臂，用全新的眼光看待他们，用全新的政策和方法团结、吸引他们，引导他们成为繁荣社会主义文艺的有生力量。"在党的十九大报告中，习近平总书记还特别谈到，"加强互联网内容建设，建立网络综合治理体系，营造清朗的网络空间"。这些重要论述对于人们认识网络文学的价值与特点，网络文学从业者认清自身的责任，追求更大更高的目标，都有极大的启迪意义与重要的激励作用。

从文学的组织管理方面来看，新时代对于网络文学创作的联系与引导一直在不断增强和延伸，有关的管理机构与机制也在不断建立和健全。2017年，中国作协成立网络文学委员会，一批网络文学著名作家与评论家进入委员会。这一年，中国作协联合浙江省作协和杭州市文联，三方合作建立中国网络文学研究院，这也是国内首个网络文学研究基地。2018年，中国作协正式成立网络研究中心，进一步完善联系新的文学群体、引导网络文学发展的工作机制，强化了服务职能。从2017年起，中国作协鲁迅文学院连续举办网络作家高级培训班，一些省市作协或网络作协，纷纷举办作家培训班，请传统文学领域的专家学者讲课和对话，这些活动有力地促进了传统文学与网络文学的交流，给传统文学了解网络文学、网络文学借鉴传统文学提供了互动的平台。同时，网络文学自身也通过一些举措和途径，不断加强自身的经典化进程。这些网络文学的专门机构的成立与运作，对网络文学的开发与调研、创作与研究，发挥了重要的引领与指导作用，推动了网络文学的良性发展。此外，有越来越多的网络作家加入作协等行业组织机构，也标志着网络作家和网络文学作品正逐渐获得业界以及全社会的身份认同和价值认同，逐渐受到主流文化的接受与认可。传统文学与网络文学从彼此独立甚至相互排斥，逐渐走向相融相通。

从创作方面看，网络文学也逐渐走出早期的"野蛮生长"的阶段，向着有数量又有质量的方向迈进。国家新闻出版署和中国作家协会于2015年启动的"网络小说年度推优"评选活动，每年都从大量的小说作品中，经过推荐、初评、复评、终评等环节，每年推出三十部优秀作品的推荐名单，在文坛内外引起广泛影响。而且随着推优活动的不断进行，网络文学原有的"虚构"类型（如玄幻、穿越、仙侠、异能等）一头独大的现象开始有所改变，玄幻、仙侠等主要创作类型更注重在中国传统文化的丰富库藏中寻找资源和汲取营养，以当下的乡村振兴、城乡变革、社区生活、工业重器等新的现象为主要表现对象的现实题材作品，无论是数量与质量，都在逐年稳步上升，受读者关注的程度也在上扬，通过培养优质IP，出售版权进行影视、游戏等一系列改编来寻求获取更大的商业价值，已成当前网络文学产业的主要发展方向。可以说，多种元素的跨界联姻和融合发展，给人们展现了网络文学的多种可能与未来走向，这种良性发展正是人们所期待的，也是网络文学所应有的。

四、文艺批评成为促动创作的重要力量

文学批评是文学事业不可或缺的重要环节，常被人与文学创作相提并论，并被比之为车之两轮、鸟之双翼。习近平总书记《在文艺工作座谈会上的讲话》中谈到文艺批评的功能时，高度重视文艺批评工作的重要性，又特别强调文艺批评功能的综合性，他指出：

"文艺批评是文学创作的一面镜子、一剂良药，是引导创作、多出精品、提高审美、引领风尚的重要力量。"谈到文艺批评的作用时，他明确指出"文艺批评要的就是批评"，"文艺批评要褒优贬劣、激浊扬清"，并寄望于文艺界"营造开展文艺批评的良好氛围"。可以说，文艺批评本来就与创作现状不相适应，而与党的领导对于文艺批评的要求和期望相比，更是有着极大的差距。新时代，文艺批评工作者一方面积极履行评介新人新作、品评名家力作的自身职能，一方面认真反思批评自身存在的不足与问题，努力谋求弥补弱点和增强功能的方法与手段。令人欣慰的是，自省中前行的文艺批评，在努力促动现实创作方面，以有效的手段和切实的作为，发挥了显著的能动作用，在一定程度上有力地推动了当代文学的活跃开展和健康发展。

新时代奋进的时代气息与沸腾的生活实践，给当代文学提供了用之不竭的素材和取之不尽的源泉。作家们以各种方式，深入生活，扎根人民，写出了一批又一批主题重大而严正，内容精深而丰盈的文学作品。一些根基扎实、功力深厚的实力派作家，也以充沛的劲头、出新的追求，写出了超越自己以往创作的精品力作。这些都使五年来的文学创作呈现出数量稳步增加、质量显著攀升的可喜势头。这也使文学的理论批评，具有了更为丰富的评论对象，肩负了更为艰巨的评论任务，为批评与研究的施展能量和发挥作用提供了良好的契机。

一些题材比较重大，内容比较厚重的作品，评论界往往通过学术研讨与作品评论的方式，集中研讨作品的得失，深度阐发作品的优长，使之在众多的作品中显豁出来，为更多的读者所了解，从而产生更大的社会影响。一些重要的文学作品，都是经由有规模又有深度的现场研讨，有准备又较权威的学术评论，使作品所富有的独特的精神内涵，所具有的较高的文学品质，经由深入的挖掘，细致的解读，得到了充分的揭示和有力的推介。

还有一些与主题写作相关的文学作品，理论批评不仅有及时的跟进推介与作品评论，而且还会通过预先阅读作品征求意见本或电子版，形成一定的阅读意见，以小型改稿会或提供修改意见的方式，提前介入作品的写作与修改过程，以出书前的意见回馈促动文学作品的质量提升与艺术完善。这些作品经过这样的批评家的献计献策和各方面的合力打磨，都显著提升了作品的艺术质量，先后获得了鲁迅文学奖、"五个一工程"奖等重要奖项。

　　一些出自知名作家之手的长篇新作，往往都有自己的艺术新运思，蕴含创作的新突破。这些作家作品，一些重要的文学理论批评刊物往往会不定期地在刊物上开设评论与研究专辑，以三到五篇评论文章，对作家作品进行多角度观察与多方位研究，以此形成刊物的一个亮点，也构成作家评论的一个重点。这些评论专辑，以不同角度的对于作家的深入体察，对于作品的深切品味，构成了对于一个作家或一部作品的多角度的解读与集束式的评论，在推介作家创作特色和绍介作品艺术成色方面，发挥了独特而重要的作用。

　　经历了"十七年"、"文化大革命"时期、"新时期"、"九十年代"和"新世纪"的当代文学，进入新时代，获得了新发展，呈现出新面貌。无论是从写法的多样性、作品的丰富性上看，还是从创作的时代性、作者的主动性上来看，都既多姿多彩，又生机盎然。这既是当代文学在不同时期累积成果的基础上的新进取，更是广大文艺工作者在习近平文艺论述指引下奋发努力所取得的新的辉煌成果。新文学呼应新时代，新时代成就新文学，这都使我们对于中国当代文学在今后获得更大的繁荣和更好的发展满怀期待和充满自信。

（原载2022年10月16日《文艺报》）

文化主体性：当代文学繁荣发展的依托与动能

　　党的十八大以来，党中央在全面推进中国特色社会主义建设的伟大事业中，高度重视文化建设在其中的地位与作用，把文化建设不断提升到新的历史高度。近期，习近平总书记在文化传承发展座谈会上发表重要讲话，就中华优秀传统文化的总体特征，以"两个结合"发展中国特色社会主义文化做了提纲挈领的阐述。其中，提出"文化主体性"的重要概念，做出"立足中华民族伟大历史实践与当代实践，用中国道理总结和中国经验，把中国经验提升为中国理论，实现精神上的独立自主"的重要论断，因为精警凝练、精辟独到，特别豁人耳目、发人深省。这些重要论述，系统和深入地阐述了有关中华文化传承的一系列重要理论和现实问题，对于我们深化有关文化建设的规律性认识，在文化建设的大格局、中华民族现代文明建设的总进程中推动文学艺术的繁荣与发展，都有思想指引和精神激励的巨大作用和重要意义。

　　文化是人类物质文明与精神文明的总和，文学艺术是文化的重要组成部分，是人们表达和传承文化的重要方式。一定时代的文化与文学，不仅密切相关，而且相辅相成。因此，无论是文化建设，抑或是文化主体性，文学都必然是题中应有之义，而文学艺术工作者更是在传承优秀传统文化和建设中华民族现代文明的历史进程中，担负着不可替代的历史责任与时代使命。

一、文学主体性与精神的独立自主

"文化主体性"的概念，是习近平总书记在文化传承发展座谈会上的讲话上提出的全新概念，但与之相近的提法与说法，习近平总书记在许多重要讲话中都有提及与论说。把这些提法与说法联系起来，可以看出习近平在这一问题上的持续思考与深入探究，从而更为准确地理解其精神内涵，把握其思想精髓。

2017年10月，在党的十九大报告中，习近平在谈到发展中国特色社会主义文化时，特别指出："以马克思主义为指导，坚守中华文化立场，立足中国当代现实，结合当今时代条件，发展面向现代化、面向世界、面向未来的，民族的科学的大众的社会主义文化，推动社会主义精神文明和物质文明协调发展。"

2020年9月，习近平总书记在参加教育文化卫生体育领域专家代表座谈会时发表讲话，谈到社会主义文化强国建设时指出："要坚持马克思主义在意识形态领域的领导地位，坚守中华文化立场。"

2021年12月，习近平总书记《在中国文联十一大、中国作协十大开幕式上的讲话》中指出："广大文艺工作者要坚守中华文化立场，同世界各国文学家、艺术家开展交流。"

2022年10月，在党的二十大报告中，谈到"推进文化自强自信，铸就社会主义文化新辉煌"时指出："坚守中华文化立场，提炼展示中华文明的精神标识和文化精髓，加快构建中国话语和中国叙事体系"。

习近平总书记在几次重要的报告与讲话中，都反复提到一个重要概念：中华文化立场。从这些论述的前后文来看，中华文化立场强调的是文化的自我姿态、身份认同、价值立场，旨在凸显文化本体，彰显精神主体。可以说，从"中华文化立场"到"文化主体性"，既是一个递进式的表述，也是一次理论上的升华。

文化主体性的提出，从一个全新的角度体现了党在领导文化建设方面的经验提取与理论总结，也充分阐述了新时代中国特色社会主义思想创立的意义。文学主体性是文化自信的来源与根基，而文化自信是更基本、更深沉、更持久的力量。有了这样的文化自信，文化的创新有依凭，文明的建设有根基。文化主体性既体现于以"我"为主的文化创新、文化传承、文明建设，还体现于在建设社会主义文化强国的同时，巩固和提升中华民族的主体精神，使文化自信成为整体民族的精神觉悟和个体的文化自觉。只有这样，才能使中华民族现代文明以自立自强的姿态屹立于世界文化文明之林。正是在这个意义上，习近平总书记在讲话中进而指出："要坚定文化自信，坚持走自己的路，立足中华民族伟大历史实践和当代实践，用中国道理总结好中国经验，把中国经验提升为中国理论，实现精神上的独立自主。"

习近平高度重视精神的自主性、独立性，在此前的一些重要讲话中已经有所体现。他的《在中国文联十大、中国九大开幕式上的讲话》谈到文化自信的重要性时指出："坚定文化自信，是事关国运兴衰、事关文化安全、事关民族精神独立的大问题。"从这次讲话中的"精神独立"到近期讲话中的"精神的独立自主"，思想一脉相承，论述逐步深化。这一新提法与新论断，生动诠释了文化主体性的深刻意涵，深入阐明了"文化主体性"与"精神的独立自主"的内在关联与因果关系，充分揭示了中国式现代化建设和中华民族现代文明建设应该具有的文化向度与精神高度。这些都有助于我们更为深刻地理解文化主体性的精深意涵，并在文学艺术的实践活动中自觉地秉持，坚定地持守。

二、文化主体性与人民性导向

"人民是历史的创造者，是时代的雕塑者。"源远流长的中华优秀传统文化，独树一帜的社会主义先进文化，都是我国人民在不同历史时期创造的文化成果与精神结晶的总汇与凝聚。因此，人民是五千年中华文明历史的主人，人民是中华优秀传统文化的主体，这是与生俱来的，也是天然自在的。正是在这个意义上，毛泽东于1944年在《文化工作中的统一战线》一文中指出："我们的文化是人民的文化，文化工作者必须要有为人民服务的高度的热忱，必须要联系群众，而不要脱离群众。"①

文学艺术工作者对于文化主体性的持守与维护，有一个重要的方面，是人民性的文学立场与价值导向。结合习近平总书记的有关重要讲话和系列论述，我们能更为清晰地认识到两者的内在关系，把握其基本要义。

从2014年的《在文艺工作座谈会上的讲话》，到2016年的《在中国文联十大、中国作协九大开幕式上的讲话》，2021年的《在中国文联十一大、中国作协十大开幕式上的讲话》，习近平总书记都把以人民为中心作为中心话题，而且每次的论述都有新提法、新表述。《在文艺工作座谈会上的讲话》中指出："社会主义文艺，从本质上讲，就是人民的文艺。"他还进而论述道："要把满足人民精神文化需求作为文艺和文艺工作的出发点和落脚点，把人民作为文艺表现的主体，把人民作为文艺审美的鉴赏家和评判者，把为人民服务作为文艺工作者的天职。"这种秉要执本又简明扼要的阐释，以"为人民"为旨归，揭示了社会主义文艺的要旨与要义，也使"文艺为人民服务、为社会主义服务"的"二为"，在其内在精神上合而为一，

---

① 《毛泽东文艺论集》第111页，中央文献出版社2002年版。

统归于"为人民"的终极目标。《在中国文联十大、中国作协九大开幕式上的讲话》中指出:"一切优秀文艺工作者的艺术生命都源于人民,一切优秀的文艺创作都为了人民。"《在中国文联十一大、中国作协十大开幕式上的讲话》,在论述"以人民为中心"时,郑重提出"坚守人民立场,书写生生不息的人民史诗"。这些重要讲话里的"人民",不仅是文艺创作的中心,而且是文艺生活的轴心。对于文艺家而言,人民情怀、人民立场,人民生活、人民史诗,构成了自己的文化站位与主要的表现对象,在主体与客体两个方面都有基本的依托与根本的依循。

《在中国文联十一大、中国作协十大开幕式上的讲话》中,习近平总书记还特别在概括文艺发展道路时指出:"一百年来,党领导文艺战线不断探索、实践,走出了一条以马克思主义为指导、符合中国国情和文化传统、高扬人民性的文艺发展道路,为我国文艺繁荣发展指明了前进方向。"这里的"人民性"是对社会主义文艺本质属性的又一个新的概括,又一次新的阐说。在讲话的第二部分里,习近平总书记进而明确指出:"源于人民、为了人民、属于人民,是社会主义文艺的根本立场,也是社会主义文艺繁荣发展的动力所在。广大文艺工作者要坚持以人民为中心的创作导向,把人民放在心中最高位置,把人民满意不满意作为检验艺术的最高标准,创作更多满足人民文化需求和增强人民精神力量的优秀作品,让文艺的百花园永远为人民绽放。"这次讲话中,他在指出"人民中有着一切文学艺术取之不尽、用之不竭的丰沛源泉"后,继而又明确指出:"生活就是人民,人民就是生活"。告诫文艺工作者"只有深入人民群众、了解人民的辛勤劳动、感知人民的喜怒哀乐,才能洞悉生活本质,才能把握时代脉动,才能领悟人民心声"。要求他们"不仅要让人民成为作品的主角,而且要把自己的思想倾向和情感同人民融为一体,把心、情、思沉到人民之中,同人民一道感受时代的脉搏、生命的光彩,为时代和人民放歌"。这既要求文艺工作者在创作的准备与实践中，始终要"以人民为中心"，也要求文艺工作者以此为镜鉴，时时检视自己所熟悉所书写的生活是否就是"人民生活"，不断地从根本上去校正自己的文学坐标。这些重要的讲话精神，以对"人民性"立场与导向的高度强调和系统阐述，既给文艺工作者指明了前进的方向，也给文艺工作者指出了着力的途径。

三、文化主体性与民族性追求

文化与文明的产生与形成，具有强烈的客观性、突出的地域性、鲜明的族群性。这种独特性，造成了文化文明的多样性。因此，文化是滋养民族存续与繁衍的精神血脉，民族性是文化赖以生存和发展的重要载体。从这个意义上那个说，文化主体性自然包含了文化民族性，二者不可分割、相辅而行。

在延安时期，毛泽东根据当时的中国革命现实与社会实际，就新民主主义文化、新的人民文艺等全新课题在充分调研的基础上，发表重要讲话，撰写重要文章，很多至理名言，至今仍然闪耀着马克思主义的思想光辉，值得我们认真领会和深刻铭记。比如，他把新民主主义文化定义为"民族的科学的大众的文化"。并在具体论述中谈道："它是我们这个民族的，带有我们民族的特性。"谈到文化的形式时，他指出："中国文化应有自己的形式，这就是民族形式。民族的形式，新民主主义的内容——这就是我们今天的新文化。""必须将马克思主义的普遍真理和中国革命的具体实践完全地恰当地统一起来，就是说，和民族的特点相结合，经过一定的民族形式，才有用处，决不能主观地公式地应用它。"[1]

正因文化主体性包孕了文化民族性，民族性成为文化主体性在文学艺术领域的重要体现与鲜明标记。邓小平《在中国文学艺术工

---

[1]《毛泽东文艺论集》第42页，中央文献出版社2002年版。

作者第四次代表大会上的祝词》中旗帜鲜明地指出："所有文艺工作者，都应当认真钻研、吸收、融化和发展古今中外艺术技巧中一切好的东西，创造出具有民族风格和时代特色的完美的艺术形式。"习近平《在中国文联十一大、中国作协十大开幕式上的讲话》中明确告诉我们："文艺的民族特性体现了一个民族的文化辨识度。广大文艺工作者要坚守中华文化立场，同世界各国文学家、艺术家开展交流。要重视发展民族化的艺术内容和形式，继承发扬民族民间文学艺术传统，拓展风格流派、形式样式，在世界文学艺术领域鲜明确立中国气派、中国风范。"在这些重要讲话中，邓小平高度强调艺术养分的博采众长，艺术形式的为我所用，从而彰显民族风格和富有时代特色。习近平总书记不仅指出了民族特性在文学艺术的创作与创新中的高度重要性，而且就"发展民族化的艺术内容和形式"提出了具体的要求与殷切的期望。

从毛泽东到邓小平，再到习近平，党的几代领导人都高度重视文化的民族特性与文学的民族形式，这些有关民族性的重要论述及其基本精神，实际上是对中国特色社会主义文化中的"中国特色"的突出强调与坚定持守。"离开中国特点来谈马克思主义，只是抽象的空洞的马克思主义。"离开中国特点来谈文化建设，也是不得要领甚至是数典忘祖的民族虚无主义。

整体来看，文学意义上的民族性，不只是由语言文字、叙述方式所体现出来的形式方面的民族特色，而主要还是由行为方式、生活习性所体现的一定民族所特有的情感样式、思想意识与精神气质。即以中国当代文学的发展来看，新中国成立之后的七十多年，民族精神与民族特性一直是贯穿于文学创作领域的一条显豁的主线，民族风格始终是许多作家持续追求的目标。赵树理、周立波、柳青、马烽、李準等作家作为他们中的杰出代表，既以充沛的人民情怀、坚定的人民立场，抒写人民生活，塑造人民主角，更以适应人民的需要、切合大众的喜好，在作品的艺术形式上力求为人们喜闻乐见，在追求艺术的民族风格与民族气派方面，做出了突出的贡献，提供了重要的示范。中国当代文学既有着深厚而丰赡的文化资源，又有着新异而激变的生活现实，还拥有在艺术形式上追求民族风格的作家典范，在这样的基础上坚定文化自信，坚持文学自觉，必然会铸就新时代社会主义文学的新辉煌，并使具有鲜明中国特色的中国文学以与众不同的亮丽风景和卓尔不群的独特风采，自立于世界文学艺术之林。

（原载2023年7月7日《文艺报》）

年度文情报告

乡土向城乡位移之后

——2012年长篇小说的一个侧面

　　乡土题材，一向是当代小说尤其是长篇小说创作的主脉。但在2012年度的长篇小说创作中，要想找到传统意义上的乡土题材作品，已经不很容易了。这里的"传统意义"，是指那种以乡土社会为舞台，以乡土人物为主角的相对纯粹的乡土题材作品。与乡土生活有关的长篇小说写作，更多地体现于城乡交叉地带的城镇生活的描写，以及那些带有田野调查意味的纪实类作品。这种明显可见的变化，也许带有某种标志性意义，即旧有的乡土文学写作，开始走向式微，而新型的乡土文学写作，由此正式开启。乡土文学的时代转型，拉开了它的新的帷幕。

　　城乡交叉地带之所以形成新的写作重心，与社会生活近年来的巨大变异密切相关。从新时期到新世纪以来，旧有的乡村在现代性的强力主导之下，以城镇化、产业化、空巢化等多种方式，从生存方式、生活形态，到生产方式、人员结构等方面，都发生了剧烈又重大的变化。而且，这种变化方兴未艾，乡村始终变动不居。这种持续的新变，使得大部分的乡村走向了城镇化，而新的城镇又与乡村脱不开干系，形成你中有我、我中有你的混杂状态。乡土文明的整体性已不复存在，变动中的城乡现实又充满不确定性，这些都给作家们认识和把握新变中的乡土现实带来极大的难度。

2012年，一些以乡土题材写作见长的著名作家，如刘震云、李佩甫、贾平凹等，均以表现城乡交叉地带的小说新作，体现出了创作视点的拓展与位移，他们更为关注和在意的，是不断变动的基层社会，或变亦不变的城乡生活。走出传统的乡土题材范畴，立足于新的生活基点，他们在精彩依然的作品中，体现着他们的个人的创作进取，也折射着文学走向的某些脉动。

刘震云的《我不是潘金莲》，由李雪莲的家事如何由小变大，由少成多，又如何由私人事件成为公共事件、婚变事件成为政治事件的描写，真实而坦诚地揭示出了当下城乡社会普通平民的基本生态，那就是从村、镇、县，到公、检、法，各个领域都有自己固有的规则，潜在的利益。而这种自成系统的规则与利益总合起来，就构成了一个看似冠冕堂皇，实则不办实事的公共秩序。对于如李雪莲这样有冤屈又爱较劲儿的妇人来说，这一秩序不仅无助于问题的解决，反而会使问题越积越多。可以说，李雪莲二十多年来一直告状又没有结果的遭际，既是她个人命运的一个悲剧，也是以鸡蛋碰石头的方式对基层社会平民生态的一个测试。测试的结果是：基层职能部门看起来井然有序，实际上却少有为民做主的积极作为。作者在李雪莲"我不是潘金莲"的自我辩白里，发出的其实是一声无奈又愤懑的呼喊，它所引发的人们对于普通人生存境况的警醒与省思，应该是多层次，多方面的。

李佩甫的《生命册》，立足于中原文化的腹地书写主人公"我"如何从乡村走向城市，无论如何行走，走得多远，都难以脱开乡土的血缘与牵连。从乡村到省城，从省城到北京，再从北京到上海，"我"辗转着一路走来，身份也从大学老师转变为"北漂"枪手、股票市场上的操盘手，以及一家上市公司的负责人。但生"我"养"我"的无梁村，始终与"我"有着粘皮带骨的种种勾连。在时代与土地的变迁过程中，似乎每个人都难以实现自己微薄的意愿，甚至不可避免地走向了自己的反面。在这些人物的命运故事里，我们可以看到城乡之间纷纷扰扰的世间万象，更可以见出传统的乡土文明既给人以某些现实羁绊，又给人以某种精神反哺的双刃剑属性。

贾平凹的《带灯》，把视点移到了镇政府这样一个基层机构，由一个名叫"带灯"的青年女干部接待上访人员的种种遭遇与感受，反映了当下乡间社会老问题与新问题相互纠结，从而给人们在基本生存和精神状态上带来种种困厄与难题。这些问题说不上怎么重大，婆婆妈妈，但又实实在在，既让当事者无可奈何，也让镇干部难以决断。成堆的问题，就如书中的带灯所说，它像陈年的蜘蛛网，"动哪儿都落灰尘"。正是在面临事情的源源不断和问题的接踵而来，最没权力的带灯不厌其烦地尽力接待和勉力解决上，作者写出了普通乡镇干部的善良与认真。作品看似是写一个乡镇干部的故事，但背后却有对整个社会生活的思考，那就是以深厚的人道主义情怀，呼吁对基层社会管理体制进行改革。作者在小干部与小人物的故事里释放出来的，显然是见微知著，以小见大。

2012年有两部纪实性作品，在直面新的乡土现实的写作上，也自见勇气，别开生面。孙慧芬的《生死十日谈》，以深入乡间现场调研的方式，勇敢地触及了当下农村严重存在着的自杀现象。这些追根究底的查访，既有对自杀者悬疑重重的自杀内情的追踪与剖解，又有与相关知情者的对话与互动，而一桩桩自杀事件的揭露，披露了主观的原因之后，相关的客观原因也暴露无遗。人们从中看到的，既有诱发事端的偶然性因素，更有酿成事件的必然性氛围，这便是急剧变革的农村在急速前进的同时，带给人们的无奈与失望、困顿与疲惫，以及在文化教育、家庭伦理、道德认同等方面的矛盾与问题。整个作品传递给人们的主要信息或巨大震撼，是揭示了农村问题不单是一个经济发展相对滞后的问题，更是一个文化与教育发展严重失衡的问题。

梁鸿继《中国在梁庄》之后写作的《梁庄在中国》，写了一群远离梁庄的梁庄人在外打拼的漂泊史和心灵史。外出务工的梁庄人，分布于城市与城镇的五行八作，而作者对他们的追踪与素描，也涉及人生的方方面面。有意味的是，作者一方面以他们个人的口述实录，自然而然地叙说他们自己的诸般人生与感受，一方面又以叙述者的视角——追踪、采访与调查，体现了一个知识分子的家国情怀与乡土情结相兼顾的反思精神与终极关怀。可以说，这部作品以深厚的文学功底与社会学功力，由共名"梁庄"的城市农民工的生存现状和精神状态，描摹出一个村庄中村民的变迁和伤痛，真实地记录了中国城市化进程中村民们从乡村到城市的艰难历程。

据知，2012年的长篇小说总量在5000部以上，内中潜含了一些乡土题材小说，是不容置疑的；再说2012年的乡土题材作品数量锐减，也不一定意味着今后此类题材的写作就此消亡。但纯粹的乡土题材发生了新的变化，乡土写作将以另一种新的姿态继续存在，将是一个基本的事实。有关乡土写作的这样一个新的异动现象，值得人们加以关注和探究。

（原载2013年1月22日《人民日报·海外版》）

直面新现实　讲述新故事

——2013年长篇小说创作概观

从热点聚焦的角度来看，2013年的长篇小说创作，似乎波澜不惊，状态平平。但进入到具体文本的阅读与翻检，则会发现平流缓进的文学潮动中，不时浮现出新变的微澜，琳琅满目的作品中，也不乏一些撩人眼目的亮点。由是也有理由认为，2013年的长篇小说，依然是一个春华秋实的收获之年。

从国家新闻出版署条码中心获得的数字显示，2013年度全国出版的长篇小说总计4790多部。这个数字既包括了少量的港台作家的长篇作品，又包括了大量的网络小说转化的纸质产品。去除了这样一些作品之后，属于严肃文学的原创长篇作品，在1500部左右。这样的一个作品总量，可以说大致上反映了严肃文学的长篇小说平均年产稳中有升的状况。

在长篇小说年复一年的持续演进中，每个年头都有各自的特色、别样的风景。就2013年来看，各式各样的题材中，直面当下现实的倾向更为突出，各显其长的写法中，切近日常生活的叙事更为彰显。这种不约而同的艺术追求，使得2013年的长篇小说，既在内蕴营构上更具现实性，又在形式表现上更有故事性。这种现象也可解读为：

作家们在长篇小说的创作中，既高度注重紧贴着时代的深层变异，感应生活的脉动，以使作品更具生命力；又密切注意切合大众读者的阅读趣味，力求更多的读者喜闻乐见，以使作品更具辐射力。这一切，都可进而概括为：当下的长篇小说写作，越来越成为呼应着时代节奏的文学变奏。

世态变异的寻索

社会生活的演变，常常是由表及里、由浅入深的。因而，伴随着时世不断变迁的，一定是世态的悄然变异。这种"进行时"的流动性与相关性构成的复杂性与不确定性，正是现实题材写作不好把握的难题所在。

然而，正是面对这样的难题，贾平凹等作家在2013年的长篇小说写作中，以他们锐意出新的作品做出了可贵的努力，也取得了不俗的实绩。他们在写作中，不仅把艺术的镜头对准变动不居的当下现实，还越过喧嚣热闹的表面景象，透视生活变动中的世态变异，从而在引人的现实性故事之中，生发出了启人的人文性意蕴。

《带灯》的主角，是一个名叫带灯的年轻乡镇女干部。作品通过她义无反顾又勉为其难的"维稳"经历，写出了当下底层社会不断涌动和深刻隐伏着的各种利益纠葛与人际矛盾，及与此不相适应的管理体制与疏导措施。作品不仅在这些错综事象的细密铺陈中显示出强烈的现实性意义，而且在带灯这个弱女子以微弱之光照亮弱势群体的作为上，歌吟了蕴于基层干部身上的良善而美好的人性。较之他以前的《秦腔》《古炉》，《带灯》不仅在直面现实上入木三分，在细节描写上也错彩镂金。作品有如一壶上好的西凤酒，既清醇引人，又后劲十足。

阎连科的《炸裂志》从故事的层面看，是描写一个名叫炸裂的小村庄如何在三十年间由村变镇，由镇变县，又由县变市的巨大而神奇的演变，以点带面地反映当代中国走向城镇化的迅疾步伐；从人物的层面看，是由孔、朱两家的世代仇怨与相互争斗，透析深隐于人性内里的记仇与报复的顽固病灶；从题旨的层面看，作品又由孔、朱两家对权力的觊觎、对情欲的贪婪，以及对人们渴求物质财富的欲望的大加利用，在整体上揭示了当下时代在追求物质的利益，谋求一方社会的发展中的种种病象。村庄变城市，乡民变市民，似乎是城镇化的必由之路。但在这种单向性又表面化的变迁过程之中，得失孰多孰少，代价又有几何，真是值得人们认真反思、深入反省。

陆涛的《脸皮》由一个文化人从商界回归学界的种种遭际，生动地描写了一所民办大学的自主招生、创办模特专业等系列事件，描写了置身其中的学子与学人的向往与失望、追求与迷茫，更从民办大学从业者的角度，反思当下教育领域中的急功近利，当代社会生活中的夸多斗靡。作者用亦庄亦谐的叙事文笔，负载欲泣欲诉的沉重主题。如文中说到房价疯涨使得人们根本买不起房时，作者这样说道："在北京买一套一百平米的房子，农民种三亩地纯收入四百元的话，要从唐朝开始，当然还不能碰上灾年；工人一千五百的月薪需要从鸦片战争干到现在……"这样的看似玩笑的算账，揭示出来的现实荒诞实在让人触目惊心。

出现于2013年的王蒙的《这边风景》，黄永玉的《无愁河上的浪荡汉子》，虽然书写的并非当代的社会生活，但却从个人经历的角度再现了历史流动与社会变迁的种种特异世情与风情，都属于具有一定的史料性意义的独特小说文本。王蒙的《这边风景》，写作于20世纪六七十年代下放新疆农村劳动期间，作品既真实呈现了作者"文化大革命"期间坚持写作却又不免"跟风"的实情，又忠实地还原了"社教"在新疆民族地区深入进行的历史图景。这样两种真实，使得这部作品具有多重的意义，它既使王蒙的创作轨迹因弥补了"文化大革命"时期的缺环而更加完整，也使萧瑟、稀薄的"文化大革命"文学因此增添了一个颇为厚重的写作样本。黄永玉的《无愁河上的浪荡汉子》，主要描写了作者在 1926 年到 1937 年前后在朱雀城所经历的故事，小说在看似随意的笔法里，取材严谨，细节密实，以日常化的生活细节，素描各类人物，状写人生百态，饱含湘西语言风格和卓具湘西风土人情的故事，生动还原了 20 世纪二三十年代湘西丰富多彩的生活景象，及作者所经历的一系列重要历史事件。

精神隐痛的触摸

置身于一定的时代风雨和社会风浪，人们会不可避免地经历各种坎坷，遭逢各种境遇，这一切都会转化为一种心理的忧伤与精神的隐痛，潜伏于光鲜亮丽的外衣之下，并无形地影响着个人生活与命运走向。这种看不见的精神隐痛，其实也是人们的一种状态，社会的一种现实。

在 2013 年的长篇写作中，一些小说家把他们的注意力不约而同地集中于这一方面，并以各自的发现和不同的角度，剔抉出人在现实中的种种心态异象与心理病象，在看来令人纠结不已的故事中，寄寓了对于人的精神境遇的关注与同情，对于人的精神现实的理解与尊重，由一种显见的"向内走"的文学追求，散发出一种格外浓郁的精神关怀。

林白的《北去来辞》，由女主人公海红总不遂意的人生经历和精神纠结，透视一个女性知识文人的精神紊乱，并进而透视一个时代的精神混乱。由于有着不安定的童年和被压抑的青春，海红更重视内心生活，因此总想超越现实。但严酷又平庸的现实，对她步步紧逼，从情感、婚姻，到家庭关系、自我生存，一切都与她的意愿背道而驰。她既在焦躁、挣扎中不断妥协，却又在妥协中焦虑、挣扎……由此，作品既对女主人公自身进行一定的反思，更对桎梏着海红的社会现实发出了深深的诘问。

苏童在《黄雀记》一作中，把艺术的镜头对准他所熟悉的香椿树街，由一桩错判的青少年强奸案引发的人生纠结与命运转折，在保润、柳生和仙女的成长与碰撞中，探悉了善与恶、罪与罚、沉沦与救赎、绝望与希望的人生况味。作者一方面细写三位主人公乖蹇命运造成的紧张、焦虑与痛苦的精神状态，一方面又抒写香椿街上悠然、湿润、幽暗的市井万象与人生百态，冷与暖、动与静、明与暗，既反衬着，又并置着，构成了作品含而不露的内在底蕴。

胡学文的《红月亮》分别由女主人公夏冬妮、男主人公马丁各自生活遭际的平行叙事，讲述了人生不同却又命运雷同的内在原因：夏冬妮由于童年时期的家庭变故患有严重的撒谎恐惧症，因而与周围的人和事陷入一种愈挣脱愈被吞噬的复杂关系之中，最终锒铛入狱；马丁蜷缩在他人或自我造就的谎言人生中，渴望平静的心理与必须面对的现实形成的张力撕扯着他紧张的神经。难以摆脱的谎言，成为他们一生的梦魇。这是一种个人症状，何尝不是一种社会症状。

饶有意味的，是余华和马原这两位先锋小说家分别以《第七天》和《纠缠》的新作，在2013年以直面现实的故事书写作了几乎是摇身一变的新的亮相。《第七天》以死人还魂再去赴死的魔幻故事，打通了虚幻与现实的界限，实现了生活与戏剧的对接，作品以荒诞的艺术形式实现了现实批判，存在的渴望与苦命的绝望始终相随相伴，让人感到无比的痛心与彻骨的虐心。马原继《牛鬼蛇神》之后新写的《纠缠》，一改过去的先锋姿态与形式追求，以近乎案件调查、新闻纪实的方式，叙写了一桩遗产遗嘱案件引发的家族夺产大战，以最日常化的生活事象来拷问贪婪的人性痼疾，呼唤泯灭的亲情、被污损的真情。作品的奇妙之处，就在于在细针密缕的家长里短的抖露中，自然而然地揭示出当下社会亲情与人情的变异。余华和马原的这两部作品，都以借助社会新闻性来增强作品现实性的有意尝试，显示出先锋小说家不主故常的新异视觉与力图变法的可贵努力。

人性底蕴的发掘

　　人之情性，是社会生活的潜在情绪，也是个人生活的内在主导。人性是向善，还是向恶；是人性造就社会，还是社会塑造人格；是性格决定命运，还是命运制约性格。诸如此类的问题，在哲学上一直争论不休，在生活中也是各有呈现。这些都引动着有心的作家们去经由自己的体察与体味，来发抒自己的洞见，探知其中的究竟。

　　于是，在2013年的长篇小说中，有关人性底蕴的文学探寻与美学叩问的作品，不仅纷至沓来，而且遍布于那些现实题材与历史题材的书写之中，这使2013年的长篇小说在意义的氛围上，充满了一种异常浓郁的人性关怀与人道情怀。

　　艾伟的《盛夏》，以"眼下正在进行的生活"为背景，讲述了女孩小晖的男友丁家明因一次车祸瘫痪，她无意间在律师柯译予的微博上发现他就是车祸的肇事者，并就此开始接近对方，探悉真相。作者所在意的，是一个在现实的事件背后人们的态度表现和情感反应，以及他们在和复杂的时代相纠缠时的欲望、恐惧与挣扎。饶有意味的是，作品在不长的篇幅中写出了时代的复杂和人性的复杂，而且在每位人物的心灵里都留有善的一席之地，使得没有坏人的人生悲剧更加意味深长。

　　凡一平的《上岭村的谋杀》，在一桩蹊跷的案件中，循序探悉出隐藏在其中的人性的病灶与社会的问题。上岭村的"流氓无产者"韦三得吊死在村口的榕树上，初步判断是他杀后，进而揭示出来内幕是惊人的：这个韦三得整日在村里幽灵般地游荡，村里留守的成年女性几乎都被他先后占有。但所有与韦三得有关不正当关系的女人，不但不恨他，反而还念叨他的好：如教女人们识字，把有病的女人送医院，等等。作品由此提出的问题，一是不能简单地以男女关系判定韦三得就是坏人，二是韦三得的被杀实际上是乡村空心化引发的悲剧。由此，作品在一个看似简单的形式里，包裹了远比故事更加复杂的现实与人性的内涵。

韩少功的《日夜书》，描述了同为知青出身却又命运迥异的官员、工人、民营企业家、艺术家、流亡者的各式人生，在不同类型的知青人物的命运转折里，作品既写出了个体知青在集体的生活里的磨损与销蚀，又写出了人的"个性"在不同时期的闪现与回响。知青生活日益成为过去的历史，而他们的"个性"却在人们的记忆中依然不屈地活着。无论是政治化的过去，抑或是商业化的现在，知青一代似乎一直偏离于社会生活的主流，总是难以真正融入进去。如果说这是悲剧的话，那么，这悲剧显然不只属于知青个人。

在以文学的方式触摸人性上，王华的《花河》，称得上2013年为数不多的小说力作之一。作品主要是写白芍和红杏两姐妹的人生转折，但由此串结起时代的演进、社会的变迁、女性的命运、个性的悲剧等意蕴，却如花团锦簇，绰约多姿。作品里的白芍，以善于施展女性的魅力来赢得身份与地位的改变，但怎么努力也赶不上时代的变化，好容易从佃户女儿当上了地主儿媳，但新中国成立之后成为地主婆了；想办法勾搭上"文化大革命"时期的红人王虫，不料"文化大革命"后王虫犯事又成了犯人……努力一辈子，算计一辈子的白芍，最终发现一个人的命运不是自我可以操纵的。白芍这个人物形象，无疑可进入当代文学中典型女性人物形象的画廊。

在透视人性上卓具特色的，不只体现于现实题材的小说写作，也还表现于一些历史题材的作品中，如阿寅的《土司和他的子孙们》，高建群的《统万城》等。《土司和他的子孙们》以青藏高原与黄土高原过渡地带的积石山为背景，以富有诗意的笔触、时空交错的手法，描写了锁南普土司及其后代的传奇故事和坎坷经历。小说的难能之处，在于充分运用傻子的叙事角度，写出了痴狂、疯癫又大智若愚的主人公世文。《统万城》主线是写匈奴末代大单于赫连勃勃的一生征战，副线是写西域第一高僧鸠摩罗什的终生传教。两个传奇合而为一，构成了作品武略与文韬的两雄并峙与双曲合唱。小说刻意将两个并无交集的伟人的传奇故事并置一书，以超常的想象力，再现了他们各自非凡的人生经历和人性光辉，而且用以文立碑的方式，为匈奴这个中国北方最大的游牧民族的消失，吟唱了一曲悠远又雄健的挽歌。

情感世界的探微

爱情是人们须臾不能离开的，但诚如英国著名诗人乔治·克雷布所言："爱情有一千个动人的心弦而又各不相同的音符。"因而，共同的爱情主题，不同的爱情故事，就是文学的爱情描写常写不衰又互不重复的缘由所在。

2013年长篇小说的爱情描写，依然佳作不断，精彩连连。值得注意的是，作家们在对当下爱情的观察与把握上，既注意其内在性，又注重其相关性，可以说从爱情入手，又超越爱情，这使得当下的爱情描写较前明显地具有了深刻性、互动性。由此，男女两人的爱情小世界，也都以各自的方式联通了社会的大世界，演绎出各具不同妙蕴的人生悲喜剧。

红柯的《喀拉布风暴》，以张子鱼与叶海亚神秘私奔为线索，讲述了三对青年男女在沙漠风暴里跌宕起伏的爱情故事，并通过男主人公张子鱼、孟凯、武明生，女主人公叶海亚、李芸、陶亚玲，以及由他们所勾连的各个家族，在西域大漠、边地塞外或繁华都市，演绎了一部极具震撼力和艺术表现力的人类生存史和生命史的当代活剧。作品通过描写原生态的男女爱情，经由大漠强健的植物和动物，找到了曾经失去的力量源泉与精神家园，因而充满着浪漫文学的探求力，弥漫着蓬勃的精神的张力。

程青的《最温暖的冬夜》，主写男主人公宋学兵与女主人公樱桃的婚姻故事，与茶馆老板顾正红的风流情史，以及与同学刘冰清的纯真情思的三重情感。作者在主人公的爱恋与婚外恋的情爱描写中，没有刻意地把他们描述成简单的欲望男女，而是在逐渐的发展过程中让他们的感情呈现一种逐渐递升的状态，显示出其两两相爱的合理性，以及男女性爱的复杂性。在看似琐屑的描写中，作者没有刻意讴歌或者赞美什么，只是把现实生活中的男女欲情原生态地展示了出来，让人们从中看到在伦理和欲望的纠结中挣扎的当代男女，并反观自己在情感生活中投射的影子。

邵丽的《我的生存质量》，以主人公"我"突然遭遇生活的变故为主线，牵连出"我"与敬川、苏天明与金地、周健与陈琳以及幺幺、父亲母亲、公公婆婆等人的爱情和婚姻生活。不同的爱情是不同时代文化和情感生活的写照，也是检验置身其中的人们的试金石与照射镜。作品通过爱情、亲情与友情遭际变故的考验与挑战，揭示出爱情是权衡之后的通达，亲情是索求之后的给予，友情是埋怨之后的理解等人生况味。作品最为感人的，是作者就人性、命运、人生等最重大主题的体验与思考，向人们剖露心扉，与读者坦诚以对。

乔叶的《认罪书》通过女主人公金金的临终回顾，追溯出一段扑朔迷离的过往历史：某地官员梁知在省委党校进修期间与金金发生婚外情，却在进修结束后抛弃了她。已经怀有身孕的金金由爱生恨，设局嫁给梁知的弟弟梁新。在步步为营的报复计划中，金金不仅挖掘出这个家庭的一段隐秘家史，更在自我情感历程和对自我遭遇的审视中，将每一个人都推到了生死边缘。步步紧逼的故事情节，环环相扣的道德拷问，使作品由爱情的入口，深入到人性的深处。感情的欺骗，道义的践踏，良知的泯灭，时代的乱象，混合一起交织而来，既让人应接不暇，又令人芒刺在背。

青春成长的回望

青春在2013年，一直是一个热词。不仅文学领域里，青春文学写作表现出格外强劲的成长与成熟，而且还显现于影视领域里有关青春主题的走俏与火爆。与青春有关的，都在"致青春"；青春不再的，也在观望"致青春"。

从长篇小说来看，2013年原属青春文学的一些作家们，都在小说新作中，表现出了生活层面的新开掘、艺术手法的新拓展，在内容与形式的两个方面，以显著的进取成功转型。事实上，现在已经可以把他们归入到当代小说创作的实力派作家之中，来对他们的创作成果进行考察，对他们的艺术上的长短加以评说。

一直保有先锋情结的颜歌，今年推出的长篇新作《我们家》，可谓错彩镂金，又行云流水。这部作品由段逸兴一家人对于姓氏的过度注重与计较，先触摸了家庭不同成员之间错综复杂的利益纠葛和矛盾冲突，继之又透过家庭这个流动的窗口，向人们瞭望了小城镇的日常生活：段逸兴的身为豆瓣厂厂长的父亲薛胜强，在家族、生意与朋友之间穷于应对，忙乱的公务事与混乱的私生活搅和在一起，日子像辣椒和豆瓣混成的辣酱一样，油腻麻辣、活色生香。无论是被重新提起的往事，还是而现实中发生的新事，无论是家人之间的相互计较，还是亲人之间的相互温暖，唯唯诺诺的小人物，婆婆妈妈的小日子，都无不打上社会变异与时代变迁的印记。显而易见，颜歌经由这部作品开始转型，她从前些年的实验性小说写作，转为了回到故事性的写实路数，由此又展现出以细腻的笔法写普通人的日常生活、于细微之处发现生活的诗意的潜能。

同样来自四川的七堇年，在新作《平生欢》里，展现了她以生活化的细节讲述青春成长故事的不凡功力。作品以川东南的小城雾江为场景，讲述了邵然、邱天、李平义、白杨、陈臣等一群同学之间的人生交集与各自的人生轨迹，在多条线索的交叉行进中呈现了不同家庭背景、个人机遇所造就的不同个性与多样人生。当年莽撞轻狂的少年男女，在经历时代的冲刷和遭际爱与痛的蜕变之后才终于明白，在青春那不可复制的年月里，他们应该庆幸遇到了彼此，更该在意相知甚深的儿时学友。作品在平流缓进的文笔和从容不迫的叙事里，贯注着对于逝去的青春在思念与回访中流连忘返的深挚情感，更透显出一种含有反省意味的人生醒悟。

属于"80后"实力派作家的郑小驴、祁又一、独眼，都在2013年的长篇新作里，表现出了各自不同的新的进取。郑小驴的《西洲曲》，由主人公"石壶"的角度，以回忆往事的叙事方式，讲述20世纪90年代一个普通人家在实行计划生育中的命运遭遇。作品在颇具现场感的视角中，既深刻反思了执行计划生育政策过程中产生的家庭悲剧，又在内外矛盾冲突中探悉了隐秘的人性与人情。祁又一的《探宝记》，通过男主人公齐天讲述的不无蹊跷的探宝经历，在貌似探险游戏的故事中，揭示了当下社会的人们因耽于物欲的无尽追求，全然把人自身的价值与意义抛之脑后的现实。这部小说在似真似幻的故事中，最终指向的是青春成长的自省，内里蕴含的是初涉人生的反思。独眼的《在无尽无序的汪洋里紧挨着你》，讲述了一个生于20世纪70年代的"我"，独自抚养儿子核桃的家常故事。在核桃的成长过程里，与父母家人彼此挑剔又彼此包容，与生母感情渐远却相互纠缠。作品的奇特之处，既在于字里行间流淌着生活的细流、情感的涓流，又在于以一种嘻哈的风度、达观的气度，讲述不无悲戚的乖蹇命运，并解构和质询那段"不能说的秘密"。

（原载《中国文情报告：2013》）

世情与人性的多维透视

——2014年长篇小说概观

进入21世纪以来，长篇小说越来越呈现出两极分化的明显趋向，也即严肃文学的写作，主要在圈子里叫好；通俗文学的写作，主要在场子里叫座。两类不同取向的小说作品，各有各的读者，各有各的场域。这样的一个情形，已是当下文坛的一个基本定式。

2014年的长篇小说，从国家版本数据中心的统计数字看，有4100多部。这个数字比之2013年的4800多部，数量减了不少。长篇小说数量的增与减、多与少，主要为网络长篇小说转化纸质作品出版的力度所左右。我估计，属于严肃文学倾向的长篇小说，每年大致保持在1000部上下，约占总量的四分之一。而占四分之三的3000多部，多属于流传于网络又转换为纸质的通俗类作品。

从传统的文学观念来看，偏于严肃倾向的长篇小说，因其文学含量普遍较高，更值得人们予以关注；而偏于通俗倾向的长篇小说，由于注重消费性大众阅读，多由市场行情自行检验。因此，考察年度长篇小说，主要以严肃文学的写作为主，就是自然而然的了。

若从文学市场的销行状况来看，2014年的严肃类长篇小说，大多属于小众化的作品；但从开掘历史与现实的新生面、塑造独特的人物形象，以及作家看取生活的深度、艺术表现的力度等方面来看，2014年的长篇小说较之以往，都有显见的拓展与可喜的进取。

从形成一定的倾向和具有一定的新意上看，长篇小说在2014年值得关注的焦点现象与重要收获，围绕着世情与人性的多维透视的总取向，主要体现于五个方面。

一、变异乡土的寻踪把脉

乡土中国在变异，乡土伦理在嬗替，这种变异与嬗替由表及里，由浅入深，呈现出来的，是传统农业的转型，田园生活的解体；而隐含内里的，则是置身其中的人们情感的迷惘、精神的困顿。这种巨变之中的隐痛，明丽背后的暗流，正是具有人文情怀的作家们所格外关注、着意探悉的。2014年，在这一方面发见新风景、写出新意趣的作品，就不在少数。

贾平凹的第15部长篇小说《老生》，表面看来，是把《山海经》的山经部分作为故事的引子贯穿其中，并以某老生的吟唱丧歌作为主线串结作品。但认真读进去之后，又会发现，他真正在意的，是由此托出普通乡民在社会转型期的生死歌哭，及由民间视角看取的乡土社会演进中的必然与或然的相互杂糅。这是一种氤氲不明又混杂不堪的百年史——在这块土地上演进的历史——是政治的，又是经济的，是庙堂的，又是江湖的。艺术上的浑圆与意蕴上的浑融，显现了贾平凹的老到与老辣。

关仁山的《日头》，以权姓和金姓两个家族间的恩怨冲突，描述了冀东平原日头村近半个世纪波谲云诡的巨变。作品由金家与权家在相互较劲中的势力转换，写出了乡绅文化在乡土社会的深重影响，更由乡土社会的现代转型，写出了旧的问题破解之后新的问题的接踵而来，反映了乡村日渐"空心化"等现象。同样是反思乡土社会的历史与现状，关仁山的《日头》显然含带了更多的批判性，从乡民的世仇难解到乡土社会的听天由命，作家对于农人与农村前途与命运的如醒忧心，不仅忧深思远，而且溢于言表。

范小青的《我的名字叫王村》，让人有两个意外，一是表述手法的寓繁于简，一是故事营构的小中见大。通过丢弃弟弟、寻找弟弟这样一个寻人的经过，由一桩看似极其个人化的家庭事件，逐渐抖露出有关当下乡土社会看似合理又在悖理、看似正常实则异常、看似温情其实绝情的种种复杂而混沌的景象。事实上，看似精神迷茫、精神失常的弟弟，坚持以王村自名，才格外精准地揭示了这一诡异故事的要义所在。那就是从失形、失范又失魂的意义上讲，弟弟的遭际与状态，实际上与王村以同病相怜又相映成趣的方式，具有同构性，形成了互文性。

孙慧芬的《后上塘书》，从叙事的手法到揭示的内容，都与之前《上塘书》有许多不同。作品由刘杰夫的叙述、冤魂的悲鸣和四封来信三个视角的交替转换，经由亦虚亦实、亦明亦暗的杂拌式叙事，不仅揭示出乡村变异带来的巨大震荡，而且揭露人们精神状态的悸动与不安。作家高度关切的，不只是持续的社会演变带来的乡土生活的解体与乡土伦理的泯灭，还有这块土地上人们的失魂落魄，惊悸不安，以及改变了的已变不回来，出走的也返不回来，从而使身与心都处于悬空与漂移状态的困境与窘境。

刘庆邦的《黄泥地》在乡土现实的审视与状写上，由故事与人事的相互牵扯，对浸润乡土的民性文化进行了由表及里、由浅入深的循序探析。小说由儿子房光民接替老子房守本出任村支书引发众怒一事，主写房国春的仗义执言及越陷越深，他悲哀地发现：替换上台的都谋私利，怂恿他的都有个人目的；公与私均不分明，黑与白也模糊难辨。在这种境况下，善良往往被人利用，正义也常常面目模糊。乡土间的一切，都像黄泥地一样，沾手就黏，而且黏成一团。作品在行云流水般的日常叙事中，层层递进地揭示出当下乡村从政治到经济、从文化到精神的自利性、家族性、狭隘性、泥淖性。

王妹英的《山川记》，表面上是写当代农村生活近五十年的缓慢变迁与悄然变异，实际上是写历经多个时期的表象演变仍顽固存在的内在痼疾——乡土伦理的严重滞后及其对农人命运的深重影响。桃花川的桃花村，经由半个多世纪的缓慢行进，终于走进了改革开放的新时期，赶上了脱贫致富的好时候；但一些被过往的历史阻挠了爱情、被刻板的观念改变了人生的人们，却没有可能在爱情与人生上予以改正或从头再来。因而，跟着时代潮流向前行进的他们，带着难以弥补的失落与失意，铸就了永远的心结与心痛，背上了沉重的情感与精神的委屈与负累。因此，《山川记》看似是一曲歌吟农村生活的田园牧歌，实则是一曲慨叹农人命运的苍凉悲歌。

二、喧嚣都市的内情揭示

伴随着乡土变异的，是都市的崛起。这种崛起最惹人眼目的，一是城市领域的大幅扩张，市区人口的急剧膨胀；二是商业文化的高度繁荣，物质产品的极大丰富。而在这繁荣昌盛的背后，则是各种欲望的此消彼长，各种诉求的相互碰撞，使都市的人们身心疲惫，时陷迷茫。在喧嚣都市的背后，人们的理想追求是何等地步履维艰，情绪与心态是如何地躁动不安，不少的作家就此讲述了各自的人生故事，抒写了自己的深切观感。

在小说写作上沉寂多年的刘心武，以新作《飘窗》在今年复出，作品在日常化生活叙事的看家手法中，又伴之以悬疑式的主线——已离开此地多年的庞奇突然现身并扬言回来必要杀人；众生相的人物——清高的知识分子，拼命钻营的作家；善良的小市民，奸猾的市井之徒；以及官二代、富二代，小白领、小职员等等。作者看起来是在描绘各色人物的日常行状，实则是在折射他们各怀心事的心理涟漪，而这一切，都源自各阶层的社会生活都被资本这个魔鬼肆意搅拌。因此，知识既惠人又困人，启蒙既引人又惑人，人性既复杂又脆弱，都像越来越交相杂糅的一团乱麻，费人思量，令人反省，引人思索。一个老作家的敏锐发现、独特感受、深刻反思和无限悲悯，也由此浑然显现。

长于现实题材写作的王跃文，2014年拿出的《爱历元年》，采取了寓繁于简、以小见大的手法，由一对青年夫妇之"一管"来窥探当下情爱之"一斑"。作品在孙离与喜子这对知识分子夫妇的情感纠葛的主线里，又连缀了亲朋与好友的爱情失意、家庭失和的副线，它们共同构成了相互映衬又相互警策的当代都市情感活剧，格外典型地折射了置身于当代都市的男女婚恋的复杂情态，及中年知识分子的精神疲惫与心理危机。令人感到温暖和慰藉的是，男女主人公在经历了情感波折之后，对己和对人都有了更加清醒的重新认识，从而更为坚定地走向了善的追求与爱的回归。文化人的自省，已婚者的自扰，证明着即便是人到中年的知识分子，面对着不断刷新的时代，依然还有更新自我的必要、继续成长的空间。

在反映当下都市生活的写作中，徐则臣的《耶路撒冷》因注重揭示年青一代伴随着个人行踪的心路历程，特别值得关注。这部作品显然是作者倾力打造的心血之作，小说把镜头主要聚焦于1970年代出生的年轻一代身上，时间跨度却有七十年之久，从"二战"时犹太人避难上海写到美国的"9·11"；从中国的"文化大革命"写到北京奥运会之后的2009年。在浩繁历史背景与复杂的社会场景下，作品写出了谨严的人物志结构，多样化的主人公群像。作品在初平阳、杨杰、易长安和秦福小等发小从花街到北京，再由北京回花街的相互交织的故事里，写出了他们的生命体验与精神历程，探析了宗教与启蒙、欲望与道德、原罪与救赎、犹疑与愧疚、出走与回望、乡思与乡愁等诸多话题，在作品人物异常厚重的心理负载与精神蕴意中，显示出作者旨在为年轻一代的小人物在反思自我中书写精神自传的博大情怀与宏大抱负。

三、人文境况的独到探察

在当代长篇小说写作中，一直不乏以学人、文人为描写对象的作品。但在2014年，这一类作品不仅数量明显增多，而且质量普遍较高。知识分子阶层的生存与作为、处境与命运，实际上是一个社会精神生活现状最为敏感的晴雨表。由一定的人文境况入手来窥探社会与时代的精神脉动，可谓是立于制高点上洞见症结，无疑是既有高度又有难度的写作追求。而刘醒龙、阎真等作家，正是在这一方面，显示出其不凡的艺术能力与新异的写作追求的。

刘醒龙的《蟠虺》，题材与写法都颇为特别。作者基本上是用悬疑小说的手法虚构了曾侯乙尊盘失而复得的故事，以及围绕着曾侯乙尊盘展开的政治权力博弈。小说在悬疑小说的总体框架中，介绍了大量关于青铜器和甲骨文的基本知识，描写了许多官场与准官场的明暗争斗。但只在文物的题材、官场的内涵上去理解它，显然是皮相的。作者真正的用意，是经由这一切，考量人性内在，打造新人形象。小说中，刘醒龙一直在思考"君子"和"小人"这个古老话题在当下如何回应遥远的传统，又以何种面目存身，并追问"君子"和"小人"这两个词的当代意义。也正是在这种追问中，作品为我们塑造了曾本之、马跃之、郝嘉、郝文章这样一些堪为新时代的君子的知识分子群像。

阎真的《活着之上》，与之前的《沧浪之水》有异曲同工之妙。这次的主人公——历史学博士生聂志远，遭遇的是弥漫于当下高校的学术腐败。无论是教学，还是研究，聂志远不仅被同窗学友蒙天舒处处挡道，而且总是要借助蒙天舒之力来获得进取，因为这个蒙天舒更懂得趋炎附势，巴结权贵。而由此显现出来的，则是当下的高校行政干预学术、资本侵蚀权力的体制以及关系左右进退的规则与风习。这种特殊的腐败，让聂志远屡遭挫折，备受打击，但他却以抱诚守真的心态和事事较真的作为，坚守着知识分子的道德底线。作品在整体浑浊不堪与个人单打独斗的不成比例的图景中，既在为不低头、不屈从的聂志远高唱赞歌，又在为深患腐败痼疾但还找不出疗救良方的高校教育怒吟悲歌。

徐兆寿的《荒原问道》，是对当代知识分子的书写，以老师夏木、学生陈子兴两代学界怪人为主人公，在他们各自离经叛道又彼此相互交集的故事里，既精心描绘了他们特立独行的个人形象，又悉心展现了他们不主故常的精神追求，通过他们殊途同归的命运传承，探悉当代社会的精神现实及人类面临的精神困境。《荒原问道》既好似一部记述两代学人行状的"史记"，又好似一面映射时代精神状况的镜子。作为"史记"，它以两代学人的经历与心路为主线，再现了知识分子从20世纪50年代到21世纪以来的艰难跋涉与坎坷命运；作为"镜子"，它由知识学人的遭际与命运，折射了教育与学术界、知识与文化界乃至整个社会的精神现状。

许大雷的《夏（上、下）》，从更为广义的角度书写了现实中的人文境况。作家从塑造独特的人物形象入手，通过形塑分属官场、商界与文坛的郭笑、马卫东、裴黄、小桃，既精心描绘他们各个不同的独特性情，又整体性地揭示他们同有的精神共性，那就是每个人都心怀大志，身怀绝技，皆为不同领域的能人；同时又相互较劲，不甘后人，哪怕两败俱伤也要一争高下。"逞能"和"较劲"，作为古今流贯的文化精神血脉，将个人与群体联通了，也将历史与现实打通了。生力与阻力，优长与局限，都如此这般地纠结一起，让人惊异，令人思忖。

四、时代激情的着意鼓呼

现实生活气象万千，文学写作百花齐放，这是三十多年来越来越凸显的社会与文学的现状。但毋庸讳言，比较多的作家作品，更关注的是日常化的生活、平民化的人物，而着眼于题旨较为宏大的叙事，形象较为光辉的人物的写作，作品为数不是很多，力作更是少见。如果说这是一个不应有的薄弱点的话，那么，2014年的一些作家，在这一方面以他们精心的写作、精彩的力作，有力地弥补了这一弱点。

苗长水的《梦焰》，是少有的直面当下军旅现实的小说写作，作者以兵味十足的神韵与视野宏阔的叙事，由陆军07集团军综合旅目标作战一营一连这个小窗口，传神式地描述了他们的自豪与自信、机智调皮和英勇无畏。与此同时，作者又由女兵赵文如月、退伍老兵徐增加等线索，把镜头扫向与部队有关的军人家属、大型企业，描写他们与部队生活的脉息相连、同频共振。作品反映部队生活真实而鲜活，描写军事建设全面而宏阔，尤其是对当代军人群像的精心塑造，及对当代军人的精神——无处不在的强军梦，以及与此相连的强国梦的着意表现，使得其既立足于军队，又超越了军队，从而具有更为广泛的意义与教益。

刘克中的《英雄地》以主人公戈向东的人生历程为主线，讲述了改革开放后一位平民英雄不计个人得失，践行承诺的故事。因为铭记着老连长林春风牺牲前的一句话"让活着的人活得更好，死去的人才死得有价值"，已是某上市公司董事长的戈向东，身置商海而心在军旅，不惜承受兄弟背叛、后辈误解、家庭破碎的种种困扰，不断加大对滨海五号地的开发，并把巨额财富投进了与这块土地密切相关的"红星公益基金"，以照顾英雄的亲人，资助烈士的遗孤。而随着滨海五号地的开发与建设，其神秘面纱也逐渐揭开，那是在建着的老兵们安享暮年的乐园——"英雄地"。作品在引人入胜的故事里，包裹的是鼓荡人心的意蕴，那就是要在现实的大地上建起"英雄地"，在英雄地上升腾起一股英雄气、英雄魂。

范稳的《吾血吾土》，在当下的小说写作中，具有显而易见的重要突破。首先是讲述了西南联大学生赵广陵及其数名同学于国家危亡之际弃笔从戎，参与抗战的悲壮故事；其次又着意表现了他们的恪守良知，尽职尽责；而后又展现了赵广陵等人在此后的历史中的命运沉浮与悲情人生。作者在尊重历史事实的基础上，将中国远征军老兵与现代知识分子的命运相融合，以抽丝剥茧的结构手法，展现了具有民族脊梁的一代老兵在抗战以来70年历史变迁中的痛苦与彷徨、苦难与辉煌。作者脱开既定的意识形态程式，由一个非共产党人的正人君子，探析其中内含的中华民族的精神内核与文化灵魂，叙述了一代知识精英的家国情怀、民族尊严、历史担当。

吴崇源的《穿越上海》，以21世纪头一个十年为背景，以当代商贸大都会上海为场景，描写改革开放进入深水区之后，以苏泰达为老总的太一公司在内外压力下克难攻艰的具体过程。饶有意味的是，作品既真实描写了民营企业太一公司在艰难中的奋起与前行，又着力塑造了民营企业家苏泰达的时代新人形象。这个人物，比我们通常所见的改革家形象，多了一些性情的真实，也多了一些理想的高蹈。他并不讳言自己是商人，但却要通过自己的努力去破解资本家的实质；他把民营企业鼓捣得风生水起，但他的意图却在于为消灭私有制而努力。他以接连践行人力资源的价值回归，放弃资本分红等方式，尤其是摒弃前嫌，去回头帮扶陷入困境的国有企业，显示出了其博大的胸怀、不凡的气度与远大的追求。这个人物，既是改革大潮的弄潮儿，又是志向远大的民营企业家，无疑是属于这个时代具有新的气质的新人形象

五、已逝历史的个性触摸

过往的历史，远去的人事，因为自身蕴藏了太多诱人探析的隐秘，又与现实不无某种神秘的联系，一直被许多当代小说家所看重，

所着迷。因此，历史题材的书写一直是长篇小说领域里最为重要的一脉。

2014年的历史题材书写，与以往的情形相比，既在"写什么"上带有作家超凡的个人想象，又在"怎么写"上颇具作家卓异的个人才情，可以说，在鲜明而独特的个人化叙事中，充分彰显了当代作家面对过往历史的新的姿态与新的可能。

庞贝的《无尽藏》，在写法上运用了软性"穿越"的手法，以出版人"我"怀念友人小林引入故事。作为南唐名将林仁肇的后人的小林生前握有一卷名为《无尽藏》的古书，而由这部古书的记述，又展开了烟雾缭绕的南唐历史：林仁肇之子小林从父亲暗藏的《韩熙载夜宴图》中感到某种蹊跷，带着古画寻访画中相关人，史虚白、朱紫薇、秦蒻兰、樊若水、大司徒、小长老、耿炼师、李后主、神秘女尼等纷纷走入书中，每个人似乎都带着一个谜。随着这些谜的逐渐被解读，竟然带出了惊人的凶杀隐情。作者在小说中套用书中书、时间中的时间，使虚实相依相生，故事亦真亦幻，时间亦古亦今。这种文学和历史相互纠结、节外生枝、难分你我的方式，既突破了传统历史小说偏于纪实的常规模式，又创造了别开生面的另类文学虚构方法，乃至严肃与通俗无缝对接的文学魔法。

笛安的《南方有令秧》，是她从现实题材转向历史题材的小说首秀。在这个作品中，笛安精雕细刻地描摹了一个名叫"令秧"的明朝节妇故事：少女令秧嫁入衰败的书香世家，十六岁上便成了孀妇。族中长老为换取贞节牌坊，胁迫令秧自尽殉夫。看门老妇谎称令秧已有身孕，保住了令秧性命；从此，这个谎言便成了一生的梦魇。唯失意浪子谢舜珲怜惜她，欣赏她。他运用他的能力把令秧塑造成众人眼里望而生畏的贞烈女人的榜样，他们彼此也结下了特殊又暧昧的情谊。小说既以肃杀环境里的柔美女性，构成绝大的反差，又以明代的风俗人情与明人的价值理念，以自己的方式触摸了明史。可以说，由令秧的"孤独、性爱和梦想"，笛安也借以表现了自己偏于稗史与心史的"意识到的历史"。

雪漠的《野狐岭》，以今人对古人的寻找，活人与鬼魂的对话，为人们拉开了掩盖在百年之前的驼队失踪之谜之上的层层帷幕：杀手纷至沓来，各有各的理由。不管是阴森的杀手，还是虔诚的修行者马在波；不管是管家驴二爷，还是复仇心切的木鱼妹；也不管是跟随齐飞卿打砸巡警楼的村民，还是为了得到俏寡妇而争斗的黄煞神、褐狮子，他们都活得自我、贪婪而血腥。作者并未对人物、事件进行"是非"界定，正是这种客观的展示，把解剖刀递给了读者，让人们去细细体味历史画卷背后一再重复的血腥，慢慢自省人性深处潜藏的无意识的残忍。作品不仅把阴阳两界、正邪两方一并纳入视野，而且把诸多地域文化元素和历史传说糅为一体，使得作品在深刻的批判性、鲜明的寓言性之外，卓富一种浓郁的民俗性。

年过百岁的杨绛的《洗澡之后》，是对她写于1988年的《洗澡》的续写。作品的时代背景依然是20世纪50年代，但与之前的《洗澡》不大相同的是，面临突如其来的整风运动、反右派斗争，除去不学无术、狐假虎威、暗藏心机、相互告密的蝇营狗苟之外，更多的是人与人之间美好的情感以及困难中相互扶持：姚太太、姚宓、罗厚、陆舅舅夫妇、许彦成像一家人那样亲密；许彦成的妻子杜丽琳因在"鸣放"中积极表态，被打成"右派"，下放劳动过程中与同为"右派"的叶丹产生了感情。回京后她主动提出与许彦成分手，使两个人的精神都得到了解脱，各自找到了称心的感情归宿。杨绛先生说她之所以续写《洗澡》是担心"有人擅写续集"，"趁我还健在，把故事结束了"。其实更真实的应该是，她对《洗澡》里不时显露出来的戾气有所反思，希望以诉诸温情的篇章来加以弥补。这种认真与仔细，显现出一个老辈作家对于生活和自己的双向忠诚。

由于篇幅所限，2014年在历史叙事、青春文学等方面的创获，以及难以简单归类的一些佳作与力构，如周嘉宁的《密林中》、张翎的《阵痛》、田耳的《天体悬浮》等，都不及细加评说。把这些作品一并汇总起来，才能更加充分也更加完整地展现2014年长篇小说的不菲收获与丰硕成果。

（原载《中国文情报告：2014》）

现实人生的多点透视

——2015年长篇小说概观

在长篇小说越来越受到文坛内外广泛关注的今天，人们对于长篇小说的期待也越来越高。但长篇小说的创作发展并不会因为人们的热切期待而随之逐年攀升。更为常见的情形是，因为介入创作的作者越来越多，发表的作品越来越多，长篇小说越来越呈现出总体样态丰富而重头作品较少的情形。这也意味着在长篇小说创作方面，发展平稳，收获平实，将会是今后一个时期的基本形态。

据从国家新闻出版有关部门得到的数字表明，2015年的长篇小说年产量在5100部左右。如果再加上发表于各类文学期刊的200多部长篇小说，长篇小说的年产量在5000部以上，当是现在创作与生产的一个基本规模。这样的一个生产总量，表明长篇小说在各种因素的作用之下，一直在稳步前行，持续增长。

面对如许数量的长篇小说，使得人们的跟踪阅读的频率越来越高，更使得宏观考察的难度越来越大。因此，从数量众多的长篇小说作品中，抓取其重点，找出其亮点，以点带面地去把握年度创作，秉要执本地去概述基本面貌，是一种必然的选择。从这样一个角度去打量2015年的长篇小说，我以为，在现实题材的书写方面，聚集了较多的名家力作，涌现出不少的新人新作，并且直面现实中兼有广度与深度，表现生活时匠意中辄见锐意，可能是2015年长篇小说创作最为突出的重点、最可关注的现象。

在长篇小说创作中，现实题材一直都是重头戏。但在2015年，现实题材的写作，不仅名家与新秀一起上阵，而且在现实领域的开拓、生活层面的勘察、人生底蕴的挖掘等方面，都较前表现出不主故常的创意、钩深致远的深意，使得这些现实题材的作品，或因内蕴独到而令人回味无穷，或因写法新异而令人为之惊喜。这或可表明，我们的作家在直面现实的文学追求中，因为人生体验与艺术历练两个方面的不断长进，他们的创作更具艺术的勇气与生活的底气，从而也使整体的长篇小说创作更接地气，更具生气。

一、小人物命运的独到钩沉

小人物也即茫茫人海中的普通平民，生活底层中的芸芸众生。这样的人物，在现实生活中比比皆是，占据着大多数，但在文学作品中却常常当不了主角，更多的时候是像在舞台上"跑龙套"一样的角色。但在2015年的长篇小说中，不少作品都以写小人物为主，让小人物担纲起主人公的角色，并以其坎坷命运中的坚韧与担当，既显示出其质朴的个性本色，又闪耀出其良善的人性亮色，让人们由平凡人物的不凡故事，看到小人物在生活中的艰难成长、在人生中的默默奉献。这种把小人物写成大角色，并让人掩卷难忘的写作，集中体现于迟子建的《群山之巅》、陈彦的《装台》、东西的《篡改的命》、刘庆邦的《黑白男女》等作品。

迟子建的《群山之巅》，没有波澜壮阔的场景，没有荡气回肠的事件，没有刻骨铭心的爱恋，没有可歌可泣的英雄，甚至从字里行间中你很难发现谁是主角谁是配角。但由辛开溜、辛七杂、辛欣来三父子，却串接起"龙盏镇"的芸芸众生与他们的前世今生。作品在充满悬疑色彩的故事叙述中，既细致描述一个个小人物迥不相同的独特性情，又在相互勾连的命运交织中大笔书写家人、亲人与乡人之间的爱与被爱、伤害与被伤害、逃亡与复仇，以及诡异与未知。以奇异的人物，抒写变异的人性、吊诡的人生，似乎是迟子建的拿手好戏。但由每一个人怀揣着的受伤的心，努力活出人的尊严，觅寻爱的幽暗之火，却把人心里和人世间潜藏着的"温暖和爱意"揭示了出来。作品在平中见奇的故事中，描写常中有异的人物；由传奇与真实相衔接、历史与现实相交融，来细致描画历史演进中的社会阵痛与普通人物的心理隐痛。

陈彦《装台》中的主角刁顺子，是装置舞台背景与布景的装台工人。他们与舞台有关，又与上台无缘；与装潢有关，却是十足的苦力。顺子他们要面对不同的剧团与舞台，还要面对不同的导演与台监，经常看脸受气，有时还得挨宰受骗。回到家里，又因大女儿菊花总是恣意刁难新任妻子蔡素芬，也是吵闹不休，纠纷不断。但就是这样一个步履维艰、自顾不暇的装台人，却硬是承受着种种苦难，忍受着种种伤痛，以自己的瘦弱之躯和微薄之力，帮衬着一起装台的兄弟们，关照着他所遇到的不幸的女人，渐渐地显示出俗人的脱俗与凡人的不凡来。一个看似微不足道的装台人，却在艰窘的人生中释放出如萤火虫一样的自带的亮光，这份亮光也许还不够强盛，也不够灼热，但却在自己的默默前行中，映照着别人的行程，也温暖着他人的心怀。这样的小人物，让人们读来倍觉亲切，读后心中充满敬意。

东西的《篡改的命》，以汪槐、汪长尺两父子的个人命运不断被人篡改，而自己又无力挽回的坎坷遭际，把小人物无常又无奈的人生处境几乎写到了极致。汪槐当年在水泥厂招工时，分数上线却没被录取，十年后才知道自己被副乡长的侄子顶替。由此汪槐才格外在意儿子的命运，并为儿子汪长尺高考被人顶替不停抗争，不慎摔成重伤。汪长尺为还家债进城打工，却因讨薪等纠纷陷入各种纠葛，生活的难题一个接着一个，使他被迫在堕落与坚守之间转换与蹉跎。他的命运，不仅自己无从把握，而且被不断加以改写；为了不再当"屌丝"这个微薄的愿望，几乎要一家三代人为之苦苦挣扎和不懈奋斗。小说的故事初看时似乎充满戏剧性，及至结尾才从透彻的悲凉中感到无比的真实。作品叙述的从容不迫与故事的惊心动魄，基调的冷酷严峻与情调的内在炽热，既使作品充满艺术的张力，又将作者的艺术上的老到表露无遗。

刘庆邦的《黑白男女》，镜头对准矿难之后的四个矿工家庭——周天杰、老吴儿媳郑宝兰一家，卫君梅及两个孩子一家，蒋志芳母子一家，半疯半痴的王俊鸟一家，他们既是再普通不过的小人物，又是创伤累累的困难户。但经历了生与死的洗礼之后，困难就变得寻常了，生活也显得简单了，亲情更显得重要了。向死而生、相互支撑，就成为四家人的共同追求。作品看起来是写矿难造成的种种后果，实际上写灾难无端降临之后，普通人的自我疗伤和自我奋起。作品通过身患癌症的周天杰、失去丈夫的卫君梅和浑浑噩噩的郑宝兰等人各自不同的人生沉浮，既写出了他们在灾难之后的命运抗争和精神成长，又由这些人物的走向自强相互砥砺，写出了绝望中的希望，冷酷中的温暖，揭示了友善的人情对于纷乱的人际的内在粘连，良善的人性对于艰难的人生的暗中支撑。与作家之前的矿区题材作品相比，《黑白男女》不仅通体渗透着一种人生的达观与人间的大爱，还突显了作家雄浑博大的人文情怀与忧国忧民的赤子之心。

二、反腐题旨的多点深化

因为社会的经济发展与物质丰裕，以及欲望膨胀与观念变形等诸多原因，贪腐现象与反腐败斗争，已成为现实生活的重要内容，甚至是在社会生活中也并不少见。因此，大约从20世纪80年代开始，含有贪腐与反腐内容的小说就在改革题材小说的写作中逐步凸显，之后又与官场的权力争斗结合起来，形成写实性小说的一个重要门类——官场小说。在这个意义上，官场小说与反腐小说难解难分。

在2015年的长篇小说中，一些涉及贪腐与反腐题旨的小说，不仅以触及高层人物和敏感领域显现出作家的锐意与勇气，而且由反腐入手，深入到贪腐者与反腐者各自不同的人生追求，从价值观的错位、人生观的博弈等精神的层面，探析了腐败现象的前因后果，多方面地深化了反腐小说的题旨。这类作品中卓有代表性和突破性的，主要有周大新的《曲终人在》、陶纯的《一座营盘》、宋定国的《沧浪之道》和余红的《琥珀城》等。

周大新的《曲终人在》在采访手记式的纪实性叙事中，涉及省长欧阳万彬的方方面面，都与"反腐"不无关系，却又远远超越了"反腐"本身。作品里的主人公欧阳万彤是从基层干部一步步升到省长高位的。但这个过程却危机四伏，充满凶险；因为环绕着他的贿赂方式无奇不有，行贿者也此起彼伏，前赴后继，这些都令人防不胜防和难以抵挡。可以说，时时刻刻保持高度警觉并与之巧妙地进行斗争，是他们最为日常也最为艰巨的任务。而他之所以能够做到拒腐蚀永不沾，是因为他时时告诫自己：随着职务的上升，"仍然脱不开个人和家庭的束缚，仍然在想着为个人和家庭谋名谋利，想不到国家和民族，那就是一个罪人"。这样的不想成为一个罪人的告诫，实际上正是一种为官清廉的基本理念。这使他虽非反腐的英雄，却是拒腐的斗士，这对于大多数干部来说，要更为难得。这个人物形象，在当代小说的人物画廊里，有其正向的独特性，也有其艺术的典型性。

陶纯的《一座营盘》，以两个一同入伍的战友的对手戏，触及部队在一个时期熔炉与染缸兼有的两重性——这样的环境氛围，既可能使奋进者得到锻炼，也可能使投机者得遂其愿。耿直而憨厚的布小朋，只想在部队好好打拼，实现献身军队建设的人生理想；而一同入伍的孟广俊，则削尖脑袋投机取巧，利用一切机会打通关系，营造利益链条与人脉关系。事实上，一身正气的布小朋处处碰壁，而一身邪气的孟广俊则顺风顺水。作品在两个人没有硝烟但又惊心动魄的争斗与较量中，更多地揭示两个人分道扬镳背后的完全不同的价值观与世界观。作品的新异与深刻之处，不只是大胆触及了部队系统一个时期的特殊矛盾与腐败问题，还在直面反腐现实时，没有停留于表面现象的揭露与鞭笞，而是把眼光投向人物的精神层面，深入透视主导着人物言行的信仰反差与信念博弈。这不仅使作品里的人物更具立体感，更把反腐题材的写作在思想内涵的层面上给予了有力的深化。

宋定国的《沧浪之道》，以南吴省的省会城市江河市为舞台，既塑造了为人耿直、为官正直、"在反腐问题上六亲不认"的市委书记李毅的正面形象，又描画了"深谙政治潜规则，善于经营的隐形贪官"省长祝一鸣的反面形象。真理在手的李毅和支持他的省委书记黄春江常常对心术不正的祝一鸣无可奈何，这是因为祝一鸣从当县委书记开始，就一直为着自己的谋官争权苦心经营官场的人脉关系，相继攀上了位高权重的中央"老首长"和德高望重的北京"老太爷"，以此作为自己进行政治运筹的稳固靠山。正因为有"老首长"的招呼、"老太爷"的余威，仗势弄权的祝一鸣不仅无人阻拦，而且带病提拔，当上了经济大省的省长。在行贿与受贿的描写上，作品与一般的反腐题材作品不同，主要以祝一鸣对"老首长"奉送高价文物、对"老太爷"经常高唱颂歌，写出了当下高层官场腐败的新形式——"雅贪"与"雅贿"。因为作者心怀义气，笔力硬气，作品在正与邪的较量中，充满了豪气与正气。

余红的《琥珀城》主旨是在讲述房地产企业家杨奕成如何由"五铺场"起家立业，逐步建立"琥珀城"的地产王国，而后又深陷资金短缺等困境的故事。在这一地产故事的背后，揭示出了主宰地产江湖的看不见的大手——"关系"。商界的杨奕成、罗立耀、宋小娇，政界的周明远、关远山，服务界的秦小金等，都是通过"关系"勾连起来、密切互动，成了"拴在一根绳上的蚂蚱"。他们在无形中构建欲望与利益互通共享的小团体，一荣俱荣、一损俱损，无形中使商业、产业、行政原有的规则黯然失效，使该有的权力职责失了形，变了味，成了可以拿人情去攻取、拿资本去换取的交易。找人与被人找、求人与被人求，事实上成为"琥珀城"的另一重社会真相。作者由此提醒我们：这种深隐于病态现实背后、由传统习惯与人际观念构成的"关系"痼疾，是房地产业动荡之根，更是社会腐败之弊。把人们沉浸其中又习焉不察的"关系"病灶揭示出来，让其暴露于光天化日之下，以引起疗救者的注意，正是《琥珀城》的深层意义与重要价值。

三、情感疲态的深度审视

爱恋作为人性之本能、情感之结晶，一直是古今中外文学书写中最为重要的内容。这正如梵高所说的那样："爱之花开放的时候，生命便欣欣向荣。"但爱恋又如人生中的长跑，既需要经验与技巧，更需要激情与体力。在某种意义上说，人生与爱情，就是这样在博弈中互动、在互动中前行的。2015年长篇小说，不少作品都集中描写了爱情与人生的内在关联与相互影响，尤其对中年男女爱情疲惫中的困惑与迷离、自省与自救，观察细腻，别有洞见，写出了这个时代爱情遭遇到的新的问题，也写出了这个时代情感生活的特有色彩。这些作品中，尤以张者的《桃夭》、弋舟的《我们的踟蹰》、韩东的《欢乐而隐秘》、薛燕平的《作茧》最为突出。

张者的《桃夭》，从某大学的法学研究生群体写起，他们重返校园参加同学会想找到过往青春的痕迹，但看到的却是面目全非的景象。作品的镜头由缭乱的校园摇向波动的社会，镜头渐渐聚焦到人到中年的邓冰，由邓冰大学时期陷入的三角恋，之后与张媛媛的离婚、与白涟漪的闪婚，讲述了一群曾心怀文学热忱的法学专业大学生三十年后在人生与情感上的双重危机。单从职业上看，他们都堪称业内的成功人士，但爱情的失意与婚姻的失败，却搅和得同学关系满目疮痍，各自的人生未能遂意。爱的意愿依然炽热，爱的结果却十分惨淡，都缘于爱的能力越来越低。邓冰个人的难题，实际上已成为当下中年男女的普遍性的社会问题。作品在寻找友情的同学会却生发出同学之间的许多嫌隙，从事法律工作的人日常生活中的偷情、行贿等情节中，寓含了令人思忖的反讽的意味。隐含于鲜活的生活故事中的反讽、潜伏于字里行间的诘问，使得作品充满了反思性与对话性。

弋舟的《我们的踟蹰》由女主人公李选纠缠于张立均和曾铖的三角恋情难以自拔，写出了都市男女由时空距离、性爱分离，造成的精神的迷茫与情感的踟蹰。女主人公李选离异后带着小孩重新开始工作，很快就陷入了与现任领导兼情人张立均和昔日小学同学、如今是画家的曾铖的情感纠葛当中。周旋于张立均和曾铖之间，李选在不停地犹疑和判断；而两位男士也在与李选的交往中，时时踟蹰，时时追问。他们遇到的共同问题是，在人到中年又步入焦躁的时代之后，是否还可以相爱？应该如何相爱？他们在行动上一再踟蹰着，也在心里不断地探问着。作品的叙述细密绵长，释放出的意蕴也余韵悠长。是什么让人踟蹰不前，能否走出踟蹰状态？踟蹰看似是一种困境，其实又蕴含了多种可能。在写作这部作品时，作者的姿态从容不迫，这使人物的微妙情感有声有色，人物的心理活动可触可感。作者擅于描写人之情性、透视人之心性的不凡功力，由此可见一斑。

韩东的《欢乐而隐秘》，在林果儿、张军、齐林三角恋爱故事的叙述中、在引人入胜的现实性中隐含了令人迷离的超现实性。林果儿在与张军的同居生活中先后七次堕胎，他们听从好友秦冬冬的建议，前往须弥山祈祷超度婴孩。途中结识富商齐林，齐林对果儿一见钟情，张军希望林果儿接近齐林以便骗钱。齐林在与林果儿的交往中发现她的不轨意图后提出分手，但身体和情感生活也被彻底拖垮。这时林果儿意识到自己真的爱上了齐林，在她欲与之生子结婚之时，齐林却殒命悬崖。在秦冬冬的开导下，她决定与张军结合，让齐林的灵魂回归到她的腹中。小说故事是现实性的，味道却是寓言性的。镜头看似对准着当下男女的爱情迷茫，扫描给人们的，却是当下社会存在着的同性恋、堕胎、素食、宗教迷狂等"非常规"因素，乃至存在之荒谬。林果儿的爱恋发生在这样一个缭乱又暧昧的氛围，确实也很难正常。作品以轻松的文字表达忧伤的情感，以敏锐的感觉寓含隐秘的体验，显示出作者在看取人生和把握爱情上的内敛与老辣。

薛燕平的《作茧》，以人到中年的女编辑周玉瑾在疲惫婚姻中的爱情出轨，细致入微地透视了中年女性在工作事业、婚姻与家庭等几重压力之下的悄然变异：更年期的到来使得她性情大变，为人恪守妇道传统的她醉酒之后与男同学发生了一夜情。家人和男同学都没有把她的一夜情当成一回事，而她却怎么也走不出来，总是纠结于没有爱情就不会有一夜情，有了一夜情一定就是爱情。这是立于传统观念的守成，还是为一夜情寻找理由，抑或是对婚姻疲惫的无意识反抗，精神压抑的自我释放，确实都不好简单判定。与周玉瑾的这种情感迷离、精神撕扯相联系的，是她所在的出版社由于经营不善，面临被收购的危机；丈夫范磊由于交友不慎，差点被卷入反腐风暴。面对内忧外患，她为之焦虑彷徨，却也渐渐坦然并坚韧起来。作品以轻松而有趣的文字，书写一个沉重而有味的故事，看似是在为中年知识女性吟唱一曲挽歌，但挽歌之中又显然暗含了颂歌的成分。

四、乡土现实的内蕴拓展

乡土题材在当代长篇小说写作中，一直占据着相当重要的位置，这与现代中国是由乡土社会逐步发展而来有关，也与作家们更为熟悉乡土生活和深怀乡土情结有关。但在2015年，有关乡土题材的长篇小说数量明显减少，而出自小说名家之手的乡土小说更是凤毛麟角。但乡土生活并没有淡出小说家们的视野，乡土文学的书写也并没有退场。另一些相对年轻的实力派作家，从他们的立场与感受出发，用并非传统的视角打量乡土现实，用不无新锐的眼光看取乡土变异——他们或主写乡土持续变动带来的种种社会性问题，或书写乡土文脉与文明在女性身上、家族之中的延续，以对乡土现实的内蕴的深度开掘，使乡土小说写作呈显出了新的活力。这类作品中，值得关注的作品有王华的《花村》、周瑄璞的《多湾》、刘春龙的《垛上》、冯积岐的《关中》等。

王华的《花村》，从女性作者看女性乡民的角度，揭示出当下农村在变异中给人们带来的种种隐痛。那些都爱以花朵命名的花村女人，却没有享受到如花的人生，相反却各有各的不幸：李子在男人纷纷进城之后，离了婚选择与留守村里的木匠等开发一起过活，但等开发也进了城之后，她便失望地放纵自己；栀子以用数硬币、喝酒化解男人走后的亏空，她选择了与李子不同的对抗方式，她喜欢用"心"为自己的生活设定范围，她对傻子部落的好、对于张久久的宽容、对于张大河的敬爱，使她成为花村的女人中最特别的一个。但即便如此，她也选择了进城，因为"人去了家就有了"。作品由花村女人初尝了男人进城挣钱带来的兴奋与憧憬，又承受了男人从城里带回的身体梅毒和心理颓败，直至男人们把回家当成驿站，她们也终于决定走出村庄。作品由乡村女性的遭际，触摸她们的心性，叩问她们的命运，真实无欺地揭示出当下的农村，在生产与生活都发生巨大变化的同时，日益呈现出的空巢、空床与空心的困境，及其派生出的新的社会矛盾与心理问题。作者对农村生活的熟悉与热爱、对农村女性的同情与理解，使得作品故事真实而生动，人物鲜活而形象，在一定程度上打通了生活与艺术的界线，使两者真正做到了水乳交融、桴鼓相应。

周瑄璞的《多湾》，雄心勃勃地书写了豫中一个家族四代人的故事，而把整个故事串接起来的，却是媳妇熬成婆的乡间女人季瓷。季瓷自嫁给章守信之后，就一心一意地生孩子，过日子，本分为人，勤俭持家，尽自己所能养家糊口，教儿育女，使并不富裕的章家，穿过了半个多世纪的岁月与风雨，成为人丁兴旺的、四代同堂的大家族。季瓷的人生信条通俗又凝练，简单而实用，那就是"忍字没有饶字高"，"省的就是挣的"。她精明又豁达，坚韧又耐劳，善良又勤谨，朴直又细腻；她既是中原劳动女性的杰出代表，又是中原乡土文明的典型符号。从某种意义上说，这部作品主要是以季瓷对乡土大地的深谙、热爱和持守，对乡土文明的承继、运用与传播，来着意表现女性与乡土的内在缠结，以及女性与家乡的密切关联。无论是到外地工作的，还是到别处上学的，章家的后人总会梦见奶奶季瓷，从而在情感上得以还乡，在精神上得到慰藉。从妻子季瓷，到妈妈季瓷，再到奶奶季瓷，一个平凡乡间女性在岁月的沧桑流变中，释放出了自己惊人的能量，也使自己闪耀出不凡的光彩。

刘春龙的《垛上》，以江苏里下河地区的垛田为背景，以农村青年林诗阳的成长为主干故事，联结起历史的风云变幻、垛上的风土人情。出身于普通农家的林诗阳高中毕业之后，有过许多的憧憬与想往，但因种种人为的原因均未遂愿，只好回乡当了农民。但天无绝人之路，他因习得一手好字，又有好的文笔，渐渐引起有关领导的注意，为他赢得了一些机遇。他由写通讯报道稿起步，开始一点点地改变命运。虽然在自己的不懈努力和好心人的热心帮助下，林诗阳由村支书升任镇书记，最后还当上了县人大常委会主任，但这个过程却充满坎坷，跌宕起伏——根由就在于他置身的垛上这块土地，由乡情、友情、爱情以及父母一辈的隐秘私情，共同构成的繁复的人际关系与氤氲的人情氛围，过于波诡云谲，令人难以看清，更令人难以把控。因此，这个以林诗阳为主角的垛上故事，既是令人感慨的林诗阳的个人成长史，也是意味丰厚的以垛上为样本的乡情社会史和乡土政治史。作者深谙垛上这块土地的社情、民情与风情，作品在对生活细部的揭示、对人物内心的探析上，都细针密缕，颇见功力。

冯积岐的《关中》，与他之前的小说在写法上明显不同，那就是以写实的姿态、散文的笔法，书写故乡留给自己的深刻记忆、自己在家乡的成长经历。这些纪实性的散记，分别以印象记的形式，塑造了祖母、春娟、六婶等一批个性鲜明、血肉丰满的人物形象，展示出人性的丰富性与复杂性，又在总体上描绘出了"陵头村"祖孙三代农人半个世纪以来由家族变迁、爱恨情仇和个人命运交织构成的可歌可泣的人生故事。还可以看出，无论是叙事，还是写人，作者所关注的都是事象底里的文化与文脉、人物内里的精神与精魂，以及土地之性与人之本性的相辅相成，关中乡民与关中乡土的相互印证。作品在大跨度的时空、大容量的故事里，寄寓了自己对于时代、对于人生、对于人性的独特的思考与深切的体悟，并把这一切化合为坎坷曲折的人生故事和丰富多彩的人物形象，立体化地呈现出来。较之作者以前的作品，这部《关中》显然感觉更为灵动，文笔比较优美，饱满的情感流淌于字里行间；令人读来可触可感，读后余音绕梁。

五、抗战题材的艺术刷新

抗战题材一直在当代小说的创作中占有重要的地位，甚至是当代文学红色题材的主要资源与重要支撑。2015年，正值中国人民抗日战争和世界反法西斯战争胜利七十周年，为纪念这个伟大的日子，有关抗战题材的作品在种类和数量上都明显增多，构成了年度小说创作的一个显著热点。

但2015年的抗战题材作品，并非是为了纪念的应景之作，这些作品或基于丰盈的史实与坚实的史料，以回到历史现场的纪实手法，以宏微相间的生动画面，再现了波澜壮阔的全民抗战；或依托艺术的想象，由独到的切口和别样的主角，写出了残酷抗战中善与恶、美与丑的殊死较量。较之以往的抗战题材书写，这些作品在题材上、写法上，都有相当程度的艺术刷新。在这一方面，较有代表性的作品主要是：王树增的《抗日战争》、何顿的《黄埔四期》、黄国荣的《极地天使》、曹文轩的《火印》等。

王树增的《抗日战争》，建立于作者长期以来的搜集史料、实地踏访与史实探微的基础之上，是他有计划又有准备的军史系列写作的最新一部。因此，这部三卷180万字的纪实小说，堪为有关抗战时期国史、军史、党史与战争史的集大成之作。立足于全民族抗战的大立场，放眼世界反法西斯战争的大背景，使得作者站高望远，仰观俯察，以一次次重大战役战斗为轴，又以一个个重大历史事件及相关人物为经纬，突出反映并全景式地记叙了1937—1945年的主要战役战斗，又全景性地描绘出正面和敌后两个战场在不同时期的不同历史地位作用，突出了中国共产党及其领导的敌后战场的中流砥柱作用，全面反映了中华民族各阶级、各政党、人民各抗日团体、社会各阶层爱国人士，共赴国难，浴血奋战，不屈不挠抵抗日本法西斯侵略的艰苦卓绝、可歌可泣的斗争历史。在这个意义上，这部作品超越了抗战这个题材本身，具有更为丰沛的历史的内涵与精神的内蕴。由此也可以说，它并非史著，却胜似史著；它属于文学，又超越了文学。

何顿的《黄埔四期》，作品的主角是毕业于黄埔四期的两位国民党军将领——国民党第一兵团副司令贺百丁中将、国民党云南机场守备司令谢乃常少将。故事的主线是抗日战争时期与新中国成立之后的两个历史阶段。两个人物的故事交织，两段历史的相互交错，既从历史现场的视角反映了抗日战争的严酷与惨烈，以及抗战对于人的命运的改写、对于民族血性的激发，又从历史延续的维度，描绘了贺百丁、谢乃常以及他们的家族，在时代风云里的困惑与迷茫、郁闷与怅惘、无奈与无常。站在战争反思与人性审视的独特角度，作者既把战争对于国家民族命运与置身其中的人们的个人命运的双重改写揭示得栩栩如生，又把笔下的战争富于日常化、人物富于人性化、战争烟云与历史风云如此水乳交融地凝结在一起，令作品读来意蕴丰厚绵长，余韵令人思忖，耐人寻味。

黄国荣的《极地天使》，把镜头聚焦于一座侨民集中营，由苗雨欣等人面对日本宪兵灭绝人性的肆意摧残，以及饥饿与疾病的死亡威胁，挺直脊梁，奋起抗争，依靠许子衡的鼎力支持，格拉斯特、戴维斯、托米等侨民的积极自救，在集中营展开了一场反饥饿、抗迫害的秘密大营救。作品在反差巨大的画面和对比强烈的叙事中，真实而生动地展现了正义与邪恶、人性与兽性的殊死较量，以及敌、我、友三方均付出惨重代价后的命运转换，以由弱渐强、悲中有壮的音符奏响了一曲世界反法西斯斗争的雄壮凯歌。无论是从集中营的特殊场景上看，还是从外国侨民的人物群像上看，抑或是从写法的善恶博弈、美丑对峙上看，这部作品都对传统的抗战题材有一定的突破与超越，对抗战生活的书写有着自己的发现与添加。

曹文轩的《火印》，主角是乡间少年坡娃和他的小马驹雪儿，雪儿与坡娃一家，原在野狐峪过着宁静的田园生活，但抗战爆发后雪儿被抢走，身上留下了一枚日本军营的火印。日本军官用各种手法驯服雪儿，但雪儿就是不肯屈从，结果被迫去拉炮车。经历战火和苦难后，坡娃终于带雪儿回到了野狐峪，但雪儿身上的火印，却成了它的终身耻辱。作品有力地突破了原有那种"战争的暴力美学的套路"，以童趣的眼光、拟人的手法，释放出诗意的情怀，展现出了人类共通的，童年时代的善良、纯真、悲悯和宽怀。作者通过作品告诉人们，战争小说可以写得高歌入云，也可以写得余音绕梁，而由此凸现出来的战争观也是战争毁灭掉的不仅仅是一个国家、一个民族，它毁灭掉的是善与美，毁灭掉的是文明，是人的一切。

这篇概述因为选取了现实人生观照这样一个偏于现实主义写作的维度，2015年一些非属现实性题材和故事性叙事的作品，在文章里就很难提及和论及。如果换个角度来看，这些作品也许在题材上和写法上，既别具新意，又富于锐气。如王安忆的《匿名》、李杭育的《公猪案》、陈应松的《还魂记》、艾伟的《南方》等作品，或者带有寓言意味，或者借助亡灵叙事，在许多方面都令人耳目为之一新。把这样一些作品汇集进来，2015年的长篇小说创作的艺术拓展与整体风貌，才会显得更加生动活泼，也更为充实丰盈。这其实也向人们表明，在当下的长篇小说创作中，在以现实主义为基调的总体态势中，从题材和写法上看去，确实是在接近着百花齐放的状态，体现着花团锦簇的走势的。

（原载《中国文情报告：2015》）

精彩的中国故事与动人的中国旋律

——2016年长篇小说概观

"文变染乎世情，兴废系乎时序"。文情与世情的这种相互联动的对应关系，不仅深蕴于文学的历史演进，也内含于文学的年度发展；不仅呈现于整体文学的运行状态，也体现于个体创作的具体表现。

进入21世纪以来，社会生活在经济新常态的趋势下稳步运行，文学创作在文化多元化的格局中持续发展。在这种社会生活与文化生活的密切互动与联手推导下，长篇小说创作在年复一年的依流平进之中，也在每个年度呈现出不尽相同的特色与姹紫嫣红的风景。

就2016年来看，各式各样的题材中，直面当下社会现实的倾向更为突出，各显其长的写法中，切近日常生活的叙事更为彰显。这种不约而同的写作追求，使得2016年的长篇小说，既在内蕴营构上更具现实性，又在形式表现上更有故事性。这种现象也可解读为：作家们在长篇小说的创作中，既高度注重紧贴着时代的深层变异，感应生活的脉动，以使作品更接地气，更具生命力，又密切注意切合大众读者的阅读口味，力求为更多的读者所喜闻乐见，以使作品更有人气、更具辐射力。这一切，都可进而概括为，我们的作家越来重视以自己的方式讲述精彩的中国故事；当下的长篇小说创作，也越来越在独特的中国故事中回荡着动人的中国旋律。

乡土中国的深层变异

乡土题材长期以来都是长篇小说创作的重心所在，但毋庸置疑，随着城镇化、工业化的联袂而来，传统的乡村生活已不复存在，置身其中的人们经历了巨大的精神阵痛。这种由内到外的深层变异，使作家们认识和把握新变中的乡土现实，面临了极大的挑战。

但在2016年，作家们面对生活与创作的难题，迎难而上，锐意开掘；或以曲婉故事的探赜索隐，探究生活深处的奥秘所在；或以日常生活的顺蔓摸瓜，触摸表面事象背后的人文底蕴，使得乡土题材经由他们的生花妙笔重现新的活力。

贾平凹近年来的乡土题材写作，一个走向是由乡民个人命运的角度观照乡村的历史演进，一个走向是由乡村女性的遭际探讨乡村的现实问题。在这后一个走向上，他之前有《带灯》，2016年是《极花》。这部作品的主人公是从农村来到城市的女孩胡蝶，她靠母亲捡垃圾维持生计并供弟弟读书。当她自认为已经变成了城市人的时候，却在出去找工作时被人贩子拐卖了。被拐卖的胡蝶，并没有轻易认命，她以无言的沉默和拼死的自卫，顽强地抗争着，但她又在这一过程中见证了黑亮一家因买她而倾其所有，圪梁村人缺失女人的人生残缺。她虽然为公安部门所营救，却又懵懵懂懂地回到被拐卖去的圪梁村。作品既写了拐卖对于蝴蝶人生的无情改写，也写了两性失衡对于乡民人生的无奈扭曲。作品在一个人们习见的拐卖故事里，探究了造成这一问题的深层的社会性原因，描摹了为这一问题承担了不同负累的各色人等。让人掩卷难忘的，是作品里因不同原因陷入恶的境地的人们，不断地释放出人性的善良、人际的温情，而这越发让人深刻反思钳制他们和限定他们的问题所在。

一向以中短篇小说写作为主的付秀莹，2016年拿出了长篇小说处女作《陌上》。这部以华北平原一个名叫芳村的村庄为背景的作品，没有连贯性的故事，也没有贯穿性的人物，但散点透视的叙事、多人多事的内蕴，却使作品在家长里短与恩爱情仇中，交织着对于乡村传统伦理的依恋与叛离、乡村内在秩序的破除与建立，以及乡村女性的生存智慧与心灵隐秘等诸种意蕴。作为作者的长篇处女秀，付秀莹和盘托出自己对于故乡的热爱，叙事饱含激情，文笔神采飞扬，自然而然地带出引人的乡俗风情与隽永的乡间风景。作者自己所说的这样一席话，是值得人们看重的，那就是：在《陌上》里，当芳村的风雨扑面而来的时候，我们总能感受到扑面而来的大时代的气息，芳村那些人，那些男男女女的隐秘心事，也是乡土中国在大时代里的隐秘心事。

　　同属于"70后"的女作家李凤群，主要以长篇小说写作为主，而且擅于"历史长河"式的大架构。她的长篇小说《大风》，依然是六十多年的历史跨度，依旧是五十多万字的字数幅度。作者以一个家族四代人七位人物的不同叙述视角，勾画出六十年间家与国的演变情景。作品写法上众声喧哗的多声部叙述，既让不同的人物最大限度地表述自己，也让相互交织的故事具有了不同的侧面与棱镜。而由此映射出来的，是家族中的每一个人，在他乡与故乡间的数十年迁徙中，寻找着安身立命的精神所在，探寻着改变个人命运的可能。但飘荡在历史的大风中，谁又能准确地把握住自己的命运？这里，"大风"构成了一个特殊的象征，那或者是政治之风，或者是时代之风，总之是看不见摸不着，又让人身不由己、沉浮其中。可贵的是，作者不只写了人在"大风"中的摇摆与无奈，还写了人在"大风"之中的坚韧和顽强。

　　赵兰振的《夜长梦多》，与其说是一部先锋意味的乡土小说，不如说是一次雄心勃勃的写作实验。作者先以较大篇幅叙说豫东平原一个叫嘘水的村子如何神秘、诡异和充满传说，由这样一个非常人所能窥视的通道，将南塘这块充满传奇又满怀卑微的土地，以及生活在这里的形形色色的人群，逐渐呈现了出来。小说以南塘三十年的漫长变迁为主线，从复仇者翅膀的生命轨迹铺陈故事，讲述了嘘水、拍梁两地家族、阶层、男女之间互相纠缠、撕扯、无可逃避的命运。萎靡瘫倒的权贵阶层、隐忍忧郁的少年、诡异凶猛的猫群、丰腴妖媚的女人、抖擞飞驰的麒麟，构成了人与物同生互动的独特世界，在稀奇古怪的物事层出不穷的同时，又有家人之爱、邻里之爱的不时闪现。正因如此，乡村因其复杂多变而难以一眼洞穿。

都市中国的新生气象

中国当下的都市，一直处于变动不居的扩张与膨胀之中。这种扩张与膨胀，既有市场的伸延、楼房的兴建、地界的扩大，更有务工者的进入、大学生的择业、就业者的流动。这种都市中的新兴群体的生活情状与生存现实、不同阶层人们的相互碰撞、不同向往的人们的相互竞争，以及有得又有失的都市生活、有喜又有忧的都市故事，因为具有鲜明的时代特征，构成了当下中国故事最新的篇章。

因为角度不同，视点各异，作家们在看取当下都市生活时，也差异互见，各有千秋。而这也构成了都市文学在艺术表现上的乐曲连弹与乐章交响。

王华的《花城》是她继《花河》《花村》之后的又一部"花"字系列小说。这部作品与她之前的作品不同的是，由花村青年女性苕花、金钱草抱着改变命运的美好意愿进城务工，而花城这个城市却并不以她们的个人意志为转移——不但冷若冰霜，而且固若金汤，使得她们因为身份问题只能蜗居于城市的边缘，而且备受城管的凌辱。她们的生计与安全得不到保障，随之而来工作与爱恋，更是寸步难行、步履维艰。让人为之钦佩的，是作品里的苕花、金钱草等乡下女人，既没有轻易认命，也没有随意放弃。面对度日如年的难熬的现实，日常生活可以简单凑合，人生原则必须坚守始终——这使她们艰窘的打工生计，既增添了几分额外的艰难，又内含了应有的尊严。在某种意义上，王华让都市现实给女性打工者们上了人生的严峻一课，而这些乡下的女性打工者们又以她们的不懈不弃给读者们上了人生的生动一课。

温亚军的《她们》，主人公是共同租住在京城一套公寓楼里的三个年轻女性：事业成功的白领秦紫苏，生意、婚姻皆失意的离婚者高静娴，玩世不恭的北京漂亮女孩夏忍冬。她们有着不同的经历、不同的性格和不同的生活态度。她们的喜怒哀乐在这个相对狭小的空间里碰撞、交织、演绎。作品以三个年轻女性置于同一生活空间的对峙、碰撞、对抗，实现了对她们各自隐秘青春的徐徐坦露与逐步深入。而因一同处于人生的漂浮状态，"她们"结成了患难与共的姐妹。虽然"北漂"的生活时时处处充满着沉重感，如同雾霾一般铺天盖地地挤压着三个女性的青春活力，但她们却在以小博大、以柔克刚的人生努力中，尽力适应着都市的生活，并努力导引着自己的生命去除浮虚与迷离，回归本真与平淡。作品感人又引人的，是在那看似并不对称的强弱对弈中，三个女性人物始终坚守着个性的坚韧与彼此的信任，都在现实的挤压与生活的考验中，释放出或强或弱的人间温情，或大或小的生命亮光，让向善与向上的人性之光穿透雾霾不断映射出来。

王哲珠的《我的月亮》，以某新兴城市为大背景，以一个山村小学为小背景，讲述了一个女孩绝处逢生的故事：酷爱音乐，天资极高的女孩高灵音获得歌唱比赛第一名，前途一片光明，却突然遭遇男友离弃、被查出艾滋病，绝望之下爬上高楼，试图以结束生命来结束一切。但在这最后一瞬，来自留守儿童杨月亮的一通电话却让高灵音暂时放弃自绝，并在随后的一系列意外的经历中，重新寻找到救赎与解脱之路。作品由高灵音故事的根根须须，聚焦了中国急剧城镇化的过程中，各种思想观念的碰撞、交错、巨变，以及传统家庭裂变、留守儿童等各种社会问题。而人物在这两种背景中心灵与命运的拉扯，在一定程度上也以进入人物心灵的方式探析了城市的精神流变，叩问了城市的精魂所在。

焦冲的《旋转门》，主角是北京姑娘何小晗，故事是她有一搭无一搭的交友与爱恋。但由何小晗的人际交往与两性爱恋，作品却渐渐展现出一个都市白领难以遂愿的追求与并不顺遂的人生。是生活太复杂、现实太冷酷，还是个人欲望大、生活能耐差，似乎都与此有关，又似乎需要细加分辨。作品从都市白领一族，透视了看似光鲜的人们背后的身心伤痛，同时又揭示了不甘于现状的人们左冲右突的人生追求。都市的纷繁、人性的斑斓，都于此一览无余地呈现出来。

历史中国的精神脉息

长篇小说中，有不少作品是写过往生活的，或者是新文化运动以来的百年历史，或者是过去不久的三五十年，这种或远或近的往事书写，虽非属历史题材，但却充满各具内涵的历史感。

2016年的长篇小说中，这种史事写作还表现出一个鲜明特征，这就是作家们不满足于依循传统的观念与写法去诠释共识性的历史常识，而是以个人化的角度、个性化的视点，去着力揭示历史中的人文遗迹与精神脉息，以独特的人性蕴意与人情冷暖，让冰冷的历史复现其原本应有的温度。

格非的《望春风》，以一个少年的视角刻写村庄由简朴、内敛到在时代发展中逐渐变化的全过程。主人公"我"自小与身为算命先生的父亲相依为命。有一天，父亲突然自杀，"我"成了孤儿，这个身份，也让"我"成为观察村人各种事端和闹剧最好的旁观者。在"我"的眼里，村子里的人们既有着千丝万缕的人际关系，又因为这些人际关系而在某种方面达到了微妙的平衡和内部和谐。在外界因为"文化大革命"而翻天覆地时，村子里却因为村领导的种种善意而让大家较为平稳地度过了这段极端年代。一个村子总能守住各种秘密，源于每个人物都有自己的道德标杆和行事法则；他们的愿望，只是在村子里默默度过一生。写作这部作品的格非，是自信又平和的，行云流水的叙事、波澜不惊的故事，都在自然而然地展示着中国江南农村特有的民俗风情，自有的内在秩序。

路内的《慈悲》，由普通工人水生的人生经历，讲述了一个国营工厂在计划经济时代的种种窘境：因为生产落后，产品滞销，工人们工资很少，收入微薄，还需要以争取困难补助的方式来补贴家用。而为了得到为数不多的补助，人们各显其能——有巴结领导的，有讨好上级的，有猜忌同行的，有告密工友的，使得人际关系颇为不谐，干群关系格外紧张。贫穷会造成什么样的困难，带来什么样的问题，作品由水生的际遇揭示得可谓入木三分；而在时代更替之后，市场经济在带来新的活力的同时，也带来新的社会问题，如水生这样的普通工人，只能以深怀慈悲的隐忍，回望过去和面对现状。个人化的故事背后，有时代的浓重身影，更有情怀的坚韧持守，这是《慈悲》一作的最大特点所在。

王刚的《喀什噶尔》是一部回忆体的长篇小说，作品经由"我"——一位"很爱说话的少年"的口吻，追述"我"在"文化大革命"前后的青春成长。作品里，"我的荷尔蒙欲望、对文工团女人的念想、对身处边疆被压抑的青春期的不安、对那个严肃年代的敏感脆弱和无法排遣的孤独感"，以及寂寥又清新的喀什噶尔、阿克苏、库尔勒等南疆城镇风情，都毫不避讳地和盘托出。因此，一个少年经历的"文化大革命"，所生活过的新疆，就以活色生香的方式呈现出来，并以喜忧参半的混杂况味，令人可触可感、可歌可叹。

葛亮的《北鸢》，是以自己家族的先辈为原型的小说创作，这使他更愿选取家族内部成员的角度，来表达家族的独特故事。作品中的主人公卢文笙，虽然出身于商贾世家，却又一生颠沛，小说以他的经历为主线，串接起乱世情缘、家族兴衰、战乱逃亡等系列事件。作品的叙事从容不迫、精雕细刻，功夫用在剔抉日常生活之中的历史元素上；作品的意蕴纷繁浑厚，重点放在个体生命在时代变局中的无奈沉浮上。因为作者对主人公的熟谙与挚爱，叙事基于事实，笔下饱含感情，卢文笙这个作品主角，堪为民族知识分子的典型，也卓具传统的人文情怀。

（原载《中国文情报告：2016》）

植根现实生活　紧跟时代潮动

——2017年文学创作述要

当代文学的发展与演进，除去依照文学自身的规律自然运行之外，越来越与现实生活联系密切，与时代潮流互动频繁。而在2017年，广大文学工作者在习近平关于文艺工作的重要论述的强烈感召与巨大激励下，在贴近生活、贴近时代、贴近人民上更加自觉，以自己的眼光看取生活，以自己的方式讲述故事，使得2017年的文学创作，因创作的连获丰收、作品的生气贯注，整体上呈现出植根现实生活、紧跟时代潮动的蓬勃景象。

习近平总书记《在中国文联十大、中国作协九大开幕式上的讲话》中，特别强调了"读懂社会"对于文艺创作的要义。他指出，社会是一本大书，只有真正读懂、读透了这本大书，才能创作出优秀作品。读懂社会、读透社会，决定着艺术创作的视野广度、精神力度、思想深度。这样的论述与要求，有力地启迪作家们充分认识"读懂社会"的意义，也积极促进着作家们"阅读社会"能力的不断提升。"读懂社会"的要义，在于"读懂"当下正在高歌猛进的新时代，"读懂"总在变动不居的新生活。2017年，作家们不仅在努力"读懂社会"上认真践行和深入体味，而且把他们的"阅读"见闻与感受，熔铸于笔端，呈现于作品，从而使2017年的各类文学创作，在题材丰富与多样、题旨丰沛与多元的同时，呈现出现实题材有了新的掘进、乡村故事有了新的篇章、个人叙事有了新的超越的可喜景象。

现实题材有了新的掘进

回顾2017年的小说创作尤其是长篇小说创作，不难发现现实题材作品在年度作品评选中频频出现，并在各种榜单上名列前茅。这充分显现了现实题材创作在数量上稳步增长的同时，也在艺术质量上逐步提升，这已成为当下小说创作乃至文学创作名副其实的主潮。

而且较之以往的现实题材创作，2017年的长篇小说在直面当下的社会现实中，作家们或者把艺术触角伸向时代前沿的生活旋涡，着力描写成长中的一代新人形象，或者注重于精神生活现实的深入挖掘，着意透视时代生活在人们内心激起的波澜、泛起的涟漪，从而使现实生活在文学的折射中更富有立体感和深邃性。

长篇小说有没有可能反映"进行时"的时代生活？余红的长篇小说《从未走远》做出了肯定的回答。这个作品所讲述的故事，是属于"80后""90后"群体的叶子琴、韩少峰等几个年轻人，讲述了他们在创办民营科技公司过程中的风风雨雨，以及或显或隐的爱情纠葛在其中制造的各种羁绊。作品写出了叶子琴的忍辱负重、不屈不挠，怀着崇高的绿色环保理想，抱着坚贞的传统爱情理念始终不渝，写出了年轻一代既保有大爱的胸怀，又具有真爱的情怀，以及为此而百折不挠的坚韧追求和踔厉奋发的时代精神。以"80后""90后"为描写对象，写出他们的新担当、新追求，这部作品带来的是新时代"弄潮儿"的崭新故事。

还有一些作品，在对现实的审视中，眼光不只局限于显见的生活表象，还力求以深邃的目光去打量那些纠结于生活矛盾之中的观念抵牾与思想碰撞，从而揭示出社会现实中的精神生活状况与运行走向。

李佩甫的《平原客》是直面当下官场生态的一部力作。作品由一个复杂、隐秘又微妙的心态，托出某些官场的本相以及某些官员的心相，在一定程度上对干部选拔与任用中的"贵人"现象给予了含而不露的反讽。

《太阳深处的火焰》有着红柯小说常见的西部风景与浪漫情怀，但最为独特的，却是徐济云和吴丽梅纠结的爱情故事，交织于草原文明与农耕文明深层碰撞的文化内涵——那就是立足于文化自省的文化批判，以及对于生态文明与学术清明的深切呼唤。作品中，不仅西域文化和以关中农耕文明为代表的汉文化构成了强烈的对比，而且对关中的农耕文明在传承中的趋"恶"倾向，给予了深刻的反思与尖锐的批判。作品由此充满了丰赡而深邃的哲理内涵。

孙慧芬的《寻找张展》，在寻找儿子同学张展的故事中，渐渐呈现出两代人之间在生活方式与行为观念等方面的种种差异与隔膜，但这种寻找行为本身又构成了逐步接近与相互理解。作品在生活表象层面的背后，向精神层面进行深层次探询，使得寻找张展的过程成为两代人在观念分化之后的相互走近、重新打量的过程。作品还写了父母一代的自省、青年一代的反思，这样就使作品最终呈现出来的，是两代人在观念分化与精神分界之后的相互寻找和尽力弥合。

乡村故事有了新的篇章

坚决打赢脱贫攻坚战，实施乡村振兴战略，是党中央把解决好"三农"问题作为全党工作重中之重的具体表现。在上下一心的共同努力和艰苦奋战中，"脱贫攻坚取得决定性进展"，乡村面貌也在持续不断地日新月异。这些正在"进行时"的乡村巨变与时代新变，都被作家看在眼里、记在心上、写在笔下，从而使小说创作和报告文学写作，都不约而同地回响起乡村振兴的时代强音——这也为传统的乡村故事续写了新的篇章。

小说创作的乡村书写中，关仁山的《金山银谷》特别惹人眼目。作品在范少山回乡，以及寻找金谷，成立经济合作社的主干故事中，给人们揭示出来的，是新一代农民的远大志向与高远情怀。已经进了城的范少山，有了自己的小生意，建立了自己的小家庭，回乡务农首先面临的是家人的不解与反对。他在跟父亲交心时说："范家的祖先范仲淹心里头装着全天下，那叫大胸怀，我范少山心里头装着白羊峪，我想有点小胸怀中不？"一席话让父亲沉思不语，继而完全默认。由此，作品写出了一个心系家乡变革、志在村民致富的新型农民形象。

2017年的中短篇小说创作，也出现了一些令人欣喜的现象，这就是以扶贫脱贫为主题，充满人性深度与人生意味的作品，这尤以四川作家马平、李明春的作品引人关注。马平的《高腔》以花田沟村要在两年脱贫摘帽的脱贫工作为主线，成功塑造了第一书记、农村新型女性、帮扶干部、村支书以及贫困群众等人物形象。作品在严气正性中，满含日常的生活情趣，又卓具四川特色的文化元素。李明春的《山盟》通过县上下派的一名扶贫干部帮助两名帮扶对象成功脱贫的故事，避开了同类主题作品的写作套路，塑造了一批令人印象深刻却不脸谱化的人物形象，从扶贫入手又超出了扶贫，充满了历史反思和精神追问。

向来以反映大事件、跟踪新变化见长的报告文学，在2017年也以一批书写脱贫攻坚主题的厚重之作，使当下乡村变革与变异的新主题与新故事，更为显豁引人，并构成一大亮点。

何建明的《那山，那水》，写浙江安吉余村在十二年来发生的环境巨变。作品并没有从理念出发，而是以余村人在安吉白茶生产、竹制品加工、农家乐、溪水漂流等项目中创意开发的生动故事，写出了余村人民怀抱追求美好生活的理想、书写自己新的历史的远大追求。作品以丰盈的细节、真实的事件，有力地诠释了也形象地演绎了"绿水青山就是金山银山"的重要理念。

纪红建的《乡村国是》以实地采访为叙述主线，使人们看到一个个贫困乡村各具形态，致贫的原因与脱贫的路子也千差万别。作者在对脱贫乡民和扶贫干部的采访中，抽丝剥茧，寻根问底，使得作品呈现出一种脱贫者的自诉、扶贫者的自述的鲜明特征，并由一个个的生动事例，写出了扶贫的不遗余力、脱贫的别开生面。扶贫与脱贫，村变与人变，如何在国家战略的大格局中，一砖一瓦地推进，一点一滴地进取，都在作品中得到真实的反映和生动的表现。

个人叙事有了新的超越

在2017年的文学创作中，尤其是小说创作中，"70后"一代的自我超越引人注目，也令人欣喜。

文学创作的稳步前行与持续发展，要看年轻作家的成长与成熟。而创作的情形与作品的成色，则是衡量作家成长与进步的最好佐证。"70后"作家正是在2017年的小说创作中，以不约而同的突破与各有千秋的优长，表现出群体性的长足进步。

在由《长篇小说选刊》主办的"2017年长篇小说金榜"评选中，由编辑代表推选出来的候选作品共有15部，其中出自"70后"作家之手的作品几乎占到了半数，如石一枫、梁鸿、任晓雯、乔叶、海飞、李宏伟、马笑泉等人的长篇新作。这些作家之前的作品，都带有这个群体共有的个人化叙事的特征与痕迹，但这些年都在悄然发生着某种变化，这就是越来越走出个人化叙事，或者寻求在个人化叙事里囊括更多的生活内容，折射更多的社会投影，作品越来越具有一定的历史感与明显的整体性，而且在以典型人物组织故事和揭示题旨上，或自出机杼，或别开生面，有了新的艺术气度。

如梁鸿的《梁光正的光》，把镜头聚焦于梁光正这位普通的农民父亲。作品由他尽其所能地爱着瘫痪的妻子、四个年幼的孩子，又不屈不挠地寻报滴水之恩，怀念故人之情，折射出了一个农民屡战屡败又永不言弃的奋斗史和爱情史。这个作品不同于人们司空见惯的乡土小说，它以特异人物形象的着意塑造，表现出作者在小说写作上的高起点与大目标。

任晓雯的《好人宋没用》，既写了这个名叫"没用"的女性为父母养老送终，接济游手好闲的哥哥，拉扯大了五个儿女的繁忙而辛劳的一生，又透过她的种种经历折射了社会生活的剧烈演变。一个普通女人的历史，映衬出了一个城市的历史，乃至一个时代的历史。

石一枫的《心灵外史》，通过大姨妈这个常见又典型的人物，实现了对于社会精神现状、流行症候的观察与触摸。从不停歇精神追求的"大姨妈"，接连陷入了气功、传销等邪性社会团伙和文化思潮，使自己最终走向精神迷惘的困境。作者笔下的大姨妈的故事，轻松中不无沉重，戏谑中内含反讽，从一个独特的角度揭示了当下社会精神状态的某种现实，饱含了作者对于当下社会的某些精神现象与偏向的敏锐洞察和深刻批判。

重视人物的塑造，并由人物切入社会生活深处，囊括更多的历史内容，是一个可喜的现象，这使得"70后"作家越来越走出了个人化叙事，或者寻求在个人化叙事里囊括更多的人生内涵，以更立体、更丰富的社会切面为整个时代把脉，作品具有了"意识到的历史内容"。这种年轻作家的成长，是文学可持续发展的一个非常重要动因，在很大程度上也预示着今后长篇小说创作的价值走向与更大丰收。

（原载《中国文情报告：2016》）

紧扣时代脉搏　书写现实生活*

—— 2018年的长篇小说观察

　　2018年的长篇小说创作，是在已有的基础之上，依流平进，稳步前行的。给我影响较为深刻的主要是两个方面：一个是现实题材的发展，一个是作家个人的突破。

　　严肃文学领域的长篇小说，这两三年的年产量都在5000部以上。我们最后评出来的5部作品，都有很强的代表性。这种代表性就在于，反映了长篇小说创作中现实题材占有比较大的比重，而且在数量基本稳定的同时也有比较好的艺术水准。

　　这次评出的5部作品中，有4部是与现实题材相关的，如《金谷银山》《平原客》《寻找张展》《太阳深处的火焰》。这些作品虽然都是现实题材，但在对于现实生活的看取与把握上，又都各有各的长处与亮点。这在一定程度上反映了作家个人在现实题材创作中的新进取，同时也显示了整体的现实题材创作也在稳步发展。

　　《金谷银山》是对于当下乡村新变的近距离书写，这正是关仁山占有生活的优势所在。作品给我印象最深的，是由范少山这个人物

---

　　* 此文系在《长篇小说选刊》座谈会上的发言。

体现出来的当代青年农民的新追求。范少山已经进了城，有了自己的小生意、小家庭，他完全可以继续在城里打拼，成为城里人。但他没有满足自己的现状，而是挂念着家乡，志在家乡面貌的改变，毅然决然地舍城回乡，通过种金谷等举措，带领乡民脱贫致富，使家乡改颜换貌。看完这个作品后，我比较感兴趣的是在集体主义在农村已经成为过去式时，结合新的历史条件对于集体主义从观念到机制的新的践行与再度弘扬。

《寻找张展》在看似琐细的两代人的隔阂与隔膜的矛盾纠葛中，实际上写了两代人在观念分化之后的相互走近，重新打量。作品还写了父母一代的自省、青年一代的反思，这样就使最终呈现出来的，是两代人分裂之后的相互寻找和尽力弥合。

《平原客》是直面当下官场生态的一部力作，作品既通过李德林这样一个由大学教授进入官场的高官的最终走向腐败，揭示了官场文化对于进入者的无形熏染，也经由刘金鼎的为官经历和切身体会，触摸了看似清明的干部任用背后的偶然性乃至神秘性，那就是遇上"贵人"的重要性。而通过李德林的蝇营狗苟与刘金鼎的战战兢兢，作品又在一定程度上对这种干部选拔中的"贵人"现象给予了含而不露的反讽。

《太阳深处的火焰》，有着红柯小说常见的西部风景与浪漫情怀，但最为独特的，却是徐济云和吴丽梅纠结的爱情故事，交织于草原文明与农耕文明的深层碰撞的文化内涵——那就是立足于文化自省的文化批判，以及对于生态文明与学术清明的深切呼唤。在故事元素中化合了丰富的文化元素，构成了这部作品的最大亮点。

所以，我觉得从选上来的这几部作品来看，可以说还是反映了作家应有的创作水准，也显示了目前长篇小说现实题材创作的一个整体水准。但从评选过程中的作品阅读的感受以及大家感觉到的问题看，我们的现实题材长篇小说创作，确实表现出了一些新的进展，同时也提出了一些新的问题。

长篇创作的这种新进展，一个是作家的个人突破。个人突破比较明显的一个是孙惠芬，一个是红柯。孙惠芬之前写的作品，给人感觉生活故事扎实，接地性很强，但好像总觉得缺点什么。《寻找张展》从故事层面看比较单薄，人物不很多，故事也不大，但能让人感到一种精神的内力在暗中运行，使得单薄的故事越来越负载了丰厚的精神内容，所以我觉得这个作品是她的一个小小的突破。还有就是红柯，红柯写作的辨识度，就是浪漫主义的风格和情怀，但是这次他在作品中融进了许多文化的元素、人文的内涵，以及精神的拷问。这部作品跟他过去的作品相比，内容更丰富了，意蕴更丰厚了。

还有一个在长篇小说中显得较为突出的现象，是"70后"创作群体的成长和崛起。这次进入复评的长篇小说一共15部，可能"70后"的就占到了半数左右，比如石一枫、梁鸿、任晓雯、乔叶、海飞、李宏伟、马笑泉等。他们之前的作品，都带有这个群体共有的个人化叙事的特征与痕迹，但这些年都在悄然发生着某种变化，这就是越来越走出个人化叙事，或者寻求在个人化叙事里囊括更多的生活内容，折射更多的社会投影，作品越来越具有了一定的历史感与明显的整体性。比较突出的，是石一枫，他的《心灵外史》就是通过"大姨妈"这个人物，实现了对于社会精神现状与流行症候的观察。这样的变化我觉得非常重要，表明了他们在创作中的自我调整与大幅度进取大踏步地成长。过去我们会觉得"70后"与"80后"没有什么很大的区别，但现在区别大了。"70后"整体已成为文学创作的中坚力量，而现在"80后"还在成长过程之中。这可能既说明"70后"成长进步较大，也表明相较之下，"80后"在创作上成长进步较慢。但无论如何，这是一个非常值得关注的好的迹象，这种作家的成长从长远看是文学可持续发展的一个非常重要的内因，在很大程度上也预示着今后长篇小说创作的持续发展与更大丰收。

阅读长篇也让人感到了一些问题。比如，我们作家面对和处理的素材，是自己感受到的生活现实，还是看到的新闻和听来的逸闻；或者说是"一手"的现实，还是"二手"的现实。从阅读一些作品的感觉看，我觉得有些作家在现实题材的书写中，属于自己真正切身体验的生活明显不够，而是利用新闻事件、社会逸闻来生发故事的比较多。还有一个相关的问题是，跟过去的一些老作家相比，我们在反映现实题材方面缺的是什么呢？我觉得我们缺的很多——生活积累不够丰厚，手法与技巧也不够娴熟，但更重要的恐怕还是作家主体的情感投入，没有老辈作家深入和内在。赵树理为了写好小说，每年要拿出半年时间向下去深入生活；柳青更是为了写作《创业史》在皇甫村一扎就是14年。这样得来的生活感受，是亲历性的，同时还让他们对于被反映者有了亲如家人、熟如邻里的了解与理解，这样写出来的作品当然不硌硬，自然生动。跟他们比起来，我觉得我们的一些作家在某种意义上仍然是以生活旁观者的角色在对待和书写现实，这也是我们的一些作品的地气不足、生气不够的一个很大的原因。这些问题确实需要我们去认真思考和深入探讨。

习近平总书记在十九大报告中特别提出要"加强现实题材创作"。我理解，这里的"加强"的含义，不只是号召大家都去写现实题材，而是内含了怎样去认识和处理现实，怎样去阅读和读懂这个时代，怎样写出无愧于这个时代的精品力作。这些问题，都需要我们联系创作实际去认真思考，结合具体作品去深入探究。

（原载2017年12月29日《人民日报》）

映日荷花别样红

2019年的文学领域，在文学的各类创作依流平进，理论批评持续活跃的同时，因为适逢新中国成立七十周年，中国文联、中国作协成立七十周年等重要历史节点，在常态性的创作与评论互动频繁，传播与阅读不断出新的境况下，呈现出重大事件接连不断，重要活动联袂而至的显著特征。这使得2019年的文坛，国事与文事相互交织，大事与喜事接踵而来，这种情形也可用南宋诗人杨万里歌吟西湖盛景的著名诗句来加以形容，那就是："接天莲叶无穷碧，映日荷花别样红。"

一、七十年的历程回顾与经验总结

新中国成立前夕的1949年7月，在全国第一次文代会上，中国文联、中国文协（中国作协前身）宣告成立。至2019年，中国文联、中国作协同伟大祖国一道走过了砥砺奋进的七十年光辉历程。新中国成立七十年，当代文艺七十年，给人们重温辉煌历程、展望光辉未来，提示了重要的话题，也提供了绝佳的契机。因此，有关七十年的回顾与纪念等活动，就成为2019年最为耀眼的重大事件。

7月16日，纪念中国文联、中国作协成立七十周年座谈会在京举行。来自全国各地的二百多位文艺工作者共聚一堂，热烈庆祝中国文联、中国作协七十周年生日快乐。会上宣读了习近平总书记为中国文联、中国作协成立七十周年题写的贺信。习近平总书记的贺信对于七十年的文艺工作给予充分肯定和高度评价，并对文艺工作者提出了殷切的期望："广大文艺工作者记录新时代、书写新时代、讴歌新时代，努力创作出无愧于时代、无愧于人民、无愧于民族的优秀作品，为繁荣发展社会主义文艺事业、建设社会主义文化强国，为实现'两个一百年'奋斗目标、实现中华民族伟大复兴中国梦作出新的更大的贡献。"会上和会后，许多新老文艺家纷纷表示，习近平总书记的贺信既对七十年的文艺工作做出了高度的评价，又对新时代的文艺工作提出了更高期望，这都为文艺事业争取更大的繁荣和发展，提供了重要思想指引和强大精神动力。

于1949年7月召开的全国第一次文代会，在成立了中国文联、中国文协之后，随即创办了《文艺报》和《人民文学》。11月21日，《文艺报》《人民文学》创刊七十周年座谈会在京举行，中共中央宣传部、中国作协的主要负责同志，与首都文学界老作家、老编辑家及评论家代表共聚一堂，畅谈《文艺报》《人民文学》在七十年文学发展中的作用与贡献，总结《文艺报》《人民文学》推动文学创作与理论批评发展的成功经验。中共中央政治局委员、中宣部部长黄坤明出席并讲话，他在讲话中高度肯定了《文艺报》《人民文学》的重要贡献，又对两刊提出新的要求与期望："要着眼激发当代中国文艺的生命力创造力，秉持中华文化立场，弘扬中华美学精神和审美风范，培育独特风骨气派。要发挥文艺理论评论的引导作用，加强文艺理论建设、文艺思潮辨析、文艺作品批评，激浊扬清、扶正祛邪，提升针对性战斗力话语权。"《文艺报》和《人民文学》两家刊物的负责人表示，站在新的历史起点，开启新的历史进程，继续建设好当代文艺工作者的精神家园，是《文艺报》《人民文学》的共同职责和目标。《文艺报》和《人民文学》先后编辑印制了创刊七十周年纪念专刊或专号，发表了记述创刊经过的回忆文章，以及作家评论家的纪念文章与纪念题词。

为了纪念新中国成立七十周年和当代文学七十周年，《人民日报》《光明日报》分别开设了《逐梦70年》的专栏和《新中国文学记忆》的特刊。《人民日报》在《逐梦70年》专栏，从体裁、题材和主题的不同角度，对当代文学七十年的创作成就和主要经验进行了系统的梳理和总结性的评说。《光明日报》的《新中国文学记忆》特刊，以连续二十四期的经典作品的系统梳理和深入解读，对新中国七十年文学的重要成果，进行了以点带面的展示和深入浅出的解说。两家报纸开辟的专栏与特刊，选点之准、篇幅之多、气魄之大、影响之广，都为此前报界所少见。

为着积累七十年的创作成果，展示七十年的文学成就，作家出版社和北京十月文艺出版社分别推出孟繁华主编的"新中国70年文学丛书"和李敬泽主编的"中华人民共和国成立70周年优秀文学作品精选"。"新中国70年文学丛书"共计40卷，包含小说（中短篇）、诗歌、散文、报告文学、戏剧五个文学门类，其中中短篇小说30卷、散文3卷、报告文学3卷、戏剧3卷、诗歌1卷。入选丛书的作品经过了专家论证委员会的认真评审，专家评审从文学性、思想性、时代性等多方面进行综合考察，选取了各个时期、各个体裁最具代表性的作家作品。"中华人民共和国成立70周年优秀文学作品精选"按文学体裁分为8种12卷，分别为"中篇小说卷"（全3册）、"短篇小说卷"（全2册）、"报告文学卷"（全2册）、"散文卷""诗歌卷""儿童文学卷""戏剧卷""文学评论卷"。各卷的编选从各个门类发展演进的实际出发，兼顾不同创作风格、不同地域和不同作家的作品，遴选出的均是经过时代淬炼与读者检验、兼具经典性和文献性的文学佳作，较为全面地反映了七十年来文学创作与评论发展的基本面貌。两套大型丛书的推出，以及通过经典作品荟萃的形式和依照发表时序编排的方式，既汇集了当代文学七十年精彩纷呈的优秀成果，又忠实记录了当代文学七十年砥砺奋进的壮阔历程。

二、长篇小说：历史与现实皆有精彩的故事讲述

长篇小说因为内蕴厚重，叙述讲究，向来是人们衡量年度文学成就的重要标志。但人们经历了 2018 年长篇小说井喷式的创作爆发，对 2019 年的长篇小说不免捏了一把汗。但及至年末，人们感到了某种欣慰，因为长篇小说在 2018 年强势发展的基础上，依然在持续发力，稳步前行，不仅没有表现出下滑趋势，反而在某些方面有着自己的艺术拓展。

简要概括 2019 年的长篇小说创作，可以用一句话来加以描述，那就是历史与现实两个方面，都有异常精彩的故事讲述；宏大叙事与日常叙事两个走向，都以自己的方式在继续进取。

2019 年是新中国成立七十周年，一些有识的作者在新中国成立前后的丰饶的历史事实中发掘素材，生发想象，以真实事件或历史人物为依托，写出了还原历史现场、再现历史风云的长篇力作，使得与现代历史有关的创作，成为 2019 年长篇小说引人瞩目的一个焦点。

涉及新中国成立前的历史书写的，值得注意的有两部作品：上海旅加作家贝拉的《幸存者之歌》、贵州旅美作家汪洋的《国脉》。《幸存者之歌》以犹太青年大卫抗战期间流亡上海，由一个电话维修工努力成长为一个公司领导者的经过，描写了犹太人的生命意志与生存智慧，同时也以点带面地反映了早期上海电信行业在抗战时期的特殊作用和顽强发展。坚定的信仰与不屈的意志，使得犹太人、上海人、上海电信人，都在艰难困苦中焕发出生命的能量与人性的光彩。《国脉》以邮政工人秦鸿瑞、方执一、郑开先的人生成长和不

同选择为主线，从邮政行业的角度，书写了波澜壮阔的中国工人运动史，讲述了从大清邮政到新中国邮政的百年变迁史。作品以一次次工人运动和革命斗争为舞台，使得秦鸿瑞等工运先锋的形象格外鲜活和生动，给中国当代文学人物画廊添加了栩栩如生的工人领袖形象。

与新中国成立历史有关的长篇书写，值得关注的作品，则有杨少衡的《新世界》、凸凹的《京西之南》等。《新世界》以新中国成立前后的闽南剿匪为主线，书写了新中国诞生过程中各种政治力量的殊死博弈和残余蒋匪的最后挣扎。特别是精心塑造的区长侯春生这个人物形象，面临无尽的困难不屈不挠，身背不明不白的处分为国捐躯，写出了人物无论是面对敌患还是内忧，都忍辱负重，都努力前行的担当精神与博大情怀。置身泥淖不气馁，只因心怀新世界，侯春生的形象因此而熠熠生辉。凸凹的《京西之南》以京西古姓家族几代人从抗战到全国解放，从新中国成立到改革开放的人生觉醒与命运转变，形象地表现了中国革命以农民为基础、以人民为中心的具体过程，生动揭示了农民的翻身与农村的进步必须依靠党的领导与指引的光明道路与深刻道理。两部作品各有各的妙韵，但都以光鲜的人物和精彩的故事，引领人们重温了新中国成立前后可歌可泣的难忘历史与革命志士的奋斗精神。

在现实题材创作方面，2019年的长篇小说，无论是题材的开拓，还是写法的出新，都有一些作品或让人眼前一亮，或令人耳目一新。其中，值得注意的就有阿来、麦家等人的五部作品。阿来的《云中记》，以祭师阿巴坚意回到地震后已整村搬迁的"云中村"，以自己的方式去照顾那些在地震中逝去的亡灵，讲述了"云中村"的瞬间毁灭与再度重生，以及政府部门和志愿者的倾力支持与热情帮助。作品在传统与现代、鬼与神的辩证思考与叙述中，呈现了生与死、光明与黑暗、自然与人类等彼此依存、互相转化的状态。作品举重若轻，以小见大，在为数寥寥的小人物和家长里短的小故事里，蕴含了十分丰盈的内容。这部作品不仅是阿来又一重要代表作，而且也可看作是当下长篇小说创作的一个重要突破。麦家的《人生海海》，以一个10岁小孩的叙述视角，讲述了一个身上带着很多谜团的"上校"在时代中穿行缠斗的一生。无论是身为军医，还是身为特工，他都足智多谋，英勇无惧，但日本人在他身上的刺字，却令他终身背负耻辱，长期生活在郁闷的阴影之中。他既以各种包装来掩饰自己，又以对两只猫的昂贵施予来寄托自己对于高贵的念想。作品以"上校"与"我"迥异的极端生存状况形成的奇异的交叠，来深入窥视人性，深切叩问人生。故事在窥探欲与守护欲的相互对抗中别具张力。

三位女性作家在2019年的长篇新作，也饶有新的意味。蒋韵的《你好，安娜》，由安娜、素心及三美三位闺蜜因一个黑羊皮笔记本产生的嫌隙，以及接二连三的悲剧，讲述了几位女性从豆蔻年华到年近不惑的沧桑人生，以及个人的和社会种种因素的合力对于人物命运走向的左右。故事从始到终，都贯注着情感的纠结、是非的缠绕乃至关于"罪与罚"的内心叩问。属于那个特定年代的隐秘而炽热的浪漫与牺牲，释放出古典主义的美感，也让人们由与那个时代独有的情感故事，领略到沉睡已久的人间温情。张欣的《千万与春往》，主要描写女强人滕纳蜜由我行我素带来的人生错乱。她原本有不错的职业和社会位置，但因为人自私、处事乖戾，逐渐使自己置于儿子丢失、婚姻破裂、闺蜜失和的困境。丢失多年的儿子找到后要做亲子鉴定，使那些沉下去的历史真相必须浮出水面，而这也迫使陷入绝境的她开始反省自己，走向人生转变。作者善解人意的"微妙"，下笔为文的"狠辣"，使得作品中的人物性格鲜明又命运跌宕，作者由此也表现出如心理医生一样细密，又如外科医生一样冷峻的艺术造诣。薛燕平的《宽街》的主人公，是有四个女儿的母亲素花，她疲于奔命地操持着家务，看起来并不光鲜，但随着甩手丈夫的出现，素花渐渐显出了自己的能耐与价值，那就是她不仅以赢弱的体力支撑起一个家来，而且尽其所能地养育好四个女儿。她的善良、她的坚韧、她的宽容，由此一点点地显现出来，使她在平凡中释放出不平凡的光彩。作品像是一曲女性的颂歌、母爱的赞歌，但其中又回荡着某种倾诉，蕴含着某些呐喊，让人为之深思，为之感念。

三、各类体裁创作均有亮点呈现

围绕着重大事件与重要节点，常常会有一批好的和比较好的作品集中登台亮相，尤其是在报告文学和散文领域。因此，2019年的报告文学和散文创作，同样呈现出力作联袂而来、亮点频繁显现的纷繁景象，使2019年的文学创作整体看来上蔚为壮观。

报告文学因为形式相对活泼，反映生活快捷，常有文学领域里的"轻骑兵"之称。但近几年来的报告文学，在反映生活快捷的同时，又兼备了题材的重大、内容的厚重，这使得仅用"轻骑兵"的说法来概括报告文学已远远不够了。而且，报告文学的这种创作倾向，也使得整体的文学与当下的时代有了更为深切的互动和更为密切的勾连。

在描写重大项目、重大工程和重要事件方面，2019年有三部报告文学作品，各以不同的题材和不同的意涵，构成引人瞩目的亮点——这便是何建明的《大桥》、王立新的《多瑙河的春天——"一带一路"上的钢铁交响曲》、冷梦的《西迁人》。

何建明的《大桥》，主要以总工程师林鸣为切入点，讲述在建造港珠澳大桥时，其核心控制性工程岛隧工程遇到种种障碍与难题，以及建设者们凭借勇气、毅力与智慧克服困难，最终达成目标的艰难历程，展示了新一代桥梁建设者广阔的胸怀和崭新的精神风貌。作品经由国外工程公司在谈判中的不断加码与故意刁难，中国工程师的自主研发和攻克一道道技术与工程难关，详细讲述了港珠澳大桥建造工程的一次次创新和一个个突破。以林鸣为代表的中国工程师心系祖国的情怀和志在强国的初心，令人激动不已，更令人感佩万分。因此，作品看似写桥，实则写人；看似是写物理层面的桥隧工程，实际上着眼的是建设者的精神世界、中国人的强国雄心。

王立新的《多瑙河的春天——"一带一路"上的钢铁交响曲》，以"一带一路"国际合作为大背景，以河北钢铁集团公司收购经营塞尔维亚斯梅代雷沃钢厂为主要事件，讲述了河钢塞钢管理团队三年来扎根异国他乡，使得这家百年老企业扭亏为盈、重获新生的故事。河钢公司收购经营梅代雷沃钢厂的团队，只有区区九人，而正是这九个人严格秉承着河钢国际化战略中创新性提出的"用人本地化、文化本地化和利益本地化"这三个本地化原则，面对两种经营管理模式、两种文化和法律、两种生产技术设备改造规定、两种结算方式和两种新市场开发视野等多种差异，先后闯过了语言、饮食和文化生活贫乏等一道道难关，出色地完成了"三年三步走"的第一步目标，跨过了长达七年严重亏损的冰冻期，一举创造出扭亏为盈的奇迹。作品由"'一带一路'上的钢铁交响曲"，表现了河钢人在"走出去"方面的骄人成绩，由此也显示了中国人走向世界舞台的国际担当与创新精神

冷梦的《西迁人》，以大量生动的事例和感人的故事，如实描述了六十二年前数千名交大师生响应国家号召，胸怀"向科学进军，建设大西北"的崇高理想，告别繁华的大上海，登上"向科学进军"的西行列车，从黄浦江畔西迁到古城西安的动人画卷。其中，较为详尽地描述了以原交通大学党委书记兼校长彭康，西迁老教授钟兆琳、朱继洲、周惠久、史维祥等为代表的数十位西迁人的典型形象，并经由他们表现了新中国的知识分子胸怀大局、无私奉献的家国情怀和使命担当。交大西迁以来，在学科建设、学校发展、学术创新、人才培养等方面取得了辉煌成就，在这一过程中也铸就了"胸怀大局、无私奉献、弘扬传统、艰苦创业"的西迁精神。作者在本书的

引言中写道："我要为西迁留一部精神史，为交大留一部精神史，为中国知识分子留一部精神史。"这些肺腑之言，也正是这部作品的价值和意义之所在。

散文看似文体自由自在，写法随心所欲，但在"写什么"和"怎么写"上，都有其潜在的艺术讲究，因而也颇见内在功力。2019年，散文写作方面，有南翔的《手上春秋》、陆波的《寻访北京的年华》、理由的《荷马之旅》等作品，因带有作者鲜明的个人标记，因而值得人们予以特别关注。

南翔的《手上春秋》，是他历时三载田野调查，迫近真实地为中国手艺人（工匠）做传的作品。从目不识丁的壮族女红传人，到世界非遗项目宣纸捞纸工，囊括日常生活的制茶、制药、夏布绣、蜀绣、蜀锦、棉花画、印泥、正骨以及钢构建造师等精湛技艺与优秀工匠（手艺人），作品系统而忠实地呈现了15名中国工匠的人生沧桑和手艺传习，深入挖掘了人物的人生经历与职业成就上的内在关联，写出了中国的民间工艺、传统文化，写出了当代中国的工匠精神。本书的另一亮点在于对各类技艺的呈现，作者掌握大量资讯信息，通过原生场景描摹、叙述视角切换，以及旁征史料佐证等，让读者身临其境地感受技艺之美。

陆波的《寻访北京的年华》，是她寻访北京各处古迹的文化散文结集。她不仅探究古迹在历史长河中的悄然变迁，也探寻与之相关的历史人物故事。其中多为人们知之甚少或知之不详的，如双榆树的"桑榆墅"曾是著名词人纳兰性德的别墅，北京最古老的"砖塔胡同"的由来及其隐藏的师徒故事，海淀"大有庄"的古今演变，王国维自沉昆明湖为何选择鱼藻轩投水，等等。古迹与人物相映生辉，历史与现实相互对接，是本书的特色所在。而作者满带好奇心的寻找和接近专业性的探究，使得这些散文作品，因有人又有情，而充满着历史的温度与人文的厚度。

理由的《荷马之旅》，是作者用了四年多的时间研读《荷马史诗》，并且不顾年高体弱，沿着《荷马史诗》故事发展的线索和发生的地点，先后踏访了希腊各地的远古遗迹后写出来的。这部作品既以读行结合的方式探寻了西方文明之源，又以实地踏访方式介绍了希腊人文景观，还以中希比较的方式察考了中西文化差异。作品的重要关节点在于，经由远古的《荷马史诗》入手，以现代文明的视野进行阅读提炼，让人们透过冗长的战场叙述和丰富的英雄描写，从内在精神上了解了《荷马史诗》的要义所在，以及西方文明的神髓所在。尤其是作品得出的"西方文化潜意识之中深植了阿喀琉斯崇拜"的结论，具有令人知古识今的现实性意义。

（原载2019年12月30日《中国艺术报》）

山乡正巨变　文学开新篇

——2020年文学创作瞻望

2020年，我国将全面建成小康社会。这既是一个终点，又是一个起点。全面脱贫与乡村振兴的有效衔接，将在实现农业农村现代化、建立国家现代经济体系、建设美丽中国、传承中华优秀传统文化等方面，以乡村的全面振兴和样貌的极大改观，推动中国特色社会主义建设走向新的阶段。以反映现实生活和时代精神为使命的文学，理当顺时而兴，乘势而变，以艺术的方式为这样的社会巨变摇旗呐喊，擂鼓助威，并在这一过程中为时代立传，为时代添彩。

中国当代文学在七十年来的发展演进中，一直扮演着时代变迁的记录者的重要角色，履行着社会变革鼓吹者的神圣职责，创作出一批又一批脍炙人口的优秀文艺作品，塑造了一批又一批经典艺术形象。可以说，这些优秀的文学作品、经典的艺术形象，都是立足于中华大地、根植于华夏乡土的丰硕成果。正是在这样的意义上，中国当代文学以"农村—乡土"题材为主脉，反映了新中国社会生活的主潮演进，又由于"农村—乡土"题材的出色书写，表现了当代文学自身的不断进取。

从现代延伸而来的乡土文学，在新中国成立后被"农村题材"

取而代之，这是因为此后的农村生活已由自然化的乡村变为了集体化的农村。改革开放以来，"乡土文学"的提法又开始流行，也是由于农村生活的不断演变和围绕它的文学写作不断拓展，使得"农村题材"的称谓已颇显狭窄。但实际上，"农村题材"与"乡土题材"并无本质意义的区别，论者使用什么样的概念，既根据需要也出于习惯。面对脱贫攻坚的全面胜利及乡村振兴战略的全面实施，过去的"农村"、传统的"乡土"，都将由全新状态的新型"乡村"所替代。为适应描写对象的这种新的质变，同时也与其他时期的写作区别开来，现在提出"乡村文学"这样一个新概念，是适时的，也是必要的。这既是"农村—乡土"题材写作的重开新局，也是"农村—乡土"文学的继往开来。

事实上，更为重要的是乡村文学面临乡村全面脱贫进而不断振兴的社会新现实，需要履行新的使命，回应新的挑战，解决新的课题。这是新的乡村文学安身立命和谋求新的发展的关键所在。

联系乡村变革的新现实，结合乡土写作的已有状况，新时代的乡村文学写作，从宏观层面来看，至少需要在三个方面认真挖掘、深耕细作，开辟新局、积累经验，从而使乡村文学写作真正做到"随时代而行，与时代同频共振"。

"要想写作，就先生活"：阅读生活、吃透生活是基本功

改革开放四十余年的持续推进与深入发展，尤其是全面脱贫目标任务的实现和乡村振兴战略的实施，使我国的农业与农村从外到内都发生了巨大变化，这已使现在的农村与过去的农村不可同日而语。基于家庭承包的合作化、农业劳作的机械化、产品经营的市场化，以及人居环境的舒适化等，大多数农村与农民不断走出小农经济的旧有形态与内在桎梏，呈现出新的气象。

但这样具有新样态和新面貌的农村现实，在我们已有的农村题

材写作中还不多见。不少农村题材作品，还停留在对农村转型带来的问题、农民遇到的种种苦难，以及田园风光不再的忧思、困惑与哀叹方面。究其原因，是作者对于变革中的农村现实不熟悉、不了解，或者对于正在变化着的现实不理解、不喜欢，写作大致出于浓郁的乡愁情结，某种程度上是靠儿时的记忆写作。因此，新的乡村文学写作，需要作者直面当下农村不断变异的新现实，在切实深入的过程中，了解生活，阅读生活，吃透生活，把创作建立在新的生活积累和新的生活认知上，切实转变思想、感情与立场。

在这一方面，同样是以农村题材写作为主并创作出了经典作品的赵树理、柳青等人所总结的一些经验，依然值得学习和借鉴。赵树理告诉人们，他很重视与农民群众一起"共事"，而且时间越久越好："久则亲""久则通""久则约"。柳青也说过"要想写作，就先生活"，作家"主要的功夫，是在研究生活上"。由此，他又指出：文学写作的"基础是生活的学校"。

文学前辈们这些来自他们创作实践的至理名言表明，深入生活、研究生活，是写作的前提，是文学的基础。对于当下日新月异的农村生态与农民生活，我们更需要在深入中去了解、在了解中去揣摩、在揣摩中去把握。这是新的乡村文学写作的题中应有之义，也是最为重要而紧迫的基础工作。

深入内部寻求新的发现：整体把握城乡新变

随着"三农"问题的不断解决和农村改革的延伸发展，农村与城市之间过去的分离状态也逐渐改变，"乡村城镇化""进城打工潮"，以及"支农""支教"等活动的开展，不仅使城乡之间的关系日益密切，而且呈现出常态化的双向互动。这种城乡之间的两种生活状态和文化形态的碰撞、交流，使城乡之间的过渡地带形成一种特殊的文化景观。当年的路遥敏感地捕捉到这一新的社会现象，把它称之为"城乡交叉地带"，并以此为流动的舞台，写作了《人生》《平凡的世界》等表现农村青年一代人生奋斗与命运转折的精品力作。

但也有一些作品，同样以"城乡交叉地带"的城乡生活为描写对象，却更多地着眼于社会转型带来的种种矛盾纠葛，以及矛盾纠葛造成的生存困境等，作品所呈现出来的，是社会的缭乱景象、人的紊乱心态。这样的作品，有一定的真实性，也有其存在的意义，但看多了之后，不免令人感到虽然局部不失真实，整体却明显趋于悲观。

对于社会变革带来的城乡之间的新关系，需要用辩证的眼光来看待。城乡之间的交流与互动，既会带来不同文化观念的碰撞与博弈，造成新的矛盾与冲突，也会带来不同文明元素的互动与互鉴，在交汇融合中产生新的生活样态与社会风尚。

社会学家费孝通在《乡土中国》中从社会学的角度谈到传统社会与现代社会的"不同性质"时，用"礼俗社会"和"法理社会"予以精到的概括和准确的描述，这对我们理解"乡土中国"与"现代中国"的各自特色不无启迪。

如果说过去的"乡土中国"主要是以"礼俗社会"为特征的，那么，它经过一系列法治建设走向"法理社会"时，一定会把传承久远又行之有效的"礼俗"文明元素带入进来，既使优秀的传统文化得以发扬光大，也使现代的"法理"社会更具中国特色。这些年来，我们大力倡导的文化自信，积极推广的社会主义核心价值观，优秀的民族文化与传统文明就是其中的重要构成要素。因此，这就要求我们的作家艺术家，在观察农村现实、表现农村生活时，不仅要着眼于那些看得见的物质形态的变化，更要深入内里去发现那些看不见的精神形态的变动，写出立体化、整体性的新时代农村全方位的新演变。

"文学作品主要写人"：精心塑造时代新人

老舍从自己的创作体会出发告诉人们，"文学作品主要写人"，而且"应该是表现代表时代精神的人物，而不是为了别的"。出自老舍的这一文学创作的至理名言，实际上也是当代中国作家较为普遍的共同认知。

因此，无论是"十七年"期间的文学创作，还是改革开放以来的文学创作，我们在文学作品尤其是小说作品中，都看到了大量堪称"典型环境里的典型人物"的艺术形象。如新中国成立初期，柳青《创业史》中的梁生宝，王汶石《新结识的伙伴》中的张腊月、吴淑兰，李準《李双双小传》里的李双双，浩然《艳阳天》里的肖长春、焦淑红；如新时期蒋子龙《乔厂长上任记》里的乔光朴，张洁《沉重的翅膀》里的郑子云，柯云路《新星》里的李向南，路遥《平凡的世界》里的孙少安、孙少平等。他们栩栩如生又风采奕奕，无一不是"源于生活又高于生活"的典型形象。经由他们的超凡作为和独特性情，人们看到了新人物与新时代的相互成就，也看到了不同时代特有的精神风采。

改革开放的新时期，高歌猛进的新世纪，开创新局的新时代，都孕育和涌现出属于自己时代的社会新人与先进分子。改革开放四十周年之际，党中央决定授予一百名同志改革先锋称号，他们与被授予"时代楷模"称号的众多先进人物与先进群体一道，都是这个时代新人的杰出代表。除此之外，仅从与"三农"有关的方面来看，在脱贫攻坚、乡村振兴中，都涌现出了大量有担当、有追求的普通民众，他们共同焕发出了新的时代精神，一同展现了新的时代风采。新的乡村文学写作，就是要透过现实层面的显见变化，沉潜于生活深处，把镜头瞄准体现着时代精神的新人物，写出他们在各个方面的新作为与新担当，以及所拥有的新风采与新气度，有力地描绘出时代新潮呼唤新人、新人引领时代新潮的动人情景。

近年来，一些现实题材的小说作品，塑造了一批直面新现实、在全面深化改革的火热奋斗中脱颖而出的时代新人，如滕贞甫《战国红》里的杏儿、赵德发《经山海》里的吴小蒿、陈毅达《海边春秋》里的刘书雷等。但这样直面新现实、描绘新人物的现实题材文学力作，在整体的文学作品中还不多见。可以说，现有的乡村题材文学创作，在塑造时代新人的典型形象，描绘时代新人的精神风采，由此反映新人的茁壮成长与意气风发、弘扬时代的欣欣向荣与蓬勃向上等方面，尚有明显的不足与较大的差距。在这一方面，也可以说新时代的乡村文学写作，既任重道远，又大有可为。

（原载2020年7月31日《光明日报》）

2021年文情观察述要^{*}

2021年的文坛，面临着社会生活的与时俱进，又适逢建党百年的重要时间节点。因此，这一年的文学，在一如既往的依流平进中，与百年党史有关的创作与活动显著增多，这使得文学的运行与发展，较前更为活跃，更显丰富。总体来看，一方面呈现出多元多样的基本态势；另一方面，文学中的主旋律的声音，较之以往也更为强劲有力。

现象与特点

2021年的文学创作，从总的方面来看，较之往年，在长篇小说、报告文学、散文创作等方面，都呈现出一种创作异常活跃、作品花团锦簇的景象，并在一些方面显示出这一年的特点所在。

具体来看，值得关注的现象主要有：

一、长篇小说创作领域现实题材创作势头强劲，力作佳构较多。

长篇小说创作，一向题材多种多样，写法不拘一格。尤其是一些实力派作家，多有自己的创作路数，所关注的不一定在现实题材

＊ 此文系为有关部门提供的内部报告摘要。

方面。但 2021 年，小说名家涉足现实题材的较为普遍，也都写出了保有文学水准的长篇新作。这里，又大致可分为两种情形。一种是由某个角度切入，旨在世态人情的探析与独特人性的揭示。如刘震云的《一日三秋》、周大新的《洛城花落》、东西的《回响》、梁晓声的《我和我的命》、石钟山的《五湖四海》、林白的《北流》等。另一种情形，是在革命历史和脱贫攻坚的题材与主题方面，作家们用心用力的新成果。如老藤的《北地》、黄孝阳等的《队伍》、朱秀海的《远去的白马》、季宇的《群山呼啸》、王松的《暖夏》、范稳的《太阳转身》、王华的《大娄山》等。

这里边，朱秀海的《远去的白马》、范稳的《太阳转身》和王华的《大娄山》等几部作品，因为超越了原有的题材的限定，各有新的意蕴挖掘和形象塑造，在众多的作品中更见光彩，更为显眼，也更值得人们予以关注。

二、报告文学在发挥以往的"轻骑兵"的功能之外，进而发力，不断负重，已成为文学与时代联结的重要文体。

报告文学从新时期兴盛以来，一直在探索文体的变化与载重的可能。这些年在中短篇依然延续创作的"快捷""轻便"和及时反映时代生活的同时，长篇形式的报告文学日渐增多，并力图尝试负载更为丰盈和厚重的内容。2021 年，长篇报告文学中，既有跟踪脱贫攻坚的步伐，状写不同地区脱贫攻坚成果与经验的《诗在远方——"闽宁经验"纪事》（何建明）、《大国扶贫》（贺享雍）、《决战乌蒙》（孟航宇等）、《石头开花》（罗长江）、《昭通：磅礴之路》（沈洋）等，还有状写党史中的英雄模范人物的《大医马海德》（陈敦德）、《脚印——人民英雄麦贤得》（杨黎光），反映改革前沿新经验的《初心——粤港澳合作中的横琴故事》（曾平标）等。尤其值得注意的，是在有关党史题材方面，先后有《乳娘》（唐明华）、《靠山》（铁流）、《红船启航》（丁晓平）、《孕育》（康伟等）、《向北方》（李红梅、刘仰东）等长篇作品，从各自的角度搜罗党史资料，以某一主题串结事件与人物，再现过往的历史现场。这些作品，或着力于一个时段扫描，或一个主题的揭示，都负载了一份厚重的历史意蕴，引起了文坛内外的广泛关注。

三、散文创作方面，文化意蕴的营造成为新的追求，出现了一批较有影响的力作。

无论是从关注的对象看，还是从表现的手法上看，散文创作可能是最为个人化的文体领域。但在2021年，一些作者从文化角度寻找新的支点，并从某个领域深入进去，在历史纵深度和文化宽广度上，都具有了深邃的内涵，呈现出了新的景象。如官布扎布的《人类笔记》，以时而闳阔无极时而又细致入微的独特视角，品味和记述了人类自太古时代到联合国成立那一刻的艰辛跋涉、聚散离合、爱恨情仇、成败兴衰和更替演进的全程经历。陈福民的《北纬四十度》，提出了"北纬四十度"这个概念，以源远流长的中华文明为脉络，对"北纬四十度"地理带进行文化历史探究，绘制了一幅别样的千古江山图。苏沧桑的《纸上》，以灵动幻美的文字，描摹这些民间艺人的生活现场、生存实况和情感体验，深度挖掘他们生命中所凝练的低调朴实的传统美德，以及展现其中的劳动之美、风物之美和山水之美。这些作品因为意味独特、表述通俗，已为更多读者所欢迎，引起了一定的社会反响。

走势与问题

时代与生活的感召、作家创作的自觉，以及有关方面的积极组织与有力引导，使得过去所存在的文学创作题材与主题过于分散，作家的创作明显地滞后于时代的现象正在逐步得到改观。可以预见，今后的文学创作，重要题材与重大主题的创作，因为备受各方推重，当会成为各类创作中的重中之重。由此一来，报告文学、散文写作，都将会逐步走向以长篇作品创作为主。长篇的报告文学，尤其是长篇小说，也会越来越成为各个方面高度关注的重点文体，并成为人们估量一个作家的创作成就、衡量一个地区的创作收获，乃至看取一个时代的文学高度的主要标尺。

但从现在的创作走势和已经呈现出来的情况看，也会同时出现一些倾向性的问题，值得人们予以注意。

一、报告文学创作方面，题材与内容将会更为广泛，并趋于重大题材和重要主题。一些在过去较少涉及的如古代历史题材、党史题材，将会有较多的创作投入和作品出现。但这类题材的写作，与作者的胸怀、见识和造诣关系甚大。这类题材如果处理不好，就会出现题材好但写不好的状况，存在的问题主要是没有把材料充分消化溶解，资料堆砌、疙疙瘩瘩，叙述大于描述，作品处于学术著述与文学著述的两可与两不像之间，缺少充足的文学性，欠缺引人的可读性等。

二、长篇小说创作中，与脱贫攻坚、乡村振兴有关的作品还会延续增长的势头。但这类作品，因为出自生活一线的业余作家的作品较多，他们有充足的生活积累，但却欠缺应有的艺术造诣，作品往往带有很强的纪实性，而故事缺少应有的提炼，给人感觉像是生活的流水账，小说化程度不足，文学性较差，读来味同嚼蜡。

三、文学创作的艺术质量，取决于作者的文学水准。我们的有实力又有影响的文学名家，应该是各类文学创作的骨干力量。事实上这些作家中，不少人已有自己的创作思考和写作计划，很难听命于他人，因而不会轻易改变。我们需要以各种方式，感召他们，激励他们，影响他们，使得他们的个人写作，与我们所需要和所寻求的结合起来，勾连起来，成为他们创作计划的必要选择。从而使我们的文学创作从作者的角度开始，就富含一定的水准，保有一定的质量。

总的来看，2021年的文坛，比之过去，既有更多的喜人的亮点，也蕴含了一些值得注意的问题。但不断地取长补短和酌盈剂虚，正是文学发展中的题中应有之义。

2022年文学新作阅读笔记*

　　2022年，因受时起时伏的形势影响，原本在线下举行的文学现场"月评会"，改为了线上提交阅读报告的形式。因此，一两个月便要提交一份近期文学作品阅读报告，成为一种常态性的工作。

　　阅读的文学作品，包括已经出版和发表的各类文学图书和文学作品，也包括尚未出版还在征询意见进行改稿的一些作品。在此基础上形成的作品阅读报告，比之那些公开发表的作品评论，在提供信息与意见方面，显然既有一定的内部性，也具有一种前瞻性。

　　这份阅读报告从偏于主题写作的角度，就一些文学作品的阅读感受，以及对一些相关问题的意见做了简要的表述。这些为数不多的作品自然不能涵盖2022年文学创作的总体成果与全部面貌，但却可以从以点带面的角度，由主题创作的切实进展反映2022年的文学创作的一些情形，以及某些值得注意的走向。

---

　　* 此文系为有关部门提供的阅读报告的基础上整理成的。

一、三部值得关注的报告文学作品

近年以来，一些主题和题材都较为重要的文学作品（包括报告文学和长篇小说），在作者完成之后和正式出版之前，出版社或作协有关部门都会先找一些评论家先行阅读作品的成稿，就作品的完成情况、内容构成与表现形式等，提出阅读意见与修改建议。这种方式，对于提高作品的文学质量，完善作品的艺术品质，很有切实的帮助。这也使得一些尚未出版但前景被看好的作品，提前进入阅读者与评论家的视野，使他们得以了解和把握最新的文学创作态势。

最近参与这种改稿阅读的作品不少，但给我印象深刻的，是三部报告文学或纪实文学作品：一部是李朝全的《春天的前海》，一部是纪红建的《大国制造》，一部是红旗渠干部学院与河南师范大学的《太行记忆：红旗渠精神口述史》。

李朝全的报告文学作品《春天的前海》，以深圳前海深港服务区的规划与建设为描写对象，以丰盈的材料、扎实的事件、典型的人物、清新的文笔，反映了深圳前海在十年来的从无到有、由小到大的蝶变式发展，描绘了在科技创业、贸易服务等方面的内生动力与创新开拓带来的华丽转身，书写了改革开放最前沿的最新故事。无论从题材的重大来看，还是从内容的新颖来看，都堪称是改革开放题材和报告文学领域中值得人们予以关注的新的力作。

印象较为突出的方面，有以下几点：

一、由十多年前的深谋远虑和长远规划，尤其是预留开发空间，提出"前海概念"，并在此后随着改革开放的不断深化不断完善，使得前海这一新区板块，从构想到落实，从想象到现实，抓住各种契机大力发展、不断推进，充分揭示了深圳在前海的开发与开放上设计的超前性与计划的前瞻性。从这些方面来看，前海的由概念到现实的落地与发展，作品充分表现了"设计"在前海开发中的重要作用，而这种超前的"设计"，又进而表现出了深圳在深化改革开放中的主动性与创造性。

二、作品由一系列具体而生动的成功案例，写出了深圳前海在"制度创新"方面的诸多亮点，尤其是法律服务体系的创建与发展。如前海 e 信通服务中心、全链条法律服务保障体系、国际商事法庭等等，使法律服务与国际接轨，物流服务与世界互联。这使偏重于贸易服务的前海模式，具有自己的鲜明特点，并在同类企业和行业遥遥领先。

三、以众多卓有创意、敢为人先的代表性人物，写出了新深圳人——前海人的光彩形象和时代精神。如仲裁律师徐建、创建华商所的王寿群、弃政从法的郭星亚、坚持在律师所搞党建的陈方，以及郑丽露与融创孵化器、陈什与学学科技、姚振邦与"天空社"、贾佳亚与思谋科技等等。其中的不少人属于"85 后"学生创业者。这些不同领域里的英才人物，既以敢想敢干和敢作敢当的努力奋斗，成为行业领域里的领军人物；他们联袂携手，又构成深圳前海令人为之纫佩的群英荟萃、群峰竞秀的喜人景象，使人们看到前海得以发生巨变的深厚内力与强劲动力所在。

纪红建的报告文学《大国制造》，从习近平总书记 2020 年 9 月在湖南考察说起，在六章的内容构成里，用历史与现实交叉的两条线索，以感人的故事、生动的细节，秉要执本地描述了湖南的山河智能、中车株洲所、中车株机、中车株电、中联重科、三一重工等现代制造企业从小到大、由弱到强的奋进过程，塑造了一批献身于工业强国和科技报国的企业家、改革家和科技工匠的光辉形象，歌吟了包括改革开放精神、企业家精神、科学家精神、劳模精神、工匠精神在内的时代精神。作品还把触角延伸到清末民初时期的洋务运动、实业救国，通过历史与现实的比照，揭示了民族复兴的百年梦想在中国特色社会主义迈向新时代才得以实现的种种缘由，从而使作品不仅主题重大、题材独特，而且内容丰盈，蕴意深刻，称得上是能够"增强人民精神力量的优秀作品"。

习近平总书记在视察时殷切期望湖南"打造国家重要先进制造业高地"。湖南的制造企业,既坚持独立自主、自力更生,又追求创新发展,步步领先,在一定程度上是我国重要先进制造业不断做大做强,从"制造"到"智造"的缩影。《大国制造》立足湖南,面向世界,从时光轴上撷取一个个观察口,来管窥湖南先进制造业不平凡的发展历程,见证倔强、坚韧不拔的湖南人在打造国家重要先进制造业高地中展现出的新担当新作为,以及中国重要先进制造业高质量发展对世界的影响和启示。在现实的讲述和历史的回溯中,作品将几代国家领导人的高瞻远瞩、一代代工业人的筚路蓝缕、艰苦奋斗和普通民众的魂牵梦萦,汇聚成先进制造业发展中无比雄厚有力的动因,真实反映了中国先进制造业从无到有、从小到大、从弱到强的恢宏历史,热情讴歌了中华民族自强不息、拼搏奋进的思想风貌和为民族复兴强基固本的时代精神。作品所描写的制造企业,都是各自行业里的标杆与翘楚,但在报告文学领域,都尚未得到应有的关注与文学的描写。从这个意义上说,这部作品不仅主题与题材重大,而且还具有一定的弥补空白的意义。

红旗渠干部管理学院与河南师范大学的《太行记忆:红旗渠精神口述史》(上、下),是红旗渠干部管理学院与河南师范大学共同合作的重要成果,是经过田野调查与实地采访五年多收集而来的抢救性口述实录。这部作品与其他书写红旗渠的作品不同,可以说是主角自述、人民角度,大部分是当时的红旗渠劳动模范人物的口述,还有部分是参与修渠的干部与群众(非劳模)的口述,以及年轻的一代传承红旗渠精神的口述。这样的口述实录,既具有很强的现场性、十足的真实性,又具有重要的史料性、相当的文献性。因为这样一些特点,这部作品对于人们了解红旗渠的修建,学习红旗渠精神,都有不可替代的重要意义与作用。作品既生动讲述了困难时期党员干部的带头作用——激发内生动力,建设美好家园的奋斗精神和"自力更生、艰苦创业、团结协作、无私奉献"的红旗渠精神，又展现了中华人民共和国成立初期战天斗地的劳模风采。书中故事将激发全国各族人民干事创业的热情，为社会主义现代化建设提供重要精神动力。

二、两位实力派女作家的小说新作

党的二十大报告中，特别提出"坚持以人民为中心的创作导向，推出更多增强人民精神力量的优秀作品"的要求。我们的文学创作现状与这样的一个目标相比起来，确实还存有着相当大的距离。如何"推出更多增强人民精神力量的优秀作品"，是一个涉及方方面面的系统工程，需要多方面协同发力，努力营造适于优秀作品创作与产生的良好氛围。在这一方面，吸纳更多的实力派作家投身于现实题材写作，对他们创作出来的好的和比较好的作品予以及时发现和有力推介，无疑是其中的一项重要工作。

就实力派作家的近期写作而言，读后印象较深的有两部作品，一部是乔叶的长篇小说《宝水》，一部是范小青的纪实作品《家在古城》。

乔叶的《宝水》，堪称是近期描写新农村建设、表现乡村振兴的出色之作。它的出色就在于它没有从概念、观念出发，一味在题材重大、政治正确上下功夫，而是实实在在潜入了生活的深处，自然而然地写足了细节，写活了人物。作品触及乡村建设的细部纹理，对人物面对扑面而来的新生活产生的心理纠结和波动，对乡村旧传统与新生活的纠缠扭结，都有深切的体察与准确的描画。

《宝水》的主人公青萍的童年是在豫东平原地带的福田庄度过的，她对乡村有着深厚的情愫，但后来因为来自乡村的各种沉疴重负对她带来种种伤害，让她在成人之后对乡村的态度变得既亲切又疏离，既渴望又畏惧。她在丈夫去世后患上了严重的失眠症，发现只有在乡村才能睡得安稳。而老家福田庄已经被拆得面目全非，她在朋友的介绍下来到了和福田庄同属于一个县域，位于山区的宝水村。青萍在宝水村住了一年，在对福田庄的旧日回溯和对宝水村具体事物的参与中，她见证了新时代背景下乡村的嬗变、乡村的新旧碰撞交融，也获得了新生和蜕变。

在《宝水》一作里，作者生动刻画了一系列人物群像，这包括小说中的"我"——青萍，村长大英、妇女主任秀梅、杨镇长、闵书记，以及更年轻的小曹和青蓝等等，他们都是宝水村乡村建设的重要人物。在此，"靠山吃山，靠水吃水"的古老乡村终于集体告别世代辛劳的传统事业，开始堂而皇之做起了"美丽乡村"的大生意。在作品的众多的人物中，特别值得关注的是"美丽乡村"乡建项目的总设计师，人称"孟胡子"的孟载。这个人物，是当代文学中从未出现过的一个人物。他并非基层党政干部，却能游走于村干部、镇长、县委书记乃至市长之间；他显然也不是资本操盘手或土地开发商，却又有能力四处协调，引来各路资本。而事实上，这位体制外的职业规划师与宝水村的关系，仅仅只是依附于一种与地方政府签署乡建合同的契约关系。表面看去，这是因项目而来、"利来而聚利去而散"的金钱关系，但他显然并非逐利之徒。小说由"孟胡子"这个人物的敬业与专业，为地方发展殚精竭虑，与乡村群众打成一片，表现出属于这个时代的新型人物的种种特质，也为未来乡村发展揭示了新的可能，预示了新的方向。

范小青的《家在古城》属于散文体式的纪实文学，作品分为"家在古城""前世今生"和"姑苏图卷"三个部分，以时空交错的全景式叙述，将极具文化遗产风韵的苏州古城的地理、历史、经济、文化、城建、生态等和盘托出。作品对城市发展肌理进行了详尽的田野调查，从一个点——同德里开始，逐渐渗入其间、拓展开来，形象化梳理和演绎历史正说与传说中苏州古城世纪变迁的发展史。第一部分"家在古城"将写作者自己曾经生活过的民国建筑街区的今昔之变、儿时追忆与当下时空穿越汇聚一体，激活了物、事、人、情，展现出一幅沧桑绚丽的苏州古城风情图画。第二部"前世今生"则主要再现对苏州多个典范名人故居（老宅）的保护、修缮、开发和活用等，重点描述钮家巷3号"状元府"、费仲琛故居、墨客园和潘祖荫故居等的前世与今生，并由文庙、藏书楼和全晋会馆等引申出对苏州"崇文重教"城市风格和社会风尚的叙说，鲜明凸显了苏州古城厚重的文化价值。第三部分"姑苏图卷"沿三个路径展开：一是叙说"平江路"，即主要写基本延续唐宋以来苏州城坊格局、不可复制的古城根脉——平江路古街。重点讲述自2002年开始的"平江路风貌保护和环境整治工程"所取得的"整旧如故，以存其真"的成功经验，譬如形形色色的桥与古井、重新开通的张家巷河河道、干将路的得失褒贬等。二是对姑苏繁华第一街"山塘街"之"山塘历史文化保护区保护性修复工程"的往事追忆与现实观照，描述政府及专家以"渐进式、微循环、小规模、不间断"模式，抢救、修复、保护包括"苏州城外最大建筑群"玉涵堂以及刺绣、评弹等在内的山塘历史与人文遗存。三是叙说最具苏式生活的老阊门、南浩街、西中市、观前街、盘门和葑门，以及以东吴大学旧址为代表的经典近代建筑、苏州老厂房等古城典型景观的当下样貌。

作品以"我"的成长为暗线，串结起许多人物的故事，并由"我"与发小、同学、邻居街坊极富家常意味的现场互动，显示出以毛茸茸的"小历史"演绎宏伟壮阔"大历史"的叙述格调。历史叙述的"宏大叙事"，多是记录重大历史性政治经济文化事件、领袖或精英人物的言行。当然，也可以以一斑窥全豹，用草根、民间性世俗化事件和细节来演绎历史，显示出充满生活质感的"小历史"。《家在古城》再现了诸多与作者联系较多的人物，譬如张爱萍、徐老师、徐阿姨、朱依东、胡敏、朱军、谢孝思、高福民、史建华、王仁宇、徐刚毅、高虹、殷铭、王金兴、姜林强、范总、尹占群、阮涌三、李永明、平龙根、朱兴男、吴晓帆、张凉和徐文高等，他们或者是作者的老邻居、老同学和老朋友，或者是老专家、老领导、古保委工作人员及街道干部等——作者甚至还谈到自己的母亲和外婆。对于有着2500年悠久历史的苏州古城来说，可以言说的内容和角度非常多。作者选择了一个特别的视角切入，即从自己曾经生活居住过的"同德里"和"五卅路"两个蕴含古城历史和典范建筑意味的街区讲起，逐渐将古城话题由点到面地延展开来。这样，就使得"小历史"的叙述落到实处，使得由这些普通人所构筑的"小历史"折射出时代变迁的"大历史"。

历史文化遗产是注释历史最好的"活字典"。作者通过对苏州古城前世今生的再现，也已达到了以非虚构文学的方式"注释历史"的目标。或许，这正是《家在古城》在文学价值之外还兼具了文献价值的意义所在。

三、乡土题材写作尚需进一步提高品质

最近一个时期，笔者先后阅读了一些新近推出的长篇小说，以及在出版之前征求意见的长篇小说。这些作品都属于乡土题材的长篇小说，且不少作品属于"新时代山乡巨变创作计划""新时代文学攀登计划"项目。客观地说，阅读这些作品不仅感受平平，且由此生发出了许多感想，感到这些作品所存在的问题，应该具有某种普遍性，而这些问题的切实解决，又带有某种紧迫性。

先由几部具体的长篇小说作品说起。

彭东明的《坪上村传》，从原址新建的彭家老屋收集老物件说起，串起数十年坪上村人的人生过往和岁月记忆。作品以物说事，由事写人，由诸多农人、家人与亲人的人生际遇，折射了农村的蜕变与新变。但作品写到过去农村的艰难困苦，生动感人，令人难忘；写到现在农村的新旧转变，则只写到"农产品联营公司"的开办便草草收场，使得坪上村由旧变新的过程与新的样貌成为留给读者的

一个悬念。

李轻松的《大地芳菲》，描写东北某地仙女湖村在脱贫致富过程中由于盲目发展而导致的生态环境日益恶化，从而在挫折中接受教训的经过。作品用了很大的篇幅描写早期出于急功近利的招商引资，中期因生态恶化造成的严重后果，以及与此相交织的人情淡薄、人性异化，这一部分故事曲婉，人物生动；而当写到以韩春光为代表的正面力量以生态为重注重绿色农业的部分，则比较概念化，故事与人物都不够引人，使得整个作品的重心，实际上落在了挫折与教训的部分。

王松的《热雪》，主要描写天津郊区的赵家坞村的由乱到治和由贫变富的艰难过程。由于作者把叙述的重心放在了赵家坞村的一批小人物和"中间人物"身上，借以发挥了作者个人擅长小人物书写的长项，这些人物个个性情突出、鲜活生动，但由于各有毛病的自身原因，又恰恰构成了农村变革中的滞后因素与落后力量。但很有新意的"土地流转"和"种植有机小麦"的故事线索，始终没有好好展开描写，很像是用虚笔画在纸上的一张"大饼"。

由这样一些作品可以看到，我们的作家在对当下农村现状和农民生活的书写中，存在一个明显的问题是：写到老农人、旧生活，比较得心应手，甚至游刃有余，笔下生花；写到新举措、新变革，往往不知所措，笔墨生涩，缺少应有的生活实感和必要的细节支撑。这使得这些作品缺乏该有的新质，欠缺应有的新意，这与"新山乡巨变"的要求明显不相符合，与"新山乡巨变"的目标尚有着较大的差距。或者说，一些列入"新山乡巨变"计划的作品，实际上徒有虚名，更多的还是作者书写自己所熟悉的旧有的乡村生活，也即未曾改变的乡村生活。

作品中存在的不足，是创作中的问题；创作中的问题，还需要从作家自身去寻找原因。究其根本，是我们的作家对于正在发展变化中的农村现实与农人生活，不够深入了解，缺乏切身体验，因而比较隔膜，隔靴搔痒。他们的创作，还是以自己既有的生活积累为主，或者以此为立足点的自我想象，还是在自己原有的写作轨道上运行，自我重复。

有鉴于这样一种情况，我觉得在当下的新时代，我们的文学组织管理与引导部门，只是满足于抓创作、立项目、要作品，恐怕是明显不够的，甚至是比较滞后的。就乡土题材的写作发展而言，还是要把精力都放在作品品质的提升上，把功夫下到大力引导作家深入农民群众，扎根农村生活，走近并阅读当下的新农村，了解并吃透农村的新变化，由外到内，由表及里，真正读懂读透当下的农村生活与农人精神的深刻新变方面。

"人民作家"赵树理堪称是进城不离乡、心系新农村的杰出代表。新中国成立后，已在原文化部和北京文联任职的赵树理，从1951年起，就每年抽出半年多的时间回到晋东南的家乡一带，深入农村生活，了解农村现状。这种与生活的紧密联系，使他相继写出了长篇小说《三里湾》，短篇小说《实干家潘永福》《套不住的手》等堪称经典的作品，成为"农村题材创作的铁笔圣手"。"山药蛋派"的领军人物马烽，所以接连写出《韩梅梅》《三年早知道》等反映农村新人物与农家新生活的作品，也盖因他"骑上自行车，带着行李卷儿，走到哪里住到哪里，饲养房、土窑洞、工棚、破庙都住过；农民不把他当作家、当外人看待，亲切地称他'老马'"。他和他的"山药蛋派"作家们，委实都是从人民生活里"泡"出来的。

写作基于生活之必要，生活对于创作的馈赠，最典型的事例莫过于柳青扎根皇甫村十四年，由此创作出《创业史》的长篇力作。在皇甫村的十四年，柳青投入到社会转型、时代更替的火热斗争中，引领人们适应新形势，创造新生活。在此过程中，他实现从立场到情感的全面转变。因此，他写《创业史》是在写他人还是在写自己，是在写农民生计还是在写自我命运，已经水乳交融得难解难分了。作家应该怎样"深入生活"，"深入生活"有何所得，柳青扎根皇甫的十四年，给了人们十分深刻又意义丰富的充分诠释。

这些作家的创作实践，今天仍然值得我们很好地学习和借鉴。在这一方面，还要通过重读当代文学经典，学习前辈文学大家的方式，对以赵树理、周立波、柳青、马烽、李準等为代表的当代农村题材文学大家的作品进行研究性阅读和重温，对他们长期介入农村的发展进步，浸泡于农民的日常生活之中的创作经验进行汲取与学习，通过"深扎"等方式保持和当下农村生活的密切联系，在思想上情感上与当下农民融为一体，从而取得为他们"代言""立传"的应有资格。在此基础上，还需要对《三里湾》《山乡巨变》《创业史》等作品进行细读和细品，从中学习他们捕捉新生活的卓越能力，表现新人物的高超技巧，以及在文学创作中向着大众化、民族化的方向不懈努力的坚定追求。

从这个意义上说，乡土题材创作的切实提升与振兴，是一个艰巨的过程，也是一个综合性的工程。

宏观态势扫描

生动现实的活动影像

——五年来的长篇小说印象

　　概要地来看五年来的长篇小说创作，可以说是在持续活跃的态势中平稳运行，在依流平进的发展中暗含异动。这种或显或隐的变异，既是文学自身不事声张的与时俱进，也是文学以自己的方式对于时代生活的即时因应。这都向人们表明，我们的作家更注重以自己的眼睛去看取生活，更在意以自己的感受去构筑故事。而已有的创作主体及其创作成果，总体上看，也以自觉的意识和自信的姿态，更为切近现实的生活，更为切近当下的时代。

　　从创作的走势与显现的特点看，五年来的长篇小说，在两个方面表现得尤其突出，那就是现实性题材创作势头强劲，现实主义写法的作品格外耀眼。现实性题材与现实主义手法的齐头并进与桴鼓相应，构成了五年来长篇小说创作最为动人的主旋律。

　　现实性题材因要直面当下变动不居的社会现实，并透过生活事象捕捉社会变动引起的人们的心理波动与精神异动，对于作家在解读社会、把握现实和生发故事等方面的能力，都是极大的考验与挑战。但我们的作家们，勇于接受这样的考验，敢于应对这样的挑战，并以他们独特的生活观察和独到的艺术运思，在现实性题材方面积极投入自己的心力，不断开辟新的生面；由一个个动人又启人的故事，折射出当下中国社会正在发生的种种变化，以及这种变化在人们内心深处激起的种种涟漪。

乡土题材中，贾平凹的《带灯》《极花》、李佩甫的《生命册》、季栋梁的《上庄记》、东西的《篡改的命》、格非的《望春风》、付秀莹的《陌上》、王华的《花河》《花村》、李凤群的《大风》、周瑄璞的《多湾》等作品，直面乡土社会的艰难蜕变与生活形态的急剧转型，或写艰窘生存中的精神坚守，或写乡民意识的自我觉醒。在浅吟低唱的叙事与如泣如诉的语言中，描述出当今中国乡村在各种因素推动下，从外在风光到内在情绪的悄然变动的多彩图景。

都市题材中，刘心武的《飘窗》、苏童的《黄雀记》、徐则臣的《耶路撒冷》、温亚军的《她们》等作品，都以当下都市为场景，写出了都市给人带来的快乐，也写出了都市给人带来的烦恼。都市与历史、都市与人性，水乳交融般地交织在一起，呼吸相通，命运与共。而廖东明的《太阳城》、余红的《琥珀城》，则以都市城建过程中的矛盾纠葛，揭示了地产传奇中的社会问题与人性痼疾。这里给人印象尤为深刻的，是以都市小人物为主角的两部作品：陈彦的《装台》和王华的《花城》。

《装台》的主角刁顺子，以装置舞台背景与布景讨生计，装台的活计又苦又累，家里的女儿又极不省心。但就是这样一个步履维艰、自顾不暇的装台人，却硬是承受着种种苦难，忍受着种种伤痛，以自己的瘦弱之躯和微薄之力，帮衬着一起装台的兄弟们，关照着他所遇到的不幸的女人，渐渐地显示出俗人的脱俗与凡人的不凡来，这使这个十足的小人物，别具了自己的内涵与光色。王华《花城》里的农村青年女性苔花、金钱草，带着改变命运的美好意愿进城，而城市不但冷若冰霜，而且固若金汤，使得她们因为身份问题只能蜗居于城市的边缘。让人为之感动和钦佩的，是她们既没有轻易认命，也没有随意放弃；她们虽然在日常生活上步履维艰，但却把做人的原则坚守始终，这使她们艰窘的打工生计，既增添了几分额外的艰难，又内含了应有的尊严。两部作品，都着眼于城市里的小人物，但都写出了他们在默默前行中的自持而不自流，自尊而不自卑，自强而不自馁。

在直面政治生态，书写政坛生活方面，周大新的《曲终人在》、陶纯的《一座营盘》、宋定国的《沧浪之道》、周梅森的《人民的名义》等，既由惊心动魄的故事，显示出作者大胆揭露政坛时弊的力度，又以对比鲜明的人物，显示出作者审视人性的深度。我在这里之所以回避使用"反腐小说"与"官场小说"的概念，是因为这些作品，在其内涵上远远超越了"反腐"与"官场"的范畴，在政治生活的复杂性、政界人物的高危性及背后的价值观念的畸变性等方面，都表现出了更多的深意、锐意与新意，让人们在认知现实的政治生活与政治运作的同时，反省人生，反思人性，反观自我。我曾在另一篇文章中，提出以政治小说的概念来取代"反腐小说""官场小说"的说法。我认为，政治小说的概念，涵盖了"官场"与"反腐"的内容，又大于"官场"与"反腐"的范畴，在内涵与外延上，既有一定的规定性，又有一定的包容性，用以替代内涵浅显又含有贬义的"官场小说""反腐小说"，比较恰切，也更为适当。而政治小说这一说法的具体运用，不仅有利于对已经出现的大量直面社会政治现实的作品做出准确的定位与允当的评估，也有助于使那些保有政治情结的小说作者放开手脚，大胆创作，写出更多更好的切近当下时代、反映社会现实、满足人民期许的文学作品，从而推动现实性题材创作向纵深发展，在某种意义上起到解放创作生产力的无形作用。还特别值得注意的是，《人民的名义》仅在问世之后的2017年上半年，即印刷和销售了130多万册，创下了近10年长篇小说的畅销纪录。这从另一方面也说明，这样的近距离切近现实并具有政治情怀的作品，是为读者所广泛欢迎的。

还有一些情感题材的作品，虽然都以情感现象为描写对象，但纠葛各不相同，内蕴也各有侧重。如王跃文的《爱历元年》、张者的《桃夭》、韩东的《欢乐与忧伤》、弋舟的《我们的踟蹰》等，在中年男女的爱情疲惫中，或写困惑中的自省，或写困境中的自救，既写出了这个时代爱情遭遇到的新的问题，也写出了这个时代情感生活的特有色调。

五年来的长篇小说创作，在小说写法与艺术手法上，不仅不拘一格，而且前所少有地多姿多彩。尤其是一些小说名家，几乎是以"中年变法"的勇气，在小说叙事与语言表述上另辟蹊径，寻求自我的再度超越。如寓荒诞于现实的范小青的《我的名字叫王村》、撷《山海经》于故事叙述的贾平凹的《老生》，深含象征意味的王安忆的《匿名》，充满浪漫情味的红柯的《喀拉布风暴》，以拟人手法描写马驹的曹文轩的《火印》，把猪与人的命运勾连起来的李杭育的《公猪案》，借助亡灵的复活来叙事的余华的《第七天》、陈应松的《还魂记》，让寓言与现实对接的赵兰振的《夜长梦多》，等等。可以说，这些作品不仅在意"写什么"，更看重的是"怎么写"。而他们在"怎么写"上的奇思妙想与花样翻新，不仅更新了自己既有的小说手法，而且对整个的长篇小说在创作技法上的求新求变，也给予了积极的推进与有力的拓展。

但从作品的阅读感受与传播影响上看，在同行中更受好评、在读者中更受欢迎、在社会上更有影响的，还是那些坚持现实主义写法、富含现实主义精神的作品。近几年在年度长篇小说的排行上，在一些奖项的评选上，排名靠前的，反复提到的，多是这种具有现实主义品格的作品。以图书界最有影响的"中国好书"为例，获得2013年度"中国好书"的小说，是金宇澄的《繁花》、贾平凹的《带灯》、王蒙的《这边风景》；获得2014年度"中国好书"的小说，是季栋梁的《上庄记》、杨绛的《洗澡之后》；获得2015年度"中国好书"的小说，是陈彦的《装台》、周大新的《曲终人在》、刘庆邦的《黑白男女》；获得2016年度"中国好书"的小说，是格非的《望春风》、葛亮的《北鸢》、徐则臣的《如果大雪封门》。这些作品,既都属于现实性题材的发掘与勘探,在写法上也都属于现实主义手法的操持与运用。这些作品的故事与意蕴各不相同,但在直面生活现实,以细节构筑故事,力求再现一定的典型环境,着力塑造典型化的人物上都有不约而同的共性。

重要的还在于,这些以现实主义手法写作的现实性题材作品,由可触可感的细节、可歌可泣的故事、可亲可敬的人物,多角度地表现了当下社会与时代的历史变迁,人们的生活形态与精神状态的深刻变异。这使得我们的长篇小说创作,虽然还缺少那些直接书写改革的火热斗争与伟大进程的作品,缺少那些正面描绘和着力塑造深化改革中涌现出来的时代新人的作品,但反映这种深刻历史变革的某些侧影,折射变革引起的心理反应与情绪变动,却更多样、更生动、更细腻,也更充分了。

在这个意义上可以说,我们五年来的长篇小说创作,在有声有色的发展和稳扎稳打的前行中,与时代变革同频共振,与社会生活相随相伴,称得上是我们这个时代生动现实的活动影像。

（原载2017年8月21日《文艺报》）

与人民同行，与时代共进

——五年来的文学创作巡礼

在 2016 年 11 月召开的中国文联十大、中国作协九大开幕式上，习近平总书记发表了重要讲话，希望广大文艺工作者"坚定文化自信，用文艺振奋民族精神"，"坚持服务人民，用积极的文艺歌颂人民"，"勇于创新创造，用精湛的艺术推动文艺创新发展"，"坚守艺术理想，用高尚的文艺引领社会风尚"。这一高屋建瓴又提纲挈领的重要讲话，既寄寓了党对文艺工作的殷切期望，也给文艺事业指明了前进的方向。

从 2016 年到 2021 年的五年，广大文艺工作者在习近平总书记一系列重要文艺讲话精神的指引下，凝神聚力，务实笃行，在深入生活、扎根人民的过程中，紧跟时代步伐，把握社会脉动，创作出了一批又一批品质优良的文学作品，塑造出了一个又一个光彩夺目的人物形象，并以这样富含生活元气的写作、满带时代锐气的作品，为时代立传，为人民抒情。在 12 月 14 日召开的中国文联十一大、中国作协十大开幕式上，习近平总书记发表重要讲话时，充分肯定了文艺战线在党的十八大以来的成就与贡献，指出"广大文艺工作者与党同心同德，与人民同向同行，围绕中心、服务大局，真情倾听时代发展的铿锵足音，生动讴歌改革创新的火热实践，在文艺创作、文艺活动、文艺惠民等方面作出积极贡献，取得丰硕成果"。可以说，五年来的文学创作，广大文学艺术家不负时代使命，不负党的重托，以扎实的创作和丰厚的成果，给党和人民交出了一份令人满意的文学答卷。

贴近现实，反映时代新气韵

文艺既是时代的影像，又是精神的火光。因此，习近平总书记《在中国文联十大、中国作协九大开幕式上的讲话》中，对于文艺工作满怀期待地提出了"反映时代精神""用文艺振奋民族精神"的殷切希望。五年来，广大文艺工作者立足于坚定的文化自信，在社会发展和人民奋进的历史进程中，描绘社会生活的激烈巨变，洞悉人民精神面貌的深刻新变，以饱含时代气韵的"有骨气、有个性、有神采"的作品，做到了在"反映时代精神"的同时，"振奋民族精神"。

改革开放的伟大实践推动我国发生深刻而巨大的全方位变革，铸就了中华民族发展史上前所未有的"新史诗"。有关改革开放的题材与主题，一直是文学创作中的重心所在。在改革开放四十周年前后，报告文学和长篇小说创作中，都有与改革开放有关的力作相继推出，使得这样一个震古烁今的"新史诗"也以文学画卷的方式呈现在人们面前。报告文学方面，宁肯的《中关村笔记》，以人为经，以事为纬，勾勒出一个伴随着改革开放进程而迅速崛起的中关村发展史略，生动地表现了中国科技工作者经由"科技梦"实现"中国梦"的不懈追求。何建明的《浦东史诗》，既以许多鲜为人知的细节，披露了浦东开发的决策内幕，又以大量生动的史实，讲述了开发开放的艰难过程和辉煌业绩，深度揭示了我国持续改革开放的新进展与新成就。以改革开放为背景的报告文学力作，还有叙说民营经济在改革开放中发展壮大的《大风歌》（唐明华），全景式地反映浙江长兴县结合实际的种种变革使得经济和社会改颜换貌的《最好的时代》（李朝全），描写平民百姓自发创业制造了民营快递公司"三通一达"传奇故事的《快递中国》（朱晓军、杨丽萍），聚焦于深圳的华为、腾讯、大疆等新兴科技企业，着力表现中国民营科技企业的创业经历和创新精神的《为什么是深圳》（陈启文）。这些作品，既细致描述了各个领域里的弄潮儿和先行者们"敢为天下先"的创新追求，也由他们的奋进历程和成功壮举，折射了改革开放的大时代对于奋进者的襄助与激励。

从中国共产党的创建到艰苦卓绝的新民主主义革命，从曲折行进的社会主义革命和建设，到改革开放新时期和中国特色社会主义新时代以来，我们党既形成了伟大的建党精神，又在长期奋斗中构建起中国共产党人的精神谱系。这些光荣传统与红色血脉，是党和人民的重要精神财富，是实现中华民族伟大复兴的精神力量，也是文学创作取之不尽、用之不竭的创作资源。在我们的报告文学和长篇小说中，与党的革命史和国家的发展史有关的写作，一直都是文学写作中的重大题材与重要主题。由此也产生了不少有分量又有影响的作品。在建党百年前后，与党史、国史有关，与党的精神谱系有关的写作，更是形成了引人瞩目的热点。报告文学方面，有以事件为主的何建明的《革命者》《雨花台》、丁晓平的《红船启航》、余艳的《守望初心》、铁流的《靠山》、徐剑的《大国重器》等，有以人物为主的高建国的《大河初心》、杨黎光的《脚印——人民英雄麦贤得》、王宏甲的《中国天眼：南仁东传》、钟法权的《张富清传》、陈启文的《袁隆平的世界》、熊育群的《钟南山：苍生在上》等。这些作品或者回溯党史、国史的重要事件，或者绘描党史、国史中的重要人物，都在历史场景的复现中凸显了建党精神和党的精神谱系中的重要元素。而长篇小说方面。朱秀海的《远去的白马》、季宇的《群山呼啸》、张炯的《巨变：1949》等，则在依托历史事实的基础上，通过故事的营构和人物命运的刻画，使党史题材的红色故事别具精神的内力与艺术的魅力，从而给人以强烈的感染与诸多的启迪。

阅读社会，讴歌人民新生活

历史的深刻变化，社会的巨大进步，都要求写作者更经常地了解其变动，更内在地把握其脉息。因此，习近平总书记《在中国文联十大、中国作协九大开幕式上的讲话》中，向广大文艺工作者提出"上好社会这所大学校，读好社会这本大书"的要求。五年来，广大文学工作者把深入生活，扎根人民作为创作的必修课，在"读懂社会、读透社会"上狠下功夫。这种"功夫在诗外"的积累与历练，使得作家们阅读生活的能力显著提升，文学创作中现实题材强劲发展，并使抒写人民新生活成为现实题材中激流喷涌的主潮。

2021年底，我国脱贫攻坚取得全面胜利。这一既关乎民生民计，又关乎初心使命的历史性决战，理所当然地成为这五年来文学创作的重点题材和重要主题。中国作协和各地作协精心组织作家开展主题创作活动，许多作家深入到脱贫攻坚一线感受生活和搜集素材，使得以脱贫攻坚和乡村振兴为主题的文学作品，构成五年来文学叙事中的最强音符。号称文学"轻骑兵"的报告文学，反应更为快捷，作品也更为多样。这里，有以大量的实地采访反映脱贫攻坚在典型贫困地区节节推进的实证性文学报告《乡村国是》（纪红建），有深入描述精准扶贫的典型经验和示范作用及带动一个地区整体脱贫的《诗在远方——闽宁模式脱贫纪事》（何建明）、《山海闽东》（许晨）、《金青稞》（徐剑）、《出泥淖记》（任林举），还有以具体而生动的故事讲述偏居一隅又极度贫穷的村子脱贫致富历史变革的《悬崖村》（阿克鸠射）、《十八洞村的十八个故事》（李迪）等。还有如《奋斗中的辉煌——广东小康叙事》（张培忠等）、《向时代报告——中国全面小康江苏样本》（章剑华等），把脱贫攻坚与乡村振兴连接起来，写出了农民生活的全新改变，也写出了城乡联动的整体发展。

长篇小说的文体，不太擅长近距离地反映生活。但我们的一些作家在充分深入现实和感受生活的基础上，把火热的现实生活化为超拔的艺术想象，创作出了以脱贫攻坚为主线的长篇新作，并以鲜活的故事、生动的人物，在众多的长篇小说中分外惹人眼目。如关仁山的《金谷银山》、赵德发的《经山海》、老藤的《战国红》、陈毅达的《海边春秋》、王松的《暖夏》、王华的《大娄山》等。

在现实题材写作中，五年来的长篇小说，还有一个可喜的现象，就是普通人的性情与命运，得到了用心的关注和有力的书写。这类作品中值得注意的，有迟子建的《群山之巅》《烟火漫卷》、陈彦的《装台》、任晓雯的《好人宋没用》、梁鸿的《梁光正的光》等。这些作品以各有光色的故事书写了"小人物"们在艰难境遇和坎坷命运中的坚韧与担当，让人们由平凡人物的不凡故事，看到小人物在生活中的艰难成长，在人生中的默默奉献。

努力创新，追求文学高品质

唯有情文并茂的优秀之作，才能深入人心，才会传之久远。因此，习近平总书记《在中国文联十大、中国作协九大开幕式上的讲话》中，向文艺工作者提出"用专注的态度、敬业的精神、踏实的努力创作出更多高质量、高品位的作品"的要求与希望。如果说，在过去的文艺创作领域，以优秀为目标，以优质为己任，还不是那么自觉也不是那么普遍的话，那么，在习近平总书记多次重要讲话精神的启迪与感召下，在各地文艺部门纷纷开展以提升作品质量为目标的"精品工程"等活动的激励与影响下，创作优质作品，打造文学精品，已成为作家艺术家们的自觉意识与主动追求。由此也带动了整体的文学创作在数量增加的同时提升品质，各类文体中精品力作不断涌现，文艺创作向着实实在在的繁荣不断迈进。

在长篇小说创作领域，茅盾文学奖的获奖作品往往被人们格外看重，原因之一是茅盾文学奖四年评一次，一次评五部，在现在每年近万部的长篇产量情况下，茅盾文学奖最终获奖的作品，几近于万里挑一。于2019年10月评出的第十届茅盾文学奖，作品大都集中于2017年和2018年，这从一个方面也表明，近几年的长篇小说创作，由于作家们在艺术创作方面的用心和用力，水准在不断攀升，质量在明显提高。徐怀中的《牵风记》，以一个小女兵的角度撩开严酷战争的帷幕，让人们看到了别样的战地风情，也使军旅文学呈现出独特的美学风貌。梁晓声的《人世间》，动用了自己的丰厚生活积累，也倾注了自己的饱满激情，以普通人的生活变化和精神异动，揭示了时代命运与个人命运的内在勾连。李洱的《应物兄》，借鉴"经史子集"的叙事方式，记叙了形形色色的人物，并以其独特的思辨性，构成了对于一个时代人们精神世界的深切揭示。陈彦的《主角》，由一个秦腔名伶的人生成长与事业沉浮，既表现了一个剧种的盛衰，也折射了一个时代的变迁。徐则臣的《北上》，以历史与当下两条线索，讲述了发生在京杭大运河之上几个家族之间的百年"秘史"，探析了大运河对于中国社会方方面面的重要影响。在第十届茅盾文学奖评奖之后，人们普遍认为，因为有了这些质量较高的"茅奖"作品，以及艺术质量上不输于"茅奖"作品的张平的《重新生活》、刘亮程的《捎话》、张炜的《艾约堡秘史》、肖亦农的《穹庐》、叶兆言的《刻骨铭心》、王安忆的《考工记》、范小青的《灭籍记》、阿来的《云中记》等力作，长篇小说既成为人们衡量一个作家创作成就的主要标尺，也成为人们衡估一个时代文学成就的重要标志。

　　近些年来，文坛出现了一种改稿会的新现象，也是提升文学品质的新举措。一些作家写出作品初稿后，有关部门组织一些评论家、编辑家预先阅读作品，以小型改稿会或提供修改意见的方式，提前介入作品的写作与修改过程，以帮助作家提升作品质量。像纪红建的报告文学《乡村国是》、赵德发的长篇小说《经山海》、陈毅达的长篇小说《海边春秋》、老藤的长篇小说《战国红》等作品，都在作家初步完成写作之后，由相关部门举办小型作品改稿会，通过集体性的会诊把脉，面对面地提出修改意见与建议，使作品进而补短扬长和得以完善。这些作品经过这样的批评家的献计献策和各方面的合力打磨，都显著提升了艺术质量，获得了一些重要的奖项。这些都向人们表明，文学人在追求作品质量方面，一直在不断努力，孜孜以求，这也令人们对于文学的高质量发展充满信心，满怀期待。

生活是文学的源泉，是创作的来源。这是毛泽东《在延安文艺座谈会上的讲话》中所深刻阐明的至理名言。习近平总书记在一系列文艺讲话中，都高度强调这一文艺的基本问题，并特别要求文艺家"走进生活深处，在人民中体悟生活本质、吃透生活底蕴"。"既要反映人民生产生活的伟大实践，也要反映人民喜怒哀乐的真情实感"。在新时代中，广大文艺工作者牢记习近平总书记的殷殷嘱托，在深入生活、扎根人民的实践中，吸收营养，萃取题材，使得以人民生活为依托的文艺创作，在题材方面呈现出既丰富多彩又重心突出的可喜景象。

素有"文学轻骑兵"之称的报告文学，在新时代以奋勇争先、负山戴岳的劲头，越来越有一种文学主力军的气势。因而在题材方面，优秀之作纷至沓来，重点题材格外凸显。于是，我们就目不暇接地看到，反映改革开放历史进程与重大成就的《浦东史诗》《为什么是深圳》《大风歌》《快递中国》《最好的时代》《敢为天下先》等，书写科技成就与重大工程的《大国重器》《大机车》《中国北斗》《中国桥》《大桥》《粲然》等，描写脱贫攻坚和乡村振兴的《乡村国是》《悬崖村》《山海闽东》《塘约道路》《诗在远方》《江山如此多娇》《幸福的旋律》等，表现建党始末与建党伟业的《革命者》《孕育》《天晓》《信仰》《红船启航》等，状写先进英模与时代楷模的《大河初心》《山神》《张富清传》《袁隆平的世界》《中国天眼——南仁东传》《农民院士》《脚印——人民英雄麦贤得》等。重要的作者，重量级的作品，连绵不断，纷至沓来，一同形成了报告文学领域引人瞩目的重心所在，也使当代文学充满与"国之大者"相应相配的时代豪气。

较之以往，长篇小说也以"从时代之变、中国之进、人民之呼中提炼主题、萃取题材"，呈现出分外喜人的景象。这主要表现为，历史题材与党史有关的写作明显增多，丰厚的思想内容与精巧的艺术形式相得益彰；现实题材中，书写脱贫攻坚和乡村振兴的力作联袂而来，真实而生动地表现了城乡蝶变与山乡巨变的喜人景象。这两类题材的代表性作品，前者有《远去的白马》《乌江引》《千里江山图》《群山呼啸》《觉醒年代》《红色银行》《琴声飞过旷野》等，后者有《战国红》《海边春秋》《经山海》《琵琶围》《三山凹》《野望》《暖夏》《天露湾》《太阳转身》《大娄山》等。这些作品的不断涌现和首尾相随，使得长篇小说领域，题材既丰富多彩，重心也格外凸显。

"生活就是人民，人民就是生活"。习近平总书记的这一重要论断，以生活与人民的同一性，对文艺与生活和文艺与人民之间关系做出了新的诠释，也对文艺创作提出了新的更高的要求。令人欣慰的是，我们的文艺工作者正朝着这样的方向在努力着，在追求着。

紧扣时代脉搏，主题更为鲜明

习近平总书记《在中国文联十一大、中国作协十大开幕式上的讲话》中指出："新时代新征程是当代中国文艺的历史方位。广大文艺工作者要深刻把握民族复兴的时代主题"。"民族复兴的时代主题"，当然也是新时代文艺的总主题。新时代中，广大文艺工作者在创作追求、题材选取和主题运营这些方面，认识更为清醒，作为更为主动，使得民族复兴的时代主题，日益成为新时代文艺创作的主旋律与最强音。

时代主题更为集中和鲜明，首先表现为主题创作日益成为文艺创作中引人瞩目的重要现象。主题创作，原指突出一定主题的写作，或命题性写作。这些年，因为适逢改革开放四十周年、新中国成立七十周年、建党一百周年，以及"决胜全面建成小康社会，决胜脱贫攻坚"等重大节点和重要事件，主题写作日渐成为一种常态性现象，而由此产生了一大批文学力作，成为文学评选、读者阅读的重要对象和重要文本。主题创作以报告文学体裁为主，主要作品多集中于党史事件与人物、脱贫攻坚与乡村振兴、重大科技项目与建设工程、先进典型时代楷模等题材方面。卓具代表性的作品，党史方面的，有《革命者》《孕育》《天晓》《红船启航》《守望初心》《半条被子》《靠山》《乳娘》等；脱贫攻坚方面的，有《乡村国是》《山海闽东》《诗在远方》《人间正是艳阳天》《十八洞村的十八个故事》《出泥淖记》《金青稞》《乡村造梦记》《新山乡巨变》等。

主题更为鲜明的另一个方面，是在作品的具体写作中，以主要题旨来组织素材和营构作品，使作品想要表达的主题，得以彰显，更为突出。在这一方面，报告文学和长篇小说，都有很好的例证，如报告文学《靠山》，由渊子崖村自卫抗战、戎冠秀挺身救护伤员、青年农民奋勇支前等几个真实发生于抗日战争和解放战争的历史事件，揭示了一个真确的主题和深刻的道理："兵民是胜利之本。"正是在军民彼此依存、干群相互依靠的意义上，"靠山"的主题呼之欲出，豁人耳目。还如长篇小说《远去的白马》，以误打误撞地进入作战部队的女民兵赵秀英为主角，写她充分发挥自己的组织才能和做群众工作的经验，组织打粮队帮助所在的三十七团度过缺衣少食的艰苦岁月，数次救全团于饥困的故事。在战场上，她冒着生命危险从前线抢运伤兵，在敌军的轰炸中用血肉之躯架起战场通讯的生死线。作品通过赵秀英这个人物，既写出了普通党员的革命觉悟和斗争精神，也揭示了革命战争是人民战争的本质属性。

主题更加鲜明，是由作品呈现出来的现象，其背后是作家主体的积极投入与强力投射，那就是在文艺写作中，文艺家们力求在自我感受的基础之上努力"把握民族复兴的时代主题"，态度更为积极，追求更为主动。这种内在的动因，显然更为重要，也更难能可贵。

写法多元并举，现实主义成为主潮

从宏观的层面看，新时代以来的各类文学创作，都是在以往的基点上依流平进，在稳步前行中不断进取。在小说创作中，因为作家们看取生活的视野开阔，视点下沉，而且注重以自己的方式讲述中国故事，各种写法多元并举，不一而足，总体上呈现出故事中国化、讲述本土化、艺术本色化的基本特征。

新时代的长篇小说创作中，有一些长篇小说血肉饱满，脱颖而出，给人民留下较为深刻的印象，如果细加品味，不难看出这些作品或者采用了现实主义手法，或者贯注了现实主义精神，都是在现实主义的坚守与承继上，或饶有新意，或富有深意。获得第十届茅盾文学奖的一些作品，在这一方面就很有典型性和代表性。如长篇小说《人世间》，由一户普通人家的相濡以沫和各色人物的不懈打拼，真实而生动地写出了平民百姓的喜怒哀乐，及其背后的社会变迁与时代气韵。作品成功的原因，就在于作者"坚持和光大了现实主义传统"。长篇小说《主角》，由一个秦腔女艺人在艺术追求中的人生浮沉，把台上的"戏"与台下的人生联通起来，以营造典型环境中的典型人物，体现了作者对于"现实主义文学传统的有意赓续"，从而也使作品具有了认识一个特定时代的特殊意义。在这一时期，因故事独到、人物独特获得广泛好评并给人们留下深刻印象的作品还有《群山之巅》《黑白男女》《望春风》《陌上》《上庄记》《生活之上》《爱历元年》《曲终人在》《云中记》等作品，这些都可看作是现实主义参天大树结出来的累累硕果。

在近年的长篇小说写作中，一些为人们普遍看好的现实题材长篇小说，也多是在现实主义手法与精神上匠心独运的文学创获。如《暖夏》《太阳转身》《天露湾》《川乡传》《大娄山》等。这些作品因卓具现实主义元素，富有现实主义精神，读来引人入胜，读后引人深思，也显示了现实主义的活力与魅力。

在我看来，现实题材与现实主义存有一种天然的内在联系。现实题材讲究以生活故事和人物形象真实地反映生活现实，现实主义为此提供了最为有力的保证。因此，现实主义应该是现实题材写作的题中应有之义，也就是说，好的现实题材的写作应该运用现实主义的手法。而且，从中国文学的历史传统与文学精神、当代作家的文学素养与写作追求、文学读者的欣赏习惯与阅读需求等方面来看，现实主义文学一定会产生更好的作品，也一定会得到更多的关注。这些因素，都决定了现实主义精神的生生不息与现实主义文学的绵绵不绝。

在稳步前行中不断拓展

——五年来的文学批评走向观察

进入21世纪以来的文学批评，因社会环境的剧烈变动，文学内部的深层异动，面临着接续不断的严重冲击，遇到前所少有的巨大挑战。我曾在一篇文章中把这种情形描述为：一个相对滞后的批评，在面对一个一个不断更变的文学；一个相对萎缩的批评，在应对一个不断放大的文坛。但事实上，文学批评家们并没有为之气馁，文学批评也没有止步不前，它仍然在审时度势中不断调整，依然在左冲右突中奋勉前行。

习近平总书记在2014年10月发表了《在文艺工作座谈会上的讲话》，其中对于文艺批评的评估与批评、要求与期望，既给批评家们极大的震撼，也给文学批评以极大的激励。文学批评界在学习《讲话》和领会精神过程中，反观批评的现状，反思批评的问题，使得批评的自省与自审，成为振兴文艺批评的内在动力，文学批评在许多方面都呈现出新的面貌，体现出新的进取。

一、新作评介与年度综述体现的现场感

文学批评有许多方面，有很多任务，但最为重要的，是对当下

创作的最新成果及时地予以品评，对一个时期的创作情形进行概要的梳理，使作家悉心创作的文学新作、一个时期的创作概貌，经由批评的回应与概括，让人们看到当下作家创作的最新收获，近期文学创作的最新动向。这也使得批评在与创作相随相伴行进的同时，强化了介入性，增进了现场感。

长篇小说因为篇幅较大、分量较重，一向为文坛内外所广泛关注，而对年度长篇小说新作的跟踪评介，也成为文学批评的一个重点。2014年到2015年间，一些小说名家先后推出自己的长篇新作，其中一些作品在乡土中国的变迁、乡土伦理的嬗变方面，既突破了作家以往的创作，也在一定程度上更新了乡土文学的写作，如贾平凹的《老生》、关仁山的《日头》、范小青的《我的名字叫王村》、孙惠芬的《上塘书》、迟子建的《群山之巅》等。而在这些作品甫一发表，便有李星、陈晓明、谢有顺、雷达、胡平、范咏戈、汪政、周景雷、潘凯雄、孟繁华等人评论上述作品的文章跟随而来，以自己的阅读感受对这些名家新作给予了精到的解读。这一时期，那些直面当下都市现实，书写人们的精神困惑与情感疲惫的作品，批评家们也都一一看在眼里，并用不同视角的阅读体会，给出了自己的批评解说。如雷达、陈福民等人评论阎真的《活着之上》，孟繁华、陈晓明、岳雯、牛玉秋等人评论王跃文的《爱历元年》，孙郁等人评论宁肯的《三个三重奏》，彭敏等人评论徐则臣的《耶路撒冷》，等等。

文学批评的要义是发现好作品，有些作者声名并不显赫，但作品确实让人眼前一亮，也会进入批评家的视野，并得到相对充分的肯定。2015年，陕西的陈彦写作了长篇小说《装台》，作品在小人物的写作上卓见新意，先后有多篇评论予以推介，如李敬泽、雷达、李星等人的文章。《装台》甫一出版，便广受关注，这种集束式的评论推介显然起到了作用。

2015年8月揭晓第九届茅盾文学奖之后，有关茅盾文学奖获奖作家与作品的评论，在一个时期形成热点。在这一阶段，既有评论具体作家作品的，也有从"茅奖"获奖作品来观察长篇小说发展的。获奖作品何以成为精品，获奖作家何以形成独特风格，在这里都有细致的阅读与精到的评说。2012年到2016年间，莫言荣获诺贝尔文学奖，刘慈欣荣获雨果文学奖，曹文轩荣获安徒生文学奖，其间都有为数不少的评论文章及时跟进，评说作家获奖的根据与缘由，论述作家创作的成就与特色。这些评论，以对获奖作家与作品的细致阅读与集束论评，使文学批评起到了解读文学精品、引导文学创作的积极作用。

因为各类创作的数量越来越多，作品的发表和出版与一定的年度相关，年度文学创作的宏观考察与整体综评，就显得越来越重要。在这一方面，小型的年度报告，有中国作协创研部撰著的《年度中国文学发展状况》。这个从2012年做起的文学发展报告，从文学创作、文学理论批评和文学活动三个大的方面，对年度文学创作、文学理论批评和文学活动等，进行了钩玄提要式的描述，带有年度文学大事记的特点。大型的年度文学报告，有笔者主持的课题组撰著的《年度文情报告》（也称《文学蓝皮书》），这个起始于2003年的文情报告，分十个专题，从各类创作到理论批评，从文学声音到文坛资讯，都有较为全面的记述与概要的反映。因注重资讯的以点带面，综述的宏微相间，具有年度文学总盘点的性质。

除去这两份出自团队作者的年度文学报告，出自个人之手的年度文学创作综述，也逐步增多，蔚为大观。仅以2015年为例，长篇小说年度综述，就有白烨的《2015年长篇小说：现实人生的多点透视》，贺绍俊的《2015年长篇小说：现实主义的力量》，王春林的《关注现实，透视人性——2015年中国长篇小说扫描》，李雪、王岩的《以文学的目光凝视这片土地——2015年长篇小说创作回望》。其他门类创作的年度综述，也是类似的情形。同一写作领域里有多篇综述文章加以描述，其实都并不多余，因为不同的作者有不同观察点，所点评的作品也互有差异，把不同的综述总合起来看，才是该写作领域较为全面的年度概观。

二、现象捕捉与倾向评析中的问题意识

文学创作虽然是个体性的艺术劳作、分散性的作品形态，但作者的创作、作品的传播、读者的阅读、评论的推介，都有相互的关联，也必然会牵动一定的艺术观念，系连一定的社会思潮，从而呈现出现象性样态、倾向性脉象。对这样一些现象与倾向进行梳理与捕捉，并加以把脉问诊，追本溯源，是文学批评在作品评论之外的又一重要任务。

这些年来，在一些作家作品的论评中，一些批评家就力求透过现象看内在，循着倾向找问题，使得他们的评论文章都不同程度地体现出一定的问题意识，其所论的问题也给人们留下了强烈的印象。如贺绍俊先后发表的《以文学介入中国经验的阐释》等文章，在论述近期的长篇小说创作时，着重从"中国经验"的角度，发现作品的精神内涵与思想价值，使得作者自觉不自觉地隐藏在长篇小说中的思想追求，既得到了一定的阐发，又得到了鲜明的张扬。如洪治刚的《论新世纪文学的"同质化"倾向》从创作中人们习焉不察的作家的自我重复与相互袭仿，揭示出优秀作品所以稀少的原因，是由于作家精神的懒惰化和写作的惯性化导致的"同质化"。文本既解析了作品"同质化"的内在原因，又提出了"主体意识自觉"的有益建言。在第九届茅盾文学奖揭晓之后，一些评论家就长篇小说现象进行的思考，从宏观层面提出了一些值得人们关注的问题。如杨扬的《长篇小说之"长"》，由一些长篇小说字数越写越多，篇幅越拉越长，指出长篇创作事实上存在的"马拉松式"写作倾向。这些作品虽然越来越长，但却"并没有带来文学的惊喜，而是恐惧和担忧"。由此，他认为，"文学写作变得长篇化、巨量化"，"已成为当今中国文学面临的主要问题"。而同样是着眼于长篇小说创作，汪政

的《长篇小说的轻与重》，从一些"70后"作家的小故事结构、小规模叙事入手，谈到"轻质小说的创作"已成为长篇创作的主要取向。他经由一些作品文本的具体分析，指出："一种新的轻质小说美学已经形成。"这也向人们表明，长篇小说创作的多样化，已是一个基本的定式。这些文章从现象出发，由作品立足，而从中捕捉到的问题，论析到的因由，却关乎总体的长篇小说创作乃至整体的文学创作，很令人深长思之。

在近年来的文学批评中，在观现象、察倾向方面做得较为出色也较有影响的，是批评家雷达。雷达依凭着厚实的理论功底与敏锐的审美触觉，常能在纷纭的事象中发见问题，在氤氲的现象中捕捉倾向，文章所谈话题既契合着现实的创作实际，又触摸着切实的文学时弊。他近年来在《文艺报》开辟的《雷达观潮》专栏，就典型地体现了他的这一批评特点。这个专栏从去年到今年连续推出多篇话题性文章，如《从"乡土中国"到"城乡中国"》《文学与社会新闻的"纠缠"及开解》《反思阅读方式的巨变》《面对文体与思潮的漫泛》《慢说"非虚构"》《文学批评的"过剩"与"不足"》《关于文学批评的几条标准》等等。这些文章所抓取的现象，所触及的问题，从文学的社会环境、文化氛围，到创作的矛盾、阅读的异动、批评的难题，都是当下文学中切实存在而又未能引起重视的。经由他如此这般的给予描述和加以评析之后，现象凸显了，问题严峻了，而他渗透在其中的评说与见解，也总能给人以一定的新的启迪，或引发人们的再度思考。

文学批评家中，另一位具有较强问题意识的是孟繁华。他在2012年曾以一篇《乡村文明的崩溃与"50后"的终结》，触及时下较为敏感的乡土写作传统与"50后"的写作状况的评估问题。他认为当下的文学创作，事实上已经发生了结构性的变化。那就是，传统的乡土文明日益为全新的都市文明所替代，代表了乡土写作传统和旧的文学意识形态的"50后"，应该让位给对这个时代的表征与精神做出有力表达的"60后""70后"。这样的一个斩钉截铁的论断，因为稍显简单，一度引起不小的争议。在综述2015年的短篇小说创作情形时，他以《短篇小说中的"情义"危机》为题，由他读到的小说不约而同地"缺情少义"，得出了"这种没有约定的情感倾向的同一性，不仅是小说中的'情义危机'，而且也告知了当下小说创作在整体倾向上的危机"的结论。这些论断，因为以极而言之的方式表述出来，常常会引起一定的争议，但它实际上以自己的方式揭示着一种真相。而引起争论本身，也是引发更多的人关注倾向、探讨问题，对于引申人们的思考，活跃批评的气氛，也都大有裨益。

三、网络文学相关问题的研探渐趋深入

网络文学在进入新世纪之后，依托着信息科技和资本投入的两大支柱迅速崛起。如今，网络文学不仅以自身类型化小说为龙头形成了产业化链条，还迭以新的文艺观念、新的生产方式、新的传播方式，给整体的文学与文坛构成了巨大的冲击，造成了深刻的影响，使得人们对于有关网络文学的现象与问题，不得不郑重对待、认真探研。

有关网络文学的研究，是随着网络文学的市场拓展与写作进展，逐步展开和推进的。一开始，关注与热议网络文学的，主要来自传统文学领域的研究者与评论家。既有的文学观念使得他们的看法不免带有以传统的眼光打量网络文学的明显特点。后来，随着一些研究者们对于网络文学作家创作的持续跟踪与文本阅读，一些出自传统文学领域的专家学者，逐渐在网络文学研究上取得一定的成果，并在网络文学批评上获得了一定的发言权。从目前初步形成的格局看，当前的网络文学研究已大致形成五个重镇，并分别以中国作协"中国作家网"马季、北京大学中文系邵燕君、中南大学文学院欧阳友权、杭州师大动漫学院夏烈、山东师大文学院周志雄为团队代表，

各自都取得了一定的研究成果，并业已形成各有侧重的研究特点。而在网络文学研究刊物方面，创办较早影响也较大的，先后有广东作协主办、花城出版社不定期出版的《网络文学评论》，浙江作家协会、浙江网络作家协会主办的《华语网络文学研究》（不定期出版，已出1、2期）。2016年9月，广东作协经有关方面审核批准，获取了《网络文学评论》的正式刊号，使得此刊成为国内第一种网络文学评论的纸质传媒。

在网络文学研究中，一些研讨会起到了沟通信息，交流意见和推进研究的重要作用。如2014年6月，由中国作协创作研究部与人民日报社文艺部举办了"网络文学再认识"的研讨会，2014年7月，由中国作家协会创作研究部、全国网络文学重点园地工作联席会议、人民日报社文艺部、光明日报社文艺部共同举办了全国网络文学理论研讨会，尤其是在2015年9月、2016年9月，分别于上海、广州举办的首届和第二届中国网络文学论坛，网络文学的写作者与研究者、经营者与管理者等各个方面的人士齐聚一堂，跨界交流，相互沟通，在网络文学的许多重要问题上都形成了一定的共识，取得了丰富的收获。

在网络文学研究中，谈论较多的是网络文学的特性问题。马季认为，网络文学具有文学性与商业性的双重身份。20世纪末以来，以互联网为传播媒介的信息革命，不仅改变了人们的阅读方式，而且逐渐改变了人们的生活习惯和思维方式。新世纪文学的空前变化，从表面看似乎源自网络文学的蓬勃兴起，本质上却是信息革命引发的文化价值系统的转型和重组。在这次变革中，网络文学的潜在商业价值成为资本关注的目标，经过十五年的发展，网络文学逐步形成了自己的文化范式，确立了文学性与商业性的双重身份。这一范式主要包含以下三方面的内容：建立在传播方式基础上的大众性、建立在文化消费基础上的娱乐性、建立在文化产业基础上的跨界性。邵燕君从媒介新变的角度来看网络文学的发生与发展。她认为：严格来说，网络文学并不是指一切在网络发表的文学，而是在网络中生产的文学。在"网络性"的生产过程中，粉丝的欲望占据最核心的位置。网站经营很大程度上利用了"粉丝经济"，粉丝既是"过度的消费者"，又是积极的意义生产者。他们不仅是作者的衣食父母，也是智囊团和亲友团，和作者形成一个"情感共同体"。由此，她指出：相对于"纯文学"艺术至上的标准，网络文学的核心价值是"爽"，也就是对快感机制的尊重。从研究者的角度说，网络文学不仅是文学研究的对象，更是文化研究的对象。追踪网络文学的潮流新变，可以触摸到国民的精神脉搏和心理趋向。要建设具有价值观引导性的主流文学，也需要从研究网络文学的快感机制入手，摸索寓教于乐的新途径。

2015年，网络文学研究的话题又有新的拓展，如邵燕君的《媒介融合时代的"孵化器"——多重博弈下中国网络文学的新位置与新使命》，探讨网络文学在各种压力下保持"自主力量"的可能性。黄发有的《网络文学的本土文学传统》，则在西方文学与文化的主导性影响下，探求网络文学与本土文化的建立内在关系的可能性。马季的《网络文学的三个变量》，从受众层面、审美层面和表现方式三个方面，观察了网络文学以特有的语言消解文学的倾向与问题。而千幻冰云的《IP对网络文学发展的影响》、夏烈的《从中国故事到中国IP——网络文学的新境界和新使命》，聚焦于当下最为热门的IP概念，由知识产权的新角度探讨IP对于网络文学的全面推进。显而易见，网络文学的研究与评论，较之过去数量上有较大增长，质量上也有显著提升。

四、批评的现状反思与问题自省

进入新世纪之后，由于文艺观念的趋于多元，文学创作的日益多样，文艺批评既面临着严峻的挑战，自身也需要随着新的文艺时代适时新变。习近平的《在文艺工作座谈会上的讲话》，既对文艺批评的作用提出了新的更高的要求，也对文艺批评的现状提出了一些严厉的批评。这些有关文艺批评的意见与精神，进而促使文艺批评界对于文艺批评现状自我检省与自我批评。

文学批评的自省，涉及文艺批评领域的方方面面。首先的一个问题，依然是对于存在的主要问题的把脉与诊断。因为角度不同，对于问题的看法也不尽一致，但大致都指向着批评的错位、批评的失衡、批评的不及物等现象。雷达在《文学批评的"过剩"与"不足"》一文里，指出批评的矛盾与尴尬在于一方面"过剩"，一方面又"不足"。"过剩"在于：首先是同质化、平庸化的东西太多，它们的角度、思路、思想资源、评价标准、话语风格都大体一样，既提不出什么尖锐的问题，也不可能做出什么意外的评价。其后分别是论题相对固化，研究队伍的庞大与研究对象的单薄之间的不平衡。相对于这种"过剩"，另一些方面则显示出诸多不足，如经典研究与跟踪批评不能很好地对话，评者自评，读者自读，热者自热，冷者自冷，互不相涉、漠不相关；一些重要的、先锋性的创作得不到及时有力的评论，一些带有典型性的创作难题得不到及时的正视。黄力之则从另外一个角度来审视文艺批评的弊病，他在《文学批评主体性的阙如与滥用》一文中指出，现在文艺批评的问题，一方面是批评者主体性阙如，另一方面是滥用主体性。

谈到文艺批评如何改变当下的现状，一些论者首先提到要真正回到文学现场，密切联系创作实际。钱小芊在《结合文学创作展开文学批评》的文章中，以博鳌文学论坛为例，论说了关注中国经验、介入文学现场开展文学批评的可行性与重要性。他指出：文学评论应在借鉴吸纳人类丰富经验的同时，更多地关注中国经验、中国传统、中国现实。面对我国文学创作生产活跃、内容形式丰富、风格手法多样的新现实，文学批评应该"及物""中的"，褒优贬劣、激浊扬清；评论家也要走出书斋，深入生活，面对中国当代变革中的新鲜经验，自觉以马克思主义文艺理论为指导，从中国文学发展实际出发，运用历史的、人民的、艺术的、美学的观点评判和鉴赏作品，在艺术质量和水平的评判上敢于实事求是，对各种不良文艺作品、现象、思潮敢于表明态度，在大是大非问题上敢于表明立场，说真话、讲道理，把好文艺批评的方向盘。

文艺批评要有批评精神，是文艺批评现状反思中的另外一个焦点。朱辉军在《文艺评论要有批评的锋芒》中指出，人们不满于文艺批评的，主要是批评缺乏批评的锋芒，不能对文艺作品、文艺思潮、文艺现象等做出鞭辟入里的分析，提供给人以茅塞顿开的启迪。因此，改进文艺评论，首要的就是应恢复其批评的锋芒，重建其在公众心目中的权威。曾庆瑞在《好的文艺批评也是剜掉文艺烂苹果的正义之剑》的文章里，发表了相近的看法。他认为，有些号称为"文艺家"的人，在市场经济大潮中迷失方向，沾满铜臭气，把低俗乔装打扮成通俗，把欲望刻意美化成希望，把低级的只"养眼"的"单纯感官娱乐"故意混同于既"养眼"又"养心"的愉悦灵魂的"精神快乐"，一言以蔽之，就是把自己变成了有害有毒的"烂苹果"。治理这种乱象，如同威力无比强大的"法治"一样，文艺批评同样可以大有作为。

在对文艺批评进行自省的同时，一些批评家还从各自不同的角度就文艺批评需要予以特别重视和着力加强的方面，提出了许多建议与建言。如庞井君在《文艺评论工作急需加强顶层设计和工作布局》里提出，推动文艺评论繁荣发展，既需要从战略上做好"顶层设计"，又需要从理论、组织、阵地、人才等各方面扎实推进工作。刘川鄂在《文学批评的文体与批评的有效性》一文里，提出重塑文学批评的文体意识问题，增强文学批评的权威性；通过各种综合性的工作，提高文学批评有效性。李云雷在《文艺需要争鸣》的文章里，提出需要开展文艺争鸣的问题，他认为：中国当代文艺的发展面临着重大机遇，也面临着诸多问题，要以文艺争鸣的方式表达出不同的观点，不同的观点进行平等的学术讨论，"百花齐放，百家争鸣"，才能为当代文艺的发展提供不同的可能性。樊星在《良好的批评氛围需要各方共建》的文章里，提出文艺批评需要建立良好的氛围，这既需要作家养成豁达的胸襟，评论界远离不正之风，有关管理部门也应该吸取前车之鉴，以宽容的胸怀营造百家争鸣的良好氛围。杨庆祥在《文学批评的文化责任》一文里，提出抛开西方强加于我们的自我认知，找到新的方法论，建构具有中国视野或者中国立场的文学批评。刘大先也在《文学批评的中国视野》文章里提出，要重提文学批评的中国视野，这一方面是要接续中国文学批评主体性历史建构的"未完成的规划"，另一方面则是走出文学批评的封闭圈，让文学回到生活之中，与现实发生互动。这两者实际上都指向了一种瞻望中国文学批评未来前景的企图。如许角度不同又自有见地的意见，体现了批评家自我反省的多维与多向，也表明了文艺批评需要从多个方面予以改进与加强。

五、批评建设中的新刊创办与新人崛起

作为文学事业不可或缺的重要一翼，文学批评既需要即时性的活跃，又需要持续性的发展。而这种"活跃"与"发展"，就必然涉及批评刊物的建设与批评新人的培育。而在这两个重要方面，这些年都取得了显著的进取与可喜的成绩。

在文学批评刊物方面，无论是新中国成立前后创办的《文艺报》《文学评论》等，还是新时期之后诞生的《文艺研究》《当代作家评论》《文艺争鸣》《小说评论》《当代文坛》《文艺理论批评》《南方文坛》《上海文化》《名作欣赏》《扬子江评论》等，在不同文学时期都以坚定的持守、明亮的声音，为当代文学的繁荣与发展，起到了保驾护航的重要作用。这些年，这些批评刊物均把当代文学现象观察、重要作家作品评论、新人新作推介作为自己的主要任务，广泛地联

系批评的作者与读者，积极地组织重要选题与文章，以各具特点的批评专题与批评专栏形成各自不同的批评特色，也造成各有侧重的广泛影响，共同铸就了当代文学批评多样的园地与坚强的阵地，给文学批评提供了表现的舞台与交流的平台。

特别引人注目的是，2015年，《中国文学批评》与《中国文艺评论》的相继创刊。《中国文学批评》季刊，由中国文学批评研究会主办。该刊以理论探讨和文学批评的两大方面为主。在文学批评方面，除去一些当代作品的评论，还开辟了《当代作家评论小辑》，相继推出《关仁山评论小辑》《王安忆评论小辑》，对于重要作家结合新的创作进行系统观照与深入解读。在近期，该刊还围绕美籍华裔学者夏志清的《中国现代文学史》涉及的文学史观，组织专栏文章进行研讨，体现出在文学史观的反思上激浊扬清的鲜明倾向。《中国文艺评论》月刊，由中国文艺评论家协会主办。该刊面对的领域涉及艺术的方方面面，但不少话题都与文学有关，如话剧《白鹿原》的改编、网络时代的文艺批评，包括文艺批评家在内的"名家专访"等，都从文艺领域的宏观角度提供了有益于文学批评的重要资讯与丰富营养。在批评新刊的创办上，前些年还有山东的《百年》，今年湖北的《长江文艺评论》。这些都表明，文学批评的期刊建设一直是在持续发展、稳步前行的。

文学批评因为需要综合性造诣与实践性积累，要求较高，难度较大，出新人也较难。这种情形与文学创作新人层出不穷，从"30后"到"90后"七代人同台演出相比，文学批评的队伍显得有些势单力薄，后续力量明显不足。文学批评的这一显见的弱环与短板，在近几年因为重视批评队伍的建设和强化批评新人的培育，一批新人脱颖而出，加入了批评的合唱，较前有了一定的增强与明显的改善。

在文学批评新人的培育上，重点大学的文学教育与研究生培养、中国作协与地方作协的青年批评家培训等，都起到了重要的促动作用，其中尤以中国作协现代文学馆的"客座研究员"计划、《南方文坛》的《今日批评家》专栏，用心用力最多，起的作用最大。这种不遗余力地扶持，加之批评新人自身的努力，批评新人在这些年有如雨后春笋，茁壮成长。目前，活跃于文坛的年轻批评家，既有出道较早的"75后""80后"群体的批评新秀，如杨庆祥、黄平、金理、金赫楠、刘涛、刘大先、霍俊明、张定浩、黄德海、何同彬、傅逸尘、饶翔、周明全等人，又有近年涌现出来的岳雯、王敏、项静、陈思、徐刚、丛治辰、王鹏程、李振、马兵、方岩、杨辉、杨晓帆、刘芳坤、黄相宜等人。他们的批评，在看取问题的前沿性、论述问题的淋漓性等方面，都表现出年轻一代所特有的锐气与生气。近年来，他们把批评的锋芒逐步向"80后"创作走向、网络文学现象等转移，以关注新的创作形态、新的文学代际、新的文坛话题，逐步与比他们年长的批评家们拉开距离，并显示出他们自己的优势所在。

文学批评既对着文学创作发声，又执行着更多的功能，具有广泛的影响。因之，批评的振兴与勃兴、批评的有力与有效，不仅至关重要，而且不可或缺。习近平总书记《在文艺工作座谈会上的讲话》中对文艺批评提出了高度的要求，寄寓了深切的期望，他希望文艺批评能真正成为"引导创作、多出精品、提高审美、引领风尚的重要力量"。我们文艺批评，需要锚定这样的目标不断努力，循着这样的路径奋力前进。

（原载 2016 年 10 月 31 日《文艺报》）

新世纪十五年：
文学大时段的"小时代"

　　不知不觉中，新世纪文学就走过了整整十五个年头。十五年，不只是时间的延续、年头的累积。21世纪以来，文学在体积的变量、关系的变动、形态的变化、结构的变异等方面，日新月异，又前所未有。可以说，以前存有的各种元素、现象与问题依然都在，但又添加了新的现象，形成了新的形态，提出了新的问题，隐含了新的变数。

　　因此，如何认识新的文学现象，把握新的文学现实，就成为21世纪以来当代文学最为重要也最为严峻的时代课题。

　　毋庸讳言，新世纪文学不断地延展与持续性放大之中，已非单一、单纯的文学领域里的自给自足的现象，它必然又自然地连缀着社会风云、经济风潮与文化时尚，正在成长或变异为一种混合形态的新型文学，其基本特点，尤以"纷繁性""混血性""新异性"与"外向性"，显得更为突出，也特别值得探究。

　　纷繁性。新世纪文学与过去文学的一个最大不同，是文学无处不有处处有，无时不在时时在，既在多角度、多层次地"漫延"，又在全方位、全系统地"泛化"。这种"漫延"与"泛化"，即由过去

220

的基本上以体制内作家为主的严肃文学或传统型文学，分化为严肃文学、大众文学和网络文学的三足鼎立新格局；也包括不同板块领域里的内部分化，使得文学比过去占据的地域更为广阔，活动的空间更显博大。

当下的文学创作，总体来看是活跃而纷繁的，即使以文坛内外最为关注的长篇小说来看，现在每年的长篇小说总产量都在4000部以上。在数量稳步增长的同时，近两年的许多长篇小说，都表现出直面新的现实、讲述新的生活故事的审美取向。在受众极为广泛的网络文学领域，类型化的长篇小说，从题材到主题，广泛涉及历史与现实的方方面面；写实的和虚构的，都有现实性与想象力的各自支点。跟过去相比，现在的文学，领域扩大了，观念多元了，写法多样了，作品丰富了，不同代际的读者和不同趣味的需求，都有与之相对应的作者和作品。文学在写与读、供与需上，达到的多样而深层的互动，是前所未有的。

混血性。新世纪文学更为深刻的变异，还在于它越来越具有混合性、混杂性与混血性。文学已不再是只在文学内部"小圈子"里打转转的自我循环，而越来越成为一个凝聚着新力量，混合着新关系，含带着新元素的文学大场域。比如，在文学生产上，日益呈现出多机制与多成分的交织性——创作的组织、写作的主导、作品的运作，由传统的作协体制、期刊和出版社机制，变成事业单位与企业、国企与民企、纸媒与网络等多种力量共同参与，多个链条齐头并进的多元状态。在文学关系上，介入文学的元素增多了，影响文学的关系复杂了。过去影响文学的，主要是社会文化氛围、现实政治环境，现在不断加入进来的，既有市场与资本，又有传媒与信息，还有网络与科技。这些元素的介入与强化，使得文学的场域格外混杂，文学的关系更为复杂，影响文学的元素与因素、动能与动力，也更加地多维与多向；在作家群体与作品构成上，因为新代际的崛起，类型化的分蘖，成分更为丰富，样态更为繁杂。严肃与通俗、传统与新兴、纸质与电子、线上与线下，各自为战，又相互渗透，总体形态更为纷繁多样。在文学的传播、阅读与接受上，因文学读者的年轻化、审美趣味的分化、娱乐需求的强化，在文学类型多样化的同时，文学的阅读也将进而走向分层与分众、多面与多边。经典阅读与轻松阅读、纸质阅读与电子阅读、静态阅读与移动阅读，将在分化中并立，在共存中互动，并带来趣味上的抵牾与观念上的冲撞。

新异性。新世纪文学包含了庞杂性、暧昧性，更包含了新异性、新质性。因为一些现象常常鱼龙混杂，良莠不齐，所以需要认真解读，仔细辨析。比如，以"80后"作者为主的青春文学写作，一直在图书市场上长盛不衰，似乎是挤占了主流文学的应有份额。其实这种主要针对学生读者的性情写作，原本就是主流文学未曾涉足的领域，青春文学的迅速崛起，实际上是以新一代作者对应新一代读者的方式，给整体文学所忽略的环节和领域接续余缺和弥补空白。还比如，网络文学写作在近年的寻索与整合中，渐渐由类型文学的写作与运作方式站稳脚跟，并扩展到传统出版领域，扩大到影视领域，延伸到游戏、动漫领域，吸引了大量的年轻受众。其实大众化的读者一直以"潜伏"的方式存在着，在类型化写作不发展和不发达的时候，他们只好选读来自港、台以及海外的类似读物作为代替品，现在有了品类多样的类型文学作品，正好迎合了他们的阅读期待与审美需要。而这种写作又使一直薄弱的通俗文学、大众文学，得到了较大的发展与极大的丰富，并使整体文学在总体构成上，有雅有俗，高低搭配，布局适当，更趋合理。网络博客的写作在自由性、互动性中显示出来的民主特性，青春小说作者与"80后"群体在成长中分化、在分化中成长的趋向，都以面对现状和适应需要的新调整与新变化，显现出新的文学生长因子，表现出文学人的新的努力。

外向性。当代文学自新时期起，就随着国家的改革开放，由相对封闭的状态走向不断开放，使新时期之后的文学在中外文化与文学的碰撞与交流中，不断获得新的借鉴与新的助力。这一趋势的持续发展与全球化的日益加剧，更促使进入新世纪的文学较前明显地呈现出鲜明的外向性。这种外向性，首先表现为在主流文学体制方面，高度重视当代文学的对外翻译与向外传播，注重向国外读者推介中国作家与中国文学。其次，传统型的实力派作家普遍重视对外的文学交流，看重自己作品的对外译介，在这样的努力下，我们在国外有影响的文学名家不断增多，他们的作品被译介到国外的也越来越多，甚至开始摘取一些重要的文学奖项。再其次，中国当代文学界与海外汉学家、翻译家的文学交流与学术互动日渐频繁，合作更显广度，交流更见深度。这种外向在创作方面，近年来主要表现为国内文学界与海外华文界的紧密联系与密切互动，在国内的一些重要的文学评选、评奖和批评、研讨活动中，时见海外华文作家的身影。海外华文作家也多在国内的名刊、大社发表和出版作品，在国内也拥有着数量不菲的文学读者，这使他们的写作事实上已经融入了中国当代文学，并成为其中的一个重要构成部分。而在国外求学的一些学生作者与学者作者，因为网络与网络文学的牵连与中介，频频隔洋跨国参加国内的网络文学竞赛和在国内发表、传播作品，使得网络文学中海外华文文学的总体比例，目前已占据到了30%左右。这种文学向外伸展，作者内外勾连的情形，已成为新世纪文学亮丽又耀眼的一道风景线，也使新世纪文学充满一种前所少有的开放的活力。

新世纪文学这样一个全新格局与基本形态，主要是在进入21世纪以来的十五年中日益形成和逐步实现的，但它与直接催生出它的1990年代，有着深厚的渊源，与1990年代之前的1980年代，也有着相当的关联。因此，新世纪的十五年，接续着1990年代的十年，也系连着新时期的十四年，是一个文学大时段的小时代。因此，新世纪文学与新时期文学有着内在的血缘关系，改革开放以来的近四十年文学，在波澜壮阔的演进中，显然带有其相当的连贯性与整体性。这是我们观察新世纪文学应有的一个历史意识与基本视野。

"纷繁性""混血性""新异性""外向性"，使新世纪文学打上了它特有的时代印记，使它呈现出了与以前的文学时代完全不同的独有风貌。但显而易见，这样的一些动因与动力的存在与作用，又使新世纪文学充满了未曾有的复杂性、可能性与不确定性。因此，对于文学批评、文学研究来说，新世纪文学既是一个难得的研究对象，也是一个难缠的研究对象。它长短兼有的丰富性、新旧杂陈的复杂性，都要求研究者在整体把握中抓取要点，在具体分析中解读难点，从而比较准确地描述出纷繁不羁的现状，比较客观地阐述出其发荣滋长的本相，并就其美学趋向、基本特点与主要经验，及确实存在和需要解决的问题等，发表深中肯綮的意见，提出实事求是的建言。这是一种诱惑、一种挑战，更是一种责任。

（原载 2015 年 12 月 31 日《文汇报》）

万紫千红总是春

——走向繁荣发展的当代文学

在建党百年的重要时间节点，重温中国共产党创建百年以来的光辉历史，回望新中国成立以来七十多年的文学历程，会使我们更为清晰地看到一个无可辩驳的历史事实：党的全面领导与党的文艺思想和文艺政策的正确指引，是文学创作持续繁荣的可靠保证，是文艺事业健康发展的根本依循。充分认识这一根本问题，有助于我们在中国特色的维度上，深刻地认识社会主义文艺的本质属性，准确地把握党的文艺工作的前行方向，有力地推动当代文艺事业的更大发展。

"政策和策略是党的生命"，党的文艺方针政策是文艺事业的根本指引。自毛泽东《在延安文艺座谈会上的讲话》在中国革命文艺运动上第一次明确而深刻地阐述了文艺工作的根本问题——"为什么人"的问题，给文艺工作提出"是为人民大众的，首先是为工农兵的"根本方向之后，解放区的文艺经由大众化运动不断蓬勃发展，新中国成立后的文艺事业也沿着这一方向一路向前行进。党在新中国成立之后不久，及时提出繁荣文艺与发展科学的"百花齐放、百家争鸣"的方针；在新时期之初，又对文艺的方向做出"为人民服务、为社会主义服务"的重要调整。这些都为调动作家艺术家深入生活、扎根人民的积极性，激发文艺创作与生产的创造力，营造相对稳定的社会环境和生动活泼的文化氛围，提供了重要的方向指引与政策保障。正是在这样的文艺思想与方针政策的积极引领与有力推动之下，"广大文艺工作者响应党的号召，积极投身社会主义革命和建设、改革开放伟大实践，创作出一批又一批脍炙人口的优秀文艺作品，塑造了一批又一批经典艺术形象"，我们的当代文学"为实现国家富强、社会进步、人民幸福作出了十分重要的贡献"。

从1942年毛泽东《在延安文艺座谈会上的讲话》的文艺"为人民大众""服从于政治"，到1980年邓小平代表党中央提出的"文艺为人民服务、为社会主义服务"，再到2014年习近平总书记论述的"社会主义文艺，从本质上讲，就是人民的文艺"，在70多年的革命文艺和社会主义文艺的发展进程中，革命领袖和党的领导人关于文艺方向的论述与论断，既有力地指引了不同时期文艺工作的发展与繁荣，又深刻地总结了不同阶段文艺工作的丰富实践与基本经验，它的适时调整与逐步演进的本身，就是党对文艺工作的认识与把握、组织与领导，不断切近客观规律、逐步走向科学的过程。尤其是习近平《在文艺工作座谈会上的讲话》，在概要阐述党对文艺的新要求与新希望时，既抓住文艺的属性与规律等基本问题，又切近文艺的发展与走向的新变，许多论述都既钩玄提要，又深中肯綮，具有高度的思想引领性与现实针对性。在这一讲话精神的指引与鼓舞下，党的十八大以来的近十年间，广大文艺工作者走到社会生活深处和人民群众之中，坚持以人民为中心的创作导向，在各个题材领域都创作出了反映新时代、讴歌新生活的优秀作品，使得文艺领域欣欣向荣，蒸蒸日上，走向了发展繁荣的新阶段。

从宏观层面来看，循序发展又日新月异的中国当代文学，在各类创作纷繁多样、理论批评持续活跃的总趋势中，尤以三个方面的新走向与新气象特别惹人眼目。也可以说，由这样三个方面的特点为主要标志,体现了近十年文学创作领域的新成就,也显示了新时代文学事业的新进展。

一、报告文学紧贴时代,主题创作引人瞩目

以"轻骑兵"著称的报告文学,这些年来创作不断"下沉",作品日益"负重"。作家们紧跟中华民族追寻中国梦和中国现代化建设的步伐,一方面深情回望过往的历史,书写中国共产党人为争取中华民族的解放、独立、民主、自由、富强与复兴,前仆后继浴血奋战的苦难历程;另一方面满怀激情地描述以大项目、大工程为标志的伟大工业成就和高端科技发展,浓墨重彩讴歌中国现代化建设的伟大进程。再加上对脱贫攻坚领域里各个地区和不同类型的典型样板、典型人物的深情书写,对不同时代、不同战线上的时代英雄的精彩描绘,总体上构成了反映生活新气象,展现时代新风采的壮阔图景。

即以这些年进入"中国好书"榜单的作品来看,先后入选的作品就有《中国机器人》《大国担当》《中关村笔记》《大国重器》《中国桥》《悬崖村》《春归库布齐》《十八洞村的十八个故事》等多种行业领域与不同题材类型的力作。这些作品的联袂涌现,加上全景式描写脱贫攻坚战役的《乡村国是》和深切回望建党初期历史的《革命者》等作品的强力加持,报告文学既具有了联结过去和现在的历史深度,又有着广泛描绘时代与社会深刻演变的生活广度。还很值得称道的是,其中不少作品,既主题重大、内容严正,又文字精当、文学性强。从中不难见出,我们的报告文学在"写什么"与"怎么写"两个方面,都有着切实而喜人的进取。

二、长篇小说佳作迭出,现实题材势头强劲

近十年的长篇小说创作,在持续活跃中平稳前行,在依流平进

中暗含异动。这种或隐或显的变异，在两个方面表现得尤为突出，那就是现实题材创作势头不减，现实主义手法格外耀眼。近些年，先后在"茅盾文学奖"、"五个一工程"奖等重要奖项中获得表彰的长篇小说，就有《人世间》《主角》《北上》《应物兄》《经山海》《战国红》《海边春秋》等长篇力作。这些作品，都属于各有独到的思想蕴意与生活含量的现实题材创作。与此同时，这些现实题材作品，还秉持了现实主义写法，保有现实主义精神。这些作品的故事与意蕴各有不同，但在直面社会生活现实、以情节构筑故事、以细节描绘人物，力求再现一定的典型环境、着力塑造典型化的人物形象上，都既有不约而同的共性，又有各具千秋的个性。

现实题材的选取与现实主义手法的运用的桴鼓相应，构成了近年来长篇小说创作耀人眼目的主旋律。这在总体上带动了长篇小说切近生活、贴近人民的创作走向，使得长篇小说因为与时代同频共振，与生活相随相伴，事实上成为我们时代生动社会现实的活动影像与艺术缩影。

三、网络文学迅速崛起，催生新的文化形态

网络文学是进入新世纪之后，迅速崛起的一个新兴文学板块。但它却因变化最大、成长最快，成为当代文学中不可限量的一个新的生长点。近十年来，网络小说在类型多样、形态多元的总格局下，开始呈现出科幻题材创作异军突起、现实题材创作持续强化的基本态势。由此，既带动了网络文学自身的良性发展，也给整体的文学带来具有网络文学特点的诸多亮色。自 2018 年网络小说进入"中国好书"的评选范围之后，先后有《散落在星河的记忆》《引力场》《写给鼹鼠先生的信》《浩荡》《燕云台》《宛平城下》《重卡雄风》等各类题材的作品入选，为网络文学赢得了应有的荣誉，也体现了网络文学聚焦时代变革和社会生活，书写不同行业的奋斗历程，描绘

各个领域的创业英雄的新追求与新成果。

网络文学的另一重发展，是以IP为核心元素，与其他艺术形式广为联姻，不断延伸文娱产业的链条，极大地推动了文化产业的发展。据《2020年中国网络文学蓝皮书》介绍，虽然面临各种因素的不断冲击，但在2020年，网络文学"拉动下游文化产业总值超过1万亿元"，"网络文学对文创产业的贡献进一步提升"。由此，也显现出网络文学在文学的功能之外，催生文娱与文化产业联动发展的特有功能与光明前景。

习近平总书记《在文艺工作座谈会上的讲话》的结语中，引用了朱熹"等闲识得春风面，万紫千红总是春"的诗句，对文艺工作和文艺工作者寄予厚望。经过近十年的上下一致的同心协力和奋发蹈厉，文艺领域的创作繁荣与事业繁盛，正在变成为越来越近的现实。

（原载2021年6月11日《光明日报》）

历久不衰的抗战题材写作

2015 年是中国人民抗日战争胜利七十周年。七十年前的抗战胜利，不仅改变了中国的现代历史和世界的主要格局，也改写了中国现代和当代文学的基本面目。因此，梳理有关抗战文学的脉络，寻绎其发展演进的轨迹，在抗战胜利七十周年之际，既很有纪念意义，也颇具现实意义。

抗战是历史事件，更是精神宝库

从 1937 年发生于卢沟桥的七七事变起始，到 1945 年的日本宣布投降，中国人民历经八年的全民族抗日战争，最终取得全面的胜利，这被人们习称为"八年抗战"。但实际上，日本军国主义正式入侵中国，是从 1931 年的九一八事变开始的，半年不到的时间，便侵占了整个东北三省，扶植起伪满傀儡政权。从这个时候起，中国人民尤其是东北人民，就开始了对日本侵略者的顽强反抗与坚决斗争。因此，中国人民的抗战是从 1931 年到 1945 年，进行了十四年。

抗日战争是中华民族第一次取得完全胜利的反侵略战争和民族

解放战争，它捍卫了国家的主权与领土完整，洗雪了鸦片战争以来中国人民遭受的奴役与压迫的耻辱，极大地推进了中国革命的历史进程，为中国新民主主义革命的最后胜利奠定了坚实基础；同时对世界反法西斯战争胜利、维护世界和平的伟大事业做出了巨大贡献。

十四年抗战的终获胜利，不只改变了中国历史总的进程、建构了世界版图新的格局，而且以社会运势、历史经验和民族精神等多方面的内容，构成了中华民族的精神宝库。比如，民族的觉醒与团结，爱国主义的焕发与凝聚，万众一心、血战到底，自力更生、自强不息，这些意志与品质的持守与弘扬，等等。同时，也是通过抗日战争，中国人民充分认识到八路军、新四军是来自人民、为了人民的人民军队，中国共产党是民族独立与人民解放的领导核心。也是因为抗战，全国从上到下都更为清醒而深刻地认识到，落后就要挨打，贫弱必遭人欺，从而对清明的政治、繁荣的经济、强盛的国力，更为渴望和期盼。

这样一些丰盈又充沛的精神元素的集合，使得抗日战争远远地超越了战争本身，而具有了文化启蒙、思想洗礼、斗志磨砺、精神冶炼的熔炉性功效与宝库性意义。而正是这种战争的故事中包孕的诸多精神内涵，使抗战题材成为中国作家们常写常出新、中国读者们常读常爱读的重要题材。

抗战写作与抗战历史同步行进

一般说来，文学创作因为写作者需要一个观察、浸润与把握的过程，很难做到与现实同步、与历史同行。但抗战题材显然是个例外，因为事件本身的紧要性与重大性，更因为作家自身的敏感性与责任心，几乎是在抗战爆发的同时，反映它的作品就接踵而至，从此文学就与抗战相随相伴，同频共振。

在抗战文学的写作上，深受东北沦亡之苦痛的东北作家走在了最前列。1935 年，萧红的《生死场》与萧军的《八月的乡村》列入"奴隶丛书"一同出版，使得这一年的抗战文学在当时格外耀眼。随后，又有舒群的短篇《没有祖国的孩子》等作品相继问世。自 1937 年之后，全国的抗战版图与政治格局大致分为沦陷区、国统区和根据地，有关抗战题材的写作也分别表现出不同的情形。

国统区的抗战写作，以丘东平的《一个连长的战斗遭遇》、萧乾的《刘粹刚之死》、姚雪垠的《差半车麦秸》、李辉英的《北运河上》、骆宾基的《东战场的别动队》等中短篇小说，吴组缃的《山洪》、老舍的《四世同堂》、端木蕻良的《科尔沁旗草原》、齐同的《新生代》、谷斯范的《新水浒》等长篇为代表，着力于揭示沦陷区人民的悲情生活及其精神苦闷，着力于表现他们在重压之下的生活自救与精神觉醒。这些作品有的因为反映现实的快捷，带有战地速写的意味；有的因为纠结于苦难的倾泻，调子相对低沉，但都以其几近无距离的及时与真实，而具有无以替代的现场性与纪实性。

根据地的抗战写作，以马烽、西戎的《吕梁英雄传》，孔厥、袁静的《新儿女英雄传》，柯蓝的《洋铁桶的故事》，邵子南的《李勇大摆地雷阵》，华山的《鸡毛信》，管桦的《雨来没有死》，孙犁的《荷花淀》，丁玲的《一颗未出膛的枪弹》，刘白羽的《五台山下》等作品为代表，对处于抗战前沿的战斗者的斗争生活予以跟踪式的描写，正面表现了抗战斗争的艰苦卓绝与军队和人民的同仇敌忾。相较于国统区的抗战作品，出自根据地的抗战小说因为多是对战斗英雄和英雄群体的纵情歌吟，在格调上显得更为明丽。

抗战时期的抗战小说，总体来看，因为近距离地反映了抗战"进行时"的场景与画面，虽然不免带有新闻性强于文学性的不足，但又因为具有在场性、及时性，以自己的方式记述抗战过程，因而成为抗战历史的一个重要构成。

抗战写作成就了红色题材

在新中国成立之后乃至整个"十七年"时期，小说创作特别是长篇小说创作，一直呈现革命历史题材与农村现实题材两类写作双峰并峙的格局，支撑起当时文学小说创作的偌大空天。而在革命历史题材写作中，抗战题材的小说写作又占据了主要地位。

这一时期的抗战题材小说写作，以出自河北、山东两地的作家作品数量最为众多，质量也较为上乘。出自河北的抗战名作有：徐光耀的《平原烈火》、李晓明和韩安庆的《平原枪声》、刘流的《烈火金钢》、雪克的《战斗的青春》、冯志的《敌后武工队》、李英儒的《野火春风斗古城》等；出自山东的抗战名作有冯德英的《苦菜花》、刘知侠的《铁道游击队》、赛时礼的《三进山城》、曲波的《桥隆飙》等。这些作品再加上高云览的《小城春秋》、孙犁的《风云初记》、玛拉沁夫的《茫茫的草原》等作品，一起汇聚为抗战题材的滚滚洪流，构成革命历史题材写作的最大板块。

由于从事这些题材写作的作家自身多有抗战生活的经历，作品的写作带有亲历者的充沛激情；又由于他们的文化熏染多来自传统的话本小说，文学趣味偏于大众读者，作品普遍具有较强的半自传性、浓厚的故事性乃至相当的传奇性。同时，由于当代文艺创作较多地受制于当时的政治要求，这也不可避免地在这些作品里打上一定的时代印记，也使这一时期的抗战小说，在反映的内容上多为根据地军民的政治化生活形态与军事类人物形象，在表现形式上也显现出一定的模式化与单一性。

在"文化大革命"期间，文艺领域整体萧条，而革命"样板戏"一枝独秀。其中京剧《红灯记》《沙家浜》、交响音乐《沙家浜》与抗战题材有关。可以毫不夸张地说，抗战的题材，在整个"十七年"时期和"文化大革命"时期，都是占据着首位、扮演着主角。由此来看，说抗战题材成就了红色文学，当属实事求是，并不为过。

抗战题材在改革开放新时期的渐次突破

新时期以来的三十多年，是中国社会进入划时代的巨大变迁的时期，也是当代文学发生历史性演变的重要时期。在这一时期文学创作的发展与演进中，抗战题材的写作依然扮演了举足轻重的角色，并在表现对象与表现手法等方面体现出有力的突破与明显的进取，从而使抗战这一老牌题材焕发出新的生机与新的光彩。

在新时期到20世纪90年代的抗战小说中，有两种现象值得关注。

一种现象是，依然健在的老作家们体康笔健、挥发余热，继续书写自己的抗战故事，使得他们以抗战为主题的文学生涯再度焕发出新的青春，如管桦的《将军河》、曲波的《山呼海啸》、艾煊的《乡关何处》、刘知侠的《沂蒙飞虎》、马加的《北国风云录》、黎汝清的《皖南事变》、李尔重的《新战争与和平》、王火的《战争与人》等。老作家们的抗战新作，都在自己生活体验的基础上进行了一定的艺术提炼，较之他们以前的作品，这些作品的故事营构与语言运用也更为老到，作品普遍闪耀着一种现实主义精神的炽烈光芒，显示出了雄浑深沉的思想与艺术风貌。

另一种现象是，一些未有抗战经历的年轻作家在依托某些史料与史实的基础上，通过艺术想象来触摸历史和表现抗战。这一类作品有莫言的《红高粱》、周梅森的《军歌》《孤旅》与《国殇》、张廷竹的《泪洒江天》、叶兆言的《追月楼》、刘恒的《东之门》、池莉的《预谋杀人》等。这些作品有的写地方武装的抗战，有的写国民党军队的抗战，有的写不屈的士绅，有的写人性的变异，虽然都是抗战背景下的人物与故事，但却普遍摆脱了传统的抗战题材小说的写法，在描写对象与叙事手法上或有新的突破，或有新的开掘，有力地填补了抗战题材小说写作中的不少空白。

如果说老一辈作家的抗战书写仍是旨在反映抗战中中国共产党与人民军队的英豪与先烈，从亲历者的角度去尽力还原历史的本来面目的话，那么，新一代作家笔下的抗战故事已不再专注于抗战的过程本身，而是在这样一个大的历史背景与战争场景之下，去探悉多种形态与方式的抗战，以及着意挖掘战争对于人性的压抑与扭曲，表现出更为宏阔的艺术视野与富于个性的文化思索。

21世纪以来抗战题材的种种新变

在21世纪以来的小说写作中，抗战题材不仅未有丝毫减退，而且在描写对象、塑造人物和题旨营造诸多方面都有极大的拓展。而且，由于网络写作与网络传播的迅猛发展，与抗战有关的军事小说、谍战小说、特战小说纷至沓来。与过去相比，抗战小说在新世纪又迎来发展演进中的一个全新阶段。

在描写对象上超越红色抗战既有模式的，有宗璞的《野葫芦引》，主写抗战时期知识分子的失落与抗争；温靖邦的《虎啸八年》，以广角镜头宏观展现国共之间既合作又斗争的政治较量与军事运作；石钟山的《遍地英雄VS遍地鬼子》，写精于内斗的各路"胡子"面对鬼子这个共同敌人时，识大体地捐弃前嫌，顾大局地合力抗战；常芳的《第五战区》，描写开明士绅与地主阶层在危难之时的深明大义与积极抗战；范稳的《吾血吾土》，以一个国民党军远征兵的命运颠簸，书写一个传统学人不变的民族气节。把这些作品总合起来看，抗战的场面不仅陡然拉大，变得宏阔而壮观，而且置身其中的人们也三教九流、形形色色，充分展现了民族在觉醒、全民在抗战的生动而宏大的历史画卷。

在书写共产党及其八路军、新四军的抗战斗争方面，新世纪的一些作品也超出了既有模式，翻新出别的花样，令人耳目一新。如都梁的《亮剑》，写了八路军的艰苦抗战，更塑造了李云龙由农民到将军的个人成长与战火淬炼；衣向东的《向日葵》，以胶东八路军某兵工厂险象环生的斗争故事为依托，着力塑造了一个不问政治的科技人才从绅士变为斗士的过程；海飞的《回家》，通过写新四军的伤兵、国民党的溃兵、老鼠山的匪兵为了截击日军通力合作，表现了民族战争对于民族精神的感召；何顿的《来生再见》，通过一个唯唯诺诺、事事被动的小人物被抗战改写人生的经历，揭示了战争中普通人的复杂性格与隐秘心理。而铁凝的《笨花》、张者的《零炮楼》、尤凤伟的《生命通道》、闫欣宁的《走入1937》等作品，则以战争背景与乡土场景的有机融合，写出了并非军人的普通乡民以民间方式进行的乡土抗战，并深入探析了抗战既激发民族性又暴露国民性的双面镜特性。

总体来看，抗战这个老牌的文学题材，由抗战时期的如实反映抗日斗争的现状与实情，到"十七年"和"文化大革命"时期的着意表现革命精神与"红色"情结，再到新时期的渐次突破与超越、新世纪的多方拓新与进取，在七十多年的发展演进中，从选择性和有限度的文学反映到更多样、更全面的文学表现，走出了从狭窄到宽阔、从一元到多元的文学创新之路。

抗战的硝烟早已散去，抗战的故事并未完结。事实上，在中国人民纪念抗战胜利，世界人民纪念反法西斯胜利的时候，战争策源地的日本，右翼势力不仅未对侵略的历史有任何反省，反而顽固不化地遮盖历史、变本加厉地复活军国主义。从这个意义上说，抗战的意识不能减弱，抗战的警钟仍需长鸣。因此，抗战题材的书写还需继续发展和努力创新。这既是对悲壮沉雄的历史的最好祭奠，也是对有意抹杀历史的最好回应。

（原载2015年6月2日《人民日报·海外版》）

在强国战略的大格局中发展网络文学

  网络文学自20世纪90年代长足崛起以来，依托互联网技术的飞速进步和其他力量的合力推动不断发展演变，于今已成为当代文学领域最具活力的生长点，当代中国社会别具特色的风景线。二十年来，网络文学实现了从无到有、由小到大的兴盛与发展，也显现出"有数量缺质量、有'高原'缺'高峰'"的不足与缺陷。如何在新的形势下谋求网络文学的良好生态与更大发展，无疑是网络文学在新时代需要着力解决的重要课题。

  正是在这样一个背景之下，《习近平关于网络强国论述摘编》①的出版发行，为我们及时地提供了体现"中国特色治网之道"的精要表述。《习近平关于网络强国论述摘编》从九个方面收入了习近平有关网络强国的重要论述，深入阐述了网络强国的主要思路与基本要点，系统论述了一系列方向性、全局性、战略性的问题，提出了一系列新思想、新观点、新论断，为我国网络事业的建设和网络文学的发展提供了根本遵循和思想指引。认真学习和深入领会习近平关于网络强国的重要论述，对于我们从大战略与大格局的角度来认识

---

  ① 中央文献出版社2021年1月版。

和发展网络文学，不仅十分必要，而且至关重要。

一、从战略高度上认识网络文学

网络文学的强劲崛起，尤其是以 IP 为中心的网络文娱产业的蓬勃发展，形成了从文学阅读、文艺消遣到文化产业的绵延链条，人们越来越看到网络文学的高度重要性与多种可能性。但也毋庸讳言，人们这种对于网络文学的看法还多局限于网络传媒的行业领域、文化生活的局部范围，还没有站在"网络强国、数字中国、智慧社会"这样的战略高度和更高层面，还没有把网络文学看成其中的有机构成，并发挥网络文学在网络强国战略中的特殊作用。因此，如何在战略层面和全局视角看待和认识网络文学，是需要认真加以解决的首要问题。

习近平总书记在党的十九大报告中提出"建设网络强国"战略，是党中央从党和国家的事业全局出发做出的重大决策。习近平总书记《在全国网络安全和信息化工作会议上的讲话》中进一步论述道："要站在实现'两个一百年'奋斗目标和中华民族伟大复兴中国梦的高度，加快推进网络强国建设。"并为此提出了"技术要强、内容要强、基础要强、人才要强、国家话语权要强"的五个要求，还特别提到"要有丰富全面的信息服务，繁荣发展的网络文化"的问题。这些要言不烦的论述都昭示我们，必须要把网络文学放置于网络强国的大战略里，在这样一个总态势和大格局中来看待网络文学的位置，认识网络文学的功用。这就需要我们超越既定的行业范畴，走出狭隘的文学视域，按照国家安全和国家发展的总要求，从满足人民大众工作与生活的总需求等方面，来衡量网络文学在其中所能发挥的能量，所能起到的作用。充分认识其在文化软实力、信息现代化、话语主动权等方面的综合作用，使网络文学在发展自身、满足读者、服务社会的过程中，不断强筋健骨，日益做大做强，成为网络强国战略的重要力量。

事实上，网络文学在发展演进中不断"出圈"，持续繁衍，使得它现在已不仅仅是一种文学现象。广义的网络文学，除去经由类型化得到极大发展的网络小说外，还应该包括网络诗歌、网络散文、网络纪实文学、博客写作、微博写作、微信短文、纪事日记、记感随笔等等。这样多形式、多样态、多动机、多功能的文字写作与文化传播，使得网络文学在许多方面都与传统文学明显不同，具有文体的综合性、传播的广泛性、信息的及时性等重要特征。这也使得网络文学不止是一种文学现象、一种文化现象，可能还是一种舆情现象、一种意识形态现象。因此，如同"互联网已经成为舆论斗争的主战场"一样，网络文学事实上已经成为各种力量相互竞争的主阵地。

把网络文学置于网络强国的战略之中，重要的还在于一定要把网络文学放在国家文化总建设和当代文学大格局之中来看待。网络文学二十多年的发展演变，已使它成为当代文学中的一个重要板块。我曾在2009年的一篇文章中，把当代文学的结构性变化描述为"三分天下"，即几十年来基本上以文学期刊为主导的传统型文学、已逐渐分化和分离出的以商业出版为依托的市场化文学（或大众文学）、以网络媒介为平台的新媒体文学（或网络文学），并指出当下文坛这种正在一分为三的情形，具有相当的必然性。这样一个走向的动因无疑是综合性的，并非单靠文学本身就能促动和形成。我们需要做的，或者我们应该关心的，不是这样一个格局该不该有和好与不好的问题，而是必须面对这样一种已经存在的现实，在走近它和认识它的过程中，就其如何良性生长和健康发展做出实事求是的预见和力所能及的努力。现在已经过去了十年多，这种"三分"的状况已经成为基本定式，而且相互之间彼此分离、互不相干的情形也在改变。但客观地看，无论是网络文学从业者，还是传统文学从业者，大家对于网络文学的认识与观感，都既有各自的角度，也有各自的局限。而这些看法存有一个共同的问题，那就是都只从文学的角度去看待，没有超出单一的文学范畴，没有看到网络文学的超文学意义，因而也没有看到它在自身的发展中对于文化建设的强力促动，以及对于文学格局的深刻影响。因此，在当代文学的结构变化和历史发展中去看待和把握网络文学，有助于我们认识网络文学的诸多功能与意义，也有益于网络文学从业者认识自己的重要责任与使命。

二、以质量提升谋求更大发展

网络文学经过二十多年的发展，不断走向题材的丰富与类型的多样，产生出了不少读者喜闻乐见的优秀作品，也为影视、游戏、动漫等文艺形式提供了丰富的原作资源，满足了人民群众多样化的精神文化需求。但在这一过程中，也累积了不少的问题，如由写作的快捷性和作品的速成性造成的文字粗鄙化、叙述同质化等。因此，当前的网络文学已进入转型升级的关键时期，迫切需要走出"数量"增长的粗放阶段，以质量提升工程的实施谋求更大的发展。

党的十九届五中全会通过的《中共中央关于制定国民经济和社会发展第十四个五年规划和二〇三五年远景目标的建议》，把"繁荣发展文化事业和文化产业，提高国家文化软实力"作为最为重要的目标之一，并明确而具体地提出"实施文艺作品质量提升工程，加强现实题材创作生产，不断推出反映时代新气象、讴歌人民新创造的文艺精品"的高远要求。这样的一个要求，既瞄准着"满足人民文化需求和增强人民精神力量相统一，推进社会主义文化强国建设"的高远目标，又切合着当下文学创作与文艺生活的发展实际，对我们在新时代社会主义文艺事业建设中的着力点都有明确的指引与具体的要求。这些重要的意见与扼要的提示，实际上就是今后一个时期的文学事业与文艺工作的奋斗目标，更是网络文学由"求生存"向"谋发展"转型升级的唯一路径。

文学的使命与创作的追求，就是"为人民创造文化杰作，为人类贡献不朽作品"。而这也正是我们这个伟大的新时代所迫切需要的。习近平总书记在党的十九大所做的《决胜全面建成小康社会，夺取新时代中国特色社会主义伟大胜利》的报告中，明确地指出我们当前和今后所面临的新的社会主要矛盾，是"人民日益增长的美好生活需要"和"不平衡不充分的发展"之间的矛盾。这里的"日益增长的美好生活需要"，当然包含了通过优秀作品丰富文化生活和增强精神力量的需要。这里的"不平衡不充分的发展"，自然也包含了文学创作与文艺生活的不平衡、不充分发展，这在网络文学向网络文艺与网络文娱的不断扩展之中表现得更显见、更突出。毋庸置疑，满足"人民日益增长美好生活需要"的要义，是要有更多更好的文艺精品力作。因此，习近平总书记的报告在谈到"繁荣发展社会主义文艺"时，特别强调"要繁荣文艺创作，坚持思想精深、艺术精湛、制作精良相统一，加强现实题材创作，不断推出讴歌党、讴歌祖国、讴歌人民、讴歌英雄的精品力作。发扬学术民主、艺术民主，提升文艺原创力，推动文艺创新"。这里既明确了文艺精品的几个重要标准，又提出了创作和生产文艺精品的主要措施。从这样的总体性要求来看，包括传统的严肃文学与网络的类型文学在内的当代文学，在新时代的重要目标与基本任务就是"精品力作"的创作与生产。围绕着"精品力作"这个中心，无论是传统文学，还是网络文学，抑或是文学的评论与研究、文学的组织与管理，在各自发挥作用的同时，还应该在整体上形成一种合力，形成促进"精品力作"产生的良好氛围与有效机制，通过使更多更好的"精品力作"不断问世，来协同努力构筑新时代的文艺高峰。

　　习近平总书记在《在文艺工作座谈会上的讲话》中谈到"创作无愧于时代的优秀作品"时，特别提到"互联网技术和新媒体改变了文艺形态，催生了一大批新的文艺类型，也带来文艺观念和文艺实践的深刻变化"。他殷切地期望在这一新兴的文艺领域"产生文艺名家"，使这一文艺板块"成为繁荣社会主义文艺的有生力量"。这段有关网络文学的重要论述，既包含了中肯的评估，也蕴含了很高的期待。网络文学在改革开放的历史进程中产生和发展起来，它本身就是改革开放的产物，因而既扎根于巨变中的中国现实泥土，又带有鲜明的中国文化特色。它吮吸着各种营养，促使自身不断健康成长，也理当在中国特色社会主义文艺事业建设和"网络强国"的伟大工程中发挥自己的独特作用，做出自己的积极贡献。从这样一个远大又崇高的目标任务来看，网络文学的广大作者与从业者，委实责任重大，使命光荣，须为此孜孜以求，努力奋斗。

（原载2021年1月29日《文艺报》）

挺起时代的文学脊梁

——"经典"给予我们的启示

从小说创作尤其是长篇小说创作的角度看，无论是改革开放以来的四十年，还是新中国成立以来的七十年，映入人们眼帘的，首先是那些产生于不同时期的文学经典作品，如"十七年"时期的"三红一创"(《红岩》《红日》《红旗谱》和《创业史》)，"保青山林"(《保卫延安》《青春之歌》《山乡巨变》《林海雪原》)等；新时期以来的《古船》《平凡的世界》《白鹿原》等。它们联袂而来，相映生辉，共同挺起了这个时代的文学脊梁，隆起了小说创作的巍峨高峰，铸就了中国当代文学的历史辉煌。

"经典"值得我们不断重读，"经典"也需要我们予以致敬，而从这些"经典"作品的营造与产生中，去寻索一些规律性的因素，总结一些经验性的东西，从而为我们在新时代继续打造新的文学经典，构筑应有的文学高峰提供有益的借鉴和有力的动能，显然也是非常迫切的和十分必要的。在这个意义上，榜样的力量是无穷的，经典的示范是永恒的。

深入生活的艺术结晶

反映生活是文学存在的理由，源自生活是文学产生的来由。正是在这个意义上，毛泽东告诉我们："人民生活中本来存在着文学艺术原料的矿藏，这还是自然形态的东西，是粗糙的东西，但也是最生动、最丰富、最基本的东西；在这点上说，它们使一切文学艺术相形见绌，它们是一切文学艺术的取之不尽、用之不竭的唯一的源泉。"① 这段话中的"人民生活"的提法，特别值得注意。"人民生活"，显然指的是以人民大众为主体的具有普遍意义的生活形态。习近平《在文艺工作座谈会上的讲话》进而指出："人民是文艺创作的源头活水"。这一论断，实际上把"生活"与"人民"有机地合而为一。

我们阅读经典作家的作品，探究他们创作经典之作的经过，可以看到，他们之所以能够写出那些经典性的作品，正在于他们在长期的"深入生活、扎根人民"的过程中，深入认识和把握生活动向，深切了解和体察民意所向，把自己的所见所感经由文学的想象化为艺术的形象，使其成为人民生活的艺术结晶。

新中国成立之后最先引人瞩目的革命历史题材作品《保卫延安》，被评论家胡采誉为"人民英雄的赞美诗"，而这部作品的酝酿与创作，正是作者杜鹏程长期跟随战火中的部队采访和生活的文学成果。杜鹏程从1947年下到西北野战军的一个连队，经历了前线部队转战陕北的浴血奋战，许多不知其名的战士血洒疆场，包括保护他的警卫战士的不幸牺牲。这些感人又憾人的亲见与亲历使他下定了写作的决心："干，既然战士为了战争的胜利，一声不响地献出了生命，我们也就应该把他们忘我的英雄精神记载下来，使自己使别

---

① 《毛泽东文艺论集》第62页，中央文献出版社2002年版。

人从这些不朽的事迹中，吸取前进的力量。"可以看出，《保卫延安》之于杜鹏程，是郁积在胸的战争生活的必然涌流。

当代文学的不同时期，农村题材小说之所以佳作连连，精品甚多，是因为我们有一批进城不离乡，心系新农村的优秀作家。新中国成立后，已在文化部和北京文联任职的赵树理，从1951年起，就每年抽出半年多的时间回到晋东南的家乡一带，深入农村生活，了解农村现状。这种与生活的紧密联系，使他相继写出了长篇小说《三里湾》，短篇小说《实干家潘永福》《套不住的手》等堪称经典的作品，成为"农村题材创作的铁笔圣手"。"山药蛋派"的领军人物马烽，所以接连写出《韩梅梅》《三年早知道》等反映农村新人物与农家新生活的作品，也盖因他"骑上自行车，带着行李卷儿，走到哪里住到哪里，饲养房、土窑洞、工棚、破庙都住过；农民不把他当作家、当外人看待，而是亲切地称他'老马'"。他和他的"山药蛋派"作家们，委实都是从人民生活里"泡"出来的。

写作基于生活的必要。生活对于创作的馈赠，最典型的事例莫过于柳青扎根皇甫村十四年，由此创作出《创业史》的长篇力作。在皇甫村的十四年，柳青投入到社会转型、时代更替的火热斗争中，引领人们适应新形势，创造新生活。在此过程中，他实现从立场到情感的全面转变。因此，他写《创业史》是在写他人还是在写自己，是在写农民生计还是在写自我命运，已经水乳交融得难解难分了。作家应该怎样"深入生活"，"深入生活"有何所得，柳青的扎根皇甫十四年，给了人们十分深刻又意义丰富的充分诠释。

高远追求的目标设定

作家创作一定会有自己的追求和一个个的目标，照此去努力奋斗，积极实现。但追求有远近之分，目标有大小之别。与现在的一些作家常常在写作中希求高产量、高频率，乃至贪图高曝光度的做法完全不同，优秀作家更在意的是作品的质量与品位，更看重的是以精益求精的力作，以少胜多，以一当十。因此，最优秀的作家，作品不一定最高产；写精品的作家，创作一定少而精。

写得少又写得好，主要在于创作中预期的想望较为宏大，设定的目标较为高远，需要下一番苦功夫，投入大量的精力乃至体力，总之要经过艰苦努力才能够实现，是"可望"也"可即"的。那些写出了经典作品的优秀作家，在这样一点上，都有着惊人的相似性。

从20世纪30年代就开始小说写作的梁斌，早就想写一部既是"历史的记录"，又有"艺术的真实"的长篇小说，而且还设立了在当时来看几乎是高不可攀的目标，那就是"具有民族气魄，民族化风格，一部地地道道的中国的书"。为了这个远大的目标，他除去不断蓄积和提炼丰富的生活素材外，还想尽办法去寻找阅读中外古今的文学名著。新中国成立之后，有了写作的机会和可能，他便从武汉日报社社长的职务上，调回北京文学讲习所，之后又调到河北文联，并且一有机会就抓紧时间写作，还经常抽空约见老战友收集素材，到作品写到的地方实地踏访，终于在1953年到1956年的四年时间里，写出了《红旗谱》第一部的初稿。据梁斌回忆，写完之后他不禁长长地出了一口气："艰难的文学创造生活呀！"过程确乎艰难，因为目标实在高远。

柳青写作《创业史》，也有着自己宏大追求和高远目标，那就是"叙述中国农村社会主义革命中社会的、思想的和心理的变化过程"。这种超越显见的政治运动和习见的社会现象，直抵人们心理世界的写作追求，使柳青把自己置于了一个时代的制高点上。为了达到这一目标，他舍弃了北京的公职，放弃了县委副书记的官职，一头扎进皇甫村的田间地头，把自己变成了农民中的一员。"身入""情入""心入"之后，"柳青熟知乡亲们的喜怒哀乐，中央出台一项涉及农村农民的政策，他脑子里立即就想象出农民群众是高兴还是不高兴"。这使他实现了以《创业史》来叙述"社会的、思想的和心理的变化过程",而且笔下的人物形象鲜活,性格饱满,栩栩如生。柳青说过,"作家深入生活的效果是用'生活深入作家'的程度来反映的",这是他的经验之谈,很发人深省。

路遥和陈忠实,分别写出了堪称经典的《平凡的世界》和《白鹿原》。两位作家都只写了一部长篇,但却留了下来,常销不衰,这既与他们郑重对待创作,注重精益求精有关,也与他们当初设定的目标超前和高远,并为此孜孜以求、必欲达成有关。

路遥预想中的《平凡的世界》"如果不是我此生最满意的作品,也起码应该是规模最大的作品"。他自知,"这是要在自己生活的平地上堆起理想的大山"。他毫不放松,从不懈怠,从三个方面做起了准备:一是阅读大量的中外长篇小说;二是查阅作品时代背景涉及的十年间的《人民日报》《光明日报》;三是深入到作品要描写到的乡村、厂矿、机关和学校。做好这些基础工作之后,又开始了更为艰苦的创作过程,直至带着病体写完三卷本的《平凡的世界》。因此,说《平凡的世界》是路遥倾其心血乃至生命的绝笔之作,一点也不为过。

陈忠实写作《白鹿原》是想"为自己写一本垫棺作枕的书",这句话有着"让自己满意""使自己无憾"的诸多含义。瞄着这个目标,带着这个心结,陈忠实一方面翻阅县志、查阅村史、研读族谱,做着历史资料的充分准备,一方面大量阅读中外文学名著和一些理论著述,从中汲取有益的文学营养,经过两年多的准备、积累与蓄势,用两年时间完成《白鹿原》的写作,又用两年时间对作品细加打磨,终于如愿完成他的"作枕之作"。这些都告诉人们,高远目标的设定,同时也意味着生活的深入开掘、艺术的充分准备、创作的不遗余力等高强度、大投入的付出,这是创作精品力作所必须和所应有的。

反映时代的生活和情绪

"一个时代有一个时代的文艺，一个时代有一个时代的精神。"因此，立足自己的时代，热爱自己的时代，认识自己的时代，表现自己的时代，既是一个文学人所应具有的常识性的意识，也是一般的人不易做到和做好的课题。创作经典作品的作家们，正是在这一重要问题上，以把自我融入时代的实践和创作成果，做出了他们出色的回答，给我们提供了很好的示范。

赵树理的小说作品，看上去多是家长里短，满含泥土气息，但无论是早期的《小二黑结婚》，还是后来的《三里湾》和他的《登记》等短篇小说，都由婚姻与家事、乡俗与民情等日常事象，细致描绘社会变革给农民带来的心理悸动与精神变动，实际上是反映时代气息在普通农民身上的投射，表现农民在生活形态与精神状态上的与时俱进。生活中始终保持与乡土的密切联系，在创作中坚持对于现实的介入，使赵树理的小说创作与时代同步行进，成为"十七年"农村生活历时性发展变化的一个文学缩影。

柳青对于时代的变迁引起的农村新变，极为敏感也极有兴趣。他不断地"下放"自己，就是为了近距离地观察社会主义新农村的形成过程，更深入地捕捉农民群众面对新时代的心理接受过程，以及他们走向新生活的精神风貌。一部《创业史》，也确实做到了各类人物的性格碰撞和各色人物的形象比照，写出了时代脚步在蛤蟆滩激起的回响与涟漪，记录了农民兄弟在新旧交替时代的进步与蜕变，从农村和农民的角度为这个时代的生活与情绪描形造影，做了名副其实的时代的"书记官"。他曾就写作的个人化发表过这样的看法："任何从个人主义出发，从名利思想出发的文艺工作者，很难搞出什么像样的创作。"他以此提醒着自己，也以此告诫着他人。

在文学中把个人与时代有机地结合起来，路遥堪称一个难得的范例。他的《平凡的世界》，以"文化大革命"后期到改革开放初期的十年为时代背景，以孙少安、孙少平两兄弟的苦闷青春和人生打拼为主线，表现了个人命运与时代命运的内在勾连，展现了由改革开放催生的生活中的新人物，带来的农村的新变化，以及给农村青年一代带来的命运转机，歌吟了改革开放对于中国农村和中国社会的重大意义与深远影响。颇有意味的是，路遥的作品中常常会有"我们"的用语不时跳将出来，无论是叙事，还是抒情，抑或是议论，都会有"我们"不断出现。"我们"不仅使作品的叙事方式在第三人称里融进了第一人称的意味，使作者自然而然地成为作品人物中的一员，而且又在不知不觉中把读者引入局内，使你清楚地意识到："我"（作者）、"你们"（读者）和"他们"（作品人物），都处于身历生活和思考人生的同一过程中，是一个彼此勾连又相互影响的命运共同体。这里既把路遥超越自我和为百姓代言的文学追求显露得彰明较著，也把路遥用大众的眼光看待生活、以大众的情趣抒写人生的追求表露得淋漓尽致。路遥在获茅盾文学奖致辞时的一席话，今天听来仍令人为之感佩，那是以个人的深切体味宣示的文学的至理名言："人民是我们的母亲，生活是艺术的源泉。人民生活的大树万古长青，我们栖息于它的枝头就会情不自禁地为它歌唱。"

充沛的现实主义精神

现实主义因其细节的真实性、形象的典型性与描写方式的客观性等主要特征，能够满足中国作家的写作追求，也贴合中国读者的阅读需求，现实主义一直在中国当代文学中占据突出地位，催生了一大批优秀小说作品。"十七年"间的"三红一创""保青山林"，既有革命历史题材，又有农村题材。但从艺术的表现手法上看，无一例外，都是典型的现实主义表现手法。当然，不同的作家，各有自己的继承与发展，倾斜与特点。从这个意义上说，现实主义是开放的，是发展的，作家完全可以根据自己的造诣和自己的需要，去进行创新和发展。

在新时期之初，"伤痕文学"在刚一露面引起争议之时，陈荒煤就敏锐指出：伤痕文学"揭示了人们心上留下的伤痕"，"也触动了文学创作上的伤痕"。也就是说，"伤痕文学"以直面人生与人心的方式，恢复了文学写作中的现实主义传统。小说创作中以直面现实为旨归的现实主义写作，不仅在发展演进中逐步走向深化，而且历练了一茬又一茬的实力派作家，催生了一批又一批的经典性作品。

四十年来，现实主义不断更新，主要推动了两类小说创作的长足发展。一类是家族历史与文化的创作，这类小说以家族历史为主干故事，通过一个家族在一个时期的荣辱盛衰，来透视文化精神的嬗变，折射社会变迁与时代更替，代表性作品如张炜《古船》、陈忠实《白鹿原》、阿来《尘埃落定》、李锐《旧址》、莫言《丰乳肥臀》等。另一类是改革题材小说写作，这类小说以改革开放为背景，主写义利抉择、正邪较量，代表性作品有周梅森《人间正道》《人民的名义》、张平《抉择》、陆天明《苍天在上》《大雪无痕》、周大新《曲终人在》等。可以说，由于运用严谨的现实主义写法，贯注强烈的现实主义精神，这些作品做到了思想精深与艺术精湛的桴鼓相应，达到了"传得开、留得下，为人民群众所喜爱"的较高标准。

在坚持现实主义方面，最为典型的例子是路遥《平凡的世界》。这个作品写作和发表于20世纪80年代中期，文学界追新求异的热潮正如火如荼，现实主义在一定程度上受到冷落。但路遥没有任何犹疑，他毅然选择严谨的现实主义写法，精心又用意地描写孙少安、孙少平两兄弟的青春成长与人生打拼，由此表现改革开放给农村青年带来的命运转机。由于做到了为小人物造影，为奋进者扬帆，作品出版之后广受好评，累计印数超过1700万套，在当代小说长销作品中名列前茅。《平凡的世界》持续热销，暗含了一个值得研究的文学课题，那就是我们需要重新认识现实主义，包括它的自身内涵、外延与意义，也包括它与中国文学的密切缘结，以及与中国读者的内在联系。

近年来，也有一些新人新作以现实主义的追求向经典致敬，如陈彦的长篇小说《装台》。这个作品写了一群给舞台装置背景的小人物。作者写他们的登高爬低、含辛茹苦，也写了他们竭尽所能地相互温暖和帮助他人。以顺子为代表的小人物确有难以言说的苦处，但也有小人物的担当，他们像萤火虫一样带着光亮照亮自己，同时也温暖别人。这个作品在怎么样写小人物和处理小人物方面，运用了现实主义手法，确实写出了新意。

现实主义以及现实主义精神其实就是要真诚地面对生活，听从自己内心的命令，直面现实大胆地书写，发出审视的、怀疑的、抗辩的，乃至是批判的声音，这样的作品才会有力度。从某种意义上讲，这也是作家自己主体力量投射的一种反映和表现。在这个意义上，作家的思想内涵决定作品的精神蕴意，现实主义精神取决于作家的主体精神。

文学需要构筑时代高峰，高峰需要精品力作支撑。经过时间的淘洗、历史的检验和读者阅读显现出来的经典之作，正是不同时期的重要作家倾其心力与才力创作出来的时代精品。习近平在看望全国政协十三届二次会议的文化艺术界、社会科学界委员时发表的重要讲话，对新时代的文艺与社科工作提出了"四个坚持"的要求，其中就有"坚持以精品奉献人民"。这不只是对文艺创作工作者提出了更高的要求，也是向包括创作者、组织者、出版者、评论者、传播者、阅读者在内的文学从业者提出要求。要以高远的目标与清醒的意识，超强的能力与极大的付出，通过文艺"精品"的创作与打造、传播与推介，打造适于产生文艺"精品"的良好氛围环境与文艺骨干队伍，使更多更好的文艺"精品"源源不断地产生和涌现出来，满足人民群众日益增长和不断提高的审美需求，从而推动中国特色社会主义文艺事业健康发展。而这，也正是我们重温经典的意义、探寻经典形成的元素的用意与期望所在。

（原载2019年5月10日《人民日报》）

新时代呼唤"新史诗"

文运与国运相牵，文情与国情相连。党的十九大报告指出："经过长期努力，中国特色社会主义进入了新时代，这是我国发展新的历史方位。"新时代的一个重要含义，是"意味着近代以来久经磨难的中华民族迎来从站起来、富起来到强起来的伟大飞跃，迎来了实现中华民族伟大复兴的光明前景"。这是我们从理论上认识和在整体上把握新时代的一个重要标志。

从"站起来""富起来"到"强起来"，中国人民经过了一个多世纪的不懈追求与努力奋斗，即便在新中国成立之后，也"由于我们党领导社会主义事业的经验不多，党的领导对形势的分析和国情的认识有主观主义的偏差"，以及"把阶级斗争扩大化和在经济建设上急躁冒进的错误，后来又发生了'文化大革命'这样全局性的、长时间的错误"，"使得我们没有取得本来应该取得的更大成就"。因此，"三中全会以来，我们党已经逐步确立了一条适合我国国情的社会主义现代化建设的正确道路"。① 正是这个"以经济建设为中心"的道路，拉开了中国改革开放波澜壮阔的恢宏大幕，也造就了改革

---

① 《两个历史问题的决议及十一届三中全会以来党对历史的回顾》第117页。

开放四十年史无前例的辉煌。可以说，改革开放四十年在中国社会发展的历史上具有十分重大的意义。概要地说，那就是它强化了"站起来"，实现了"富起来"，奠基了"强起来"。

进入新时代，要有新作为。文学工作者特别要将习近平总书记有关文艺工作的重要论述中提到的"书写和记录人民的伟大实践""写出中华民族新史诗""加强现实题材创作"等论断，有机而内在地联系起来，认真学习和深入领会。同时，要切实深入生活现实，扎根人民之中，阅读当下社会，把握时代脉动，要在文学创作中以切实的探索和扎实的成果予以应有的回应。

在文艺创作领域，作品的题材类型不胜枚举，但现实题材尤其重要；现实题材中可写的也不一而足，但写出改革开放这一"中华民族新史诗"更为紧要。

现实题材之所以重要，有很多显而易见的理由，最为重要的有三个方面：一是伟大的新时代及其带来的社会生活变化和人们的心理变动，需要优秀的现实题材作品去反映和描述。通过作家、艺术家个人的深切感受，作品呈现的精彩故事，书写出这个时代的新气象，塑造这个时代的新人物，传扬这个时代的新精神。二是人民既是历史的"剧中人"，又是历史的"剧作者"，作为"剧中人"和"剧作者"，需要通过紧贴时代潮动、反映时代沸腾生活的优秀作品，来认识自己所处的时代，反观时代中的自己。在这个意义上，现实题材作品具有时代镜像的功能与作用。三是文艺是一定时代的文艺，这个时代的文艺一定要打上属于这个时代的烙印和特征，并在"把握时代脉搏，承担时代使命，聆听时代声音，勇于回答时代课题"的过程中，实现与生活的密切互动，保持与时代的紧密联系，并不断焕发出自身的生力、活力与魅力。

写出"中华民族新史诗"更为紧要，是因为"新史诗"在题材题旨上具有天然自在的重大性。从新时期到新时代，"改革开放近40年来，我们党领导人民所进行的奋斗，推动我国社会发生了全方位变革，这在中华民族发展史上是前所未有的，在人类发展史上也是绝无仅有的。面对这种史诗般的变化，我们有责任写出中华民族新史诗"。面对这种震古烁今的史诗性变化，无动于衷，是严重的失职；无能为力，是显见的失责。所以，写出"中华民族新史诗"既是时代的召唤、人民的需要，也是作家的职责。

书写"新史诗"，向作家、艺术家提出了更多更高的要求，那就是要走出对于生活零碎的印象、对于时代肤浅的感受，要在历史与现实的勾连、中国与世界的关联上去思考和升华个人生活、个人经验与社会和时代的关系，抓取和思索重大问题，处理和把握重大现象，以具有生活广度、精神厚度和艺术力度的优秀作品，捕捉时代脉息，记录时代变革，同时体现这个时代的文艺的美学气度与作家的艺术风格。

与"加强现实题材创作""写出中华民族新史诗"的要求相比，我们的文艺创作确实差距甚大，需要深加反思。改革开放四十多年来，从人们看得见的社会日常生活，到看不见的心理世界，都发生了深刻而巨大的变化。这种从经济到文化、从物质到精神的历史性变迁，的确给当代的文艺家提供了前所未有的创作素材与写作契机。从理论上讲，我们确实处于一个孕育文艺精品的伟大时代。但从实际上看，我们却没有取得与这个时代相适应的文艺成果。即以文坛内外最为关注的长篇小说来看，现在每年的长篇小说总产量都在一万部左右。在数量稳步增长的同时，近两年的许多长篇小说都表现出直面新的现实，讲述新的生活故事的审美取向。但认真检省起来却不难发现，多样化的写作中，旨在反映中国特色的社会现实，尤其是改革开放以来的巨大而深刻的时代变迁，以及这种社会巨变带来的人们心理撞击与精神新变的作品，还并不多见；而着力于典型人物形象的精心打造，尤其是写出既有独特的个性又有凛然的正气、保有新的时代气息和精神气格的社会主义新人形象，还显得相当薄弱。

一时难以出现书写"新史诗"力作的原因，可能是多方面的。首先是文艺家对这种一直在不断变动中的生活现实，既需要近距离的细致观察，又需要艺术性的整体把握，这不仅要求很高，而且难度极大。它对作家的要求，除了要具备精准地把握现实的能力与精湛的艺术表达能力外，最好还具有由政治学、经济学、社会学、哲学、历史学等知识融合一起构成的文化厚度、思想深度，以及用这种特有的素质打量生活、处理素材、提炼意蕴的非凡功力。用这样的标尺去衡量我们的作家，无疑还有较大的差距，确实还需要好好养精蓄锐，进而奋发蹈厉。

文艺的生命力既在于根植于生活，又在于作用于时代。文艺自身的这种规律性要求，与习近平总书记在党的十九大报告中提出的"加强现实题材创作"以及在其他重要讲话中要求包括文学艺术在内的文化宣传"讲好中国故事，传播好中国声音，阐释好中国特色"，是有着内在契合的。这就要求广大文艺工作者，既要立足自我，又要超越自我，把"小我"融入"大我"，把时代使命内化为自己的文学情趣与艺术追求，真正使自己的文艺写作接地气、有生气、扬正气，感知人民声息，感应时代脉搏，纵情抒写"新史诗"，放声歌唱新时代。

（原载2018年12月7日《学习时报》）

新时代青年作家的新使命

　　青年是民族的未来，事业的希望。因此，党的领导人历来都高度重视青年一代的成长与进步。最为典型的范例，是毛泽东1957年11月访苏期间接见留苏学生代表时，即席发表的著名讲话："世界是你们的，也是我们的，但是归根结底是你们的。你们青年人朝气蓬勃，正在兴旺时期，好像早晨八九点钟的太阳。希望寄托在你们身上。"这些充满浓郁诗意和殷切期望的寄语，激起了人们的广泛共鸣，激励了几代青年的砥砺奋进，一直对青年认识自身的方式和社会重视青年的基调产生深远而巨大的影响。

　　习近平总书记这次在中国文联十一大、中国作协十大开幕式上的讲话，在讲述了对文艺工作者的五点希望之后，很破例地讲了一段有关青年文艺工作者的话，话语不多，但语重心长。他说"青年是事业的未来。只有青年文艺工作者强起来，我们的文艺事业才能形成长江后浪推前浪的生动局面。要识才、爱才、敬才、用才，引导青年文艺工作者守正道、走大道，鼓励他们多创新、出精品，支持他们挑大梁、当主角，让当代中国文学家、艺术家像泉水一样奔涌而出，让中国文艺的天空更加群星灿烂"。习近平总书记特别讲到的这一段话，体现了他对青年文艺工作者的特别关注，寄托了他对青年文艺工作者的殷切期望。

　　我们的各项事业包括文艺事业在内，一直都处于新老交替、代际更迭的过程之中。但现在这个问题更为突出，这一工作更为紧迫。这些年来，经过青年作家文艺家自身的不懈努力、中国作协等部门的大力提携，文学新人不断涌现，青年作家成长较快，跟过去相比确有很大的进步。如"70后"作家中，已有石一枫荣获鲁迅文学奖，徐则臣斩获茅盾文学奖。刚刚评出的茅盾文学新人奖，传统文学的10位获奖者和10位提名奖获得者，网络文学的10位获奖者和10位提名奖获得者，属于"80后"的作家占据了绝大多数。这些都表明，青年作家的成长进步，不仅较为快速，而且质量较高。以"70后""80后""90后"为主体的青年作家，不仅成为当代文学的生力军，而且正在向着主力军的地位挺进。这是事情的令人可喜的方面。但也有令人为之忧虑的问题，比如青年作家在文学领域里的分布不够平衡，在网络文学领域，"80后""90后"一代已是名副其实的主力军，但在传统文学领域里，青年作家的数量与质量还明显不足，在长篇小说、报告文学等重要文体方面，青年作家的力量明显薄弱。在文学的理论批评方面，青年理论批评家的数量与质量都还跟不上需要，有待于大力发展，使之成为骨干力量，尽快走向文坛前台。

　　青年作家不但要尽快地成长和进步，而且要向着新时代所需要的方面努力，成为担当新时代文学大任的新型人才。习近平总书记在讲话中对青年作家中提出的"守正道、走大道""多创新、出精品""挑大梁、当主角"的期望，是满含期待的，也是饱含深意的。实际上对于青年作家，在"坚持守正创新，用跟上时代的精品力作开拓文艺新境界"方面也是寄予了特别的厚望的。从文学创作方面来看，书写时代新史诗的文学大任，始终是重中之重，特别需要青年作家以自己的方式做出自己的努力和贡献。就从书写四十多年改革开放的历史进程与社会巨变方面来看，以此为题材和主题的长篇小说为数不多，写得好的长篇小说作品更是凤毛麟角。这个尚待完成的文学大任，需要我们的青年作家接续上来，继续努力。还有我们在脱贫攻坚基本结束以后向乡村振兴转化过程中，新的乡村现实是什么状况？新的乡村书写要做出什么样的创新？都需要有新的认识，新的突破。此外，习近平总书记这次讲话中特别讲到的"用情用力讲好中国故事，向世界展现可信、可爱、可敬的中国形象"，怎样向国外讲好中国故事，给外国人呈现立体化的中国，让他们通过文学作品了解中国、懂得中国，这也是需要青年作家特别用心用力的重要任务之一。

一时代有一时代的文学，一代人有一代人的任务。我们这一代人在接续前几代文学前辈业绩的基础上一直在奋力前行，新一代青年作家的任务艰巨程度不亚于我们，甚至会更难。面对这样的现实，青年作家要有新的认识和大的担当。所以，我认为习近平总书记这次讲话中对所有文艺工作者提出的所有希望和所有要求，对于我们的青年作家都适用，但有两点或许更为重要或者更为迫切。一是历史方位问题，习近平总书记指出："新时代新征程是当代中国文艺的历史方位"，"要深刻把握民族复兴的时代主题，把人生追求、艺术生命同国家前途、民族命运、人民愿望紧密结合起来"。新时代新征程是当代中国文艺的历史方位，当然也是每个文艺工作者应有的历史方位，这就要求我们的青年作家要以这样的历史方位为自己定位，把个人的写作定位和历史方位连接起来、打通起来，这是非常重要的问题。要书写时代的新史诗，当然要对时代的新特质有自己的认识、自己的感知，要有自己特殊的体味与把握。但毋庸讳言，我们很多青年作家的写作中恰恰缺少这种厚重的历史感和浓郁的时代感，这确实是需要我们去认识的问题。二是有关人民生活的问题，习近平总书记在这次讲话中，谈到文艺与人民、文艺与生活时，有一个全新的阐述。在过去的讲话中，文艺与人民是一个问题，而文艺与生活是另一个问题，但在这次讲话中他把人民跟生活密切联系起来，完全融合一体，指出"人民就是生活，生活就是人民"。这是一个全新的阐释，这个阐释把生活做了重新定义，这个定义使得生活不是一般意义的，或者是自然状态的，它有特定的主体与确定的主题，那就是与人民有关的生活。人民是劳动者、创造者、奋斗者，人民生活当然就是劳动者的生活、创造者的生活、奋斗者的生活，当然是体现人民本色、内含时代气韵的生活，而不是其他什么生活。那么，我们就要时时提醒我们自己，自己所熟悉的、所书写的，是否就是人民生活？这样一个反问与自省会让我们的写作真正运行在人民生活的轨道上，才能在此基础上写出更好的更符合人民需要的作品。

新人需要自己努力，新人也需要大力扶持。鲁迅当年在《对于左翼作家联盟的意见》中，郑重提出"我们应当造出大群的新的战士"，并表示他很愿意"为文学青年打杂"。这样一种以扶持青年作家为己任的姿态和精神，特别值得我们在今天好好学习和努力弘扬。

总之，青年作家在新的时代面临着新的任务，需要承担新的使命，新的任务与新的使命又要求文学新人和青年作家要有新的品质和新的素养。所以，守正出奇和开拓创新，就成为至关重要的问题。青年作家需要抓住这个时代的良好契机，不断提升自身技艺和素养，加强思想与艺术的历练，有备而来，蓄势待发，通过"多创新、出精品"，成为"挑大梁、当主角"的当代文学的主力军。

（原载 2022 年 3 月 2 日《文艺报》）

新时代需要建设性的文艺批评

当代文艺批评在整体的文学创作发展和文学事业繁荣中，起到了不可估量的重要作用，其自身也在这种与创作互动的过程中获得了极大的发展。但毋庸讳言，在进入 21 世纪以来，尤其是进入新时代之后，因为受到从社会到经济到文化的"市场化""全球化"和"信息化"等大背景与大环境的促动，文学创作日趋多样化，文学观念走向多元化，尤其是新的文艺现象的大量涌现，新的文艺形态的迅速形成，文艺批评前所未有地面临着许多新的问题，面对着不少新的挑战。正在这个时候，中共中央宣传部等五部门联合印发《关于加强新时代文艺评论工作的指导意见》（以下简称《意见》），提出了加强新时代文艺评论工作的总体要求，并就把好文艺评论方向盘、开展专业权威的文艺评论、加强文艺评论阵地建设、强化组织保障工作等提出具体意见。这对于文艺评论工作得到更多关注与高度重视，文艺评论界总结已有经验，加强自身建设，提高批评能力，焕发新的活力，都有重要的指引意义和极大的促动作用。

《意见》中谈到"要把好文艺评论方向盘"时特别指出："发扬艺术民主、学术民主，尊重艺术规律，尊重审美差异，建设性地开展文艺评论，是什么问题就解决什么问题，在什么范围发生就在什么范围解决，鼓励通过学术争鸣推动形成创作共识、评价共识、审美共识。"这里的"建设性地开展文艺评论"，既是针对着文艺评论的应有属性而言，也是针对着文艺评论的当下现状而言，这对于新时代的文艺评论具有十分重要的现实意义。

习近平总书记《在文艺工作座谈会上的讲话》中谈到文艺批评的功能时，高度重视文艺批评工作的重要性，又特别强调了文艺批评功能的综合性，他指出："文艺批评是文学创作的一面镜子、一剂良药，是引导创作、多出精品、提高审美、引领风尚的重要力量。"这就是说，文学批评要通过对文学作品和文学现象的分析与评论，对同时代的作家作品起到赏析解读和创作引导作用，激励更多好的和比较好的作品不断产生，还应在提高文学读者的接受能力和艺术趣味、促进社会和时代的审美理想与文化风尚方面，发挥积极而独特的影响作用。在这里，无论是"引导创作、多出精品"，还是"提高审美、引领风尚"，都旨在"引导性"，内含"建设性"。因此，担负着如许重任与使命的文艺批评，需要增强自身的战斗力、说服力和影响力，需要在批评实践中构建中国特色文艺理论与评论学科体系、学术体系和话语体系，这一切都使得"建设性"成为当代文艺批评最为基本的要务，最为重要的特性。

"建设性"的文艺批评既涉及文艺批评的目的与态度，也关乎文艺批评的能力与功效。文艺批评和本义，在于以准确的阅读感受和深切的审美判断，与作者对话，与读者交流。这种相互砥砺、彼此互动之目的与初心，必然要求其批评态度的与人为善、以文会友。文艺批评的作用，在于促进创作，影响阅读，这就要求文艺批评必须深中肯綮，剔隐阐微，像鲁迅所说的那样："取其有意义之点，指示出来，使那意义格外分明，扩大"[1]。而要做到这些，也需要批评家"真懂得社会科学和文艺理论"。因此，在继承中国古代文艺批评

---

[1]《鲁迅论文学与艺术》第216页，山东人民出版社1979年版。

理论优秀遗产，批判借鉴现代西方文艺理论的基础上，努力构建中国特色的文艺评论话语，在学习中实践，在实践中学习，就成为当代文艺批评家义不容辞的重要任务。只有如此，才能使文艺批评在为文艺创作鸣锣开道和助力鼓劲的过程中，不断提高自身，进而完善自己。

如果从"建设性"的角度来审视当下文坛的批评现状，可以说，伴随着"建设性"文艺批评的，总有"非建设性"文艺批评的种种身影不期而至，不时闪现，这不仅让人不能满意，甚至令人甚为忧虑。比如，有一些文艺批评习惯于从意识形态的视角去打量作品和衡量作家，凭着狭隘的主观臆测去判定作家和作品，往往把复杂现象简单化，把文艺问题政治化；还有一些文艺批评抓住作者的某些言论和作品的某些缺失，攻其一点，不及其余，必欲把某些作家"抹黑"，甚至"妖魔化"。另外，还有一些流传于网络间、散布于微信群的貌似"文艺批评"的"网红"言论，抓住某些文艺热点与争议现象，或者煽风点火，或者深文周纳，以危言耸听的话语博取关注，吸引眼球，并有意无意地把话题引向体制方面，扩至社会领域，竭力地把"文情"演变为"舆情"，大有唯恐文坛不乱、唯恐天下不乱之势头。如许一些与文艺相关又疑似批评的现象，存在着明眼人能看穿的诸多缺失，如多元意识、科学态度、专业精神等等。此外，还明显多出了一些不应有的东西，如过去常见的"扣帽子""打棍子""揪辫子"等陋习，以及近些年由网络领域流行而来的"游戏性""暴虐性""流量化"等当下时弊。这样一些批评和伪批评，不仅与文艺批评的"建设性"要求相去甚远，而且对"建设性"文艺批评构成显见的阻碍与极大的干扰，实为文艺批评中的不谐之音和消极因素。这些是否属于文艺批评，要打一个大大的问号，如果说这也叫文艺批评，那也是"爆破性"的、"破坏性"的，是对"建设性"起相反作用的。

因此，《意见》中提出"建设性地开展文艺评论，是什么问题解决什么问题，在什么范围发生在什么范围解决"，就是针对这种与文艺批评相关的"破圈""越界"的乱象特别提出来的重要规范和基本要求。创作的问题，文艺的问题，要通过文艺批评和文艺争论的方式，依循"百花齐放、百家争鸣"的方针，以文艺的方式解决，在文艺的范围解决，这是一个应有的规范，也是一个基本的底线。只有这样，才能不混淆不同的矛盾，才能不混淆基本的是非，从而做到实事求是，明辨是非，进而"形成创作共识，评论共识，审美共识"。

文学批评同整体的文学和文坛一样，进入了一个活跃与繁杂并存，机遇与挑战共在的新的状态。怎样认识这些变化，把握当下现状，解决存在的问题，是一个综合性的时代课题，需要文学批评者、文学从业者和文艺组织领导者，连起心来，携起手来，共同面对，合力解决。在这样一个背景下，中央宣传部等五部门联合印发《意见》的及时出台，确为当代文艺批评重焕新的活力，重振时代雄风，提供了重要的动能和良好的契机。

（原载 2021 年 8 月 9 日《光明日报》）

新时代文艺的新拓展与新经验

　　由党的十八大开启的新时代，已满十个年头。就宏观层面来看，新时代文艺这十年，面临诸多新的挑战，也适逢诸多新的机遇，更迎来诸多新的发展。

　　从社会文化环境和文艺自身的状况来看，新时代文艺一个突出的特征在于：依托网络传媒发展起来的网络文学与文艺，以网媒为平台，以娱乐为中心，形成了以网络小说为基础的、多种艺术形式相互联姻的产业链。并在自身的强劲发展中，深刻地搅动和影响着整体的文艺领域，使得娱乐化、商品化等元素与文学文艺交织在一起，带来许多新问题，出现许多新倾向，形成许多新形态。

　　这一时期的一件值得重视的大事，是习近平总书记于2014年10月主持召开文艺工作座谈会并发表《在文艺工作座谈会上的讲话》。这个讲话结合文艺的走势、现状与问题，就文艺与时代、文艺与人民、文艺与生活等重大问题做出了新的论述，提出了党在文艺方面的新任务与新要求，指明了文艺工作在新时代的新目标与新方向。这对广大文艺工作者认清现状、振奋精神、坚定方向，都有十分重要的作用与意义。所以，新时代是一个文艺面临新变化与新挑战，又承担新使命与新任务的文学时代。

新时代，在习近平系列文艺论述精神的指引下，在广大文艺工作者的踔厉奋发，锐意进取下，"与党同心同德、与人民同向同行，围绕中心、服务大局，真情倾听时代发展的铿锵足音，生动讴歌改革创新的火热实践，在文艺创作、文艺活动、文艺惠民等方面作出积极贡献、取得丰硕成果"。在这样的文艺实践中，新时代文艺既取得了长足的进步，赢得极大的拓展，也在其中积累了一些重要的经验。在这里，以传统的严肃文学领域为主，对于这些经验给予梳理和总结，无疑也有助于我们的文艺继续健步前行并迎取更大发展。

贴近人民生活　创作重心突出

"生活是文学的源泉，是创作的来源"，这是毛泽东《在延安文艺座谈会上的讲话》中所深刻阐明的真理。习近平总书记在一系列文艺讲话中，都高度强调这一文艺的基本问题，并特别要求文艺家"走进生活深处，在人民生活中体悟生活本质、吃透生活底蕴"，"既要反映人民生产生活的伟大实践，又要反映人民喜怒哀乐的真情实感"。在新时代，广大文艺工作者牢记习近平总书记的殷殷嘱托，在深入生活、扎根人民的实践中，吸收营养，萃取题材，使得以人民生活为依托的文艺创作，在题材方面呈现出既丰富多彩又重心突出的可喜景象。

素有"文学轻骑兵"之称的报告文学，在新时代以奋勇当先、负山戴岳的劲头，越来越有一种文学主力军的气势。因而在题材方面，优秀之作纷至沓来，重点题材格外突显。于是，我们就目不暇接地看到，反映改革开放历史进程与重大成就的《浦东史诗》《为什么是深圳》《大风歌》《快递中国》《最好的时代》《敢为天下先》等；书写科技成就与重大工程的《大国重器》《大机车》《中国北斗》《中国桥》《大桥》《燊然》等；描写脱贫攻坚和乡村振兴的《乡村国是》《悬崖村》《山海闽东》《塘约道路》《诗在远方》《江山如此多娇》

《幸福的旋律》等；表现共产党成立始末与建党伟业的《革命者》《孕育》《天晓》《信仰》《红船启航》等；状写先进英模与时代楷模的《大河初心》《山神》《张富清传》《袁隆平的世界》《中国天眼——南仁东传》《农民院士》《脚印——人民英雄麦贤得》等。重要的作者，重量级的作品，连绵不断，纷至沓来，一同形成了报告文学领域引人瞩目的重心所在，也使当代文学充满与"国之大者"相应相配的时代豪气。

较之以往，长篇小说也"从时代之变、中国之进、人民之呼中提炼主题、萃取题材"的发展趋势，呈现出分外喜人的景象。这主要表现为，历史题材与党史有关的写作明显增多，丰厚的思想内容与精巧的艺术形式相得益彰。现实题材中书写脱贫攻坚和乡村振兴的力作联袂而来，真实而生动地表现了城乡蝶变与山乡巨变。这两类题材的代表性作品，前者有《远去的白马》《乌江引》《千里江山图》《群山呼啸》《觉醒年代》《红色银行》《琴声飞过旷野》等，后者有《战国红》《海边春秋》《经山海》《琵琶围》《三山凹》《野望》《暖夏》《天露湾》《太阳转身》《大娄山》等。这些作品的不断涌现和首尾相随，使得长篇小说领域，不仅题材丰富多彩，重心也格外凸显。

"生活就是人民，人民就是生活。"习近平总书记的这一重要论断，以生活与人民的同一性，对文艺与生活和文艺与人民的关系做出了新的诠释，也对文艺创作提出了新的更高的要求。令人欣慰的是，我们的文艺工作者正在朝着这样的方向努力着，追求着。

紧扣时代脉搏，主题更为鲜明

习近平总书记《在中国文联十一大、中国作协十大开幕式上的讲话》中指出："新时代新征程是当代中国文艺的历史方位。广大文艺工作者要深刻把握民族复兴的时代主题"。"民族复兴的时代主题"，当然也是新时代文艺的总主题。新时代，广大文艺工作者在创作追求、题材选取和主题运营这些方面，认识更为清醒，作为更为主动，使得民族复兴的时代主题，日益成为新时代文艺创作的主旋律与最强音。

时代主题更为集中和鲜明，首先表现为主题创作日益成为文艺创作中引人瞩目的重要现象。主题创作，原指突出一定主题的写作，或命题性写作。这些年，因为适逢改革开放四十周年、新中国成立七十周年、建党百年，以及"决胜全面建成小康社会，决胜脱贫攻坚"等重大节点和重要事件，使得主题写作日渐成为一种常态性现象，而由此产生了一大批好的和比较好的文学力作，成为文学评选、读者阅读的重要对象和重要文本。主题创作以报告文学体裁为主，主要作品多集中于党史事件与人物、脱贫攻坚与乡村振兴、重大科技项目与建设工程、先进典型时代楷模等题材方面。卓具代表性的作品，党史方面的，有《革命者》《孕育》《天晓》《红船启航》《守望初心》《半条被子》《靠山》《乳娘》等；脱贫攻坚方面的，有《乡村国是》《山海闽东》《诗在远方》《人间正是艳阳天》《十八洞村的十八个故事》《出泥淖记》《金青稞》《乡村造梦记》《新山乡巨变》等。

主题更为鲜明的另一个方面，是在作品的具体的写作中，以主要题旨来组织素材和营构作品，使作品想要表达的主题得以彰显，更为突出。在这一方面，报告文学和长篇小说都有很好的例证。如报告文学《靠山》，由渊子崖村自卫抗战、戎冠秀挺身救护伤员、青年农民奋勇支前等几个真实发生于抗日战争和解放战争的历史事件组成主线，揭示了一个真确的主题和深刻的道理："兵民是胜利之本"。正是在军民彼此依存、干群相互依靠的意义上，"靠山"的主题呼之欲出，豁人耳目。还如长篇小说《远去的白马》，以误打误撞地进入作战部队的女民兵赵秀英为主角，写她充分发挥自己的组织才能和做群众工作的经验，组织打粮队帮助所在的三十七团度过缺衣少食的艰苦岁月，数次救全团于饥困。在战场上，她冒着生命危险从前线抢运伤兵，在敌军的轰炸中用血肉之躯架起战场通信的生死线。作品通过赵秀英这个人物，既写出了普通党员的革命觉悟和斗争精神，也揭示了革命战争是人民战争的本质属性。

主题更加鲜明，是由作品呈现出来的现象，其背后是作家主体的积极投入与强力投射。那就是在文艺写作中，文艺家们力求在自我感受的基础之上努力"把握民族复兴的时代主题"，态度更为积极，追求更为主动。这种内在的动因，显然更为重要，也更难能可贵。

写法多元并举，现实主义成为主潮

从宏观的层面看，新时代以来的各类文学创作，都是在以往的基点上依流平进，在稳步前行中不断进取。在小说创作中，因为作家们看取生活的视野开阔，视点下沉，而且注重以自己的方式讲述中国故事，各种写法多元并举、不一而足，总体上呈现出故事中国化、讲述本土化、艺术本色化的基本特征。

新时代的长篇小说创作中，有一些长篇小说血肉饱满，脱颖而出，给读者留下较为深刻的印象。如果细加品味，不难看出这些作品或者运用了现实主义手法，或者贯注了现实主义精神，都是在现实主义的坚守与承继上，或饶有新意，或富有深意。获得第十届茅盾文学奖的一些作品，在这一方面就很有典型性和代表性，如长篇小说《人世间》，由一户普通人家的相濡以沫和各色人等的不懈打拼，真实而生动地写出了平民百姓的喜怒哀乐，及其背后的社会变迁与时代气韵。作品成功的原因，在于作者"坚持和光大了现实主义传统"；长篇小说《主角》，由一个秦腔女艺人在艺术追求中的人生浮沉，把台上的"戏"与台下的人生联通起来，以营造典型环境中的典型人物，体现了作者对于"现实主义文学传统的有意赓续"，从而也使作品具有了认识一个特定时代的特殊意义。在这一时期，因故事独到、人物独特获得广泛好评并给人们留下深刻印象，还有《群山之巅》《黑白男女》《望春风》《陌上》《上庄记》《生活之上》

《爱历元年》《曲终人在》《云中记》等作品，这些都可看作是现实主义参天大树结出来的累累硕果。

在近年的长篇小说写作中，一些为人们普遍看好的现实题材长篇小说，也多是在现实主义手法与精神上匠心独运的文学创获，如《暖夏》《太阳转身》《天露湾》《川乡传》《大娄山》等。这些作品因卓具现实主义元素，富有现实主义精神，读来引人入胜，读后引人思忖，也给人们显示了现实主义的活力与魅力。

在我看来，现实题材与现实主义存有一种天然的内在联系。现实题材讲究以生活故事和人物形象真实地反映生活现实，现实主义为此提供了最为有力的保证。因此，现实主义应该是现实题材写作的应有之义，也就是说，好的现实题材的写作应该运用现实主义的手法。而且，从中国文学的历史传统与文学精神、当代作家的文学素养与写作追求、文学读者的欣赏习惯与阅读需求等方面来看，现实主义文学一定会生产更好的作品，也一定会得到更多的关注。这些因素，都决定了现实主义精神的生生不息与现实主义文学的绵绵不绝。

文学批评与文学创作的良性互动更为增强

批评与创作，有如车之两轮，鸟之双翼。当代文学发展的历史经验告诉人们，创作发展得好，成果出现得多，往往是文学批评比较活跃，并与创作有着深切的互动，切实起到了促进和襄助的重要作用。

这些年的文学批评，在自身面临种种挑战的情形下，不断调整和新变，在跟踪创作、品评作家作品和发现文学新人方面，都有显著的成就。

对于文艺创作的组织与引导，还有一种方式是邀请编辑家、评论家阅读作品初稿，提出修改意见，并在一些作品发表之后进行作品研讨，写作作品评论。这些提前介入和深度参与的阅读与评论的效果是显而易见的，这一方面使作品能够在出版之前得以取长补短，得到质量提升；另一方面使作品在出版之后，为更多读者所了解，发挥应有的积极影响。像纪红建的报告文学《乡村国是》、赵德发的长篇小说《经山海》、陈毅达的长篇小说《海边春秋》、老藤的长篇小说《战国红》等作品，都在作家初步完成写作之后，由相关部门举办以评论家、编辑家为主的小型范围的作品改稿会，对作品集体会诊把脉，面对面地提出修改意见与建议，使作品能够补短扬长，得以完善。这些作品经过这样的批评家的献计献策和各方面的合力打磨，都显著提升了作品的艺术质量，先后获得了"五个一工程"奖等重要奖项。这些都充分表明，改稿与评论等工作在打造文学的精品力作方面，也在发挥着重要的作用，产生了显著的功效。

文学批评的短板也显而易见，如面对样态纷繁的网络文学创作，现在的批评还不相适应，新的批评形态仍在生成与建构之中。在严肃文学的批评方面，具体的作品评论较为常见，整体性走向与现象的把握与研判以及倾向性问题的捕捉与批评，都比较欠缺。还有批评的队伍需要大力补充新生力量，需要建立培养新的文学批评人才的机制，等等。这些问题，都需要文学批评自身和有关领导部门予以足够重视并切实解决。

遵循文艺规律的创作组织更为有力和有效

组织文艺创作，开展文艺活动，从事文艺事业，都要遵循文艺的基本规律，适应文艺的特殊需求。在这一方面，邓小平曾指出："文艺这种复杂的精神劳动，非常需要文艺家发挥个人的创造精神。"习近平总书记也强调："要尊重文艺工作者的创作个性和创造性劳动，政治上充分信任，创作热情支持，营造有利于文艺创作的良好环境。"这些重要论述精神，都为文艺创作的组织与引导，提供了重要的思想指引。新时代的文艺创作之所以不断走向繁荣，文艺事业之所以不断获得发展，正是文艺的组织领导部门遵照这些基本精神，充分尊重文艺家，遵循文艺规律，把气力下在"深入生活、扎根人民"方面，把功夫花在"读懂社会、读透社会"方面，从而为文艺创作提供了适当的条件，创造了良好的机会，从而推动文艺创作不断向前发展。

党的十八大以来，中国作协利用"定点深入生活创作项目""重点作品扶持项目"，先后扶持各类文学作品和项目850余部和550多项，涵盖经济、文化、社会、生态等多个领域。2017年起，中国作协建立"深入生活、扎根人民"经验交流联系制度，每年举行一次"深入生活、扎根人民"主题实践经验交流暨创联工作会议，进行"深入生活、扎根人民"及创作联络经验交流，表彰先进个人、集体。2020年起，举办"中国一日·美好小康""中国一日·工业兴国"等活动，开展"记录小康工程"和"脱贫攻坚题材报告文学创作工程"，召开全国新时代乡村题材创作会议，推出"新时代山乡巨变创作计划"。这些活动、工程与计划，紧密跟随社会新变与时代演进的步伐，适应文学创作的现实需要，给文学创作者提供了阅读社会的良好条件，创造了书写时代的绝佳机遇。使得"深扎"与创作成为一种自然的连接，一种基本的常态。这种在文学创作方面切合实际的组织与引导，使得许多反映时代生活、满足人民需求的优质文学作品，源源不断而来，形成走向繁荣的态势。

一个时代有一个时代的文学，一个时代的文学有一个时代文学的风貌。新时代，广大文艺工作者在"以人民为中心""把握民族复兴的时代主题""把文艺创造写到民族复兴的历史上、写在人民奋斗的征程中"等方面，坚定方向，持续发力，深耕细作，踔厉奋发，使得一批又一批的优秀作品不断涌现，并以各自不同的光色与亮色，共同构造着新时代文艺的特色，铸就着新时代文艺的高峰。这是一个正在向人们徐徐展开的新时代文艺的壮丽画卷，也是我们的新时代蓬勃发展的艺术写照。

（原载2022年8月5日《人民日报》）

佳作力构评析

将军决战岂止在战场

——读丰收的纪实作品《西长城》

纪实文学《西长城》（人民文学出版社2014年版）是作家丰收关于兵团题材的一次重要写作，也是有关新疆生产建设兵团历史的集大成之作。就一般读者而言，兵团是怎么回事，经历了怎样的历史沿革，几十年来做了什么样的工作，有什么样的作用和意义，这本书基本上都用以点带面的方式写到了，也写全了。从这个意义上讲，它就是关于兵团历史、事件、人物的、以文学方式写作的百科全书。这样的一部作品，只有热爱兵团、熟悉兵团的丰收才能写出和完成。可以说，丰收之于兵团，熟到如数家珍，爱到如醉如痴，这使他不能不进行这样一次写作，不能不写好这样一部作品。

从阅读的感觉上说，这本书铺设的点比较多，涉及的人也相当多，看起来像是满天星斗，交相闪烁。但看进去之后，还是很抓人，也很感人。从兵团的领导与领袖这个层面上看，几个主要人物都很鲜活，王震、张仲瀚还有陶峙岳的形象与性格都很完整。一些小人物也是非常鲜活的，包括基层干部、起义人士、知识青年等。丰收对大人物和小人物是一视同仁的，没有偏向，对小人物也给予了郑重的对待与应有的尊重。有人说这部作品是人物群像，或者是英雄群雕，这些说法都是恰当的。

给我印象最为深刻的，是这本书从不同的层面、不同的角度，书写了兵团人所共有的一种追求梦想的理想主义与超越现实的奋斗精神。无论是在兵团的哪个时期，哪个地方，你都能感觉到有一种精神在兵团大地上滚动。六十年来，上到王震、张仲瀚，下到普通一兵、新来的知青，这么多人都把自己的心力奉献出来，只是付出，不计报酬，只为耕耘，不为收获。这不是一个人，而是群体性的；不是一代人，是代际衔接的。无论是兵团里的个人，还是兵团这个整体，说起奉献和获得的相应与相称，非但不成正比，恐怕差距甚大。了解内情的人都会知道这是一个不争的事实，正因为这样的事实，兵团人才显得更加了不起，值得我们高度敬重。这本书通过不同的人物和群体，写出了兵团的总体精神，这个精神是由多元素构成的，包括拓荒精神、英雄主义，也包括白手起家的创业精神、不断进行生产变革的革新精神、一直与时俱进的时代精神，也包括保卫国土的戍疆卫边的国防精神，等等。总之，很多因素的综合与凝聚，构成了很特殊又很丰富的兵团精神。

在这些精神里，有一个贯穿性的内核，就是对共产主义的信仰、对人民的赤胆忠心与对党的无比忠诚三者的高度统一。这种信仰与信念，坚如磐石，无坚不摧，所以无论遇到什么风浪，遭遇什么艰难，兵团人都能满怀激情地去面对，都会满怀信心地去应对。在兵团这个群体中，上到王震将军，下到普通战士，都是如此，从精神层面上可以说是团结得如同一个人。从某种意义上讲，六十年来，兵团事实上构成了一个不可分割的整体，这就是信仰、命运与利益的共同体。所以，兵团的历史不只是军垦戍边的历史，它首先而且主要是一种精神能量的积聚和精神传统的赓续，这是特别难得的，也是至关重要的。

我的另一个强烈感受，是兵团所具有的"熔炉"特性。因为榜样的示范、精神的感召、思想的淬炼，兵团成了一个特殊的革命大熔炉。兵团是由一野的二军、六军为骨干，以起义投诚的二十二兵团为基础，又吸收了大量的知识青年逐步构成的。这些来自不同方面、情况各不相同的人们与群体，最终凝结成为一个既特别能生产又特别能战斗的半军事化群体，是非常不容易的。这也证明，不管什么人进来，兵团都有能力和办法，把他吸住，把他熔化，让他成为这个伟大群体的合格成员，一起打拼战斗，一起无私奉献。就如何团结人、教育人、感化人而言，这里包含的工作是大量的，也是艰苦的。可能最为不易的，一是对起义官兵的教育、感化，二是对知识青年的感召、引导。对起义官兵的教育与感化，书里有一个典型案例，就是韩有文从最初的被裹挟进来，到之后的全身心奉献，把兵团的"熔炉"特性表现得淋漓尽致。书里写到兵团几次去内地招收知识青年，尤其是招收大量的女知识青年，如上海的、山东的、湖南的等等。她们的加入，对于兵团人的成家立业和安守边疆，起到极其重要的作用，因而也构成了兵团史上极其重要的一页。从一定程度上说，她们因为来自城市，自寻艰苦，付出得特别多，贡献也格外大。这部作品还写了不同人的无私奉献，以及他们融入这个群体的过程，这些个人都了不起，这个群体更是了不起。我觉得写出这样一点来，这个作品自然也很了不起。

我也读过一些兵团题材的作品，并跟与兵团有关的人接触过，我觉得很多人对王震的感情及看法是很复杂的，甚至是爱怨交加的。尤其是非第一代的兵团人，他们会有一种感觉，那就是他们的命运全由王震这个人一手掌控着。当年王震一声令下，父辈们无怨无悔地就跟上走了，也把他们的命运全部决定了。王震当年往新疆开进的时候，途径陕西武功的西北农学院，站在台子上讲了一番话，意气风发，慷慨激昂，听得一些学生热血沸腾，心驰神往，他们二话不说，跟着王震的部队走了，一路跟随他到了新疆，从此就在新疆扎根生活。今天来看，我觉得这里除去王震的个人魅力的影响，主要还是因为受到了他所代表的共产党人的奋斗目标与精神能量的感召，以及这种目标与能量的切合实际、深入人心。所以，从王震本人，到普通士兵，再到广大知青，他们都是急人民所急，需祖国所需，一切的努力、付出与奉献，都是为了国家的安危、民族的利益，完全把个人利益抛诸脑后。其为人做人，真正做到了毛泽东赞誉白求恩时所说的那样："一个高尚的人，一个纯粹的人，一个有道德的人，一个脱离了低级趣味的人，一个有益于人民的人。"

从王震领导下的兵团创建，到张仲瀚坚守的兵团守业，以及兵团自身的长足发展，和其所发挥的越来越彰显的多重作用等方面来看，我还有个感受，那就是将军决战岂止在战场，将军决战也完全可以在农场，因为那是特殊的没有硝烟的战场。

既是悲歌，又是赞歌

——评阎真的长篇小说《活着之上》

近年来以高等院校为场景，以教授学人为主角的长篇小说接踵而来，逐渐增多，使得这一题材领域成为当下小说写作中一个不大不小的热点。阎真新近推出的长篇作品《活着之上》（湖南文艺出版社2014年版），也是以高校为舞台，学人为主角，但因带入了自己的痛彻体验，融入了自己的深切思考，把看似寻常的题材，写出了新意，也掘出了深意。该作品既为深受腐败侵蚀的畸态学风怒吟悲歌，又为恪守为人为文道德底线的有志之士吟唱赞歌，这种双重旋律让人读来受到莫大的悸动，激起深长的忧思，引起深刻的反省。

作为高校学人的聂致远，身份极为普通，经历也并不复杂：从麓城师大本科读到硕士，又考到京华大学读了博士，毕业后回到麓城师大从事明史的教学与研究。但这看似平淡无奇的经历与学历，却因涉及报考专业、选定导师、写作论文、论文发表、论文评级、工作安排、成果积累、职称评定等一系列关节点而变得复杂。走通这些关节又需要学业以外的各种资源与功夫，让他每过一关都无比惊险，每走一步都步履维艰，不仅身心疲惫不堪，而且时时陷入迷离与茫然。聂致远处处被动，穷于应对的先是"市场进入学校"，

"市场时代的思维方式"成了基本规则；还有就是人情关系与人脉资源越来越重要，"事情的关键是怎么去找人、求人"。置身其中的聂致远对于这一切不习惯，也不适应，每每遇到需要硬着头皮去找人的事情，自己都恨不得去"撞南墙"，因而总是处于一种不想去屈从又不得不顺应的纠结之中。而他的同窗好友蒙天舒却如鱼得水，游刃有余，他把他所秉持的"屁股中心论"，美其名曰"现实主义精神"，不仅身体力行，而且活学活用。他利用聂致远的部分论文完成了自己的博士论文，又跟聂致远置换了授业导师，论文受到了好评，导师升任了院长，他自己也跟着一路攀升，在聂致远还在为副教授职称奋力打拼的时候，蒙天舒已稳稳地升任了院长助理。

经由聂致远的磕磕碰碰和蒙天舒的一路顺风，作品写出了当下高校与高教领域存在的严重行政干预学术、资本侵蚀权力、市场主导管理的不良校风与学风问题，也写出了在学人之中渐渐盛行的功利主义与所谓的"现实主义"。这种讲求关系、趋于势利的校风与学风，有别于那些明火执仗的腐败，却因其隐蔽性、冠冕性，更让人难以捉摸、难以设防，因而带有更大的侵蚀性与危害性。令人为之欣喜的是，聂致远没有随波逐流，他一直在种种压力之下顽强抗争，在重重围堵之下苦苦坚守，这使作品在雾霾弥漫的灰暗氛围里，不时闪现出一丝丝亮光来。

底线难守也得守，这是时时处于纠结之中的聂致远的最后防线。而要守住这最后一道防线，又是何其艰难。作品在前后两处写了聂致远面临诱惑最终拒绝的经历，应该说，是拒绝还是接受，是屈服还是坚守，都在一念之间。读博期间，有人给聂致远找了一个将"知识变成生产力"的"大活"——给东北一个老板撰写家族史，可获得10万元的劳务费。但当了解到老板的意图在于为当年东北沦陷时曾与日本人密切合作的爷爷作传，并要把他粉饰成一个好人时，他"不等自己犹豫"，便给断然拒绝了；聂致远刚刚出任省评定职称委员会的评委时，被供职于某职业学院的中年女教师堵在路上，女教师一边诉说自己的具体情况一边递上万元红包，还坚意要请吃饭，聂致远坚定地拒绝了红包和吃请，并要她相信："这个世界上有好人"。说实话，聂致远所遇到的，都是生活中所习见的，也是许多人见怪不怪的，但聂致远就是"自己不愿意做"。这在别人看来，他"太天真了"；而在他看来，"这太现实了"。他宁愿守着这份天真，让自己问心无愧。

作品还有一个重要的叙述线索，是聂致远借着在北京读博的机会，去往西山曹雪芹墓地拜谒和踏访。深入了解了曹雪芹身世与命运的他，"有了一种久违的陌生的感动"，惊异于曹雪芹顶着"世俗生活的巨大压力"，"不为名、不为利"，只为一部《石头记》。由此，"一种曾经体验过的力量从世俗生存中超拔出来"，让聂致远"感到惭愧，却也感到幸运"，从此成为他学人生涯中的重要坐标，让他虽不能"先天下之忧而忧"，却也能"守住自己的一点清白"。"在他们的感召之下，坚守那条做人的底线"，正是在这个意义上，聂致远在"活着"的同时，一直没有放弃对"活着之上"的问题的思索，坚信"在自我的活着之上，还有着先行者用自己的血泪人生昭示的价值和意义"。从曹雪芹淡泊名利的人生追求，到聂致远"活着之上"的人生叩问，作品在世俗的生活与缭乱的现实之外，又飞腾起一种超拔的精神气韵，使作品卓具了反思的动力与思想的引力。

读《活着之上》，人们还会明显感觉到，如今的阎真较之过去，在小说写作中更为放松了、放达了。阎真过去的写作，故事相对严正，人物相对严肃，语言相对严谨，但在《活着之上》里，俨然换了一种姿态，变了一副笔墨，无论是述事还是写人，都时见幽默情趣，常有反讽意味。如作品写到省电视台要聂致远去做电视讲座，要讲的却是与他的明史专业八竿子都打不着的"绿豆文化"，聂致远勉为其难地做了之后，才发现那不过只是给绿豆做广告而已；还如几位友人在聂致远评上教授之后去吃饭喝酒，最后结账时发现要付三千多元，以致聂致远禁不住惊呼："太贵了，这湘鄂情！"明里说的是饭馆名称，内里暗含了对以情宰人的愤懑。还有一些语言上的表述，看起来概念重复、格外绕口，但却话里有话、饶有意味。如赵平平对聂致远打趣说："要一个女孩一点都不现实，那也是不现实的。"聂致远做论文卡壳又工作无着，觉得各种压力压得自己"嗷嗷叫"，"这嗷嗷叫的声音别人是听不见的，唯有我自己能听到，很清晰，是心底发出来的声音，疼痛呀，渺小呀。疼痛是渺小的疼痛，渺小是疼痛的渺小"。还如聂致远申报国家重点项目时的心理活动："这希望是多么渺茫，多么渺茫。一个人他不抱幻想就没有希望，他抱有幻想就总是失望。"这里有想说就说出来的，也有只在心里说给自己的。这些未言之言，或可称为"腹诽""腹议"，委实也是作者描画人物、揭示心理的基本手法，而这种"心说"，更把主人公在备受煎熬中的心神不宁与心事重重的精神状态，揭示得自然而鲜活，表达得坦然而有味。这种卓见内力的艺术表现手法与技法，和其要表现的保有内蕴的故事内涵与人物心态，可谓是桴鼓相应、相得益彰的。

阎真的小说写作，一次有一次的风采，一作有一作的风貌，而且由《活着之上》又显现出不少的艺术新变。这一切都让阎真的小说写作隐含了更多的可能，也令人们对他抱有更大的期待。

2015年3月5日于北京朝内

小人物的光亮

——评陈彦的长篇小说《装台》

如果说2013年出版的长篇小说《西京故事》，标志着戏剧家陈彦向小说家陈彦成功转型的话，那么由作家出版社新近推出的长篇小说《装台》，就不仅把陈彦提升到了当代实力派小说家的前锋行列，而且突出地显示了他在文学写作中长于为小人物描形造影的独特追求。

《装台》的主角刁顺子，是装置舞台背景与布景的装台人。行当是新兴的，活路是下苦的。"好多装台的，不仅受不了苦，而且也受不了气，干着干着，就去寻了别的活路，唯有顺子坚持了下来，且有了名声。"刁顺子所以坚持了下来，一是觉着以自己的能耐，只能挣这种"下眼食"；二是啥活都带头干，"账也分到明处"，而且"啥事都能下苦，就没有装不起来的台"。

但装台人的生计决非一味下苦那么简单。装台时，顺子他们要面对不同的剧团、剧种与剧目，要装各种各样的舞台；还要面对不同的导演、灯光师和舞台监督，看各种各样的脸；有时还得经常挨宰受骗，干完活不是拿不到钱，就是找不到人。回家后，像顺子这样拖家带口的，又有毫不通情达理的大女儿菊花总是恣意刁难新任妻子蔡素芬的家庭难题，他想了各种办法，也难以完全破解。刁顺子的心情，很少顺畅；刁顺子的人生，很少顺遂，他的名字与他的遭际真是形成了绝大的反差，或者说他的名字对他的命运构成了巨大的反讽。

但就是这样一个步履维艰、自顾不暇的装台人，却硬是承受着种种苦难，忍受着种种伤痛，以自己的瘦弱之躯和微薄之力，帮衬着一起装台的兄弟们，关照着他所遇到的不幸的女人，渐渐地显示出俗人的脱俗与凡人的不凡来。猴子装台时被轧断了手指，他跑前跑后找寇铁，挨骂受辱地要来了三万元补偿费；墩子在寺庙装台时惹下大祸开了溜，他代为受过在菩萨像前顶着香炉跪了一夜；在素芬离家不归、自己也对装台心生倦意决定自我退休后，在弟兄们的一再央求之下，他又再度出山，重新拢起了装台的团队。而他接连娶过的三房妻子，与她们的结合与其说是爱情在主导，不如说是善心在发光：娶第一个妻子田苗，他是想为这个劣迹斑斑的女人洗刷过去的污点；娶第二个妻子赵兰香，是看在可怜的孤儿寡母需要有人照顾；娶第三个妻子蔡素芬，则始于雨中撞人之后的怜香惜玉。但顺子是认真的，一旦娶了，就以诚相待，不离不弃。即便是悄然离家的素芬，也在留言的纸条里言之凿凿地说道："我会永远记住你的，我觉得你是这个世界上最好的人，你会有好的报应的。我无论走多远，都会为你祈福的。""世上还有你这一份情感，还会温暖我好多年的。"以诚待人，给人温暖，这是这个看似微不足道的装台人，在艰窘的人生中闪放出如萤火虫一样的自带的亮光。这份亮光也许还不够强盛，也不够灼热，但却在自己的默默前行中，映照着别人的行程，也温暖着他人的心怀。

由此，刁顺子这个小人物便因其自持而不自流、自尊而不自卑、自强而不自馁，明显地区别于"底层写作"中的小人物，而有了自己的内涵与光色。作品中的刁顺子，面对瞿团、靳导、寇铁等人，许多时候是低三下四的，那并非是他奴颜媚骨，而是他知道"有这么个固定饭碗不容易"，更是因为他身上"有一种叫责任的东西"。

每一次装好台的彩排与演出，顺子都站在大幕之后提心吊胆，直到大幕落下，观众鼓掌，才"心里的石头落了地"。他只求装台成功，不求自己有功。

那场《人面桃花》的演出中，扮演狗的演员因故不能演出，顺子去临时顶替，装台的人终于登上了舞台，他格外看重这个难得的机遇，于是便抓住机会尽情表现，忍受着难言的痔疮的疼痛，把活着的狗演得活灵活现，把死去的狗也演得死不瞑目，终于酿成"死狗疯了"的演出事故。这场给顺子带来极大耻辱的演狗事故，看似属于舞台上失却自控，过了火候，又何尝不是顺子借着别人的酒杯浇自己的块垒，经由演狗来向世人做无言的倾诉？顺子在心里大骂"狗日的狗"，他自知自己的舞台就是装台，"什么也改变不了，但他认卯"。这里的"认卯"，既是认命，也是认理。因为认命，他甘于继续他的装台营生，因为认理，他又接纳了大雀儿媳妇走进自己的家门。他依然是在以自己的方式，践行着自己的为人理念，继续着自己的人生行走。不管别人怎么说，也不管菊花怎么看。他的执拗与硬气，来源于他的柔肠与善心。小角色的大担当，小人物的大情怀，由此可见一斑。

《装台》读来让人目注神随，读后令人心猿不锁，充分表现出了作者在故事编织与文字调遣上的深厚造诣与不凡功力。这里简说细节描写与方言运用两点。为使装台这种枯燥的活计看来生动有趣，作者一方面浓墨重彩地写"给半空灯光槽运灯"，顺子两脚不着地登高爬低；一方面见缝插针地写装台工们的彼此嘲弄和相互打趣，让一次次的装台活计变成一折折的生活小戏。而顺子总把蔡素芬带来装台现场，以及他总是常犯不断的痔疮疼痛，既给艰苦的装台工作添加了枝蔓，又给兄弟们的借机打趣提供了话题。由此，装台的活计可触可感了，装台工人也可亲可爱了。在语言的运用上，陈彦不仅用陕西的关中方言来述事和写人，而且用饱带陕西韵味的流行用语来营造语言上的幽默意趣，使作品迭见包袱，妙趣横生，如"咥""掰掰""啬皮"

"日塌""牟乱""万货""挖抓"等陕西关中特有方言，虽都可在普通话中找到相应的词汇，但都不如陕西方言来得更为贴切和形象。这种方言俚语恰当地运用到对话里，更具有以言会意、以一当十的奇特效果。如大雀儿的媳妇来看大伙装台，猴子就话里有话地跟大雀儿媳妇打趣："嫂子好福气呀，把人世间最好的东西都咥了"。还如顺子被一个叫邓九红的女导演狠狠踢了裤裆一脚，看着痛苦不堪的顺子，靳导半是关切半是揶揄地说道："顺子，检查一下蛋，看散黄了没有?"这些话语，亲切中透着亲昵，随意中满含嘲意，读来也令人忍俊不禁，开怀解颐，使作品平添了一种世俗的愉悦与幽默的意趣。

我还想说的是，自20世纪90年代后期"70后"一代登上文坛之后，他们的个人化写作也从不同的角度把小人物的边缘化状态写得活灵活现，这在一定程度上弥补了宏大叙事写作在人物塑造上的某些不足。但也毋庸讳言，他们笔下的小人物，人生之无奈、命运之无常、心境之无告，常常令人满眼灰暗，满心怅惘，传导给人们的也多是悲观与失望。而同样是小人物，陈彦笔下的刁顺子，显得就有自己的气度与温度，他以艰难境遇和坎坷命运中的坚韧与担当，既显示出其质朴的个性本色，又闪耀出其良善的人性亮色，让人们从平凡人物的不凡故事中，看到小人物在生活中的艰难成长，在人生中的默默奉献。这种把小人物写成大角色，并让人掩卷难忘的写作，说明了小人物完全可以写好、写"大"，问题只在于怎么去写。陈彦在写作上既眼睛向下、深接地气，又心怀期望、饱含正气，这使他既写活了小人物，也释放出了正能量。这是陈彦由《装台》这部作品，告诉给我们的他的写作经验，而这样的经验显然是值得更多的作者学习和汲取的。

2015年12月7日晚于北京朝内

因暖心而醇厚

——评刘庆邦的长篇小说《黑白男女》

刘庆邦的长篇小说《黑白男女》于2015年由上海文艺出版社推出之后，我就及时拜读了，并在《中国文情报告（2015—2016）》中就这部作品的主要特色做了简要的评介。时隔两年，再读作品，普通人物身上闪现的亮色，日常生活中散发的光点，仍让人怦然心动，感慨系之。

刘庆邦在小说创作中，有一个始终如一的追求，那就是接地气、有底气。他在2014年接受《光明日报》记者采访时，就明确表示："作家的创作要接地气。"他自己是这么认为的，也是这样身体力行的。什么是地气？当然是生活之底气、人性之元气、时代之生气。刘庆邦无论是写作短篇小说，还是写作长篇小说，都着眼于现实、选材于基层，或写蓬门荜户的乡民，或写吃苦耐劳的矿工，都一定连接着现实生活的脉动，笃定传导着普通百姓的哀乐。因此，读来引人入胜，读后沁人心脾。

《黑白男女》这部作品，可谓把刘庆邦小说创作的这种平民美学的追求发挥得淋漓尽致。

《黑白男女》所描写的是刘庆邦最为熟悉的矿工生活，但却把镜头聚焦于龙陌煤矿发生重大矿难事故之后的几个普通家庭——失去儿子的周天杰，失去丈夫的卫君梅，热心助人的蒋妈妈、蒋志方母子，等等。本来就处于社会底层的矿工家属，又因突如其来的矿难失去亲人，雪上加霜的沉重打击使得他们的生活格外艰难，人生命运也被重新改写。而危难之中的矿工家属们，不仅站了起来、挺了过来，而且还以绝望中找寻希望，冷酷中相互温暖，展现了友善的人情对于纷乱的人际的内在粘合，良善的人性对于艰难人生的暗中滋润，从而使满眼灰暗的生活，不断释放出灼人的光亮来。

龙陌煤矿的矿难家庭遇到的普遍又棘手的大难题，是年轻的儿子、盛年的丈夫身亡之后，妻子如何应对，家人如何面对。无可避免的是，在原有的家庭结构被摧残、既有的平衡关系被打破之后，原来和谐的关系变得微妙了，原本均衡的利益也变得倾斜了。这正如郑宝兰所痛切感受的那样："丈夫的生命终止了，她们的生命随之被撕裂，她们的幸福生活随之被打破，她们的世界犹如一下子跌进万丈深渊，眼前一片黑暗。"也正因如此，公公周天杰对儿媳郑宝兰就暗自生出一份同情，自然多了一些关爱，因为他知道对于他们家来说，"留住郑宝兰就是全局，把孙子养大就是大局"。为此，他不顾老伴的白眼，不管别人的闲话，时时处处都护佑着儿媳郑宝兰。其不言自明的用意是，尽量把郑宝兰稳住，乃至留住。

作品里有一处写到郑海生去到亲家周天杰家，想找女儿郑宝兰商讨如何应对有再嫁之意的儿媳褚国芳的情节，读之很令人为之唏嘘。郑海生原本希望从女儿那里得到一些应对办法，但当他说出自己的意图与想法时，不料郑宝兰却站在褚国芳的角度上为她全力辩解："人不能太自私，不能只为自己着想，也得替别人想想。你想想，没有我哥了，人家褚国芳还有什么？你儿子没了，人家凭什么还要是你儿媳妇？"郑宝兰在替褚国芳辩解的同时，也是在替自己申诉，为自己辩护。正是这种"借他人酒杯，浇自己块垒"的一段辩白，使她自己心潮难平，哽咽流泪，使郑海生因完全忽略了女儿而

"有些愧悔，也有些自责"，还使在门外听到这一切的贾天杰有感而发地慨叹："我家宝兰也是个苦命孩子。"很少从别人的角度考虑问题的两位父亲，由此更多地理解了女儿、儿媳的苦衷，两个家庭由此也增进了亲家的情谊。怎样以细节述事，以细节写人，以细节传情达意，这段描写可谓一箭三雕，曲尽其妙。

最为感人也最有意味的，是蒋志方与卫君梅的特殊恋情。说特殊，是因为丈夫去世后带着两个孩子的卫君梅，压根没有再去嫁人的念想，她走不出对丈夫陈龙民的深挚爱恋与无限依恋；而好学上进又从未婚娶的蒋志方，眼睛里完全没有别人，对一味向自己示爱的杨书琴毫无感觉，只一门心思地看上漂亮又贤惠的卫君梅，并利用送手机、发信息、送纸条等方式穷追不舍。关爱儿子的蒋妈妈不希望自己的儿子爱上带着两个孩子的寡妇，便想以找卫君梅交换意见的方式了解情况，也做做工作。但与卫君梅的一席谈话，却使蒋妈妈彻底犯了难：卫君梅完全无意嫁给蒋志方，而且态度十分明确；而她也心里明白，一根筋的儿子非卫君梅不娶也是意志坚决。但从两方面透露出来的信息看，卫君梅的"不会有任何痴心妄想"的话语，儿子蒋志方的"痴心不改"的姿态，让她分明从中看到了两个看似坚持己见的人，其实都在为对方默默着想。蒋志方与卫君梅最终能否走到一起，完全是个未知数，但在蒋志方坚忍不拔的追求下，卫君梅已从生硬拒绝到被动应付，那完全封闭的心已在慢慢打开却是显而易见的。在这里，爱是自私的，爱又是无私的，情是利己的，情又是利他的。普通人用他们最本真的性情，表达着自己，也影响着别人，他们是用情感的细针密缕，缝合着人际关系断裂的缺口，也以此织补着属于底层人自己的爱情锦绣。

刘庆邦写作《黑白男女》，与他过去在小说写作中惯以引人的故事内含批判性意味明显不同，这部作品的内容之平实、故事之平常，都十分显见，乃至罕见。他的叙事，皆为凡夫俗子的家长里短和日常生活的细枝末节；他的语言，也摒弃了以往的雕章琢句，尽是生活常态与人生常理的擘肌分理。可以说，完全打通了艺术与生活的界线，模糊了小说与生活的区别，使二者实现了消弭差异的无缝对接，从而构成了刘庆邦式的生活流的小说写法。而与此相得益彰的，是在对底层的抵近、对弱者的体贴中，作品通体渗透着一种人生的达观与人间的大爱，而由此也更为凸显了作家雄浑博大的人文情怀与忧国忧民的赤子情怀。

我以为，刘庆邦的这部《黑白男女》在现实题材的写作上，如何以自己的方式看取生活，怎样以自己的语言表达感受，并借以形成自己独特的艺术个性，又一次做出了成功而有益的尝试。而这既是他自己小说创作上一个显著的突破，也给发下现实题材的小说创作如何接地气、有生气，提供了颇有裨益的启示。

（原载 2017 年 3 月 29 日《人民日报》）

"人民"名义下的殊死博弈

——读周梅森长篇小说《人民的名义》

从 1996 年出版长篇小说《人间正道》之后，周梅森连续推出《天下财富》《中国制造》《至高利益》《绝对权力》等长篇小说，并将这些小说原作先后改编成电影或电视剧，引领了一个时期小说与影视两个领域里的现实题材创作热潮。

周梅森的这些作品以改革开放为基本背景，以各级官场为主要场景，主写置身其中的各色人物的义与利的抉择、权于欲的交织、情与法的较量，因为包含了腐败与反腐败的内容，常常被人们看作是反腐题材作品。周梅森本人对于人们送上的"反腐"这顶帽子，不仅不愿领受，而且一再推却。他在 2007 年接受《北京青年报》记者采访时就明确表示："中国现阶段的腐败问题是不能回避的，总会不自觉地有所涉及，像《绝对权力》看似从反腐线索展开，但其包含的意义却不是单纯的反腐。"由此他吁请人们，"请给我的作品一个准确的定位。"

近读周梅森《人民的名义》长篇新作，并观看了中国话剧院演出的同名话剧，感受良多，感触颇深。我觉得，对于周梅森的如许小说作品，确实不能用"反腐"一词一言以蔽之。他的作品，并不纠结于腐败事件本身，也不只写"打虎"的英雄人物，而是以官员涉贪为线索，公权私用为由头，揭示权力运作中的某些畸态、官场文化的某些霉变，进而察观"人民"名义的虚与实，拷问人性深处的恶与善。这样的作品直面政坛现实，主写政界事务，直击官场生态，塑造官员形象，是名副其实的政治小说。我以为，以此来看待周梅森和类似的小说写作倾向，更为切实，也更为确当。

以周梅森的近作《人民的名义》为例，在这部作品里，汉东省检察院反贪局局长陈海在调查一桩特大贪腐案件时遭遇车祸身亡，这只是整个故事的一个引子，它相继引来的，是踌躇满志的新任反贪局局长侯亮平的临危受命，是居心叵测的省公安厅厅长祁同伟的如坐针毡，是心怀鬼胎的省委副书记高育良的惴惴不安，以及省会京州政坛的暗流涌动。摆在侯亮平面前是两种截然不同的选择：一是认可陈海是偶然车祸牺牲者的虚假结论，放过案件背后的一干人马，维持海东省和京州市政坛的表面平静；二是接续陈海未能完成的工作，锲而不舍地追查下去，揭开事情的原本真相，牵涉到任何人都在所不惜。侯亮平毫不迟疑地选择了后者，因为他意识到陈海遇害，说明他离"巨大真相"已"近在咫尺"，他只能在陈海止步的地方接续前行，继续战斗，以查清事件幕后的真相所在。

一场你死我活的博弈、虎口拔牙的战斗，由此拉开了序幕。先是祁同伟从老同学的角度软硬兼施地逼他就此罢手，后是高育良以老师的身份苦口婆心地规劝他急流勇退，当这一切都打动不了侯亮平、劝阻不了侯亮平时，便图穷匕首见。祁同伟在高育良的默许之下，捏造了受贿的莫须有罪名，使侯亮平在关键时刻被停职反省。正是在这或明或暗的较量中、在氤氲不明的搏杀中，侯亮平终于摸清了祁同伟这个昔日老同学的罪案底细，也完全看清了高育良这个当年的好老师的虚伪面目。在情感与法理、情义与法律、情分与法度的抉择上，越来越清醒，也越来越坚定，他坚守正义、毫不畏惧，直到穷凶极恶的祁同伟无奈之下饮弹自尽，高度自信的高育良因失算而被绳之以纪。

作品里饶有意味的是侯亮平要处理高育良的前秘书陈清泉时，去向高育良做汇报，高育良煞有介事又言之凿凿地给他说道："亮平，要给我记住，我们的检察院叫人民检察院，我们的法院叫人民法院，我们的公安叫人民公安，所以，我们要永远把人民的利益放在心上，永远，永远。"而当高育良怂恿祁同伟、包庇赵瑞龙的渎职行为一一败露之后，面对最后来看他的侯亮平，他还大言不惭地侃侃而谈："为官者就得心正，心正则心安，心安则平安。""公生明，明生廉。为政清廉才能取信于民，秉公用权才能赢得人心。"这些从高育良嘴里顺口而出的话，曾让当初未识其面目的侯亮平为之激动，为之振奋。但已知他假公济私还振振有词，劣迹斑斑还夸夸其谈，就让侯亮平不得不为之震惊，为之讶异，乃至为之羞愧。因为，"人民"二字他挂在嘴边，脱口而出，但并未真正走心、入心，那只是他们弄权上位的广告词和争权夺利的遮羞布。这也说明，为官者尤其是高育良这样的高官、祁同伟这样的要官，既不幼稚，也不糊涂，他们是明明白白地糊弄人民，清清楚楚地谋取私利。而因为他们脸上戴了光鲜的面具，嘴上挂着正确的大话，人们既难以看得清楚，也难以很快识破。而这种既有官位保驾，又有大话包装的贪官，是最为有害的，也是最为可怕的。

《人民的名义》所揭示的由各种关系所维系，由各种力量所推导的官场生活，也是令人触目惊心的。就汉东省与京州市而言，这里既有祁同伟与高育良等人构成的政法系，又有李达康、刘新建等人结成的秘书系，还有副国级赵立春及其儿子赵瑞龙形成的赵家帮，以高小琴为主的以情带商的奸商帮，等等。这些派系与帮派的存在，既使官场政治生活更显波诡云谲，又使反腐斗争加倍复杂。而长期浸淫于官场，又会有种种诱惑引诱人，腐蚀人，正如高育良自道的那样："中国的改革开放浩浩荡荡，每个人都身处洪流之中，其中，有人因为自身的努力幸运地站在潮头之上，潮头之上风光无限，诱惑无限，但也风险无限，就看你如何把握。"有的人站住了，有的人倒下了，有的人前行了，有的人后退了。差异与分别，正在于人性的放纵与持守，信仰的放弃与坚守。对祁同伟、高育良而言，官场就是魅惑人的名利场，在这里可以结党营私，自谋私利，而对陈岩石、侯亮平来说，官场就是一个冶炼人的大熔炉，在这里可以百炼成钢，更为坚强。两类人物，两种选择，两种结局，真正的试金石与分水岭，仍然是"人民"。那就是，是把"人民"作为名义挂在嘴上，还是把"人民"作为依托放在心上。而侯亮平与祁同伟、高育良等人的不同命运结局也告诉人们，真心实意为人民的，人民始终是其坚强的后盾，而虚与委蛇于人民的，人民终究会将其唾弃。

由贪腐事件和"带病"官员为标本，来深入探悉政治生态现状，发掘其中的痼疾所在，并对不同政治选择背后的人生理念进行辨析，让人们在认识现实政治的同时，反观人生，反思人性，反求诸己，这应该是《人民的名义》这部作品的真正价值所在。正是在写出当下官场领域的政治生态，以及官场人物的内在心态的意义上，这部作品不仅有力地超越了一般的反腐题材作品，而且也把当下政治小说的写作水准提升到了一个新的高度。

（原载2017年4月5日《人民日报》）

时代病症的望闻问切

——评张炜的长篇新作《艾约堡秘史》

在当代小说家中，既能接连不断地推出新的小说力作，又能每每给人带来惊喜的高产又高质的作家，张炜绝对是数得着的一位。而且除了张炜，还真难找出第二人。

张炜在 20 世纪 80 年代初以短篇小说《声音》和《一潭清水》，连续两届斩获全国短篇小说奖之后，便把主要精力投于长篇小说创作。1986 年，他以《古船》做了令人惊艳的精彩亮相，随后，以两年一部的节奏，连续推出《九月寓言》《柏慧》《远河远山》《外省书》《能不忆蜀葵》《丑行或浪漫》《刺猬歌》等长篇小说。更令人称奇的是，2010 年，作家出版社一次推出他的"你在高原"长河系列，内含了《家族》《橡树路》《海客谈瀛洲》《鹿眼》《忆阿雅》《我的田园》《人的杂志》《曙光与暮色》《荒原纪事》和《无边的游荡》10 部长篇小说。当人们还未能从"你在高原"带来的巨大震惊中走出时，他在 2016 年推出长篇小说《独药师》，2018 年又推出长篇新作《艾约堡秘史》。这些体量巨大的作品告诉人们，作家写作的情形各有千秋，即如张炜这样的作家，其创作的能力无可限量，其持续的活力也难以估量。

长篇创作中的"张炜现象"，需要专题进行讨论和研究，这里只谈他的近作《艾约堡秘史》。这部作品在张炜的小说序列中，具有某种特殊性。这不只是指这部作品属于晚近出手的新作，而还在于张炜通过描述一个平民出身的私企巨富的心路历程，回望和反思了改革开放以来的历史进程；同时又由主人公说不清、道不明的"荒凉病"，触摸了人们习焉不察的时代隐痛，从而把"艾约堡秘史"的探寻，伸延到孕育了它的当下时代，构成了对于当下时代病症的望闻问切。

一

　　张炜的《艾约堡秘史》，并没有描写太多的各色人物，这使他能够集中笔力地去塑造有声有色的人物形象，特别是淳于宝册这样的堪称典型环境中的典型人物形象。

　　号称毕业于"流浪大学"的淳于宝册，父母早亡之后就无奈地寄人篱下，渡过了年幼时期，从十几岁起就在社会上到处流浪。幸有好心的刘老师等人的热心相帮，才找到得以糊口的工作，直到做到了一家乡镇小厂的技工。但他更为有幸的，是在成人之后，得遇国家改革开放的大势，适逢社会发展经济的机遇，他从创办三道岗村的农机厂开始，一步步地扩展企业领域，把一家私企做得风生水起，最终缔造起产业庞大、实力雄厚的狸金集团，他也顺理成章地出任了这个一方实业帝国的董事长。这个帝国，"是远超预想的一个存在，实力及规模当在数省区之首，产业分布海内外，囊括矿山、钢铁、房产、远洋、水泥、运输、医药、金融……真正的巨无霸"。

　　一路奋力打拼的经历和从不服软认输的个性，使淳于宝册成为最具实力的商界成功者，也使这个成功者从事业到人生，都充满高涨的自信，大有"天地与我共生，万物与我为一"的超凡气概。如果《艾约堡秘史》只写出了这样一点，那淳于宝册不过是众多幸运的暴富者中的其中一个，并无特别新奇之处。但可贵的是，作者由淳于宝册对自身罹患难以名状的"荒凉病"的深切自知，对困难时候帮衬自己的贵人的深深感恩，以及从一个"文青"角度对资本的暴戾一面的反思，让人感知了这个人物性格的复杂性，也让人看到了这个人物身上的某些潜在的亮点。

无论从事业上看，还是从情感上看，暴富之后的淳于宝册差不多已是一个"资本化"了的人物。他无论有什么想法，有什么意愿，都有充足的资本帮他一一实现。因为拥有数不清的巨额财富，这使他觉得自己几乎无难不克、无所不能。他喜欢人见人爱的蛹儿，觉得她只能待在自己身边；他爱慕优雅可人的欧驼兰，想方设法地伺机向她靠近。但他真正深爱着的，还是他称之为"政委"的结发妻子杏梅，因为他需要的是能一起打拼的"战友"，还能经常点拨自己的"政委"。他让老楂子等人记录整理他的各种话语言论，并精心装订成书，这并非附庸风雅，那是一个文学青年未竟之梦的延续，一个经营实业的儒商的文学情怀的披露。那些言论，以及他总带着诗集出行，证明了他仍有一颗未泯的"文心"。而这使他有可能站在"资本"之外看世界，甚至对"资本"本身进行反观。也正因为这种"文青"情愫在起作用，他欣赏如蛹儿、欧驼兰这样的优雅又文气的女性，喜欢与文艺文化有关的事物，甚至在与力主保护自然生态的吴沙原、欧驼兰发生观念碰撞时，不时表现出某些犹疑，乃至一定程度的理解。给人的感觉，似乎他人在商界，心在文坛。

淳于宝册这个人物很耐人琢磨，他的成长经历，他的性格形成，几乎就是改革开放四十年一些私营企业家的一例典型个案，一个缩影样本。他的挫折、他的成功、他的欣幸和他的苦痛，都是这个社会发展使然，是这个时代前行的结果。因此，这个人物可以引动人们去反观过往的历史，反思时代存有的问题。

二

《艾约堡秘史》的主干故事，是淳于宝册与吴沙原在开发和保护矶滩角一事上的观念相悖与相互博弈，而这一故事的背后，揭示的却是看得见的资本力量与看不见的人文精神的终极较量。

淳于宝册之所以相中和看重矶滩角，是想"拥有一段黄金海岸。这无论从哪个角度讲都是集团的一着大棋，不仅有实体开拓，还有其他种种妙用，旅游业、房地产、远洋捕捞皆可顺势拓展"。总之，这样的"斑斓图景"，说穿了就是用资本之手再捞取更大的资本，给他的狸金帝国锦上添花。

淳于宝册打定了自己的主意之后，吩咐手下的总经理老脏带、女副总利用各种手段上下打通关系，想尽办法征地拆迁。他们以先行征收周边村庄的方式，一步步地围困矶滩角。当这一切如火如荼地进行着的时候，他却把自己装扮成闲云野鹤式的闲人，去到矶滩角，留住在简陋的渔村小店，或找欧驼兰谈民俗文化，或找吴沙原谈天说地。他用的是旁敲侧击的战术、软硬兼施的手段，企图迫使吴沙原最终就范。但事与愿违，吴沙原油盐不进，软的硬的都一概不吃，不仅向他表明决心正式摊牌，而且还把淳于宝册最为在意的民俗学家欧驼兰拉入了同一战线。

在吴沙原与淳于宝册摊牌之后的对话中，吴沙原历数了狸金集团在实业开发中的血腥战术和造成的严重后果，言语之间不乏对于资本贪婪攫取的抨击与批判；淳于宝册并不否认吴沙原说到的事实，但又极力为狸金集团辩解，话语之中充满着对于资本力量的肯定、对于资本贡献的揄扬。这样的场面，旁观者蛹儿看得十分清楚："从现在到今后，狸金的主人都要面对矶滩角这道难题了。"

坚信资本可以无往不胜、无坚不摧的淳于宝册，出人意料地在矶滩角这里连续碰了两道壁：一道是吴沙原对于无论以什么方式开发矶滩角都不做任何退让，一道是欧驼兰对于淳于宝册高价聘她出任狸金文化总监一事的坚意拒绝。欧驼兰明白无误地告诉淳于宝册："我完全不是你想象的那一类人。"吴沙原则更直白地告诉淳于宝册："你虽然会胜，但不会'完胜'，不会胜得那么痛快和彻底。"面对资本力量的摄威擅势和恣意妄为，欧驼兰和吴沙原的回应是毫不迟疑和斩钉截铁的。这让人不无欣慰地看到，看似无所不能的资本力量，也有够不着的地方，也有换不来的东西，也有打不倒的对手，那就是人文精神的自我坚守、知识分子的应有尊严。从某种意义上说，这是一个特殊时期物质与资本的硬实力和精神与文化的软实力之间的碰撞与较量。也许矶滩角最终会被狸金集团拿下，按照淳于宝册的预想如愿以偿地肆意开发，但吴沙原、欧驼兰身上保有的和表现出来的那种坚定的信念与凛然的气节，相信同样也会给狸金人尤其是淳于宝册以深沉的震撼，使他们有所警觉、有所自省、有所敬畏。

三

读《艾约堡秘史》，首先让人感觉别样的，是作品叙述的引而不发、不露圭角，作品语言的从容不迫、游刃有余，要再准确地予以概括，我觉得那应该是"太极推手式"的叙事方式。

作品在一开始写到淳于宝册为蛹儿的特异风采所吸引，请她来私家住宅艾约堡当主任主管一切事务时，两人既无太多直接接触，更无深入的倾心交谈，从相识到相约，都像雾里看花、影影绰绰。这种若明若暗、若即若离的关系，使得蛹儿经常要动用自己的全部心思，去猜度淳于宝册的种种用意，乃至他对于自己到底有多少真情实意。

淳于宝册为欧驼兰的清丽文气所吸引，他所着迷的是欧驼兰暗香浮动的女性魅力。但为了接近她并使她对自己有好感，却不得不装作对民俗学颇感兴趣，甚至在民俗学方面着实下了不少的功夫，把炽热的情感尽量藏匿起来，或者用民俗学的装潢包裹起来。因此，他与欧驼兰的交往，在煞有介事的民俗文化交流活动的内里，实际上无不溢渗出"项庄舞剑，意在沛公"的别有用心。

最有意味的，是淳于宝册与吴沙原相互之间的你来我往。淳于宝册是奔着矶滩角而来的，但却一再撇清自己与狸金集团的关系，把自己打扮成一个不想管事也管不了什么大事的闲人。心里一直打的是矶滩角到手后拆迁与开发的种种算盘，嘴上说的却是百年渔村自然盛景的赞美之词。在某种意义上，他堪比一个出色的演员。

这种由环顾左右而言其他的情节与情景构成的主干故事，使作品在氤氲不明的表象中，暗藏着一种谜题的解读、意图的琢磨、情感的回旋、心绪的波动，使作品充满一种心理的张力、精神的内力。它既引动着读者细心品读、耐心寻味，又使作品在反映人物的精神世界和社会的精神现实上，更真实、更充分，也更具桴鼓相应的艺术魅力。

《艾约堡秘史》是一部直面这个时代的精神现状与某些困境，由此来把握时代脉搏、聆听时代声音、回应时代之思的文学力作。以文学的方式反映和书写改革开放四十年的历史进程，需要不同的角度和不同的写法，《艾约堡秘史》这样的偏于历史得失的反思与精神缺失的审视的作品，堪称"思"与"诗"的有机结合。这样的作品出现在这样的时候，无疑既是及时的，也是必要的。

（原载 2018 年 7 月 11 日《中华读书报》）

人生的"预警"

——评周大新的长篇新作《天黑得很慢》

周大新的长篇新作《天黑得很慢》（人民文学出版社 2018 年 1 月版），因主要利用出差时间抽空阅读，我读得断断续续、磕磕绊绊，读后的感觉也若芒刺在背，令人惊恐不安。一部小说能令人有一种疼痛的感觉效果，委实也并不多见。

从写作的题材上说，《天黑得很慢》所描写的退休老人余生晚景的生活故事是当下的小说写作里较少反映的，带有一定的弥补空白的性质。但周大新的这次小说写作，用心比较狠，手法也比较辣，他把人到老年之后从心理状态到生活情态的种种无奈情景、无常情状，描写得彰明较著、入木三分，犹如放大镜一般历历在目、纤细无遗，让人看得有些心有戚戚，更心有余悸。

回味《天黑得很慢》的阅读感受，应该说作品在真实揭示退休老人萧成彬变着花样的"抗老"斗争以及与小保姆钟笑漾的别样情感中，既蕴含了一定的批判的成分，也释放出了不少温暖的气息。这样的一个冷热的相互"对冲"，使得作品弥漫着一种氤氲乃至浑融的意蕴，从而既发人深省，又耐人寻味。

退休多年已年过七旬的老法官萧成彬，在步入老年之后越来越

"恐老"，为别人把自己"看老"而不安和不服，为自己身体的日渐衰老而焦躁和焦虑，因而想方设法地"抗老"，并不遗余力地寻求各种长寿方法与民间秘方：练延寿操、学龟龄功、吃千岁膏等。结果，无论是采自民间的，还是来自网上的，都被证明是乘伪行诈的伎俩与以售其奸的骗术，他既花了钱，受了累，还上了当，受了骗。只有去到远近闻名的长寿村——元阳村，与一些高龄老人接触之后，才由他们的无欲无求的自然生存方式得到触动，心态逐渐回归自然，"精神状态好了不少"。在他的这些纷至沓来的"抗老"战术的背后，深藏着的是萧成彬"不认老，总觉得自己还年轻"的心态，是一直"努力消除自己身上'老'的痕迹"的企图。但一场意料之外的口角引发的脑出血，却使从不服老的萧成彬接连遭遇了耳聋、失明的剧烈病变，乃至患上阿尔茨海默病，在86岁时完全变为了一个失去记忆力，没有了认知力的痴呆者。

一心"防老""抗老"，老境依然如期而至；力求长寿、高龄，却使余生缺少了原本该有的身体状况与生活质量。怕什么，来什么，求什么，缺什么，一切都朝着萧成彬个人意愿的相反方向发展。不能说萧成彬自己是自己悲剧的制造者，但他的不认老、不服老，在一定程度上加重了悲戚的成分，加快了走向悲剧的节奏，却是显而易见的。

人要走向老年，是人生历程的一个自然阶段。在这样的人生后半程里，既要干好自己该干的，做好自己可做的，也要学习在人生舞台上的"退场"，在事业打拼中的"收尾"，在人们视线中的"淡出"，善始善终地做好人生最后阶段的"谢幕"工作。但有些人并不这样去想问题，更不这样去看自己。他们在年龄上已迈入老年，心态却不情不愿，总是不甘，甚至以违背自然规律的方式去对抗"老年"，进入一种自欺欺人的"瞎折腾"的恶性循环。萧成彬的晚年悲剧，是作者笔下虚构的一例个案，但却带有极大的社会普遍意义，在某种意义上是许多老人晚年人生真实写照的一个缩影。作者把萧成彬的悲情故事告诉人们，是给进入类似状态的人们以警醒，给更多可能进入这种状态的人们以警策。

《天黑得很慢》之所以没有让人陷入悲观失望之中，盖因作者以故事中的故事，又岔出了新的意蕴。这就是作品中由萧成彬对钟笑漾的倾力帮衬，钟笑漾对萧成彬的全力呵护，以及由此生产的超常情感纠葛，让人感受到一种异乎寻常的爱的力量。萧成彬在钟笑漾与私生子都被男友无情抛弃、几近走投无路的情况下，以与钟笑漾假结婚的方式，使钟笑漾母子得以在北京落户和立足，他为此却付出了几乎是身败名裂的代价。而钟笑漾在萧成彬痛失爱女又完全无人照顾之后，就把自己的全部工作放在了照顾萧成彬上。在萧成彬罹患痴呆症之后，她没有撒手不管，而是到处求医问药，甚至听从道士讲说的秘方，以喂奶的方式来唤醒毫无意识的萧成彬，可以说是为了救助萧成彬而逾越了人际伦常。而这终于使得萧成彬逐渐有了意识，也证明爱的力量的神奇与伟大。萧成彬与钟笑漾，有爱有情，但无关爱情，这是相互的爱护，这是彼此的倾情，它超越了男女两性的世俗范畴，是带有不是父与女、母与子，又超越父与女、母与子的复杂元素的综合情愫。因为这种情愫，萧成彬沉睡的意识被唤醒了，钟笑漾的特别努力成功了，他们也都在这一相互付出的过程中，从平凡中显出了非凡，使平淡的生活添加了色彩，让人们从中感到了情的力量、爱的能量，从而使悲剧在落幕的时候闪现出一丝亮光，让人受到了某种撞击，感到了某些温暖，这使故事的悲凉题旨得到了某种调适，也使作品富有了另外的人生意涵。

大约在2009年，周大新创作了《预警》一作，由某机密部队作战局局长不知不觉地被情报分子所利用一事，既向国家安全工作的防漏洞提出"预警"，也向人性弱点的不自知提出"预警"。他在近10年之后写作这部《天黑得很慢》，其实也是一种"预警"，是向步入老年的朋友"预警"。这种"预警"，因为涉及了众多已经步入老年的人们和更多即将步入老年的人们，更有现实性的力量，也更具普遍性的意义。

（原载 2018 年 7 月 8 日《光明日报》）

卓具新意的现实题材力作

——欣读滕贞甫的长篇新作《战国红》

近年来，在有关方面的合力推动下，现实题材在小说领域里作品数量明显增多，创作势头格外强劲。在这种情况之下，另一个问题实际上又提上了议事日程，那就是在现实题材的写作中，如何富于艺术的创意，写出生活的新意，从而产生出更好更多的现实题材小说力作来。

正是在这样的背景之下，滕贞甫的长篇小说新作适时而来，并以富于创意的生活开掘、卓具新意的人物塑造，在当下的现实题材写作中脱颖而出。这部作品值得人们关注的地方，并不止于直面当下现实，以"扶贫攻坚"为故事主线，更在于由"扶贫"入手，又超越"扶贫"，在更深的力度和更高的层面，真实而生动地反映了当下乡村由"扶贫"所开启的改颜换貌的奋斗历程和走向振兴的壮丽图景。

《战国红》所描写的辽西柳城村，常年落后，确实贫穷，但造成落后与贫穷的原因并不那么简单。作品展开叙事之后，就以"打麻将"成风和"四大立棍"横行的乡风民情，道出了柳城村停滞不前的特殊性和改变起来的艰难性。以陈放为首，以彭非、李东为组员的三人驻村小组，在充分调查研究的基础上，摸清了基本情况，弄清了问题所在，认识到人们由于观念陈旧，懒惰成风，这在某种程度上造成了不思进取，甘于贫穷。因此，柳城村"扶贫"的关键与要义，主要在于"扶人""扶心"。陈放、彭非、李东三人小组，从现实出发，循循善诱地进入状态，步步深入地开展工作。他们在汪六叔、杏儿等人的积极支持与热心帮助下，先在柳城村开发出了"杏儿糖蒜"的传统产业，吸引广大妇女积极参加进来；其次，针对一些人的嗜赌与好赌，巧妙地开展"以赌克赌"的另类教育，使以赌为名的"四大立棍"改邪归正。紧接着，陈放等人经过调研与勘查，做出大力开发鹅冠山的决策，在鹅冠山栽种五万棵杏树，并积极招商引资建立旅游基地等，使人们从心理状态到现实状态，一点点地逐步改变；使村子从产业形态到环保生态，一步步地克难攻坚，终于使远近闻名的"老大难"柳城村，切切实实地改貌换颜。作品写出了柳城村扶贫工作的因地制宜、因人制宜，以及在"扶贫"中的"扶人"带来的人们心理的新变和村容村貌的大变。这些生动鲜活的故事，读来真切感人，读后引人思忖。

作品里着力塑造的几位驻村干部，也都各有所长，各具个性。前任驻村干部海奇，调研细致，心思缜密，但因各种原因未能完成驻村的预期任务。然而他并没有扬长而去，而是人走心不走，仍暗中关注和帮助杏儿的工作与写作，尽着自己的一份心力。第一书记陈放，虽然已年届59岁，但心气与干劲都丝毫不输于比他年轻的人。他全心全意地投入到柳城村的脱贫与振兴上，不仅要在了解民情与分析村情上做各种决断与决策，而且还要为不时碰到的和意料不到的难事难题排难解纷，直到为兴建玛瑙厂而迁坟办理审批手续时遭遇车祸而牺牲。弥留之际的陈放请求把他埋在筹建中的砾石岗公墓，以便"年年看鹅冠山上的杏儿花"。这是他的临终遗愿，也是一个驻村干部的最终奉献。

《战国红》饶有新意之处，还有通过杏儿这个乡村青年女性，写出了具有时代气息的新人形象。作品里的杏儿是作者着墨最多、用力最大的一个人物，她天性聪慧，为人质朴，爱好文学，喜爱诗歌，这使得杏儿虽然置身于乡村的狭小天地，但却保有理想、长于想象。而她更为可贵的，是心地善良、心系家乡。她以写诗的方式，表达着自己，寄寓着爱意，也以自己的善解人意和长于沟通，每每为扶贫工作排难解纷，成为柳城村脱贫攻坚工作中的先行者。她在汪六叔卸任村主任之后，众望所归地被大家推选为新一届村主任，显示了村民们对她的高度期待与充分信任，而她自己也当仁不让地挑起重任，继续带领大家脱贫致富奔小康。杏儿这个形象的由淡到浓，由弱到强，体现了当代青年志在改变家乡面貌和乡村振兴事业的使命担当。心中有诗歌和远方，更有变现实为美景的崇高理想。在她身上，文学情怀与现实抱负相随相伴，个人小爱与事业大爱水乳交融，体现出新一代农村青年的新造诣与新素质、新志向与新风尚。

从故事架构、人物塑造和文字叙述等方面来看，《战国红》都具有较高的文学性。这种文学性，主要表现于三个方面：一是杏儿的爱诗与作诗，既自然而然，又别有情趣，使得有关杏儿的故事本身就充满文学情味；二是上一任扶贫干部海奇在柳城村扶贫"走麦城"的故事，始终以或显或隐的方式潜伏于作品之中，其不断显露真相的过程，使之成为一个隐性的主干故事，作品由此构成了"复调"叙事；三是作品在书写柳城村的扶贫故事时，在不同阶段都注重营造和描写大大小小的矛盾冲突，如开始阶段的观念的冲撞、习惯的冲突，后来时期的商标之战、协议之争等等，这在揭示农村现实与农民人性的复杂的同时，也使作品波澜不断，读来引人入胜。

作品里有关"战国红"的描写部分，在不多的文字里也寄寓了特别的意蕴。作品先写到杏儿格外珍重的"战国红"玛瑙把件，后又写到人们在砾石岗为陈放挖墓时，挖到"一块不规则但很晶莹的石头"——"战国红"原石。这里看似是在写小把件与大石头，实际上有着深刻的寓意，那就是辽西人如同埋藏在泥土地里的"战国红"，一旦发掘出来，拂去尘埃，便晶莹剔透，熠熠生辉。无论是作为个人的杏儿，还是作为村子的柳城村，都如同这样的有待发现也值得发现的"战国红"。这样的一个细节设置与情节描写，既自然而然地起到了点题与破题的作用，也使作品具有了很强的文学象征意味。

总之，《战国红》是一部思想性与艺术性结合较好，且以接地气、扬正气的诸多特点，在当下的现实题材中别具一格的小说力作。这样的现实题材作品，值得首肯，值得点赞。

（原载 2019 年 6 月 12 日《光明日报》）

时代新风与时代新人

——读洪放的长篇小说《追风》

    习近平总书记《在中国文联十一大、中国作协十大开幕式上的讲话》中，向广大文学艺术工作者指出："新时代新征程是当代中国的历史方位。广大文艺工作者要深刻把握民族复兴的时代主题，把人生追求、艺术生命同国家前途、民族命运、人民愿望紧密结合起来，以文弘业、以文培元，以文立心、以文铸魂，把文艺创造写到民族复兴的历史上、写在人民奋斗的征程中。"这是党和国家的领导人对于当代文学艺术家们提出的殷切期望，也是新时代向当下的文学文艺创作发出的热切召唤。这就要求作家艺术家把艺术创造的触角深入到现实生活深处，在人民的壮阔奋斗中抓取素材，在民族的复兴进程中萃取诗意，写作出记录新时代的蓬勃演进，卓具新时代的精神风采的精品力作。这既是一个无比光荣的使命，也是一个相当艰巨的任务。

    令人欣慰的是，人们所期待的这样的定位于新时代、讴歌新时代的长篇小说，近期悄然出现，这就是洪放的长篇新作《追风》（安徽文艺出版社2021年12月版）。看得出来，写作这部作品，作家洪放显然是有备而来。这个"有备而来"，既指他在小说艺术上有着一定的历练与必要的储备，还指他在生活体验上有着自己的切实的感受与相当的积累，作品的生活与人物他早已成竹在胸。这使得他的这部小说，不同于那种主要由"闭门造车"的凭空想象而来的作品，而是切近社会现实，直入生活现场，具有丰盈的现实气韵、真切的生活实感，因而读来引人入胜，又令人激奋。可以说，这是一部直面当下火热的现实，直面生活实有的矛盾，真正开掘了生活的新生面，写出了时代的新人物的小说力作。这部作品刷新了作家个人创作的已有水准，也堪称近期现实题材创作方面一个新的重要收获。

阅读《追风》，总让人有一种当年在新时期之初欣读蒋子龙的《乔厂长上任记》的那种特异感觉，时代豪气、人间正气与人物英气交织融合，汇聚成一种新时代的新风、劲风，读来心潮澎湃，热血沸腾，读后如春风拂面，心旷神怡。这是一个把改革题材与都市题材熔为一炉，并化合了改革小说、政治小说、财经小说的多种元素，从而在生活蕴意和艺术品质上形成自己鲜明特点的小说力作。由此，作者力图使自己的写作成为"历史的摘要"（泰纳语）的艺术努力，既清晰可见，也得遂己愿。这样的写作不能不令人充满敬意，这样的作品不能不让人倍加关注。

《追风》一作可读可感与可圈可点的地方有很多。给我印象较为深刻，或在同类题材写作中锐意出新，从而体现出了突出特性的，我以为有以下几个重要的方面。

第一，描摹了新时代中一个省会城市深化改革的壮阔画卷。

作品里的江南省南州市，因为种种原因，一直在省会城市里排名靠后，发展缓慢，甚至很长时间停滞不前。市委书记唐铭，一直在寻找志同道合又有创新精神的新型干部人才，他终于找到研究宏观经济学的年富力强的社科院学者杜光辉，并想方设法地把他引进到南州市来。作品以杜光辉到南州市挂职副市长的经历为主要线索，通过以杜光辉为主导的兼并盘活洗衣机厂、执意引进东方电子项目、积极扶持"任我飞"无人机小微企业、启动科创园区等系列大举措，描写了南州市在新时代的深化改革与谋求发展的历史进程中，通过"找差距、寻突破、破难题"，在观念上的求新求变，在工作上拔新领异，终于冲破重重障碍与阻力，奋勇前行，不断进取，使得城市发展走上新的台阶，开创出新的局面。其中，以现代信息科技为龙头，引进最先进企业，研发最前沿科技，使南州市实现"凤凰涅槃"般的重生，既揭示了现代科技尤其是新的信息科技在经济发展中的巨大动能，也写出了改革深化的新走向与城市发展的新动向。这在一定程度上，也是以南州这个省会城市由后进变前进的故事，讲述了近十年来经济与社会发生巨变的中国故事。

第二，开拓了现实题材在生活表现上的新的生面。

一个省会城市面临的问题涉及方方面面，包括民生保障、城市建设与经济社会发展等，头绪十分纷繁。南州市向何处去，从何处入手，是一个绝大的难题。作品主要着力的，是科研与科技的潜力发掘和能量释放。这既包括了政府部门对于科研人才的看重，对于科技知识的重视，以及在此基础上对于科研与科技力量的利用与发挥；也包括了科研与科技领域的服务地方和主动作为，把科研论文写作在现实的大地上，把科研成果转化为产业形态，在经济建设中发挥其独特的作用与巨大的能量。作品中既写到了以唐铭、杜光辉为代表的新时代的改革家对于科学技术的高度重视、对于科技发展的前瞻性领悟，杜光辉把这叫作"科技就是一把金钥匙"，唐铭把这叫作"借东风"；同时，作品也写到了落户于南州的科技大学的蒯校长、物质研究院的李敬等科技学者们把科技研发同南州的发展结合起来，以前沿性的科技成果助力南州的科技产业与经济发展的积极作为。两个看上去不大相干的领域，就这样紧密地融合起来，在相互借力的密切互动之中，不断产生出令人惊叹的巨大效应。这里，作品给人们展现出一个科技改变生活、科技改变城市的全新画卷。这些描写也给人们以很多的启迪乃至反思，那就是政府如何重视科技，把科技作为城市发展的抓手；科技如何面对社会需要，落地转化走向现实。南州在这一方面的模式与经验，无疑是最前沿的，也是值得其他地方效仿的。当然，这也非常值得科研与科技领域的人们，在作品的品读中反躬自问和检省自身。

第三，精心塑造出了卓具时代气韵的时代新人。

《追风》一作的感人与引人，很大程度上是由于作品精心塑造了主要人物的典型形象，尤其是杜光辉这个人物，堪称具有时代新人的鲜明品质与光彩样貌。时代新人，即具有时代新质、携带时代新风的新型人物。杜光辉之新，一是他作为一个挂职干部，并没有去做一个随行者，或者是一个旁观者，而是敢为人先、主动作为，全身心投入地真干实干，成为名副其实的城市变革的主导者；二是杜光辉是一个位居高层研究机构的经济学科专家学者，但他勇于走出书斋，走向社会，在实践工作的演练中学以致用，活学活用，在理论与实际的密切结合中闯出了自己的新路；三是杜光辉在工作中，不计名利，不避汤火，矢志不渝，在困难重重、非议不断的境况下，表现出了励精更始的创新精神、兢兢业业的奉献精神和义无反顾的斗争精神。如许难得的优点集于一身，使得这个人物具有了熠熠闪光的异彩。作品所着力塑造的另一位主角——市委书记唐铭，也以突出的善于用人、勇于创新、敢于担责等优秀品质，表现出异于常人的大情怀与大追求，这个人物也以其博大的胸襟、灼人的光彩，给人深刻印象，令人为之纫佩。

还有，作品着意提取的"追风"的概念与意象，很有诗意，卓有寓意。杜光辉、唐铭所追逐的，是改革的春风、时代的新风，他们的风度与风范，堪为干部的榜样、时代的楷模。他们以"追风"的方式带领着南州人民"追梦"，走向着民族复兴的愿景，创造着光明远大的未来。由此，作品也以升华的意涵和飞翔的意象，具有了现实主义精神与浪漫主义情怀交相杂糅的文学品格。

乡村文学写作的新开拓

——读王松的长篇新作《暖夏》

近年以来，随着脱贫攻坚的高歌猛进与取得全面胜利，以脱贫攻坚为题材和主题的长篇小说创作，经由作家们的不断蓄势和持续发力，作品的数量明显增多，作品的质量也显著提升。但说实话，像王松的长篇新作《暖夏》这样，作品写得有声有色，读者读得有滋有味，以充沛的文学性取胜的，确实还并不多见。主题创作纷至沓来，精品力作凤毛麟角，这是当下的长篇小说创作领域令人感到有些尴尬的一个现实状况。正是在这个意义上，王松的《暖夏》这部作品很值得人们予以特别关注。

王松写作《暖夏》这部长篇小说，显然是胸有成竹，有备而来。在写作这部作品之前，他先是去到当年插队的天津郊区宁河进行了一段时间的挂职锻炼；之后又去了江西赣南脱贫攻坚一线深入生活和采访写作。这种对于现实生活的不断"温习"和再度体验，为他写作这部长篇小说做了扎扎实实的铺垫，使他找到了创作的"灵感"与故事的"质感"。诚如他自己所说的那样："这时，我感觉到，自己已经进入创作之前的兴奋状态了。"

人们阅读《暖夏》，确实能感觉到王松写作这部作品，不仅是

"兴奋"的，而且是快乐的。他找到了"让云朵的气息和泥土的味道汇在一起"的"调子"。而这不仅是他所喜欢的，也是他所擅长的。因此，我们就在作者笔下，看到了他把脱贫攻坚的宏大主题包裹于乡村生活的日常叙事之中，以民俗曲艺的笔法腔调讲述乡间乡民的人生故事，从而做到了举重若轻，游刃有余。可以说，《暖夏》做到了题旨严正、意趣清奇，但正不入腐、奇不入幻，别具一副手眼，另具一种笔墨，使得作品格外地打动人、感染人。而具体到作品的故事营构与叙事手法等，个中显然蕴含着不少打着王松个人印记的艺术元素，这些成就了作品成色，又显示了作者进取的艺术追求，很是值得好好探讨。

这里简要谈谈《暖夏》在三个方面呈现出来的最为突出的特点。

其一，生活底蕴深厚，文化气韵浓郁。

《暖夏》所着力表现的东金旺与西金旺两个村子，原本是一个金姓家族拆分之后繁衍形成的。长期以来，两个金旺村的界河——梅姑河不断泛滥，使东低西高的两个村子受灾不一，渐渐有了贫富之别与情感疏远，年深日久就生出了不少嫌隙，积下了世代恩怨。如今，东金旺村人爱好热闹，村里人都爱吹拉弹唱，还有一些人外出拜师学艺。在文化娱乐方面，东金旺村人既有普遍的爱好，也有不俗的实力。而西金旺村人则专注于养猪致富，以各种方式发展养猪事业，实打实地走向了普遍富裕，从而看不起东金旺村人不切日常生计的穷乐和。

这种一东一西、一文一武的对比性描述，既使两个村子在家族文化的角度有了历史的纵深感，也使他们的故事在民俗风情的层面具有了浓郁的丰厚度。毗邻而居的两个村子，由此呈现出了明显的差别。尤其是东金旺村的村主任张少山一直坚守着学说相声的业余爱好，岳父张二迷糊则痴迷描画门神和财神，游手好闲的金尾巴凭靠吹唢呐的特长拉起响器班等，既使得东金旺村弥漫着一种民俗文化的浓重氛围，又使得农家谋生计、求发展的故事，在"经济"与

"物质"的层面之外，染上了"文化"与"精神"的特异色彩，使得作品既接地气，又保有生气。

作品写到在马镇长的建议下，东金旺村把一直穷乐和的响器班收编村有，纳入正轨；张二迷糊的"梅姑彩画"在列为县级非遗项目后，与一家文化公司签署了合作协议；两个金旺村一起合办"第三届幸福拱门文化节"，并在文化节上宣布成立"金旺生物农业联合体"，由文化产品和文化服务立足，使两个村子经济互惠、文化互补，展现出了更为光明的前景。马镇长当年对张少山讲到西金旺村时说："他们的经济再怎么发展，也总是瘸着一条腿。"现在好了，有了经济与文化的有机融合，有了两个村子的优势互补，"一条腿"的踌躇难行，变成了"两条腿"的稳步发展。这里，看似不起眼的吹吹打打与写写画画，在农村由贫变富的过程中，切切实实地起到了重要的作用，发挥了特殊的功能，变成了另一种类型的生产力与潜在的软实力。

其二，以对手戏的方式讲述故事，生动地揭示了在相互竞争中共同发展的宏大主题。

《暖夏》的主要人物是两位村主任——张少山和金永年，主干题旨是两个村子的协同发展。作者从一开始，就采取了两个村主任相互较劲、互不服气的斗嘴方式。而马镇长也借着开村主任联席会，故意用激将法，让张少山和金永年"打赌"——两年之后见分晓，看哪个村的日子过得好。于是，故事从一开始就充满了特别的张力，也蕴含了不少的悬念。

但人们看着看着，就发现张少山和金永年两个村主任之间，除了各自村子的利益与彼此的面子，并无实质性的矛盾冲突。因此，在脱贫攻坚总任务的强力促动下，在完成这一目标各具优势的现实状况下，两个村主任一方面在铆着劲竞争，一方面中在暗中寻求着合作，谋划着共赢。东金旺村的村主任张少山，从"内生动力"出发，召回了外出打工的二泉、茂根，起用了脑子灵光的金尾巴，使东金旺村渐渐焕发出活力。而西金旺村的村主任金永年，也将东金

315

旺村一个时期的停滞不前看在眼里、急在心里，暗中授意养猪大户金桐尽力帮助二泉，积极支持金尾巴建立对两个小村子都有益处的蔬菜大棚。在东西金旺两个村子的年轻人的共同努力下，以有机农业发展有限公司为底盘的"农业联合体"渐渐成形，多条路线的乡村文化旅游的计划也呼之欲出，两个金旺村朝着融合一体的方向一路行进。这里既有由贫到富的打拼，还有由分到合的运筹，贫富不均变成了共同富裕，多年的对头变成了共同体的农友。当下的农村脱贫致富的状况，开始走向全面振兴的势头，也于此揭示得淋漓尽致了。这样的一个走向，显然已经超出了脱贫攻坚的单一层面，赋予了乡村振兴与乡村治理更多新的意涵。

作者在构思作品时，受到相声艺术的启发，借鉴了相声艺术的某些元素，运用了相声艺术的表现手法，是显而易见的。张少山和金永年两位村主任，无论是在镇上开会，还是平时碰面，都是以对口相声的斗嘴方式开场，在看似剑拔弩张的较劲中表达自己，在寓庄于谐的戏言中相互沟通。这既使作品叙事充满喜剧性的生活冲突，又使作品平添了幽默诙谐的艺术情趣。这样的一个效果，也向人们表明作者在生活与艺术的有机化合上走向了一个新的境界。

其三，人物鲜活生动，各有独特性情。

《暖夏》一作里，既有生动引人的故事，更有鲜活魅人的人物。作品里，张少山、金永年两位村主任，张二迷糊、二泉、茂根、金尾巴、金桐等方方面面的人物，都有形有神、栩栩如生，行状与言语无不充满着鲜明的个性色彩，让人读之印象深刻，读后不能忘却。如东金旺村村主任张少山，既不放弃相声的爱好，也不放松脱贫的努力，因而时不时地会惦记师父并到天津城去看望他。但在脱贫致富方面，他更是想尽一切办法、用尽一切方式——把二泉从广东召回村里、给茂根费尽周折跑贷款、费尽心思请金桐帮二泉养猪。他的这些不懈努力和系列作为，使他成为两个金旺村实现脱贫致富的重要引领者与主要推动者。作品里的金尾巴这个人物，也别有色彩、别具韵味。他从起初的吊儿郎当，到后来的积极进取，从一个乡间小玩闹变身成了时代弄潮儿，作者不仅写出了他的转变、他的成长，而且也以其与时俱进、敢想敢干的作为，使这个人物形象含带了时代新人的某些气息。金尾巴脱胎换骨的转变，加上二泉、茂根、金桐等年轻人走向成熟，当下农村新一代青年的健康成长与走向前台，让人们对两个金旺村组成的新的农业联合体的更大发展充满信心。

更饶有意味的，是作者在作品中几乎是以塑造人物一样的姿态与笔法，精心描写了金桐与二泉各自饲养的两头猪——"二侉子"和"胖丫头"。因为一次配种，金桐家的公猪"二侉子"被送到二泉这里，与母猪"胖丫头"不期而遇。从此以后，它们好像就有了深刻的印象与特别的情分，不见面时萎靡不振，分开后相互惦念，有关它们的一些情节与细节都写得十分出彩和传神。如思念"胖丫头"心切的"二侉子"，竟然跨越种种障碍去找寻和追求"胖丫头"的细节描写，更是堪称神来之笔，让人意外也令人叫绝。把猪这种习见的家畜写得如此富有灵性和卓见情性，在长篇小说作品里实不多见。

一部长篇小说，总要给人留下一些个性鲜明而令人难以忘怀的人物形象，从而使人记住与他们相关的故事，记住塑造了他们的作者与作品。在这一方面，《暖夏》不仅切切实实地做到了，而且做得十分到位和出色。其中确实让人看到了作者王松在认真地向柳青、赵树理等前辈作家学习的努力和致敬的意味。

因为以上几个特点在作品里的相互交织和诸多要素的桴鼓相应，使得《暖夏》在较强的文学性中，富有了丰厚的乡土性，包裹了充盈的思想性。同时也使得这部作品既立足于脱贫攻坚的当下现实，又超越了脱贫攻坚的既定范围。从这些方面来看，说王松的《暖夏》是乡村文学写作的新开拓，是毋庸置疑的，也是名副其实的。

（原载 2021 年 5 月 31 日《文艺报》）

决胜脱贫攻坚的华彩篇章

——读何建明报告文学《诗在远方——"闽宁经验"纪事》

何建明的报告文学新作《诗在远方——"闽宁经验"纪事》（宁夏人民出版社2021年版），在他近期的系列作品里比较重要，也比较独特。与脱贫题材相关的作品，何建明近期就有《山神》《那山，那水》《时代大决战》等作品相继问世，并产生了较大的影响。即便如此，我依然认为这部《诗在远方——"闽宁经验"纪事》具有其不可替代的独特性，堪为脱贫攻坚题材创作的一部精品力作。而且，这部作品出现在我国宣布取得了脱贫攻坚全面胜利之时，同时适逢建党百年的纪念时间节点，这都使这部作品具有非同寻常的重要意义。

《诗在远方——"闽宁经验"纪事》可圈可点之处不少，可评可说之处也甚多，我印象最深的阅读感受主要在于三个方面。

第一，这部作品是以闽宁镇的创建发展为主线的宁夏脱贫攻坚战役的全景性纪实。

《诗在远方——"闽宁经验"纪事》的主干故事是西海固与闽宁镇脱贫过程，但整个作品视野宏阔，背景深远，实际上是从新中国成立之后、有了西海固的行政建制就开始，讲述了这个地区如何在各个方面的关心与支持下，由调查研究入手，由环境治理起步，开始进行艰难的脱贫工作。这里写到了周恩来总理的关心与过问，写到了胡耀邦总书记的调查与研究，邓小平、江泽民等几代领导人都写到了，还写到了时任农牧渔业部部长的林乎加等人的实际踏访与出谋划策等。通过这样一些描写，作品写出了西海固与宁夏这块地区致贫的特殊性、脱贫的艰巨性，以及几十年以来人们一点一滴的不懈努力。这样就写出了西海固脱贫的历史进程，也就使作品有了历史的纵深度。由此可以看出两个问题：一个是脱贫攻坚早就开始了；二是这个地区一直在脱贫，却一直脱不了贫。这个地区的地形地貌太特殊了，脱贫的任务太艰巨了。

在这样的背景之下，西海固在20世纪90年代，在时任福建省委副书记的习近平的亲自部署下，经由闽宁镇这样一个异地"吊庄"方式，找到了脱贫的有效办法，实现了脱贫的历史愿望，这就使得"闽宁镇"具有了转折性乃至革命性的意义。闽宁镇的方式方法，就是把脱贫与致富连接起来，把生存与发展结合起来，把改变农民现状与实现致富愿望的工程与工作，做实、做大、做好、做长远。它应该是一个脱贫攻坚决胜阶段的一个独特模式、一个创意工程。因而，具有值得总结的典型性意义，也具有值得推广的示范性作用。

第二，挖掘典型背后的经验，探寻经验背后的成因。

《诗在远方——"闽宁经验"纪事》描述闽宁由村到镇的创建与发展，写了从谋划到"移民"，从对口扶贫到引进项目等很多做法和经验，尤其是习近平从做福建省委副书记到做党的总书记的十数年里的实地调研与亲自部署等，使得闽宁镇从产业到商业、从经济到文化等各个方面得以全面发展。这些具体的工作与做法，是闽宁镇的致富法宝，也是脱贫攻坚的重要经验。写出这些具体的环节与过程，对于解读闽宁的成功，总结闽宁的经验，使其得到广泛的传播与有效的推广，极有意义。但作品给我印象深刻的或者让读者深切感受到的，不只是这些，还有经验背后的东西。或者说，作者不满足于只让我们"知其然"，他还进而挖掘出了经验背后的成因，让我们知其"所以然"。比如说写了我们党几代领导人心系人民，为人民谋幸福的初心。习近平的亲自部署和具体策划，以及在2016年再访闽宁镇时说到的"看到你们开始过上好日子，脸上洋溢着幸福，我感到很欣慰"。"祝愿乡亲们生活越来越好，宁夏脱贫奔小康的目标早日实现。"话语很平实，但字字暖人心，这就是总书记的牵挂，这就是共产党人的初心。习近平关于人民有很多精彩又经典的说法，如"人民立场是中国共产党的根本政治立场""要把人民拥护不拥护、赞成不赞成、高兴不高兴、答应不答应作为衡量一切工作得失的根本标准""民心是最大的政治""人民就是江山"等等。可以说，闽宁的创意与闽宁的发展，就是对这一理念最为生动的诠释和最为鲜活的呈现。还有对于闽宁两地的干部与人民之间深厚情感的描写，也让人感受十分强烈，印象极其深刻。福建对于宁夏的投入持续不断，逐步扩大，从资金到技术，从人力到智力，可以说是倾力而为、倾情付出的。因而，福建人也被宁夏人视为至亲之人。两地人民相互帮扶，互相惦记，不是亲人胜似亲人，这也是"闽宁经验"中值得挖掘和需要弘扬的价值。共同致富、共同分享、山水相依、荣辱与共，这是闽宁与宁夏在与福建合作中的一个十分重要的收获。

当然，在这些的背后还有一些东西，也能让人们清晰地感受到，或真切地领略到，那就是通过上下一心、东西合作等，整体上显示了中国特色社会主义制度的能量与优越，或者中国特色社会主义道路的优势与自信。出现于宁夏的闽宁模式或闽宁经验，只能在中国土地上发生，属于社会主义中国所特有。这一点，应该也是闽宁经验的最为重要的意义所在。

第三，情文并茂的文学性写作。

《诗在远方——"闽宁经验"纪事》这部作品，无论是在当下报告文学领域里，还是在何建明的报告文学写作里，都属于具有很强的文学性品位的作品。这个作品的最为显著的特点，是情文并茂。

在整部作品的叙述中，我们都能感到一种情的涌动，可以说激情充沛，也可以说热情洋溢，还可以说深情款款。对于闽宁这个新鲜事物，作者充满惊喜之情；对于宁夏这块土地，作者充满热望之情；对于福建援宁，作者充满赞誉之情；包括对于领袖的人民情怀的感佩，以及贯注其中的对于时代的情感、对于社会的情感、对于国家的情感，种种情感汇聚一起，构成了汹涌澎湃的感情的激流，它充沛、高昂又正大，使你不能不受到感染、得到感奋。刘勰谈论作文之道时，特别讲到"情者文之经"。何建明在这部作品的写作中，把这一点表现得十分充分。这部作品在字里行间洋溢着的激情，包括他对"闽宁经验"以及"闽宁经验"取得的辉煌成果的欣喜与惊喜，以及我们凭靠制度优长与道路优势取得胜利的自信与自豪，使得作品有一种特别的情感内力，使你阅读的时候不可能无动于衷，一定会怦然心动和为之感动。

还有，这部作品的文学性表达，还表现在大量引用诗作和营造艺术意象等方面，作品引用了很多诗作，从毛泽东《清平乐·六盘山》到舒婷的《致橡树》，乃至一些歌词、民谣等，诗与词成了一种特殊的表述方式。还有作者在许多地方的文字表述，多是散文化和诗性的，不是报告文学、新闻、特写等文体写作常用的文字。有一些细节性的描写，接近于小说的写法，这些都使得作品具有了充分而多样的文学性元素。另外，作品中还有一些颇具诗意的意象营造，比如情与诗的内在关联、山与海的独特联系，以及反复写到的移民村红顶房，背后都有独特的寓意、艺术的意象，这些都使作品平添了很强的文学性。

何建明的报告文学作品很多，这些作品不光畅销，而且能够长销，这很不容易做到。这就是习近平所讲到的能"留得下、传得开"的那种作品。之所以能做到这些，我觉得有一个重要的原因，就是他在写作中有一个读者意识或者有个大众面向，他不管写什么题材的作品，都会有让普通读者读得明白，更多读者喜闻乐见的内在考虑。心中有读者这一点，是很多写作者不大考虑的，而这恰恰是何建明最为在意的。这也是他的作品写了那么多，又能写那么好，而大家都很爱看一个非常重要的原因。从这个方面来看，《诗在远方——"闽宁经验"纪事》这部作品，充分施展了他的文学才情，体现了他的写作特点，无疑是既留得下来，又传得开去的作品。

独辟蹊径的红色书写

——读孙甘露的长篇小说《千里江山图》

　　搁笔多年的作家孙甘露重又投入小说创作，而且写作的是红色题材——地下革命斗争的殊死暗战，这是长篇小说《千里江山图》（上海文艺出版社2022年4月版）的面世带给人们的确切信息。说实话，先锋作家重出江湖，甫一出手即是红色写作，这样两点颇不寻常的信息，都会在文坛内外引起人们好奇与关注。

　　认真阅读了《千里江山图》之后，着实令人惊喜，甚至是惊异。《千里江山图》以20世纪30年代初为背景，主要描写我党的上海特别行动小组在实施"'千里江山图'计划"——"中央机关的战略大战役"中的一段异常艰危的地下斗争故事。那时的上海，白色恐怖笼罩了整个城市，各种势力盘根错节，在外有特务跟踪，内有内奸潜伏的境况下，我党的上海特别行动小组几乎是寸步难行、步履维艰。但他们审时度势找机会，克难破险勇往直前，前赴后继和不畏牺牲地完成了看似难以实现的"千里江山图"计划。

　　与人们以往看到的此类题材作品明显不同，孙甘露写作长篇小说《千里江山图》，原汁原味地还原历史氛围，原原本本描述事件经过。并在此基础上铺陈奇崛的故事情节，点染复杂的世态人情，使得作品既以真实而传奇的故事引人入胜、令人称奇，又以人物性情的细致刻画、人性隐秘的深入挖掘，揭示出理念与信仰的支撑作用与重要意义，在启人思忖的同时引人回味。这些都使得这部作品在革命历史题材写作中别开生面，在此类题材的众多作品中引人瞩目。

《千里江山图》一作的可圈可点之处甚多，择其要而言之，我认为最为突出的特点，是作者在这部作品的写作中，既精心营构、精雕细刻，充分施展了小说的技法，释放了文学的内力，又寻根究底、层层剥茧，由地下革命者的特殊作为和无私奉献，深入揭示了信仰的作用、精神的伟力。这样两个方面的相得益彰和桴鼓相应，便使得这部作品在革命历史题材的写作中不同凡响，在同类题材作品中脱颖而出。

其一，别具手眼的小说技法与文学内力。

长篇小说的写作，手法多样，不一而足。就革命历史题材的写作而言，多年来似乎形成了一个大致相近的范式，那就是在线性叙述中描写事件或描画人物，力求还原历史事实，忠实于历史人物，因而大多具有纪实性的特点。《千里江山图》所反映的，寻找中央领导机关的浩瀚同志并把他安全地送到瑞金的"千里江山图"计划与行动，是历史本有的、实际发生的。但作品所着力表现的，并不在于事件的最终结果，而是事件的实施过程。而在对这一过程的具体描述中，作者运用自己善于营造悬念情节、制造悬疑氛围的手法，经过行动小组会议的突然暴露、发觉组内有奸细又不知是何人、上级派来的"老开"也不知是谁等蹊跷事件与事变，把上海特别行动小组所面临的谜题、所处的危境，表现得可谓扑朔迷离，又险象环生。这个关键时候，临危受命从远东派赴上海领导小组工作的陈千里，就显得十分重要。他与其说是行动小组的负责人，不如说是连环迷案的侦破者。由陈千里的暗查分析和设局捉拿奸细，作品自然而然地转入到谍战与探案相交织的故事叙述，并由移取银行保险箱的金条和派赴组员远赴广州接通地下交通线的两次特别行动，用亦虚亦实的特别手法，使得潜藏在组内的国民党特务崔文泰、易君年先后暴露出来，使特别行动组避免了更大的损失，从而为完成找寻并护送浩瀚同志的重大任务排除了最为危险的障碍。因为是秘密工作，单线联系，行动小组的每个成员都高度警惕，相互戒备，而真正的内奸崔文泰、易君年也都掩饰有术，深藏不露，直到最后关头才现出原形。这种引而不发、含而不露的写法，使得作品故事始终充满悬疑的气氛与紧张的节奏，也更为充分地写出了地下革命斗争的惊险万分和我党地下革命者的舍生忘死。

可以说，叙述故事，作者不动声色；描画人物，作者也泰然自若。这种冷静与冷峭构成的总基调，既使作品在叙事风格上呈现出一种突出的冷峻性，也很好地表现了地下斗争所特有的冷酷性。疾风知劲草，岁寒知松柏，正是出生入死于这样的险峻环境和险恶情势，我党地下革命者的斗争艺术与革命精神才揭示得更为充分，表现得更加突出，从而令人纫佩，又感人至深。

其二，引人思忖又令人感奋的精神伟力。

《千里江山图》这部作品，可以说表现了党史历程中的一个重大事件，也可以说塑造了我党地下斗争中的英雄群像，但若进而细读，深加品味，就不难发现，作品实际上更想要表现和揭示的，是由特别行动组的共产党人身上所体现出来的信念的作用、信仰的伟力。

《千里江山图》所着力描写的上海特别行动小组有十二个成员（包括两个内奸），因为单线联系和"相互隔离"的需要，"小组成员之间也不能横向透露任务内容和细节"，在参与活动、面临危机、判断事变和临机处置等方面，实际上都是单打独斗，甚至是孤军奋战。在这种情况下，革命的信念与意志，比之斗争的策略和艺术要更为重要。作品里写到"平时喜欢发点牢骚"的卫达夫向陈千里声言自己"并不软弱动摇"时，陈千里肯定地告诉他："真正到了关键时候，也要看心里坚定不坚定。心里想得明白，想得坚定，平时马马虎虎，到关键时候，煨灶猫变成一只老虎，倒也有出人意料的奇效。"在"心里想得明白，想得坚定"方面，卫达夫做到了，老方做到了，凌汶做到了，梁士超也做到了，化名"老开"的林石和临危受命的陈千里更是堪为楷模。因而，他们遭遇困难毫不退缩，面临危险依然前行。他们正是抱定为了实现党的崇高理想和推进革命事业不断向前的坚定信念，在腥风血雨的暗夜里无畏地坚守，在满是荆棘的道路上奋勇前行。

质朴的梁士超和忠厚的卫达夫等行动组组员，为了声东击西和引蛇出洞，甘愿去当调动特务的"鱼饵"，可以说把信念的作用和信仰的力量表现得更是淋漓尽致。令陈千里无比欣慰的是，"同志们心甘情愿地进入敌人设好的'陷阱'，心中充满豪情，无所畏惧"。而卫达夫为了把"钓饵"直接下到叶启年、卢忠德嘴边，故意被特务抓去，假装叛变，并"微笑着拒绝了那也许是唯一的逃生机会"。这种基于理想与信念的付出与牺牲，换来的是陈千里"另外打通了一条秘密交通线"，"把浩瀚同志安全地送到瑞金"。在这里，特别行动组的成员，个个都不避汤火，人人都不畏牺牲，因为他们的心里都有为了"千里江山图"计划的切实实现而义无反顾的坚定信念，更有为了党的利益和革命的胜利而不懈斗争的远大理想和崇高信仰。

应当说，在革命历史题材的长篇小说写作中，既能在故事叙事上做到扣人心弦、引人入胜，有较高的文学品质，又能在作品内容上意蕴丰富，令人荡气回肠，做到文学性与思想性交相辉映的作品，委实并不多见。而《千里江山图》以自己的方式做到了叙事的文学性与内涵的思想性的有机融合，这显示了作者在这部作品的写作中的用心用力，用情用意。这样的写作，这样的作品，无论是对于作者的小说写作，抑或是对于革命历史题材的写作，都堪称是一次重要的艺术突破，一个卓具新意的小说文本。

（原载2022年8月20日《解放日报》）

重述史事的翻陈出新

——读陈福民历史散文作品《北纬四十度》

　　同事陈福民因为写了《北纬四十度》（上海文艺出版社 2021 年 8 月版）这本书，最近备受关注，越来越"火"。书甫一问世，就荣登了八月份评选的"中国好书"榜单；在影响甚大的"豆瓣高分图书"中，《北纬四十度》以 8 分的好评成绩名列其中。还不止于此，一直在悄悄练字的陈福民，自己为《北纬四十度》题写了行书体书名，因张牙舞爪、遒劲有力，五个字铺满了整个封面，颇有视觉的冲击力，也受到不少书法迷们的追捧。我们跟他开玩笑说，你这是一箭双雕呀，一本书弄成了两个家：散文家和书法家。玩笑归玩笑，心里着实为他感到欣喜。

　　陈福民的本业是中国当代文学研究，前些年出版的《批评与阅读的力量》评论集，显示了他的当代文学研究的宽广性与前沿性。但如同每一个搞专业研究的大多都会有另外的兴趣点一样，陈福民的业余兴趣，主要集中于我国北方的历史地理、民族关系，及其对于中国历史演进的深刻影响等。为此，他遍读史书，翻阅史籍，踏访河套，奔走塞北，围绕着北纬四十度的地理带，投入了很大的精力，花费了很多的气力。于是，就有了《未能抵达终点的骑手》《汉家皇帝的滑铁卢》《失败者之歌》《青春帝国少年行》等篇什接连出手，最终使《北纬四十度》这本书聚沙成塔、集腋成裘。兴趣是做事的起始与持守，兴趣也是成功的动能与保证，陈福民的《北纬四十度》的成书过程，对此做了最好的诠释与佐证。

评价一本书好不好，有很多角度和尺度。但在我看来，有一个屡试不爽的阅读感觉，那就是让你读得如醉如痴，却又说不清书的所属类别的，常常铁定就是好书，陈福民的《北纬四十度》就是此类写作的一个典型。这本书是写北纬四十度一带发生的主要历史事件及其深远的社会文化影响的，说是边疆史地类吧，颇为皮相；说是历史地理类吧，也很不准确；说是历史人物小传，显然也很不到位。可以说，《北纬四十度》把这些方面都包含了，但又把它们全都超越了。如果硬要以历史散文名之，显然也委屈了这部作品。可以说，陈福民的这本书以打破常规的跨界与综合，走出了自己在历史散文方面的写作新路，从中生发了诸多启人思索的问题与意蕴，这一切都值得人们深入探究，细加品味。

细读历史有温度

我一直很喜欢历史学家黎东方的"细说体"史书系列，尤其是《细说三国》。他把头绪繁杂的历史用事件和人物串联起来，用故事化的叙述、口语化的方式加以讲说，其中还有对古代官职、古今地理等概念术语的今译与解说，特别适合非历史专业的大众读者的阅读，读来生动活泼，也收益甚多。

《北纬四十度》也属于"细说"一类，但陈福民的"细说"，更着意于历史运行中的关键人物的活动与行状，追踪历史中"这一个"的成长与命运，描摹一个时代、一个部族、一段历史与某个或某些人物的密切关联，由此揭示人与历史的相互作用和命运与共的深切关系。这样的"细说"，从人物的角度切入，由人性的角度深入，就把整个历史温热了、激活了，让历史变得活灵活现和气韵生动。如赵武灵王大力推行"胡服骑射"，他的卓尔不群和锲而不舍，既促使偏居北方的赵国实现了许多重要方面的深刻变革，也推动了不同文明的相互融合；又如被父亲送往敌国当人质的冒顿，忍辱负重、卧薪尝胆，以"猎场政变"成为匈奴单于，并利用"武功"与"文治"使匈奴成为雄踞北方的强大存在；还如在经历了"白登之围"之后，刘敬之提出"和亲"的新策略，这个包孕了天真的想法与妥协的姿态的首创性举措，却使"两个文明相遇并且握手"；再如北魏孝文帝，以亲征"南伐"的名义，"假戏真做"地把国都从平城迁到了洛阳，以使奸耍滑的"不正经"方式，解决了绝大的历史难题，走向了"伤筋动骨"的"自我革命"与深刻变革。在这些重大的事件与事变中，关键人物的关键作用都显示得淋漓尽致。于此，也写出了时代呼唤英才、英才应和时代的互动与辩证的关系。

《北纬四十度》里，让人读后颇为难忘的，还是那些着重于人物性格探析和人物命运揭示的一些篇什，如写李广的《失败者之歌》、写王昭君的《在战争的另一边》等。号称"汉之飞将军"的李广，"与匈奴大小七十余战"，打了四十七年的仗，"在帝国北部边境的军旅生涯中走完了他艰难的一生"。作者在叙说李广的乖蹇遭际时，在传统的"怀才不遇"的说法之外，用了"不合时宜"的词语对其加以言说，显然这一说法更接近事实，更令人对人的悲剧命运与悲情性格的内在关联进行深思。《在战争的另一边》中，作者有力地拨开那些笼罩在王昭君身上的文学迷雾与艺术迷彩，从"世俗消费性的美人"回归到"和亲的政治层面"，写她"背井离乡融入匈奴生活，接受了奇风异俗嫁给父子两代人生儿育女"。之后，两个女儿"在她的教导下，始终尽一切可能维护和亲大业"。为此，作者既由衷地赞叹其"坚韧牺牲默不语"，又愤慨地抨击那些"对女性贡献牺牲的漠视与轻慢"。作者的这样一些慨叹是意味深长的："王昭君作为历史上那些无名姐妹们的代表"，"被镶嵌和挤压进历史的缝隙中，但她们顽强生长着，正如昭这个字的引申义代表的那样，在黑暗中透露出一缕微光。"这样，王昭君以及以她为代表的那些女性"和亲"使者们的担当意识和牺牲精神，就格外彰明较著地凸显了出来，为人们所铭记，更为人们所敬仰。

聚焦历史中的人物身影，注重史事中的人物作用，寻绎时代中的人物命运，并以常人常性的尺度去观察和打量他们，让历史中的每一个人物都置身于社会生活之中，回归于普通人和平常人，使得桩桩过往史事都浸透着人的喜怒哀乐，充溢着人的悲欢离合。这样的历史就充满了人性与人气，还原了人情世故，复现了人间烟火，保有了呼吸与脉搏，从而具有了跳动的生命与炽热的温度，可触可感，可歌可泣。这是作者匠心独运的过人之处，也是《北纬四十度》的主要价值所在。

叙说史事多意蕴

在刘知几提出的"史才、史学、史识"中，人们普遍认为"史识"更为重要，刘熙载就有"才、学、识三长，识为尤重"的说法。因为，相较于占有充分的历史资料和掌握扎实的历史知识，以唯物主义的历史观为指导，在大量翔实可靠的史料与史实的分析中，发抒自己的独到见识，得出客观而科学的结论，最有难度，也最为重要。我以为，陈福民在《北纬四十度》的写作中，显露出他在史才、史学方面潜藏的深厚造诣自不待说，难能可贵的是，他还比较充分地显现出了眼光远大、胸怀广阔和义理严正的史识。因而，他对历史事件与历史人物的观察与回望，常常在某件史事的深切解读中，散发出多重意蕴来，给人以诸多有益的启迪。

就"北纬四十度"的这个地理带的锁定来看，就是一个极有眼光，又有深意的绝佳选择。无论是从地理上看，还是从历史上看，北纬四十度都是一个边缘地区、过渡地带。正统的历史或地理著述，通常不会予以特别的关注。但被别人所忽略的，陈福民却格外看重。他认为：北纬四十度，"首先是一个地理概念"，"还是一个文化历史概念"。在这里，"历史演进过程中逐渐形成了不同的族群与生活方式，最终完成了不同文明类型的区隔、竞争与融合"，"围绕着北纬四十度，那些不同的族群相互打量着对方，想象着对方，也加入着对方"。他还把长城沿线的汉匈争霸，比喻为"重复性考试"，而定居的汉民族就像一个学生，"能得满分的时候很少"，但却在这一次次的考试中艰难成长。争霸不息的对手戏，以及"隔墙相望"又"难舍彼此"的交往史，使得不同的族群在这里进退不已、攻守不息，同时也在这一过程中相互兼并和走向整合。在《遥想右北平》的末尾部分，作者讲到北纬四十度的故事最后终结时说道："在这些地方，定居的农耕文明与游牧文明之间并没有绝对的界限，在你中有我、我中有你、相爱相杀的漫长历史中，所有的人都逐渐变成了中国人。"这种对于由小到大又由多到少的民族融合，冲突不息又相互交融的文明化合的肯定与揄扬，再典型不过地表现了作者开放性的历史观、现代性的文明观和中华性的天下观。

我们的国家，是华夏地域的各个民族在乘风破浪的历史长河中共同缔造的。各个民族的人民都为国家的形成和发展，立下了不朽的丰功伟绩，做出了自己的巨大贡献。但在过去的传统史官与正统的史著中，汉族以外的民族往往被看作"另类"，甚至是"异类"。在漫长的历史演进中，他们似乎只是在扮演着"入侵者"的角色。写作《北纬四十度》的陈福民，与此完全不同，他秉持一种大中国、大中华的总体性人文理念，把所有民族都置于同等的地位来看待，体现了以人为中心的全新史观。因此，在《北纬四十度》里，无论是写到哪一段历史、哪一桩史事、哪一个人物，在民族历史与民族人物的看取上，不仅没有主与次的区分、轻与重的偏向，反而用了许多笔墨去写民族部落的由分到合、族群小国的由弱到强，以及民族内部的整合与发展、民族之间的竞争与交流，如先秦时期的匈奴部族的由小到大、西汉时期的匈汉"和亲"、西晋时期的"五胡立国"、北魏时期的迁都洛阳等等。即使是书写不同民族之间的争斗与博弈，也着眼于其中潜含的进步因素与文明因子，如"胡服骑射"所体现出来的"文明交流的自觉性"；如匈汉之争中，"中原定居文明向北纬四十度的文明学习到太多的东西，比如长途奔袭及其机动性，使用骑兵大兵团作战及其协同性，在战争中解决给养，甚至包括如何了解和使用气候、向导、地形地貌等专业知识等等。这些新颖的历史元素，是中原定居文明所不具备的，起码是非常陌生的"。对于"昭君出塞"和汉匈和亲，作者给予了高度的评价，认为"'和亲'的文明成就是巨大而明显的"，此后近六十年，"汉匈基本保持了相当稳定的友好和平局面"，"匈奴一方遵循着对汉王朝的朝拜礼仪，遣送质子入朝，汉王朝则始终以'赏赐''转输'等形式向匈奴提供金钱粮食和布匹"，"这对于汉匈人民都有巨大益处"。

因为秉持了唯物主义的历史观与多元一体的民族观，作者对于那些少数民族的历史人物中的佼佼者，从不掩其功绩所在，更不吝惜赞美之词，如写到呼韩邪单于为维持南部匈奴部族的生存与发展需求，高瞻远瞩，力排众议，义无反顾地跋涉到长安觐见皇帝，这使"汉匈之间确实没有再发生战争，北纬四十度的边境线对于双方人民都是安全和平的"。作者由此肯定道："这是呼韩邪单于特别显著的历史贡献。"写北魏孝文帝利用南征的迁都，以跌宕的叙事、生动的情节，把人们引入到具体的历史场景，在看似"非常诡异和不正经"的"任性的游戏"中，详切而细致地表现了北魏孝文帝为把魏都从五原迁至洛阳的"假戏真做"和煞费苦心。作者由此评价道："迁都这事儿是个了不得的事情，不仅对于拓跋鲜卑来说惊天动地，对于中国文明史的走向也是影响巨大。"令人为之意外的，还有《洛阳鼙鼓何处来》写到安禄山这个祸害唐朝的历史罪人时，作者也没有把他简单化和脸谱化，而是着意描写这个粟特人所具有的"超人的胆识和洞察力"以及"灵敏的政治嗅觉与清晰的时局观念"，使他

"极端狡诈又颇富个人魅力"，"他敏锐地洞察到了大唐的软肋"，"把唐玄宗吃得死死的"。由此可见安禄山不断得势与叛唐得手的原因，也从这一异族权贵颠覆汉族王朝的事件中，折射出异族与汉族在唐朝时期的深度融合，以及异族人才在历史演进中的特殊能量，其中既包括正向作用，也包括反向作用。

文字表述有出新

《北纬四十度》之所以在文体上不好认定，是因为它兼有历史专论与历史散文的两方面的要素与特点，并在文字表述上予以有机地结合，使之融为了一体。这种复合式的文体，在叙述方式上，很难做到深入浅出、行云流水，使人读来轻松自如，读后余味无穷。但是，陈福民在这次《北纬四十度》的写作中，不仅切实做到了，而且找到了自己的笔调，形成了自己的特色。

在我看来，写作《北纬四十度》，陈福民除去在史料的搜集、占有和辨析，以及史地的踏访、探察与确证等方面下了实实在在的功夫之外，在如何利用文学手段、调用文字的功夫上，也做足了功课、铆足了劲头。他这一次的跨界写作，确实是有备而来。阅读他的文字，品读他的笔墨，我以为内中蕴含的功力至少体现在大众化的面向、幽默的情趣和灵动的文笔三个方面，这使他的文字具有了自己的辨识度，保有了自己的个性。

《北纬四十度》里的篇什，作为单篇文章，先后发表于《收获》杂志。从在《收获》杂志开专栏来看，《北纬四十度》是面向普通读者或读者大众来写作的。一本文学杂志，主要发表好看和可读的各类文学作品，文学杂志的这样一个特性，不能不暗中影响作者的写作。我猜想，陈福民每写作一篇文章，都会有对作品好不好看、读者爱不爱看的担忧与考量。因此，怎样使作品不失历史的专业性，又具有文学可读性，一定是作者始终要考虑、一直在纠结的问题。

面向大众读者的这样一类阅读对象，在具体的写作中，如何让简古的史料生动起来，让枯涩的历史鲜活起来，把史事化为故事，把古人化为活人，以人的活动让历史运动起来，把人的命运与时代命运勾连起来，这就成为写作运思中的必然选择。非历史专业的一般读者和中等文化程度的大众读者，需要以不烦琐、不枯燥的方式，重温过往历史的主要脉络，了解其中的一些重要的历史人物。而陈福民在"正当的文学观和历史观"导引下，以历史人物为点、以历史事件为线的故事化讲述和文学性表述，正好满足了读者的这种需求，适应了读者的这种需要。从这个意义上说，《北纬四十度》这种靠近普通受众、面向大众读者的写作努力，称得上是历史普及化的有益探索和成功尝试。

讲述历史事件和历史人物，并不正襟危坐、高谈阔论，而是谈笑风生、涉笔成趣，这是《北纬四十度》在文字表述上所具有的最为难能可贵的优长。历史上有一些事件与人物，本身就内含幽默韵致，这样一些典型事例与典型人物，作者自然没有放过，如写到刘邦驾崩之后，冒顿单于给吕后写了一封信，狂妄自大中多带调戏意味，看信之后的吕后怒不可遏，但她听取了谏言与忠告，忍辱含屈地写信回怼"流氓成性"的冒顿单于，自谦中充满自嘲，自嘲中内含反讽，整个过程跌宕起伏，令人忍俊不禁；最为有趣的，是写北魏孝文帝以"南伐"名义率众南下，赖在洛阳使迁都成为事实的经过，把北魏孝文帝的"任性"写得细致而生动，让人从"不正经"里看到大图谋，也使得故事曲婉有致、人物栩栩如生、过程亦庄亦谐，内中意趣丛生；还如写李广的莫名奇妙的失败、难遂其愿的失意，细节化的故事叙述里，既充满了悲情，也内含了诙谐。这样一些注重微妙趣味的描写，使事件给人们留下更深的影响，也使人物性情有了鲜明的色彩。

陈福民的看家文笔，当是文学理论批评作品中的说理与论辩。在《北纬四十度》里，他的这些原有所长确实显现得十分充分，无论是串讲古籍史料，还是辨析历史事件，都精当准确、要言不烦。但他在《北纬四十度》的文字表述里，还表现出令人为之惊异的另一面，那就是用语的灵动与倜傥，其中包括对流行用语的现挂与活用，使得作品的叙事顿显口谐辞给、活泼不羁，或令人心里一动，或引人会心一笑。例如《汉家皇帝的滑铁卢》里写刘邦在家乡沛县的狂欢宴会上高歌"大风起兮云飞扬，威加海内兮归故乡，安得猛士兮守四方"后，笔锋一转，"这不禁令人疑惑起来：莫非每个干大事的人内心都住着一个文艺青年，只有到了山穷水尽，日暮途穷时才会激发出来么？"这里的"文艺青年"用得很愣，但愣得很妙，更多的读者会因此而会心会意，甚至拍案叫绝。描写北魏孝文帝的《那么，让我们去洛阳吧》，情节曲折生动，文字也洒脱放达，如"永远在路上""访贫问苦""裸奔""不正经"等当下的流行用语夹杂其中，不仅格外形象，而且连贯古今，令表述别有一种跳脱的节奏和引人的意趣。文字的活用、妙用，显示出作者深谙历史个中情味，以及适合这种情味表达的遣词用语的内秀与功力。

《北纬四十度》读了不止一遍，每次读后都意犹未尽，不忍释手。作为文学同事和历史同好，我真心希望这个由长城两边开启的新历史散文写作的大戏，还能再有新的戏码登场，接续陈氏的精彩"细说"，以飨包括我在内的广大读者。

2021年11月18日—20日于北京朝内

（原载2022年第3期《南方文坛》）

讴歌英雄的典范之作

——读何建明的报告文学《山神》

　　阅读何建明的报告文学作品《山神》，给我留下了异常深刻的印象，也引发了我对一些问题的思索。

　　从纪实性特写发展而来的报告文学，在这些年取得了有目共睹的突出成就，担当了越来越重要的角色。它不仅瞄准当下中国社会变迁、经济建设与民生大计的一系列重大事件、重要项目、重点工程和英模人物，以各有千秋的厚重之作，增强了报告文学的分量与影响，而且也以与社会同声息、与时代共脉搏，使得整体文学与时代生活保持了应有的紧密联系。但用更高的标准来看，这些纷至沓来的作品，似乎有得又有失，有重也有轻。比如，在题材的选取与叙述的方式上，贪大弃小的倾向与重事轻人的偏向，也在一些作品中屡见不鲜。这在一定程度上，对于报告文学的文学性都有所损伤。

　　文学是人学，体现在写作中就是以人为主、以事写人，报告文学也不例外。正是在这样的核心命题上，何建明的报告文学《山神》，给我们当下的报告文学创作做出了成功的示范，提供了有益的经验。

　　《山神》的主角，是贵州遵义播州区仡佬乡草王坝村的老支书黄大发。这个已有80多岁的老党员，几乎用了毕生的时间与精力，带领乡民在山崖之间修建了一条蜿蜒二十多公里的山间水渠，解决了长期以来困扰草王坝村民吃水的困难，满足他们吃米的向往。面对这样一个超凡的"天渠"和超常的修渠人，一种选择是围绕"天渠"挥毫泼墨，一种选择是聚焦修渠人精雕细刻。何建明选择了后者，而且通过实地踏访"天渠"路，深入采访相关人和真诚对话当事人，沿波讨源地写出了黄大发修渠旨在引水，引水是在为民，为民是在践行共产党人初心的精神境界。由此，黄大发的"山神"形象不仅在草王坝村巍然屹立，而且在读者心中也高大无比。

描写黄大发这个人物，何建明也花了不少心思，用了不少气力。在"序 上天之路"的开篇部分，作者如实地描述了实地踏访"挂在"岩壁上的"天渠"的经见与感受：翻山越岭，攀岩爬壁，提心吊胆，命悬一线。随行的人纷纷止步了，作者自己也时时在打着退堂鼓，但在前边引路的黄大发用"快到了""就在前边"等寄寓希望、暗含鼓励的话语，终于使作者战胜了困难与自我，随着黄大发坚定不移的脚步，循着水渠构成的险峻山路，找到了螺丝河的水源地。这些实实切切的描写，通过自己"走渠"的步履维艰的体验与险象环生的感受，有力地折射出"修渠"的格外艰难和异常不易。由此，也使得黄大发这个人物，布满了小悬念，富含了传奇性。

无论是正面描写当事人黄大发，还是侧面转述见证人眼中的黄大发，作者在讲述开山修渠的几起几落和坎坎坷坷时，都格外注重多方面地去探悉黄大发"执拗"背后的精神因素。从20世纪60年代提出修建水渠的动议，到三十多年间艰苦卓绝的辛勤努力，黄大发遇到的问题与困难超乎想象，也难以尽述。开山修渠，需要劳力、需要技术、需要资金，这些黄大发每一样都捉襟见肘，而且近乎一无所有。但他自有看不见，却用得着也靠得住的东西，那就是独特而丰沛的精气神——不改的初心、不变的信念、不屈的精神和不懈的追求。他怀揣着这一切，去说服怀疑的人们，动员村里的乡亲，讨要有限的资金，寻求技术的支持，铢积寸累，水滴石穿，终于在三十多年后的1995年，在千米高山峻岭的悬崖峭壁间修成水渠，引来一泓清水，使草王坝的村民有清水喝、有白米吃，从此改颜变貌，换了人间。

黄大发坚持不懈地开山修渠，持之以恒地引水进村，孜孜以求的就一个信念：使草王坝的村民"有大米饭吃，能娶到媳妇"。这个在别的地方已是稀松平常的事情，在偏居大山深处的草王坝，则是人们世代以来难以实现的一个梦想。而黄大发，正是把村民们的日常梦想，当成自己的人生理想，作为自己的奋斗目标，一点一点地去努力，一步一步地去争取，最终使遥不可及的梦想变为了活生生的现实。黄大发的事迹，看起来只是草王坝从缺水变有水的"当代愚公"故事，但往深里看，它是共产党人坚守为人民谋幸福的原本初心的典型个案；往大里看，则是近40年来中国社会发生翻天覆地巨变的一个缩影。因此，可以说，黄大发的故事，无疑是最为鲜活、最为生动的中国故事。

毋庸讳言，作为报告文学作家，何建明当是最勤奋、最多产的一位。我能体会，在这"勤"与"多"的背后，中国当代作家的使命感与责任感是最为核心的动因。在某种意义上说，"惺惺惜惺惺"，"英雄惜英雄"。只有写作者同样具有英雄素质，怀有英雄情结，才能慧眼发现英雄，深入理解英雄，着力写好英雄。这一点至为重要，这也应是《山神》成为讴歌英雄的成功之作的真正秘诀所在。

（原载2018年9月30日《光明日报》）

书写最伟大的中国故事

——读纪红建的纪实文学《乡村国是》

  脱贫攻坚，是近年来一直出现在新闻中的熟语、回响在耳边的热词。感谢青年报告文学作家纪红建，他以国家的脱贫攻坚工程为主题，花费了两年多时间，翻山越岭，走乡串村，在积累的一百多万字采访材料的基础上，完成了《乡村国是》一作的写作。这部作品我看过两遍，每看一遍都深受触动。如果说，中国的脱贫攻坚是一个怎么估量都不过分的伟大工程的话，那么《乡村国是》也是一部怎么估量都不过分的书写伟大故事的纪实文学力作。

  自党的十八大以来，以习近平同志为核心的党中央就把脱贫攻坚摆在治国理政的突出位置，打响了一场中国历史上工程浩大、难度巨大的脱贫攻坚战。习近平总书记不仅就脱贫攻坚不断发出重要指示，做出重要部署，而且四年来在三十多次全国各地的考察调研中，走遍了全国十四个集中连片特困地区。这些务实要求和切实措施，使得中国脱贫攻坚深入发展，不断进取，迎来了历史性的超越和巨变，这就是习近平总书记在党的十九大报告中指出的："脱贫攻坚战取得决定性进展，六千多万贫困人口稳定脱贫，贫困发生率从百分之十点二下降到百分之四以下。"谈到今后的战略布局和工作任务，习近平总书记掷地有声地宣示："坚决打赢脱贫攻坚战"，"确保到二〇二〇年我国现行标准下农村贫困人口实现脱贫，贫困县全部摘帽，解决区域性整体贫困，做到脱真贫、真脱贫"。把这些铿锵誓言与党的十九大报告中出现频率极高的"人民"二字联系起来看，我以为，脱贫攻坚的直接意义，是让贫困地区的人民摆脱贫困，过上走向富裕的美好生活；其更为深层的意义，应该是中国共产党人来自人民、心系人民、为了人民，是以打赢脱贫攻坚战的实绩，坚决兑现"为人民谋幸福"的"初心"，是以让所有人都过上好日子的事实，坚定落实"为民族谋复兴"的"使命"。

报告文学与纪实文学的题材很多，当下中国从大的工程、大的项目，到新的创造、新的事物，不胜枚举，都值得大书特书。但纪红建选择了脱贫攻坚这样一个问题重大，也难度极大的选题，无疑是需要极大的勇气，更需要不凡的能力的。可喜的是，纪红建迎难而上，奋发蹈厉，先从最基本的摸清情况、弄清问题做起，通过一个个贫困山村的实地踏访和田野调查，以及一个个脱贫农民和扶贫干部的实时采访和促膝交谈，获得有关中国扶贫开发和脱贫攻坚的第一手材料与第一手资讯，并在此基础上完成了厚重又丰沛的《乡村国是》。这部作品在以事实纪实为主的同时，还以夹叙夹议的方式，对国家的扶贫政策、脱贫战略等，给予了要言不烦的反映，整体上描述出中央与地方齐心协力、上边与下边相互呼应的全国脱贫攻坚战的生动场景与蓬勃盛景。我以为，书写扶贫攻坚的纪红建，实际上也以自己的方式为脱贫攻坚做出了他的特殊贡献。

《乡村国是》是以作者实地采访为叙述主线，其讲述的一个个贫困乡村各具形态，致贫的原因与脱贫的路子也千差万别。但正是这种不厌其烦又不厌其详的写法，写出了贫困形成的历史性、贫困状况的差异性，以及扶贫工作的艰难性、脱贫工程的复杂性，让人看到因为历史与地理的多种原因导致的乡村发展严重失衡的"老大难"，总合起来是多么浩大的工程，消除起来是何等繁杂的任务，解决起来是多么艰难的事情，从而更为深刻地理解和体会党中央做出脱贫攻坚这一重大决策的决心之伟大、雄心之非凡。

作者纪红建在对脱贫乡民和扶贫干部的采访中，抽丝剥茧、寻根问底，有意引动被采访者有话就说、实话实说，使得作品呈现出一种脱贫者的自诉、扶贫者的自述的鲜明特征。这种自我表现式的表述，使作品在真人真事的基础上，又平添了真心披露、真情流露的意味，整个作品洋溢着一种真实性十足、真切性充足的品格。而无论是湖南湘西十八洞村由山高路远的封闭落后变为以甜美猕猴桃为主要产业的生态旅游，福建宁德赤溪村由困守穷山恶水中的小山村经由整村搬迁一步踏入新建的小城镇，广西凌云县的陇雅村由辈辈"砍山"都四季无收转变为"养山"种植铁皮石斛迅速致富，还是贵州天峨县汉尧村的吕昌发以养山鸡带动四乡八里，新疆喀什朵儿其乡十四村从蜗居土坯房变为开发庭院经济，四川巴中柳林中学张彦杰与李发生专注于贫困儿童的教育扶助，湖南吉首丹青镇中心小学终于做到让每一个学生每天喝上一杯牛奶……这些案例都以其因地制宜的真抓实干，能人先行的示范引领，写出了扶贫的不遗余力和脱贫的别开生面，让人感慨万千，感动不已。扶贫与脱贫，村变与人变，如何在国家战略的大格局中，一砖一瓦地推进，一点一滴地进取，由此也得到最真实的反映和最生动的表现。

习近平总书记《在中国文联十大、中国作协九大开幕式上的讲话》中提出："广大文艺工作者要提高阅读生活的能力"，"社会是一本大书，只有真正读懂、读透了这本大书，才能创作出优秀作品。读懂社会、读透社会，决定着艺术创作的视野广度、精神力度、思想深度。广大文艺工作者要努力上好社会这所大学校，读好社会这本大书，创作出既有生活底蕴又有艺术高度的优秀作品"。我以为，纪红建正是出色地践行着习近平总书记的这一指示，把写作过程变成采访过程，把采访过程变成调研过程，由此去"读懂社会、读透社会"，这既使他的作品接地气、有生气、扬正气，也给我们的作家在"阅读生活"的基础上搞好自己的创作，写出不负时代的文学力作，提供了有益的启示。

（原载2017年11月22日《中华读书报》）

独特的题材，特殊的文本

——评余艳的纪实文学《新山乡巨变》

余艳的纪实作品《新山乡巨变》（湖南文艺出版社2021年12月版），是纪实文学领域里的一个独特的题材、特殊的文本。这个作品的题材好得令人嫉妒，我觉得写作这部作品有几个重要的元素和必备的要素：周立波原来有一部作品叫《山乡巨变》；作品在农村题材中成了经典之作；作品所描写的地方发生了历史性的巨大变化；作者应该是湖南人，最好是益阳人。这样几个元素凑到一起，才能使这样一部作品最终形成。余艳写作这部作品，这几个元素不期而会，兼而有之。所以这个作品对于余艳而言，是天缘奇遇、适逢其会，是别的作家的写作遇不到的、写不了的，非常具有独特性。

《新山乡巨变》的这个书名实在太好了，这个书名既暗示作品与《山乡巨变》的内在勾连，又显现了"山乡"新的巨变，今昔的对比鲜明，艺术的概括性也很强。阅读这部作品，有很多的感慨与感想，我主要谈谈两个方面的突出感受。

第一，作品由过去与现在的接续和当年与如今比较的方式，写出了山乡巨变诞生地——清溪村和益阳市的翻天覆地的变化，并且以"新清溪""新农村""新农业""新农民"四个方面的"新"，形象地表现了当年山乡的新的巨变，以及新的山乡巨变的样态、方式、路径与模式。

周立波小说里的"清溪村"，是作家依凭自己的想象虚构出来的，原型是益阳郊区的邓石桥村。因为《山乡巨变》影响深远，使得原小说里的清溪村声名远播，人们便把邓石桥村改为了清溪村，并在村子的入口处立了一块"山乡巨变第一村"的石碑。清溪村的切实改变，也是十数年来的事。因为要纪念周立波诞辰一百周年，修缮和保护周立波故居，使得"立波精神"成为清溪村人的前进动力，要把文学中的"山乡巨变第一村"，打造成现实中的"山乡巨变第一村"。作品由此写出了清溪村人借助文学与文化的力量，从生态、卫生到居住环境的切实改变，从农牧结合到农旅结合的产业开发，使得清溪村满含文化内力，又充满诗情画意，真正成为清溪人为之骄傲的美好家园、外地人流连忘返的文化园区。

作者既主要聚焦于清溪村的改颜换貌，又着力于表现清溪村的带头作用，通过实行"新山乡巨变"建设，引领了大清溪——益阳郊区的谢林港村、玉皇庙村、复兴村、鸦鹊塘村等乡村联动发展，并以互联网为依托，进行全方位的数字化、网络化、智能化改造，建成了互联网与生产、生活、生态和文化深度融合的智慧乡村，打造出以清溪村为依托的大清溪景区。这样的蝶变是巨大的、惊人的，这样的农村现代化、城乡一体化的清溪村、清溪景区，当得起"山乡巨变第一村"的称谓。作品中让我印象最深的是第一章和最后一章：第一章紧紧围绕周立波故居的修复建设以及修建过程中带来的种种问题，写出了人们对于周立波文学遗产的高度重视，以及这种格外珍重和保护利用不断给清溪带来的新的变化。最后一章写到的新农民里，有一个一直对粮食增产很有兴趣的王保良，他一生崇拜两个人：一个是袁隆平，一个是周立波。一个是物质粮食的专家，一个是精神食粮的作家，两个不同领域的典型和楷模自然而然地对接，表现了王保良的独到追求，这一点非常有意思。也可以说，整个作品实际上写了清溪村或者泛清溪村发生的新变与巨变，是以文学为抓手、以文化为内核的综合发展的丰硕成果。

第二，这部作品以独到的方式，写出了经典作品的深刻影响，以及文学所具有的能动作用，深刻揭示了文学和生活密切联系和相互促动的特殊关系。

周立波写作《山乡巨变》时取材的原型邓石桥村，因为《山乡巨变》的巨大影响改名为清溪村，背后是乡亲父老们对这个作品的充分认可，对小说里颇具诗意的村名的真心欣赏，以及对周立波精神的高度推崇。事实上，邓石桥村改名为清溪村之后，先是村名改了，立起了"山乡巨变第一村"的石碑，接着是环境卫生的整治，使得村容村貌不断改变，继而是农业生产与文化旅游的深度融合，带来生产形态与生活方式的循序改变，还有在这些改变的过程中，人们的思想状态与精神风貌也得到不断升华和深刻改变。从村子改名开始，依次发生的如许一系列巨大的变化，是清溪村的乡亲父老本着为《山乡巨变》增光、不辜负周立波的殷切期望而取得的巨大收获与喜人成果。而由此，也充分彰显了文学对于生活的积极影响和能动作用。

在作家的"深入生活、扎根人民"方面，周立波是可与柳青、赵树理等量齐观的当代作家的杰出样板。从1955年到1966年，周立波在故乡益阳深入生活达十年之久，他以桃花仑、大海塘、清溪村三个村为创作基地，密切联系群众，参加生产劳动，关切群众福祉，留下了许多美谈与佳话。他在长期的深入生活中，总结出了与农民群众同吃、同住、同劳动和打成一片的"三同一片"的原则，并写出了《山乡巨变》这部乡土题材的力作。可以说，《山乡巨变》是周立波以文学的方式，对养育了自己的家乡故土所做的自觉的反馈与主动的回赠。而以清溪村为代表的"新山乡巨变"，是清溪村人以他们怀揣梦想的不懈追求所带来的现实新变，续写"山乡巨变"的新的华章，并以这种方式彰显文学本有的能动力量。

周立波从生活出发写出了《山乡巨变》，余艳的《新山乡巨变》也是从生活中来再到生活中去，让周立波以一种特殊的方式继续活着。作品中写到清溪村人说周立波一直都和我们在一起，我觉得这个意思表达得很好，所以从这一点来讲这个作品非常特别，也是别的写山乡变革、乡村振兴的作品所不能相比的，它有着自己的独到韵味和独特价值。

（原载2022年5月31日《中国青年作家报》）

乡村题材的现实主义力作

——评王华的长篇小说《大娄山》

在这些年的乡村题材写作领域里，备受关注的长篇小说屡有新作面世，数量不算太少。但直面当下乡村的生动现实，在脱贫攻坚与乡村振兴的时代主题上，开出新生面、写出新力道的作品，委实还并不多见。因此，人们很期望在这一重要的题材领域里涌现更多的新作，看到更好的力作。

近期，王华的长篇小说新作《大娄山》（山东文艺出版社2022年4月版）问世之后，越来越受到人们的关注，也赢得越来越多的好评。应该说，这一切并不令人感到意外。因为这部作品在乡村题材写作中，深耕细作、精雕细刻，既写出了脱贫攻坚与乡村振兴的最新故事，也表现出了现实主义文学的特有魅力。这样的有分量又有质量长篇力作，正是人们所想看到的、文坛所期盼的。

写作《大娄山》这部作品，王华是成竹在胸、有备而来的。在脱贫攻坚决胜阶段的2020年底，她曾深入到贵州黔西南布依族苗族自治州，用数月的时间走村串寨，实地踏访，接触到许多一线的扶贫干部，了解了他们的工作状况，体验他们的艰辛劳作。尤其是曾任中共晴隆县委书记的姜仕坤，以"晴隆羊"为抓手，因地制宜探寻脱贫之路，使晴隆县不断改变面貌，而他却因突发心脏病不幸殉职的事迹，更使王华大受教益和深为感动。这种"深扎"的经历和感同身受的体验，给她的创作提供了重要的支撑。在此基础上，她调动自己已有的生活积累，发挥应有的艺术想象，创作出了长篇小说《大娄山》。作品先在《民族文学》刊出，再由《长篇小说选刊》选载，又经众多文学评论家、编辑家阅读和提出意见，再经由作者进行较大修改后，由山东文艺出版社正式推出。可以说，切身的生活经历、厚实的生活积累与精心的文学打磨，共同铸就了《大娄山》的丰厚蕴意和文学品质。谈到《大娄山》的创作，作者王华曾真诚地向人们坦陈："我写了那么多小说，很多小说都让读者哭过，但真的把自己感动得流泪的，竟然是《大娄山》。"情动于中而行于言，这样用情用意的作品，自然会打动读者。

根据多次阅读《大娄山》的体会与感受，我觉得这部作品之所以不同凡响，在于它的直面现实有锐气，忠于生活有深度，并保有现实主义的鲜明品格。具体来看，尤以三个方面的优长既很独到，又很重要。

一、写出了立体性的现实图景

作为生活形象化反映的文学创作，一个最为基本的要求是真实。高尔基曾告诉人们："文学是以其真实而才伟大的一种事业。"现实主义文学，更是要求按照生活本来的样子去描写生活，并特别强调"细节的真实"。

王华在《大娄山》的写作中，最为忠实地秉持了这一创作原则，既把真实性体现于作品的主干故事，又把真实性落实到叙述的具体细节。于是，人们就看到，"拖了全市脱贫攻坚后腿"的娄山县的种种景象：碧痕村的赤贫户张美凤，丈夫因偷盗被判刑十五年，脑子不灵光的儿子外出搞传销失联。驻村干部娄娄既要帮张美凤走出贫困，还要想方设法帮她寻找不知身困何处的儿子；花河镇的非"贫困户"刘山坡，为了争得"贫困户"的相关待遇，从镇上返回山上的破旧老居，以撒泼耍赖的方式与镇干部较上了劲；因挖矿掏空了山体的月亮山需要尽快整体搬迁，但因山民们十分听信迷拉的风水一说，怎么都不愿意搬迁下山。大娄山如许的种种难题与难点，扶贫干部和村镇干部们既有"做不到"的自我幽怨，更有因人制宜的对症下药和苦下功夫的任劳任怨。年轻的花河攻坚队副队长李春光，面对的事情已经够多了，"但刘山坡的事却像一窝刺丛般套着他。他打开左边，右边还困着，等他打开右边，左边又被困住了"。他的这种尴尬处境与两难感受，十分真实地展露了扶贫干部的工作样态与心理状态。作品里写到面对这些扶贫难题，姜国良与各级干部的谈心、交心，坚定自信的理念和入情入理的话语，或使他们打开心结，或使他们振奋信心。这里，被扶贫的一方，有表面的客观状况，有内在的心理隐情；扶贫的一方，有工作中的具体作为，又有心理的思想活动。这种多维度的观察与揭示，使得作品在生活现实的真实基础之上，平添了心理现实的真实，从而使作品在真实性的表现上富有一种立体性，在实现全面反映生活的整体性的同时，更使作品真实可信、具有打动人心的内力。

二、塑造了典型环境里的典型人物

《大娄山》在叙述感人的故事、描画生动的细节的同时，还十分注重人物形象的打造，尤其是几位扶贫干部和县委书记姜国良的形象塑造，都以其鲜明而独特的个性而熠熠生辉，让人难忘，令人钦敬。

作品里写到的碧痕村第一书记娄娄，因不幸殉职并未出场，但作品从娄娄的继任者龙莉莉和网友周皓宇的角度，侧面细写了这个默默奋战在扶贫一线的女青年干部的感人事迹。娄娄在大学毕业之后，回到养育自己的家乡，带领村民们创建苗绣工艺厂，并在就任第一书记时不遗余力地帮扶张美凤一家。龙莉莉从娄娄留下来工作日记里知晓了娄娄的一系列工作计划与设想，便以此为工作参照，去逐件完成娄娄未能完成的任务。而通过网络结识娄娄的周皓宇，为她的回乡创业所吸引，赶来苗寨见她，方知娄娄已不在人世，但为娄娄的种种事迹所感动，毅然留了下来，成为碧痕村编制之外的扶贫志愿者。因公殉职因而始终没有现身的娄娄，一直以她的方式深刻影响着别人服务于脱贫攻坚事业，长存于碧痕人的心里。这样的人物形象是独特的，也是罕见的。

从北京下沉到月亮山担任第一书记的王秀林，是作者着力刻画的另一个扶贫干部的光辉形象。王秀林初到月亮山，看到遍地是牛粪，人们不穿鞋，而且盲从迷拉的话，是十分惊愕的："即便他清楚自己此行目的，即使他早有心理准备，他还是被震傻了。"但他从每天早晨在村里携箕捡粪做起，熟悉了村子，感动了村民，走近了迷拉，坚持与迷拉交流和对话，让女儿亦男带着迷拉的哑巴女儿丙妹去北京治病。就在月亮山的村民在他的耐心说服下同意搬迁时，一场泥石流突如其来，而他在去救助留守村子的迷拉时不幸遇难。王秀林的英勇献身，当然是悲剧，但赢来了迷拉的感动落泪，换来了丙妹的喊出声音，起到了特殊的效用，说是惊天动地也不为过。

县委书记姜国良，因其身份重要、责任重大，在作品里既是重要的串场人物，又是处于核心的主角人物。但作者的用笔用墨，主要是通过种种生活化的细节，把重心放在其领导艺术的展示和思想境界的揭示上，经由"人民性"的理念阐说和"大娄山羊经"的竭力推广两个要点，写出了姜国良一方面着眼于做好扶贫干部的思想工作，一方面着手于娄山县的产业经济发展，在这两条主线上的运筹帷幄和出奇制胜。一个党的优秀基层领导干部的初心与使命、勇气与担当，也于此表现得淋漓尽致和彰明较著。

三、揭示了脱贫攻坚内含的"人民性"意义

脱贫攻坚的直接目的是消除贫困、走向富裕，更为深远的意义还在于践行共产党人的初心使命，把以人民为中心的思想落到实处，切切实实地为人民谋幸福、为民族谋复兴。这样一个深邃的思想内涵如何在具体的扶贫故事中予以揭示和体现，作者在《大娄山》一作的写作中因其很好的故事编织与细节描写，而表现得突出且鲜明，使得作品在思想内涵上钩深致远，别有洞天。

作品写到花河镇的村镇干部面对刘山坡的有意刁难等繁难事情一筹莫展、怪罪工作难以开展是因为有人故意捣乱时，姜国良在镇政府的工作会议上讲了他的一席肺腑之言。他没有责难那些不听话、不驯顺的乡民，而是以反问的方式启发大家："我们是干什么的？是为人民服务的。从来没那个文件规定，党的干部只为'顺民'服务，而那些对我们有意见的、不听话的就不去管了。'顺民'从哪里来？不是逆来顺受的顺，不是强压下去的不得不顺，而是由信而生的顺，是发自内心的顺。""人心都是肉长的，为啥他的心就长得跟石头一样硬？这说明我们的工作不到位。这地底下的石头硬不硬？可我们不换能炼成黄金吗？是石头我们不还能把它烧化了烧滚烫喽。老百姓的心硬说明什么问题，说明我们的工作没做到他们心坎上去嘛。"为了把工作做到老百姓心坎上，让他们真心理解和自愿配合，姜国良和所有的扶贫干部，不顾家事地扑在工作上，不畏艰辛地迎难而上，点对点地精准解决问题，面对面地倾心交换意见，全身心地投入到扶贫解困与搬迁安置的繁难工作上，而且想到了各种方法、用尽了各种办法。在此过程中，娄娄、王秀林等一线扶贫干部，先后因各种原因因公殉职，前赴后继地牺牲在扶贫路上。这些扶贫干部们以不负人民的信念、坚定不移的意志、超乎寻常的努力，以及异常惨重的代价，换来了娄山县脱贫攻坚的最后胜利，也以此生动地

诠释了共产党人的初心使命所在，形象地演绎了脱贫攻坚精神的精髓所在。

作品的其他部分还写到姜国良与基层干部的谈话与交心，内中也都贯注了"人民性"的深刻意涵。如谈到脱贫攻坚的最终目的，有人认为就是"摘帽"，姜国良就此说道："脱贫攻坚的终极意义，不仅仅是占领这样一块阵地，还要在这块阵地上持续发展，是实实在在的全面小康。"由此，他进而说道："我们要脱的不仅仅是物质上的贫困，还有心灵上的贫困。内心要有希望才能祥和，只有老百姓内心祥和了，社会才会祥和，祥和的小康才是我们要的小康。"因为眼里有百姓，心里有人民，才会在关注人民生活的同时，还高度关注他们的心态与心理，从而在脱贫攻坚的过程中，把物质文明建设与精神文明建设有机地结合起来。姜国良的"人民性"理论，既是他对"为人民服务"核心理念的自我认知与活学活用，也是共产党人以人民为中心思想的切实表现与生动实践。

作为消除贫困的历史创举，作为彪炳史册的人间奇迹，发生于中国大地的可歌可泣的脱贫攻坚伟业，产生于脱贫攻坚实践的可师可敬的脱贫攻坚精神，有理由在当代小说写作领域得到充分的书写，留下历史的影像，甚至成为乡村题材中的最为重要的题材与主题。王华的《大娄山》在这一方面，迎难而上、锐意进取，以直面现实的姿态、正面强攻的方式、深入开掘的勇气、现实主义的品格，做出了出色的努力，取得了突出的成绩。这是这部作品值得人们关注的理由所在，也是这部作品理应得到较高评价的价值所在。

（原载2022年8月10日《光明日报》）

一部意蕴丰厚、气象不凡的力作

——读王跃文的长篇新作《家山》

　　自20世纪80年代后期登上文坛以来，王跃文一直潜心于小说创作的艺术探求，一步一个脚印地奋力前行，先后写出了不少有影响的小说力作，如现实题材的《国画》《苍黄》《朝夕之间》《爱历元年》、历史题材的《大清相国》等。这些作品都因直面生活而睿智锐敏，艺术表现独到而有力，并具有生动的故事性和较强的可读性，在文学界深受好评，在读者中广有影响。但我以为，即便是王跃文已有如许骄人的创作成就，已然奠定了自己稳固的文学地位，他于近期推出的长篇新作《家山》（湖南文艺出版社2022年12月版），仍然超越了他之前所有的作品，因而具有重要的标志性意义。不夸张地说，《家山》着实显示出了一种史诗性的品格，王跃文也由此表现出一个小说大家的气象与气度。

　　阅读《家山》，真是令人有意料之外的惊喜。这种感觉，很类似当年阅读陈忠实的《白鹿原》。《家山》一作，确实也与《白鹿原》有一定的可比性。从这个意义上，也可以说，《家山》是南方版的《白鹿原》。这部作品以湘西一带的乡土社会为广袤舞台，以陈姓家族九个家庭的三代人为群体主角，描写了他们数十年间的生计打拼与人生悲欢，书写了中国农人的乡土伦理与家国情怀，折射了民国时期社会的动荡不安与时代的嬗替演变。

《家山》一作将丰沛的生活内蕴与丰厚的文化意涵熔为一炉，精湛的故事叙述与精到的语言表述相得益彰，使得作品具有可从多个侧面阅读的丰富性和从不同角度解读的可能性。从我的阅读感受来看，印象最为突出的有两个方面，而这两个方面也显示了这部作品的价值所在和艺术特点。

第一，由本土乡贤所主导的家族文化和乡土伦理所维系的运作秩序，写出了我国农村所特有的世故人情与乡土社会的民俗乡情。

《家山》描写了陈氏家族九个家庭三代人纷繁多彩的人生故事，作品里有名有姓的人物就有七八十人之多，但这些众多的人物里，最为重要的人物是人称佑德公的陈修福。这个佑德公不仅辈分最高，而且讲信修睦，德高望重。沙湾村里不管出了什么事，都要指靠佑德公出面说话予以排解。陈家与舒家的多年恩怨，桃香代表陈家去往官府陈情，官府与兵家的纳税与征丁等大小事情，都是佑德公拿主意、想办法，大事化小，小事化了，来一一平息各种纷争。事实上，佑德公在沙湾村兼有族长与乡绅两种身份的功能。幸有佑德公这样的乡间大贤，陈氏家族在紊乱又动荡的民国时期，尽可能地维系了家族的基本生存，保持了一方的大致安宁。作品还借由北伐、抗战等背景下的一些事件，沙湾村人或明或暗的关切与介入，充分表现了陈氏家族经由农会组织的互帮互助，以及愿为国泰民安尽其所能的家国情怀。佑德公深受儒家文化的熏陶，深谙传统的礼俗与乡规，做事讲究循规蹈矩，为人秉持好公尚义。沙湾村因为有了佑德公这样一个乡贤人士主理其事，人们日常的生活作息、村里遇到的各种问题，就有了自己的主心骨，也有了自己的基本秩序。在这一方面，作品将陈氏家族遇到纷争后的一次次化解，遭遇军政当局拉丁征税的苦苦应对，都写得具体而生动，令人印象深刻。

作品在陈氏家族由佑德公主理其事，使沙湾村遵循一定的秩序运作的故事框架里，写出了陈氏家族在动荡社会中依循传统礼俗为人处事的自然"运转"。这种"运转"，实际上是以乡贤为主导、以乡情为纽带、以乡里为空间的传统的礼俗文化的自然运行，这种传统的礼俗文化是儒家文明与农耕文明长期以来不断融通与化合的精神成果，是中国乡土社会所特有的精神文化产物。著名社会学家费孝通在《乡土中国》一书中告诉人们："从基层上看去，中国社会是乡土性的。"谈到乡土社会的特性，他还特别指出：乡土社会并非"法理社会"，而是"礼俗社会"。《家山》这部作品把礼俗文化在基层社会和乡土地域的作用与意义，描写得可谓真切而生动，揭示得可谓真实而充分，完全可以看作是对费孝通的这些精到看法的生动诠释。

第二，由劳苦民众的夹缝求生与军政强权的巧取豪夺构成的矛盾与对抗，写出了乡民在严酷现实面前的不断觉醒和历史演变的基本趋势。

《家山》一方面写了沙湾陈氏家族力求人丁兴旺、家业兴盛的不懈努力，一方面又写了这种愿望与努力的不断被打断、被压制、被消损的过程。作为乡贤的佑德公，一开始并没有什么意识上的明显倾向，更没有政治上的确定立场。与其说他是在保持中立，不如说他是在尽量远离。但对于不断出现的事情、间或发生的事变，佑德公凭靠自己的敏锐而公允的直觉，对于时局与时势渐渐得出了自己的判断。看到《激流报》上有关"铲共"的报道，他直言"不义道"。官府找他来说要为不断增加的驻军增加赋税事时，佑德公一再声言"老百姓难处更大"，并为解救以抗税之罪名被抓的朱达望到处奔走。县长朱显奇找他带头多出赋税，他回说："老汉力拙，做不了这个事。"尽管只想与世无争，自保平安，但还是有各种烦心事纷至沓来。在发现县境之内有红军出没后，佑德公的一个长工上山又参加了游击队后，县长、乡长都来找佑德公，怀疑他有"窝匪资共"的嫌疑。强拉壮丁、强征苛捐杂税、官府放火烧毁民宅、官兵以火刑残酷处置抓到的红军士兵，发生在眼前的一桩桩事件，使得佑德公逐渐看清了军政当权者祸国殃民的真实面目。尔后，随着贞一、齐峰等共产党人的不断影响，佑德公认识到共产党是为着人民大众的，共产党领导的红军是人民自己的军队，遂在红军改编为八路军之后，不无自豪地向乡亲们说道："你们过去是要躲起来的红属，现在你们都是抗属。"

佑德公和沙湾村人在他们所处的民国时代里，只想家庭和家族能够生存下来、存续下去，但这样一个基本的念想与愿望不断受阻，而且每况愈下。这样一个普通民众在军政当权者淫威下的困境，以及在客观事实教育下的逐渐醒悟，实际上揭示了一个重大的主题，那就是在民国时期，农民希望在自立中生存、在安宁中发展的愿望是根本实现不了的，根本原因在于这个政权与政治，与人民不仅离心离德，而且背道而驰。陈氏家族的人们是在吃了无尽的苦难之后，才逐步清醒、不断觉悟的。因此，当邵夫、齐峰等人以共产党员身份出现以及遭遇艰险时，陈家的人不仅是从亲情上，而且是从道义上、理念上都给予了充分的同情与宝贵的支持。这就从基层社会和乡土乡民的角度写出了中国社会风云巨变的客观历史进程，也揭示出了包括农民在内的中国人民，只有在共产党的领导下才能翻身得解放、当家做主人的深刻道理。这是人心所向、民心所望，也是势所必然、理当必然，由家族故事的叙说来客观地揭示出这样一个历史趋势，正是《家山》这部作品的主要价值所在。

在《家山》的家族史传里，人们还能看到作者对地域文化的深谙与点染和对乡土语言的熟稔与活用。而由陈氏家族在生存打拼中的种种遭际和他们的逐步觉醒来客观揭示社会演变的发展趋势，显然还能见出作者在历史观方面的悄然新变，那就是富含自然与人文的种种意蕴的浑然一体的大历史观，实现了对传统的社会学历史观的坚定超越。这一不大也不小的变化，使得人们有理由对王跃文此后的小说创作依然充满期待。

（原载 2023 年 4 月 28 日《文艺报》）

在"美丽"中求振兴

——读乔叶的长篇新作《宝水》

　　乔叶潜心多年创作的长篇新作《宝水》，我在读了之后很有一些异样的感受，乃至意外的悸动。这异样与意外在于她由报社女记者青萍退休之后寄居山村的独特角度，描述了一个旁观者对于山村新变的亲历亲见、一个外来者对于乡村振兴的全情投入，在对乡村田园风光与民俗风情的精细描绘中，向人们展现出当代乡村在时代潮动中悄然新变的可喜图景。

　　《宝水》里的女主人公青萍曾为报社记者，也还年富力强，但由于丈夫因病去世，心情一直郁闷。因此她听从朋友老原的建议，退休之后去往位于太行南麓的宝水村，一边为老安看守民宿，一边调养自己的身心。在此期间，顺便接受了为宝水村建立一个村史馆的任务。就这样，青萍渐渐地融入了宝水村的日常生活，还越来越多地参与了宝水村的各种工作：从特色化的民宿经营到规范化的乡村管理，以及环境卫生的改善、村有设施的修建、乡村文化的保护，都留下了她辛勤劳作的汗水，自身的沉疴也在这一过程中逐渐去除。由于把严正的主题寓于了日常故事，把宏大叙事融入了个人叙事，使得作品借由个人的身心治愈的寻常经历，带出了当下乡村革故鼎新的非凡历程。显而易见，《宝水》一作在近期的乡村题材写作中独辟蹊径，那就是由日常化中写乡村、在风俗画中看振兴，把美丽与振兴有效地衔接起来。

除去叙述角度的独特以及叙事方式的别致，作品还在许多方面给人留下了深刻的印象，比如乡村之美的找寻、鲜活人物的塑造、叙述语言的经营等等。或者说，这些方面的相互交织，体现出作者的独到匠心和作品的突出特点。

其一，引人寻味的乡村之美的找寻。

坐落于豫北山区的宝水村，把建设"美丽乡村"作为自己的奋斗目标，这与长于乡村建设的孟胡子的工作意图不谋而合。孟胡子选中宝水村，一个很大的原因是"山村的自然条件容易在审美上出效果"，这里包括宝水的水、宝水的土、宝水的石头、宝水的树，"百年的柿子树梨树，二三百年的核桃树，三四百年的油松，五六百年的皂角树"等等。在民宿民居的修造上，孟胡子坚持原地改造、原样修缮，复现了乡村乡土原有的自然本色。本着这一美学原则建成的老原的民宿、秀梅家的"山明水秀"、鹏程家的"小村如画"等民宿，都依循着这样的美学路线，又各具自家特色。最能体现孟胡子的乡村愿景与美学情趣的是他在宝水村村民大会上用放映幻灯片和短视频的方式，向村民们生动解说，与村民互动问答。幻灯片和短视频展示了从环境面貌到厕所卫生的改造的情景，把过去的老样子和现在的新景象，一一呈现出来，两相对比，变化鲜明。孟胡子在解说过程中语重心长地说道："在外人眼里，咱村就是一个整体美。所以呀，咱们一是要知道咱这儿美，二是要知道咱这美在啥地方，三要知道咱啥地方不美，四要知道咋让不美的变美，五要知道咋让美来赚钱。然后呢，用美来赚钱，在赚钱中变得更美。"孟胡子的一番乡村美学的通俗演说，村民们听得仔细，听得入心，因为他表达的正是大家所想所要的。宝水村在此后的工作中，尽管遇到了不少坎坷，但都能够比较顺利又坚定不移地向着"美丽乡村"一路行进，具有这样的坚守乡村的自然美、守护乡村的整体美的共识性理念，是一个至为重要的原因。

正是在这一背景下，青萍也乘势而为，启动了收藏各式农具以创建村史馆的相关事宜，在收集农具农物时，她得到了村民的大力协助，即便是小农意识浓重的大曹，也向村史馆提供了自己手工编织的荆篮。这些农具与农物，由乡村之物体现乡村之美，是村民们自己的美的创造。

作品中，作者不仅经由收集农具农物表现了农耕文化的传承与传统，而且还由遍布乡间的花草树木和乡村饮食的丰盈美味，多方面地表现了乡村的自然美、宝水的整体美。把这些联系起来看，可以说，《宝水》着力揭示的是乡村本有的美的发现与再现，或者说是对乡村美学的一次把脉与寻根。这使得这部作品以其鲜明的美学意蕴，在乡村题材写作中脱颖而出，而且更高一筹。

其二，令人难忘的新型人物形象塑造。

《宝水》在日常化的乡村叙事中，着力塑造了性情鲜明的人物形象，乃至光彩照人的人物群像。作者在宝水村与福田村这两条线索中，都精心塑造了不同层次和不同方面的人物形象。仅宝水村一脉，通过青萍的走乡串户和人际交往，就先后有村支书大英、老农妇九奶、妇女主任秀梅、会计张有富、团支书曹建华等人登场亮相，并且各以独特的性格与性情令人过目难忘。

除去这些村里人，还有一些外来户在宝水村或驻足落户，或驻村帮扶，这些外来户里，尤以外号孟胡子的孟载形象卓有光彩并饶有新意。孟胡子带着乡村建设的项目来到宝水村，为宝水村的民宿改造和"美丽乡村"建设出谋划策、运筹帷幄。他在工作中努力践行"整体美"的意图，在生活中传播"乡村美"的理念，实际上在宝水村起到了文化启蒙、美育实践的独特作用。这个人物，从外在身份上看，职业经理人与乡建策划师兼而有之；从内在精神上看，传统的乡贤情怀与现代的乡村文明熔为一炉，实为新的社会生活和时代潮流孕育出来的新型人物。他在这个时代显露头角，也在这个时代大显身手。通过孟胡子、青萍和老原，以及后来的实习大学生肖睿和周宁等人，作品也写出了新的社会群体在新的时代的成长与进取、城市与乡村在人才方面的流动与互动，以及城里人与乡下人在乡愁情怀上的相互走进和彼此融汇。这些实际上都使得宝水村这样的"美丽乡村"的建设超越了乡村振兴的单一范畴和单一意义，更具有了与城乡衔接、联动发展有关的更为深远的意义。

其三，耐人咀嚼的叙述语言的经营。

与注重叙事的生活化细节相适应，作者在语言表述上特别注意情绪的舒缓、节奏的从容，尤其是对于豫北方言的妙用，既信手拈来，又精雕细刻，几近于炉火纯青的程度。

作品的叙事语言，能明显感觉到既细腻又敏锐，甚至细腻到细琐、敏锐到敏感的程度。这里混合了女性看取事物与病人感知事物的双重特点，内里是疑惑与好奇，却披上了冷眼旁观的外衣。但随着作者由象城向予城、福田村向宝水村的不断移动，作品语言的调性也在逐渐改变，在细腻的打量、新奇的印象中，热切的温度在逐渐升高。这种由冷到热的渐变，正好契合了叙事者从外在到内在、由被动变主动的姿态转化，使得作品的表述过程既自然而然，又真切生动。

进入宝水村，融入村民的日常生活之后，作者在叙事语言上明显增强了对于地域方言的关注与运用，时常引用一些当地村民的口头语，并使这些口头语构成叙事语言中关键词语。如"卓"（出色）、"景"（喜欢）、"典故"（故事）、"好儿"（吉日）等等。这些含义丰沛的土语、俚语，再加上"升来升去升到农村"的豫剧《朝阳沟》的唱词，使得作品在语言表述上越来越向乡土化、民间化靠近，染上了鲜明的地域色彩，含带了浓郁的生活情趣。这样的语言表述，不仅自然地拥有了自己的突出个性与艺术的辨识度，而且也使得作品可读耐读，引人细加品味。

《宝水》在乔叶的小说写作中具有重要的标志性意义，这自不待说。我以为这部作品对于我们当下的乡村题材写作，也具有一定的启示性意义。那就是，新时代的乡土题材写作，一定不能凭靠作者过去对于农村生活的已有印象去写作，一定要直面新的农村现实，深入进去，沉下身来，在亲历亲见的生活体验中，读懂读透当下农村不断变动着的生活现实和人们的精神现状，从外到内都要有精准的把握与有力的表现；其次，乡村题材写作除去高举高打的写法外，还有别的路数、别的方式，旁敲侧击不一定输于正面强攻，轻歌曼舞不一定弱于急管繁弦。在日常生活的精细叙事中，复现生活之美，揭示时代之变，不仅同样有效，而且更显别致。在这一方面，《宝水》着实给我们提供了可资借鉴的有益经验。

（原载 2023 年 4 月 7 日《中国艺术报》）

小婚事里的大时代

——读徐坤的长篇新作《神圣婚姻》

自20世纪90年代初凭借中篇小说《白话》登上文坛以来，徐坤在小说创作方面，短篇、中篇和长篇都写了不少，有的作品还荣获过"五个一工程"奖、鲁迅文学奖等重要奖项，在文坛内外都很有影响。即便已经成果累累、成就斐然，她新近推出的长篇小说《神圣婚姻》（人民文学出版社2022年12月版）仍然具有标志性意义，值得人们予以高度关注。因为这部新推出的《神圣婚姻》在她原有的写作追求与风格上，有了新的进取、新的转折和新的拓展，做到了在日常化的故事中囊括更多的生活意涵，在个人化的叙事中包孕时代性的主题。因之，之前人们常常戴在她头上的"女王朔"的帽子，已经没法再给她戴了。

《神圣婚姻》这部作品以程田田等人的婚事变故为由头，由此带出当下都市生活令人眼花缭乱的生活演变，及人们穷于应对的生活难题与不断泛起的心理波澜。在此基础上，描写人们走出困境的各自探求，歌吟学人、文人投入到时代的洪流中去的积极追求，在整体上书写了新时代的新气象，塑造了新时代的新人物。这种小中见大的写作，在看似个人化的视角中融入了广袤的风景，在看似日常化的故事中赋予了丰盈的内容。这既表明了作者徐坤在这部作品写作中的精心构思和苦心经营，也显示了作者在小说创作道路上的不断跋涉和显著进取。

《神圣婚姻》这部作品具有从不同角度进行解读的丰富性与可能性，就我的阅读感受来看，我觉得有三个方面印象更为突出，我以为这也应该是这部长篇力作的主要特点。

第一，直面当下的都市生活现实，直击不同代际人们的恋爱与婚姻现状，具有强烈的现场感与切身的真实感。

我们在讨论现实题材作品时，常常提到直面"当下"现实的这样一个话题。但说实话，在一般的现实题材小说写作里，实际上很难看到"当下"，大多都与"当下"颇有距离。徐坤的《神圣婚姻》这部作品，写的是2016年到2021年间的北漂生活与北京故事，是名副其实的新时代的背景与场景、新时代的人物与生活。作品经由程田田和孙子洋的婚变写起，既写到了置身其中的当事人的处境与心境，也写到了两个家庭的状况与难处，进而写到孙子洋父母的婚姻变故，接着又由程田田的大姨毛臻写到社会科学院宇宙文化与数字经济研究所。这里边的具体故事，涉及当下社会的诸多热点与痛点，如青年男女结婚置办婚房、外地人与北京人通过假结婚买房、"90后"青年海归就业、研究所转企改制、外企职场生态、基层干部贪污腐败、中央单位干部到外省挂职、大学生乡村支教以及筹办2022年北京冬季奥运会等等。作品中人物的活动轨迹涉及北京的多处文化地标与网红打卡地，如北京CBD、潘家园旧货市场、段祺瑞执政府、雍和宫、顺义后沙峪等。还有由不同人物勾连起的北京到沈阳、北京到铁岭、北京到云南安岭、北京到韩国、北京到澳大利亚等。可以说，当下人们的多种工作形态和社会生活的多种样态，这部作品多有触及，都有涉猎，其中由人物的彼此关系和大跨度流动反映的中国社会在新时代的纷繁万象，也显示了这种变化背后的时代性特征和全球化背景。

显而易见的是，作者在主要人物与主干故事的叙说中，并未就事论事，拘泥于事象本身，而是在恋爱与婚姻的坎坷与变故中，连缀起多变的世情世相，串结起纷繁的生活万象，有意加大了对于他们所处的时代背景与社会场景的表现。这使得程田田等人的小小婚事，既成为他们自己人生进程中的一个重要经历，也成为社会生活变动不居的一个生动表现，从而使读者看到和悟到他们的婚变中的各种意涵，进而领略和认识我们的时代生活奔流向前的大波与微澜。可以说，敢于在小说中如此大幅度地点染时代的特有气韵，这样近距离地跟踪和描写"当下"现实的，在当下文坛并不多见。由此也可见出作者徐坤阅读新生活、把握新现实、处理新经验的独到功夫与不凡能力。

　　第二，由婚姻的异变与体制的转变，揭示了人们情感的隐痛与社会的阵痛。

　　《神圣婚姻》以两条线索交叉叙述的方式，逐渐凸显出两个主题：一个是婚姻的异变，一个是体制的转变。

　　婚姻变故这条线，主要描写了程田田与孙子洋恋爱而未成婚引起的困惑与波折，孙子洋母亲于凤仙用假离婚与假结婚方式到北京买房，连带着也写到了毛臻与萨志山的陡然婚变。这三桩婚变各有缘由：孙子洋与程田田的直接理由是"为了在北京买房，两家意见不一致"；于凤仙与孙耀第的直接理由是"性格不合"；毛臻与萨志山的显见理由是"十年之倦"。但从事情的进展来看，更为真实的原因是想法不合拍、观念不合辙，也即"三观"错位，彼此之间缺乏真正的了解、宽容和信任。被人们看作"神圣"的婚姻，在现实中是支离破碎的、难寻难觅的，但这种状况并未能改变人们心中对于"神圣婚姻"的向往与追求。于是，就有了程田田此后与潘高峰的相遇相爱、萨志山与顾薇薇的情投意合以及于凤仙与北京炮三的相濡以沫。这些都向人们表明，并非一切婚姻都是"神圣"的，但"神圣婚姻"是确实存在的，问题在于要带着赤诚的真心和坚定的信念去积极争取和努力追寻。

几桩先后发生的婚变，当然都是当事人自己的事情，但通过描写他们在婚变中的处境与心境，还是让人们看到了社会生活的新变给现在的人们在婚姻方面带来的困惑、提出的挑战。婚姻不是人生的一切，但却极大地影响着人生，甚至因为人生与婚姻的天然捆绑，导致人生的输赢与婚姻的成败密切相关。但程田田、萨志山等人的故事也告诉我们，当今社会多变的现实既给人们生出了不少的难题，也给人们制造了不少的机遇。学会选择，懂得取舍，"神圣婚姻"与光彩人生，都可以从理想变为现实，这是确定无疑的。

在社科研究机构的改制方面，与现实状况相比，作品的描写是走在前边的。据我所知，社科院系统的各个研究机构一般都尚未改制。但从发展趋势看，一些与现实尤其是经济现实联系密切的科研机构，确实存在如何更好地面向现实和服务现实的转型与改制的问题。作品里写到的社科院系统中的宇宙文化与数学经济研究所当然是虚构的，但有关研究课题的申报与运作、创新工程的实施与开展，以及研究所的具体运作，科研人员的工作状态、精神风貌等，都是具有相当的真实性的。社会研究学术机构，申报项目可大可小，工作也可紧可松，而且研究人员也不用天天坐班。因此，勤奋的、慵懒的，都会感觉良好，生存的空间很大。看到作品里对于宇宙文化与数学经济研究所的一些描写，有的让人会心，有的令人汗颜，确实可以起到一种镜鉴的特殊作用。从实际现状来看，如何走出固定的圈子和传统的路子，把自己的学术研究同现实需要很好地融合起来，与国家的发展很好地对接起来，仍然是一个重视不足而又亟待解决的问题。作品中宇宙文化与数学经济研究所通过改制寻求出路和调动活力的种种做法，特别是把学术的触角伸向现实生活的变革前沿、把社科研究同经济振兴和社会发展有机地联系起来，是有着强烈的现实意义的。从这个意义上说，这个作品可以引起我们的反思，引起人们的警觉，并启迪人们看清自己的处境与出路，激励人们去努力改变相对封闭的现状。

莎士比亚曾借助戏剧中人物的口吻告诉人们："理论是灰色的，而生命之树长青。"《神圣婚姻》里，学人萨志山下到安岭挂职锻炼引来的体制转变和个人蜕变，以生动的故事和真切的事实告诉人们："学术是灰色的，而生活之树长青。"其中所蕴含的理论需要结合实际、学术需要接地气的道理，是人们经常说起但又很少付诸实践的。因而，很是发人深省，启人思忖。

第三，由学者萨志山的基础挂职锻炼，把笔触伸向社会巨变的前沿与激流，写出了新时代的新变化以及新变化带来的新动能。

《神圣婚姻》一作里，作者运用了不少笔墨来写宇宙文化与数学经济研究所的改制，以及在改制过程中孔令剑所长，毛臻、黄子路、菲利普等副所长的不同态度和各自心思。但最为精彩动人的一笔，当是萨志山去往西南某地的安岭市挂职副市长，并在一年间做出了一番惊天动地的骄人业绩。

萨志山去往数千里之外的安岭挂职，开始带有一定的被动性：一方面是社科院和研究所予以委派的工作需要，一方面也是十年婚姻解体之后需要转换环境和调适心情的需要。但当他下到安岭之后，他由陌生到熟悉、由被动到主动，实现了姿态转换，完全改变了自己。毛臻到安岭去考察萨志山的挂职工作时，听到人们对萨志山的高度评价，又惊喜又意外："虚心学习，主动融入，作风务实，尽职尽责，思路清晰，有格局，有创新精神。来了一年，在招商引资和文旅工作方面就很有成果，有新气象。"这几乎是对一个干部近乎完美的评价，毛臻感觉自己"有些恍惚"，在心里不断询问："他们说的是研究所那个萨志山吗？"直到进一步了解情况和接触到萨志山本人之后，她才对现在的萨志山另眼相看，并"感觉到这个男人身上有异样的电波"。在与萨志山的交谈中，萨志山关于"人民"的一席话，使她深受教益。萨志山说："以前在研究所里，也讲'为人民服务'，'人民'可能只是我们课题组的几个同事，我顶多能为课题组成员多谋点福利，多报销点吃饭打车的发票，要求课题经费的百分之二打到每人每月的工资里。而'人民'在这里，却是广大的老百姓，能触摸得到，能看得着的。有时候晚上站在窗前向外望，看万家灯火，我会心疼，疼得热乎乎的，那时候我才真正体会到了什么叫为人民服务，这'人民'就是安岭市的328万老百姓，他们就在那万家灯火之下，具体、鲜活，吃饭，吵嘴，新婚或离婚……我所做的工作，是帮助他们更好地就业，穿衣，吃饭，关乎他们问题解决后的一张张笑脸。"被深深感动的毛臻进而询问萨志山挂职的动机，萨志山回答说，当时万念俱灰的他想看看人间是否还有美好，思考自己的人生价值到底在哪里。随后他还说到，挂职的经历使他对于国家机器的作用、基层民情的状况、现实发展的需求，都有了全新的和深刻的认识。这些具体的描写，连同萨志山生前发给单位的一封信，都充分而生动地向人们托出了一个"脱胎换骨的新人"，"一个崭新的形象"。

萨志山在挂职期间实现的全新转变、萨志山挂职带来的数学所与安岭市的有关项目的合作，加上潘高峰的驻村扶贫、程田田的下乡支教，以及程田田在潘高峰支持下完成的5G信号基站的建成，都给人们展现了一幅令人振奋的可喜图景。这既表明了基层的现实变革与生活新变像一座巨大又无形的熔炉，不断冶炼着也改变着置身其中的人们，而置身其中的人们也以自己的努力为安岭的改颜换貌添砖加瓦，释放着自己应有的热量与能量。这种奔向时代前沿、置身生活激流的选择，以及由此所产生的双向改变的巨大收获与可喜成果，既以"破圈"的方式将人们相对封闭的生活与沸腾的时代热流联通起来，给人们原有的思维模式注入了有关"人民观"的新的理念，使得人们在眼界、胸襟与情怀等方面，都因注入了时代的新气韵，而有了新的拓展，发生了新的改变。

可以说，安岭是一个虚构之地，也是一个艺术象征，它象征着生活的新生面，象征着时代的新脉动。人们对于安岭的向往和安岭

对于人们的改变，是我们这个时代从生活现实到精神内里都在不断
发生各种新变的一个缩影。有了这样有力又精彩的一笔，《神圣婚
姻》这部作品就有了耀人眼目的亮点，这也是这部作品超出"神圣
婚姻"意涵的最大价值所在。

（原载2023年第3期《南方文坛》）

"新京味"的新力作

——读石一枫的长篇新作《漂洋过海来送你》

在当下文坛的"70后"作家里，石一枫是创作活跃、作品较多、影响也较大的一个，尤其是荣获第七届茅盾文学奖中篇小说奖之后，他几乎成为"70后"在小说创作中最为重要的代表人物。但说实话，对于他的创作这些年里所发生的一些变化，我在内心里既为之感到欣喜，又多少存有一些憾意。因为他最早出道时，在《红旗下的果儿》《恋恋北京》的写作里表现出来的又痞又真、亦庄亦谐的地道又独到的北京地域文化韵味，在《借命而生》等后来的作品里有些不断淡化，乃至逐渐退隐。后来，读到他的一部部小说新作，既为他总有新的艺术拓展感到惊异，又会经常想起乃至怀恋他原先作品里那些令人忍俊不禁的、带有石一枫标记的特有趣味。

近期，读到石一枫的长篇新作《漂洋过海来送你》（人民文学出版社2022年3月版），确实让人有一种不期而遇的惊喜。在这部新作中，石一枫充分利用北京的地域文化与传统文化的相关元素，生发引人的故事，绘描个性化的人物，并在作品中复现了他早期作品所特有的一些文化韵调和艺术腔调，读来既令人耳目一新，又令人咀嚼不尽。这种小说写作上的文化回归，令人分外欣慰。

《漂洋过海来送你》从故事的框架上看，是写因火葬场司炉工的忙中出错，三户人家"抱错骨灰盒"的故事；但从叙事角度来看，则主要是表现满族那姓人家祖孙三代特有的生活方式与人生态度，尤其是那家爷爷与孙子那豆之间的生活趣事与文化传承，以及那豆在爷爷去世之后的骨灰追寻与情感追思。

　　祖上曾是满族上层的那家，曾在光绪年间被御赐过"巴图鲁"的封号，用爷爷的话说，"比一般人高点，又比最高的低点，中不溜儿"。但那家到爷爷这一辈已经彻底没落，只是北京胡同里一户普通人家，那家很是在意他们的族群的出身，很注重自己的身份的显示，更有着"爱玩儿"的基因。那家爷爷自打从酱油厂退休之后，"玩儿"就成了家常便饭和日常生活，而且动不动就"起范儿"：常常把孙子说成"猴崽子"，把回头见说成"跪安"，把吃糖油饼说成"用早膳"，把吃多了胃胀说成是"龙体欠安"，把串肚子放屁说成"出虚恭"，把不幸去世由原来常说的"隔儿屁"改成了郑重其事的"薨"。满族文化与胡同文化的交相杂糅，传统礼俗与北京俚语的相互配合，构成了作品的基调，形成了作品的格调。这样的调子与调性当然是老腔老调，但却是老调新唱、古为今用。石一枫用那豆的看法告诉人们，爷爷所操持的老礼、老词，并非是在"怀旧和比祖宗"，而"纯粹就是图个玩儿"，并屁颠屁颠地"陪着爷爷玩儿"。由此，那家的人便有了"一种精神，一种态度"，那家的事也带上了不少喜剧的色调。

　　可以说，喜剧的因子在《漂洋过海来送你》这部作品里，几乎无处不有、无所不在。在家里的亲人逝世之后，火化时因有人临时加塞和司炉工乱中出错，导致装错骨灰和抱错盒子，偌大的悲剧里边着实也包含了喜剧的成分。甚至在那豆寻找爷爷的骨灰时，孰料也费尽周折、历尽艰难，使得原本看似简单的事情变得格外头绪纷繁，而且线头越拉越长。因为互相抱错了骨灰，那豆需要找到另外两份骨灰，因此，他既要与不知去处的代理田谷多事宜的何大梁不断进行联系，还要远赴美国去找寻出国时带走奶奶沈桦骨灰的黄耶鲁，在不断出人意料的事变中，喜剧的因子也在不断地放大、持续地延宕。在这些故事的铺陈与叙述里，作者从那豆的角度，既充分表现了那豆对爷爷的深挚情感，也折射出了何大梁与田谷多之间的工友深情、黄耶鲁与奶奶沈桦之间的深切亲情。因为亲情的不缺席、真情的不泯灭，才使得错拿的骨灰最终各归其主。在这一方面，作者石一枫通过状况频出的事故和一波三折的故事，把中国普通百姓无论何时何地都重视亲情、信守承诺的秉性与操守，以他的特殊表现方式，写得可谓是淋漓尽致，无以复加。

石一枫在那豆找寻爷爷骨灰的主干故事里，还串结起了不同人物的过往人生经历与他们现在的生活处境，以及那豆在寻找过程中所遇、所见与所闻。于是，我们就从这样的主干故事里，看到了不同人的人生追求与精神风貌，如那家爷爷的表面高调，为人实诚；司炉工李固元的勤恳劳作、看重荣誉，等等。与此相连缀的，还有几十年来的社会生活的变化与时代的巨大变迁，全球化背景下的北京胡同与万千世界的各种勾连，以及人们在出国留学、外出打工、对外援建等等众多方面的辗转与打拼。在这里，那豆的所经所见，所思所感，实际上犹如一个旋转着的瞭望镜，通过这个不断移动的镜头，人们看到的是不断拉伸的社会画卷和不断放大的万千世界。

我还特别在意的，是石一枫在这部作品里对于"新京味"的着意探求。人们一般认为，京味文学有四大要素：以北京城区为场景、讲述北京故事、运用北京语言、具有北京风格。在以老舍等为代表的第一代作家，以林斤澜、邓友梅等为代表的第二代作家，以刘心武、陈建功为代表的第三代作家，以及以刘恒、王朔等为代表的第四代作家的接续经营下，京味文学烟火不断，持续伸延，并在不同的时期都有新的发展。石一枫的出现，可视为京味文学第五代作家的正式登台。而他的小说创作，既有对胡同人物的全新打量，又有对北京老话的翻新运用，注重"玩儿"，爱拿"范儿"，注重友情、看重亲情、在意情趣、讲究情味，诸种看似不同的文化因素糅合一起，在素描北京爷们儿的特有形象的同时，深刻揭示他们深藏不露的为人秉性、文化蕴含与家国情怀。我以为，把过去与现在对接起来，把传统与现代连缀起来，把庄严与诙谐糅合起来，把自嘲与反讽混搭起来，使作品别具北京的文化神韵与个人的戏谑特色，应该是石一枫在"新京味"文学上的新追求与新尝试。应该说，石一枫的追求是坚定的，尝试是成功的，而对这一切做出最好证明的，便是这部《漂洋过海来送你》。从这个意义上说，这部作品无论对于石一枫个人，抑或是对于新京味文学，都具有一定的标志性意义，因而颇具价值，难能可贵。

（原载2022年5月27日《文艺报》）

后　记

　　岁月如梭，光阴似箭，不知不觉间，步入新时代已逾十年。

　　十多年前的2012年，我还在职。当时中国社会科学院开始实施创新工程，我受托为文学研究所的当代文学学科创新工程设计方案。忙了大半年，到年底终于大功告成，接着就迎来了党的十八大的胜利召开。开心的事接踵而至，着实令人兴奋。带着这种兴奋劲，信步迈向新时代。

　　文学进入新时代，不断呈现新形态。新时代文学之"新"，从社会生活的层面看，是中国特色社会主义现代化建设取得新成果、走向新阶段，民族复兴的主题越来越成为时代的主旋律；从文学文化的层面看，则在于高度关怀文艺事业的习近平总书记多次发表重要讲话，这些重要讲话精神给新时代文学的发展提供了新的思想指针，指引着文学工作者向着"以人民为中心"不断位移，使得新时代文学从丰富的创作到活跃的批评，都表现出了新的形态，呈现出新的格局。

　　在直接的意义上，文学的理论批评依托于作品创作，作用于文化建设。进入新时代之后，我在理论批评方面，除去通常的作家研究、作品评论之外，还随着新的时代的发展变化，应一些报刊的邀约，就习近平总书记关于文艺工作的重要论述的要点与精神的研读与学习、一段时间文学发展的走向与趋势、某类文体创作的年度盘点与回望，以及新时代文学取得的新进展、呈现的新格局、取得的新经验等，连续撰写了一些文章。这些宏观层面的理论性文章与代表性作家作品的评论汇总起来，实际上就构成了对于新时代文学的跟踪式考察与整体性观察，而且带有"现场"直击与即时报告的突出特点。这也使我自然而然地成为新时代文学的见证者、记录者、评述者，也是基于这样的角度与特色，给这个集子取名为《新时代文学现场》。

收入这部集子的文章，分为四个小辑："思想指针研读"，收入有关党的领袖的文艺论述和党的文艺方针政策的研读体会与理论解读文章；"年度文情报告"，是十年来以长篇小说创作为主的年度考察报告；"宏观态势扫描"，收入了宏观角度的谈发展倾向、观创作走势、论文学经验的文章；"佳作力构评析"，则选收了新时代文学创作中卓有代表性的一些作家作品的评点与评论。这样四个小辑构成的四个维度，既体现了十年来我在理论批评方面的着力重点，也大致上反映了新时代文学砥砺前行的新动向与新走势，以及卓具自身特色的新样貌与新风范。

这样一个集子能够很快地完成编辑和交由出版，首先要归功于春风文艺出版社的首席编辑姚宏越。小姚与我认识较早也交往甚多，他在2022年底与我见面时郑重提出这一选题设想，我觉得是个好主意，没有犹豫地就答允了。之后，他和单瑛琪社长便以各种方式不断询问进度，我便一边应对日常杂务，一边翻检文章，编辑集子。这本《新时代文学现场》的集子，就这样逐渐成形了。

一本书由谁家来出版，冥冥之中自有一种缘分。我与春风文艺社结缘较早，20世纪90年代后期，就在安波舜任总编辑时受聘为社外编辑，为当时的"布老虎丛书"等编辑过一些有影响的作品。之后，与春风文艺社后来继任的社长与总编都有接触和交道，一直持续到当下。过去是春风文艺社的编辑，如今是春风文艺社的作者，都是"家人"，都是缘分。这种缘分时常给我带来"春风"般的温暖，令我格外看重，让我倍加珍惜。

白　烨

2023 年 10 月 10 日于北京朝内